COLLE

Jean-Christophe Rufin

Globalia

Gallimard

Médecin, engagé dans l'action humanitaire, Jean-Christophe Rufin a occupé plusieurs postes de responsabilités à l'étranger, notamment celui d'ambassadeur de France au Sénégal.

Nourrie par son expérience internationale et centrée sur la rencontre des civilisations, son œuvre littéraire se partage en deux courants. Avec *L'Abyssin*, son premier roman publié en 1997, *Rouge Brésil*, qui lui a valu le prix Goncourt en 2001, *Le grand Cœur*, *Le collier rouge* ou *Le tour du monde du roi Zibeline*, qui ont rencontré un très vaste public, il explore une veine historique, toujours reliée aux questions actuelles.

Avec *Immortelle randonnée* (sur les chemins de Compostelle), *Check-point*, *Les sept mariages d'Edgar et Ludmilla* et la série des *Énigmes d'Aurel le Consul*, Jean-Christophe Rufin crée des univers romanesques contemporains qui éclairent l'évolution de notre monde.

L'écriture vivante de Jean-Christophe Rufin, pleine de suspense et d'humour, a séduit un large public tant en France que dans les nombreux pays où ses livres sont traduits.

Il a été élu à l'Académie française en 2008.

Avertissement

Le lecteur pourra s'étonner de voir figurer dans ce texte des mots en anglobal ancien tels que « trekking », « jeans » ou « milk-shake ». Bien qu'ils appartiennent à une langue désormais morte, nous avons cependant pensé qu'ils restaient compréhensibles. Nous les avons conservés par commodité et peut-être nostalgie.

PREMIÈRE PARTIE

CHAPITRE 1

Il était six heures moins cinq quand Kate arriva à la nouvelle salle de trekking. Elle avait marché vite dans le souterrain bondé. Avant d'entrer, elle eut soudain un instant d'arrêt, d'hésitation. Elle pensa à ce qu'elle s'apprêtait à faire et se dit en secouant la tête : « Ma pauvre fille ! Décidément, l'amour te rend stupide. »

En même temps, il était bon de s'abandonner à cette force qui l'avait tirée du lit au petit matin, lui avait fait refermer doucement la porte sans réveiller sa mère et la précipitait maintenant, au milieu de cette foule ensommeillée et puant le parfum, vers un projet destiné sans doute à se terminer mal.

Elle passa sous une grande pancarte lumineuse indiquant « Entrée des randonneurs », monta un escalier en colimaçon et se retrouva dans le sas d'entrée de la salle. Elle ôta le sac à dos qui lui cisaillait les épaules, le posa sur le tapis roulant d'une machine à rayons X puis traversa un portique de détection. Il sonna, un haut-parleur lui indiqua de retirer ses clefs et la médaille qu'elle portait autour du cou. Elle repassa, cette fois sans faire broncher la machine, et déboucha enfin dans la vive lumière du matin.

Le site choisi pour implanter la nouvelle salle de

trekking était grandiose. Kate avait beau savoir, comme tout le monde, que Seattle où elle vivait était située au bord de la chaîne des Cascades, elle avait seulement jusqu'ici aperçu ces montagnes de loin. Le train rapide souterrain qui l'avait amenée ne lui avait pas permis de voir quoi que ce soit pendant le trajet. Voilà pourquoi l'entrée dans la salle était un tel choc : elle commençait au fond d'une vallée couverte de prés, puis s'étendait en direction des hauts sommets tout proches qui la dominaient, coiffés de glaciers scintillants.

Kate n'avait rien ressenti de tel depuis qu'elle avait participé l'année précédente à une régate pour voiliers de quinze mètres sur la piscine couverte aménagée au milieu du détroit de Juan de Fuca.

La plupart des randonneurs étaient déjà assis, laçaient leurs grosses chaussures ou bouclaient leur sac à dos. De temps en temps, ils s'arrêtaient pour observer la surprise des nouveaux arrivants et riaient de leur expression. Une femme fut prise de tremblements nerveux en découvrant le paysage et cria qu'elle avait le vertige. Il fallut la rassurer : elle était seulement, comme tout le monde, déroutée par l'espace ouvert et la lumière naturelle. Les autres lui firent remarquer les parois de verre qui entouraient la salle de tous côtés et formaient une immense voûte loin au-dessus des têtes. C'était bien les mêmes parois qui couvraient la ville et en faisaient une zone de sécurité. Ils parvinrent ainsi à la calmer.

Kate chercha Baïkal des yeux sans rien laisser paraître, comme quelqu'un qui regarde simplement autour de lui, les paupières plissées pour s'accoutumer à la lumière. Elle nota qu'il se tenait à l'écart des autres randonneurs, tout équipé avec son sac sur le dos, et qu'il gardait les yeux fixés vers les montagnes, dans le vague.

Comme prévu, elle déambula entre les groupes et

parut tomber sur lui par hasard. Il lui avait bien recommandé de le saluer poliment, à la façon de deux connaissances qui se rencontrent sans l'avoir cherché. Kate ne put pourtant s'empêcher de pâlir quand il lui prit la main. Elle regarda ses lèvres charnues et se sentait envahie du désir de les embrasser, de les mordre.

— Tout se passe bien, dit-il avec naturel, comme s'ils échangeaient quelques mots sans importance. N'oublie pas d'être la dernière du groupe en haut du premier raidillon.

Il avait beau feindre le détachement, elle le connaissait assez pour savoir qu'il tremblait légèrement, qu'il était anxieux et ému. Ses yeux vert clair brillaient d'un éclat familier, un éclat de tendresse et de désir.

— Toujours décidé ? demanda-t-elle avant de s'éloigner.

— Toujours.

Elle fit un signe de tête et pivota pour rejoindre le gros de la troupe.

La plupart des marcheurs étaient prêts, chargés de sacs à dos énormes. La randonnée en salle était d'environ quarante kilomètres et un bivouac était prévu. Les repas en refuge étant très chers, tout le monde avait préféré emporter réchaud et nourriture.

Kate fut soulagée de constater qu'elle ne connaissait personne dans le groupe. La majorité, ici comme dans toute la population, était composée de gens âgés. Dans la terminologie en vigueur, on avait le devoir de les appeler des « personnes de grand avenir ». Certains avaient d'ailleurs dépassé le siècle. Mais tous faisaient de leur mieux pour rivaliser de dynamisme et de bonne humeur. Outre Baïkal et elle, le groupe comptait seulement deux ou trois jeunes, dont le visage ne lui était pas inconnu. Ce qui la frappait, en les voyant pour une fois dans la lumière du jour et sur ce fond immaculé de neige, c'était leur mauvaise mine. Ils mettaient certainement un point d'honneur à fréquenter un centre de santé et de sport. Mais leurs efforts sur ces machines à muscler semblaient achever de les épuiser plutôt qu'ils ne leur donnaient des corps d'athlètes. Surtout il y avait dans cette troupe, composée en somme de gens ordinaires, un je-ne-sais-quoi d'avachi et de veule que Kate avait en horreur.

Elle comprenait mieux, en regardant Baïkal au milieu de cette petite foule, ce qui pouvait l'attirer chez lui malgré tout ce qui le rendait dangereux. Le moindre de ses gestes traduisait l'énergie et la révolte. Elle l'observait pendant qu'il faisait les cent pas près du portique d'entrée. Il marchait d'un rythme tranquille et pourtant chacun de ses mouvements était un peu brusque et bondissant, comme s'il cherchait à prendre un impossible envol, auquel il n'avait pas renoncé.

Quand elle songeait à cela, elle évoquait immédiatement le passé de Baïkal, ses condamnations et le danger de ce qu'ils allaient entreprendre. Il était pourtant trop tard pour reculer et donc inutile d'y penser.

À ce moment-là, par une de ces décisions imprévisibles que prennent les groupes sans chef, la masse des randonneurs finit par se déplacer à son tour en direction du portique de départ. La célèbre devise globalienne « Liberté, Sécurité, Prospérité » y était inscrite, grâce à une habile composition en rondins de bois cloués. Un garde les y attendait. Il était coiffé du feutre à large bord et vêtu de l'uniforme rouge du corps des Surveillants des Espaces naturels. Il contrôla d'abord les tickets et fit passer les participants un à un. Kate nota que Baïkal était entré le premier et prenait position de l'autre côté, un peu à l'écart, de façon à conserver son avance. Elle fit ce qu'il lui avait recommandé et se plaça parmi les derniers.

Quand il eut contrôlé tout le monde, le garde monta sur la petite galerie de bois qui entourait le portique et appela l'attention de la petite troupe. À en juger par son visage vultueux et son gros nez, l'homme était visiblement alcoolique, ce qui ne surprit personne. Depuis les grands procès contre les compagnies de spiritueux, les poivrots n'avaient plus accès aux emplois publics. Ils s'étaient rabattus en masse vers les activités qui offraient, comme les salles de trekking, de grands espaces où ils pouvaient s'adonner en cachette à leur vice.

— Chers amis promeneurs, commença-t-il avec une diction pâteuse, soyez les bienvenus dans le complexe de Wilkenborough.

Ce nom semblait avoir été choisi tout exprès pour le faire trébucher. Il s'emmêla la langue dedans et termina par une grimace.

— Bref, reprit-il, en agrippant à deux mains la balustrade, notre salle est le plus grand équipement de randonnée couverte de l'Ouest. Tout a été fait pour procurer à chacun d'entre vous un plaisir sportif maximal en respectant la nature. Le sentier que vous allez emprunter traverse des endroits sauvages. Grâce aux nouvelles technologies utilisées, les verrières qui protègent le parcours se feront complètement oublier.

Kate jeta un coup d'œil du côté de Baïkal. Il était tourné vers la montagne et regardait les lointains.

— Pourtant, continuait le garde, haussant le ton, elles sont bien là. Vous ne quitterez jamais ces tunnels de verre. Vous êtes ici aux limites de la civilisation globalienne. Au-delà, ce que vous voyez, ce sont des non-zones, des espaces vides, sauvages, livrés à la nature. Même si quelques salauds en profitent pour s'y cacher et nous attaquer.

Sa diction mécanique indiquait que le garde récitait un texte rédigé par la direction, laborieusement appris par cœur et autour duquel il brodait.

— En tout cas, n'ayez pas peur, ces verrières sont construites à l'épreuve des explosions, des projectiles et des munitions toxiques. Elles assurent totalement votre sécurité.

À l'évocation de ces dangers venus du dehors, un frisson collectif parcourut la petite foule. Chacun semblait se souvenir tout à coup de l'attentat qui, la veille, avait fait douze morts en ville. La plupart avaient eu le temps de prendre connaissance de la nouvelle sur les écrans avant de partir. Conformément à ce qui avait été annoncé, une nouvelle vague terroriste était bel et bien à craindre. Ces risques prenaient un relief nouveau dans cet espace découvert et vulnérable. En prétendant les rassurer, le garde avait lancé une information propre à semer l'inquiétude. Tout le monde se mit à regarder vers les montagnes avec une crainte nouvelle.

— Vous pouvez vous sentir tout à fait libres ici, reprit-il d'une voix plus forte où il mit une gaieté forcée. Mais n'oubliez pas quelques règles simples : il est strictement interdit de s'approcher des verrières et de les toucher. Nous ne les nettoyons qu'une fois par an et vos doigts pourraient les rendre opaques. Ce serait dommage, non ?

Il avait mis les poings sur les hanches et souriait à la cantonade comme un politicien démagogue.

— Vous ne devez faire du feu que dans les villages-étapes. Enfin, je vous rappelle que vous êtes en salle, même si vous n'en avez guère l'impression : le soleil tape fort à travers le verre. L'assurance est obligatoire, je le rappelle à ceux qui ne l'ont pas encore prise. Elle ne couvre ni les brûlures ni la déshydratation. Mettez de l'écran total et remplissez bien vos gourdes.

Cette exhortation, de la part de quelqu'un qui semblait si bien savoir ce que voulait dire la soif, fit naître quelques sourires entendus.

— Et maintenant, conclut le garde dans un hoquet, bon trek !

Le groupe répondit par un grognement, émis sur plusieurs tons. Comme une petite armée en campagne, les quarante personnes se mirent en route sur le sentier. Le chiffre de quarante était une obligation fixée par la direction de la salle. Les randonneurs individuels ou les groupes plus petits devaient se rassembler avec d'autres jusqu'à atteindre ce nombre minimal. Admis d'heure en heure, chacun de ces groupes de quarante avait pour consigne de ne pas trop se disperser pour faciliter la vidéoprotection. Il ne s'agissait bien sûr pas de les surveiller mais seulement d'assurer leur sécurité.

La marche commençait le long d'un torrent. Il faisait grand soleil et l'eau dévalait, limpide, entre les pierres brillant de mica. Ils passèrent à gué. Quelques cris et des rires saluèrent les faux pas et les premiers pieds mouillés. Ensuite, le sentier effectuait une large courbe vers la droite et s'enfonçait dans une vallée glaciaire boisée. L'architecture de la salle, à cet endroit, était une véritable prouesse technique. Les baies vitrées longeaient la crête et couraient en contrebas au milieu du précipice. Elles se réunissaient au-dessus des têtes en une coupole à la structure si légère que, comme l'avait dit le garde, on l'oubliait tout à fait. Au sol, une végétation basse de rhododendrons sauvages, de petits épicéas et de gentianes à feuilles larges gagnait sur le chemin et le réduisait à une sente où ils devaient se placer en file indienne. Kate s'était arrangée pour être placée en arrière-garde. Elle comprit vite qu'il lui faudrait redoubler d'efforts pour être plus lente que les plus lents. Malgré l'air assuré qu'ils avaient essayé de se donner au début, il était évident que les marcheurs étaient en médiocre forme. La plupart étaient obèses, surchargés de mauvaises graisses qui les faisaient souffler et suer. Kate, mince et légère, avec ses longues jambes, aurait pu facilement semer tout le monde. Elle crispa les mains sur ses bretelles de sac à dos. Le visage douloureux qu'elle se composa eut pour effet de la convaincre elle-même plus encore que les autres qu'elle ne pouvait pas marcher plus vite.

Elle y parvint si bien qu'au début du raidillon annoncé par Baïkal elle décrocha pour de bon. Hélas, de bonnes âmes, qui cherchaient elles-mêmes un prétexte pour ne pas avancer, se mirent en devoir de lui tenir compagnie et de l'encourager. Elle eut toutes les peines du monde à se débarrasser d'un énorme individu en maillot de corps qui se dandinait sur des mocassins neufs, tout boursouflés de durillons, et l'entretenait de ses « mauvais pieds ».

Finalement, elle s'écarta dans un fourré au motif d'y soulager certaine envie — ce qui était interdit dans la salle en dehors des équipements prévus à cet effet de loin en loin. Épouvanté à l'idée d'être complice d'une telle transgression, le bon Samaritain avait filé. Elle était enfin seule.

Au-dessus d'elle, dans la pente semée d'éboulis et plantée de petits bouleaux, les marcheurs s'égaillaient au gré de leur vaillance. Les derniers n'étaient déjà plus à portée de voix. Tout en haut de la montée en lacet, elle distinguait la silhouette de Baïkal et pouvait l'imaginer : les bras croisés, le menton un peu relevé, les yeux dans le vague, ses cheveux noirs et raides remontés en épis. Il avait dû la repérer aussi et, voyant que tout se déroulait conformément à leur plan, il disparut.

Kate entreprit de grimper la côte. Malgré la lenteur qu'elle s'imposait, elle s'étonna d'être rapidement en sueur. Un grand vent, pourtant, tordait les hautes branches des pins. Autour de la rivière, en contrebas, la caresse des bourrasques faisait courir sur la toison de grands saules des ondes argentées. Mais tout cela concernait les lointains, c'est-à-dire le dehors. Au contraire, sous les verrières de la salle l'air restait immobile et la chaleur étouffante. S'y ajoutait l'angoisse d'être seule et de sentir approcher le moment où tout allait commencer.

Du même pas lent, Kate finit par atteindre l'endroit où elle avait vu tout à l'heure disparaître Baïkal. Le sentier y atteignait un replat avant de longer une crête. Le tunnel de verre l'entourait comme un tube qu'on aurait enfoncé sur le tranchant d'une lame. D'un côté, on voyait plusieurs dents enneigées couronnées de nuages allongés ; de l'autre la pente couverte de mélèzes plongeait vers le bas. L'œil se perdait dans le sous-bois obscur de la forêt.

Kate relaça ses chaussures, but un peu d'eau et repartit. L'odeur de résine des conifères saturait l'air surchauffé. De petites pignes, que les gardes devaient étaler chaque soir sur le sentier avec des râteaux, roulaient sous les pieds. On entendait un gazouillis en hauteur dans les arbres : elle se demanda si c'était un véritable oiseau ou un haut-parleur dissimulé car la salle était habilement sonorisée. Il eût été étonnant qu'un oiseau survive dans une telle chaleur. Elle tendait l'oreille et regardait en l'air quand elle sentit qu'on l'agrippait par le bras. Elle sursauta mais se retint heureusement de crier. C'était Baïkal.

— Vite, souffla-t-il. Tout va comme prévu. Ils me croient devant. Si tout se passe bien, ils ne donneront l'alerte que ce soir, en voyant qu'on manque à l'étape.

Baïkal prit Kate par la main et, d'un coup, quittant le sentier, il l'entraîna dans la pente abrupte entre les arbres. Le tapis d'aiguilles craquait sous leurs pieds pendant qu'ils dévalaient. Des branches basses les griffaient au passage. Pour ne pas perdre l'équilibre et se freiner, ils saisissaient au passage des troncs d'arbres collants de résine.

Tout à coup, emportés par leur élan, ils butèrent contre la vitre qui courait à mi-pente. Elle rendit un son vibrant quand ils la heurtèrent. Ils étaient tombés accroupis, emmêlés. Baïkal se redressa, couvert d'aiguilles sèches. Il aida Kate à se relever. Elle n'osait pas toucher la vitre. C'était la première fois qu'elle approchait des limites. Le mur lisse et brillant était transparent de près mais prenait un ton vert glauque à mesure qu'il s'éloignait et qu'on le voyait de biais. Les branches de mélèzes se courbaient contre la vitre et y faisaient rouler d'épaisses gouttes de leur sève. La pente qu'ils avaient dégringolée était si raide qu'il semblait impossible de la remonter. Ils étaient dans un cul-de-sac obscur et étouffant. Le gros paquetage sur leur dos achevait de les déséquilibrer mais Kate, s'il lui avait pris l'envie de se décourager, en aurait été immédiatement dissuadée par la transformation de Baïkal. Depuis qu'ils avaient quitté le sentier pour plonger dans l'obscurité du bois, il était méconnaissable. Tout ce qu'il y avait en lui de vague, de flottant, d'inemployé avait fait place à une expression d'énergie et de volonté presque effrayante. Ses yeux brillaient ; il était à l'affût, l'oreille tendue, le corps à demi plié comme un chasseur indien. Quand elle se fut relevée, il prit Kate par la main et l'entraîna fermement.

Ils marchèrent dans l'angle aigu que formait la verrière avec le sol à l'endroit où elle s'y enfonçait. Les aiguilles de pin avaient roulé dans ce sinus et l'avaient peu à peu comblé. Il formait un étroit chemin de ronde, mou et parfois fuyant sous le pas mais, à tout prendre, solide et praticable. Des gravats laissés par les ouvriers au moment de la construction de la salle obligeaient parfois à un petit détour dans la pente. Mais il était assez commode de se laisser guider par le long mur de verre et Kate reprit confiance.

Elle se demandait seulement où cela allait les conduire. N'allaient-ils pas simplement marcher parallèlement au sentier sur toute la longueur de son trajet ? À quoi cela servirait-il ? Mais Baïkal avait l'air de savoir où il allait et elle se retint de l'interroger. S'il était fort peu probable que le sous-bois fût doté de caméras — c'était pour cela sans doute qu'il avait choisi de quitter le sentier sous le couvert — on ne pouvait exclure la présence de micros. Les chants d'oiseaux étaient toujours audibles. Kate savait que, s'ils provenaient de haut-parleurs, la même installation était généralement pourvue d'une prise de son. D'ailleurs, Baïkal s'adressait à elle par signes. Après un bon quart d'heure de marche près de la paroi, il s'arrêta, posa son sac à dos et d'un geste muet de la main l'engagea à faire de même.

Elle le vit alors effleurer la surface de verre avec une minutie prudente. Il ouvrit ensuite le rabat de son sac à dos, y glissa la main et sortit une petite pochette de toile. Il défronça son ouverture et en tira quelques outils : pince, tournevis, clé anglaise. Elle était stupéfaite qu'il ait pu soustraire ces objets interdits à la surveillance antiterroriste. Comment leur avait-il fait passer le portique d'entrée ?

Pour la première fois, à la vue de ces outils pourtant ordinaires, Kate eut peur de ce qu'ils allaient faire. Elle était là parce qu'il ne lui semblait pas possible de laisser Baïkal entreprendre cela sans être à ses côtés. Mais maintenant l'action était engagée, et toutes les conséquences lui apparaissaient.

Plus habituée à la pénombre verte du sous-bois, elle distingua ce que Baïkal était allé chercher en tâtonnant. Là où ils s'étaient arrêtés, le creux d'un ruisseau se marquait dans la pente entre les arbres. Il était à sec pour le moment. Mais la nuit, lorsqu'on déclenchait les arrosages artificiels qui apportaient à boire aux arbres et aux plantes situés sous les verrières, il était probable que l'eau en excès ruisselait et s'écoulait par ces rigoles. À l'endroit où elles atteignaient la paroi de verre, celle-ci était pourvue d'une trappe qu'une télécommande devait permettre de relever. En effet, à un mètre du sol à peu près, on distinguait une large charnière métallique. Le carré de verre situé au-dessous formait comme un sabord pivotant.

Baïkal ôta prudemment le capot de la charnière et, avec des gestes précis, entreprit d'agir sur son mécanisme à l'aide de ses outils. Au bout d'un instant assez long, le carreau de verre se mit à basculer vers l'extérieur, ménageant bientôt une ouverture suffisante pour passer à quatre pattes. Baïkal rangea ses outils, remit son sac à dos et resta un instant comme un chien en arrêt, à écouter si un bruit suspect, une sirène, quelque signe d'alerte leur parvenait.

Rien ne vint. Rien sauf une sensation inattendue, une odeur issue de l'autre côté, haleine soufflée par la mâchoire de verre béante. Kate se souvenait, quand elle était petite, d'avoir visité un musée du monde agricole. Les vitrines étaient pourvues de petits inhalateurs qui restituaient des odeurs de ce passé révolu. L'une d'elles était intitulée : brûlis. C'était un peu piquant, un peu âcre et les enfants ne se représentaient pas bien ce que pouvaient être des brûlis. Le mot sonnait comme un nom de gâteau. Elle voyait des petits dés de chocolat semés d'amandes grillées... Kate fut tout émue de sentir par cette ouverture la vieille odeur à la fois familière et enfouie. Comme si la paroi, en s'ouvrant, n'eût pas seulement offert un nouvel espace mais livré aussi un passage dans le temps. Bien après, elle devait se souvenir que cette réminiscence de l'enfance, pour insignifiante qu'elle fût, l'avait pourtant décidée à commettre ce jour-là l'irréparable.

Au moment de franchir le passage qu'il avait ouvert dans la verrière, Baïkal eut un dernier sourire. Il était pour une fois sans amertume ni impatience. C'était le sourire de celui qui saisit un trésor à pleines poignées dans le coffre qu'il vient d'ouvrir.

Quand vint son tour, Kate se mit à quatre pattes dans les aiguilles de pin et, sans jeter le moindre regard derrière elle, entra en zone interdite.

CHAPITRE 2

Ron Altman ne passait pas inaperçu. Avec son pardessus bleu trop long, boutonné de haut en bas, et l'écharpe grise qui lui emmitouflait le cou, il semblait ne tenir aucun compte du beau temps permanent qui était maintenu à longueur d'année au-dessus de Washington. À quoi cela servait-il qu'une climatisation rigoureuse assure une température douce et agréable sous les immenses bulles de verre qui couvraient la ville, si c'était pour se harnacher comme à l'époque où existaient des saisons (l'une d'entre elles s'appelait « l'hiver », mais ce nom n'était désormais plus utilisé qu'au figuré) ?

Son accoutrement n'était pas la seule singularité de Ron Altman. Il fallait voir aussi comment il marchait à petits pas, dodelinant légèrement de la tête. Le plus repoussant surtout dans sa personne était sa barbe blanche, clairsemée et soyeuse, ridiculement peignée. De maigres cheveux de la même couleur ivoire se dressaient en bataille autour de ses tempes dégarnies, luisantes, sous lesquelles battaient de tortueuses artères. Dans une société qui donnait à chacun la possibilité d'un plein épanouissement jusqu'aux âges les plus avancés de la vie, un tel laisser-aller relevait de la provocation. Les femmes habillées de textiles fluo, le corps et le visage tenus dans une éternelle jeunesse grâce au sport et à la chirurgie, lui décochaient des regards venimeux quand elles apercevaient sa silhouette au loin. Elle leur rappelait sinistrement leur âge quand elles faisaient tout pour l'oublier. Plus personne n'aurait osé imposer aux autres une telle image de sénilité bourgeoise. Exhiber avec tranquillité son abandon à la lenteur, à la frilosité, aux marques que le temps imprime sur le corps ; revendiquer ouvertement son mépris du mouvement, de la couleur, de la santé, en un mot des règles de la vie sociale, était une insulte à la collectivité que tout autre aurait payé d'un rigoureux bannissement. Mais c'était Ron Altman. Un nombre infime de privilégiés pouvait se permettre d'afficher une telle apparence et nul n'ignorait — sans en connaître vraiment les pouvoirs — l'influence de cette minuscule élite que l'on ne voyait jamais rassemblée. Sitôt qu'on avait reconnu Ron Altman, les regards changeaient. L'agressivité faisait place au respect et même à la crainte. Il plissait ses yeux pétillants et malicieux pour recueillir ces hommages. Sa bouche aux lèvres minces formait un de ces sourires qui, de Bouddha à la Joconde, inquiète et obsède ceux qui l'ont contemplé. Et il continuait son chemin à petits pas.

Quand il franchit ce matin-là l'entrée monumentale du siège de la Protection sociale à Washington, Ron Altman, en raison d'une vieille douleur au genou, s'appuyait sur une canne à pommeau d'argent. Ils étaient bien peu nombreux à se permettre l'usage d'un tel accessoire. Avec la montre de gousset — qu'il portait au bout d'une chaîne sur son gilet — et le chapeau en feutre à bord rond — qu'il avait laissé chez lui ce jour-là —, c'étaient des attributs bien reconnaissables. Le garde, à l'entrée, ne s'y était pas trompé : il resta figé dans une immobilité respectueuse et tremblante, les bras le long du corps. Par pur respect des formes, Ron Altman avait posé la main sur le capteur d'identification génétique puis il avait lentement traversé le grand hall. Pour être venu souvent, il connaissait l'existence d'un ascenseur, caché derrière l'entrée et classé monument historique. Quiconque était tant soit peu valide mettait un point d'honneur à grimper quatre à quatre le grand escalier d'honneur. Les paresseux prenaient les couloirs aspirants. Ron Altman, lui, aimait les ascenseurs. Comme de toutes les choses démodées, il ne s'en serait privé à aucun prix.

L'avantage d'ailleurs avec les ascenseurs est qu'il faut les attendre : ce délai permettait à la nouvelle de sa présence de se répandre dans le bâtiment. Quand il parvenait majestueusement à l'étage désiré, son interlocuteur, déjà prévenu, lui ouvrait généralement la porte lui-même. La lenteur rendait tout plus rapide : c'était un des préceptes favoris d'Altman.

— Bonjour Sisoes, dit-il en sortant de l'ascenseur, sans même tourner la tête.

En effet, c'était bien le général Sisoes, promptement revêtu de sa veste d'uniforme et tout ému, qui venait d'ouvrir la porte. Le visiteur continua à pas menus en direction du bureau que Sisoes avait laissé ouvert. Une secrétaire livide, debout près du seuil, tenait sur un plateau la tasse de thé déthéiné que lui avait demandée le général. Altman lui tendit une main où brillait une chevalière en or. Elle lâcha son fardeau pour saisir la main d'Altman et tout le plateau s'étala par terre. Le général Sisoes jeta à la pauvre femme un regard furibond — quoiqu'il fût bien certain que toute la faute venait d'Altman et de ses manières perverses.

Pendant que la secrétaire ramassait les morceaux de vaisselle, le visiteur avait ôté précautionneusement écharpe et manteau. Il s'était ensuite assis dans un fauteuil, agrippant les accoudoirs à pleines mains comme pour un atterrissage en catastrophe. Sisoes reprit sa place derrière son bureau. Il savait qu'Altman n'aimait pas prolonger les politesses. Aussi, les mains tremblantes, le général fit-il signe à sa collaboratrice de les laisser seuls. Il entra immédiatement dans le vif du sujet en consultant un dossier préparé devant lui — il attendait cette visite, même s'il la prévoyait plus tardive.

— Je vous ai fait appeler tout de suite, monsieur, commença-t-il en se raclant la gorge, parce que j'ai trouvé le candidat. Comme vous l'avez vu, nous avons débuté en hâte l'opération.

— J'ai vu en effet, confirma le vieillard.

Sisoes prit ces mots pour un compliment. Il grimaça un sourire presque gracieux, malgré son gros nez et sa taille de lutteur.

— Les circonstances, il faut l'avouer, nous ont bien aidés.

Altman mit une pointe d'ironie dans son sourire.

— Ne soyez pas modeste, dit-il. J'attends de vous plus de sincérité.

Le général fit comme s'il n'avait pas relevé.

— J'ai ici tous les renseignements, poursuivit-il en tendant le dossier à son visiteur.

Altman se frotta les yeux.

— Voudriez-vous me les lire ? Je n'ai pas mes lunettes.

Ses lunettes ! Encore un accessoire d'un autre temps. Bien qu'il eût lui-même près de quatre-vingt-sept ans, Sisoes n'aurait jamais eu l'idée de porter des lunettes. Tous les cinq ans, il subissait une petite opération correctrice et y voyait mieux qu'un jeune homme.

— Volontiers, dit-il respectueusement.

Il s'éclaircit la gorge et commença.

— Il s'agit d'un garçon, comme vous l'avez recommandé. Il a vingt ans et quatorze jours. Une naissance délinquante, déjà. Sa mère a interrompu sa contraception sans autorisation.

— Quelle origine, la mère ?

— Bouriate.

Altman ouvrit grands les yeux pour marquer sa surprise.

— C'est un peuple nomade de Sibérie, précisa fièrement Sisoes qui avait soigné particulièrement ce point de l'exposé.

— Elle était agréée russe, alors ?

Sisoes fouilla rapidement dans ses feuilles afin de découvrir la réponse à une question qu'il ne s'était visiblement pas posée. Quelle importance, d'ailleurs ?

— Non, fit-il triomphalement : « Double agrément Russie-Mongolie ».

— Qu'est-ce que c'est encore que cela, un double agrément ?

— Elle avait le droit d'utiliser les références culturelles standardisées des deux origines.

— Je m'y perds dans vos nomenclatures, gémit Altman en se passant la main sur les yeux.

— En gros, elle était autorisée à mettre dans son salon une matriochka et un tapis de chèvre, voilà. De toute façon, c'est un vieux statut qui n'existe presque plus aujourd'hui. Il y a eu trop d'ennuis avec ces agréments flous.

Ron Altman hocha la tête d'un air désapprobateur, sans que Sisoes comprît bien si cette marque critique s'adressait à l'ancien ou au nouvel état de fait. Il jugea prudent de continuer sans poser de question.

— Père inconnu. La mère de notre sujet était venue suivre des études d'infirmière à Milwaukee. Après enquête, il ressort que le géniteur le plus probable est un Noir, cuisinier dans un bistrot du centre-ville. Elle avait l'habitude d'aller réviser ses cours là-bas en buvant un café. L'établissement s'appelait le « Milk Walking ».

Il sourit par-dessus la feuille. Mais Altman gardait closes les petites bourses fripées de ses yeux et ne marqua aucun intérêt pour ce détail.

— Les recherches concernant le père n'ont pas été poussées au moment de la naissance. On sait seulement qu'il s'appelait Smith. De toute façon, l'affaire n'intéressait personne et il ne s'est jamais manifesté. La mère, elle, s'est suicidée.

— Aïe ! s'écria le vieillard en sursautant. Y aurait-il une tare génétique ?

— Je vous rassure. Nous avons contrôlé soigneusement : les gènes de la dépression sont absents. La mort de sa mère était un geste isolé.

— L'a-t-elle élevé ?

— En fait, il semble qu'elle ait réussi à cacher assez longtemps la naissance de son enfant. On ne sait pas très bien quel âge il avait quand on l'a découvert. Mais à partir de ce moment-là, bien sûr, il lui a été retiré. Vous connaissez la règle en cas de naissance illégale : mise en crèche immédiate et éducation renforcée. L'enfant a bénéficié de ce qu'il y a de mieux : apprentissage des langues, musique, sport. Il était très doué.

— Sa mère le voyait ?

— Non. Les psychologues ont jugé qu'elle n'était pas assez équilibrée. Il faut reconnaître qu'ils avaient raison puisqu'elle s'est suicidée.

Altman renifla bruyamment : c'était une manière de cacher sa surprise. Décidément, il ne comprendrait jamais tout à fait ce monde, même s'il avait contribué à le créer. Pas un instant, Sisoes n'avait été apparemment effleuré par l'idée qu'*au contraire* cette femme s'était peut-être suicidée parce qu'elle ne pouvait pas voir son enfant.

— Quel âge avait-il quand elle est morte ?

— Environ huit ans, d'après les radiographies osseuses.

— A-t-il su qu'elle s'était suicidée ?

Le général jeta vers son visiteur un regard désespéré : jamais, sans doute, il n'aurait cru possible qu'on s'intéressât à de tels détails.

— Laissez, dit charitablement Altman. Dites-moi plutôt quand il a commencé à faire parler de lui.

— À douze ans. Un premier rapport des éducateurs note à ce moment-là déjà « des désirs à forte tendance asociale ».

— Était-il violent ?

— La violence n'est pas considérée comme un critère asocial.

Sisoes était un peu gêné de rappeler de telles évidences. C'était à se demander si Altman, une fois de plus, ne se payait pas sa tête.

— J'ai tous les rapports dans le dossier complet, si vous voulez.

Ron Altman fit signe que non.

— Pendant les années suivantes, les évaluateurs ont été constamment alertés par une tendance certaine au refus des limites.

— Banal.

— Oui, mais plus grave est le rejet des compensations imaginaires : désintérêt pour tout ce qui passe sur les écrans, que ce soient les nouveaux films, les documentaires, les informations, les pubs. Aucune des fêtes collectives à caractère commercial qui s'égrènent pendant l'année ne l'intéresse. S'y ajoute le refus constant de participer aux voyages organisés par le centre éducatif. Plus tard, on note « une faible projection dans l'avenir pendant les stages d'orientation préprofessionnelle ».

— En somme, un manque de motivation plus qu'une véritable déviance. C'est un mou peut-être, votre protégé ?

32

— Non, non, insista Sisoes sur le ton de quelqu'un qui veut plaider sa cause. Le garçon est énergique. Très énergique même. Il cherche quelque chose, c'est sûr. Mais il ne le cherche pas dans les voies socialement admises. C'est un cas typique de pathologie de la liberté. On a beau être une démocratie parfaite, cela arrive. C'est à la Protection sociale de traiter ce genre de problèmes le plus tôt possible. Voilà pourquoi, dès l'âge de quinze ans, son dossier a atterri ici.

— Vous l'avez convoqué ?

— Bien sûr.

— L'avez-vous vu personnellement ?

— Ces entretiens de routine ne sont pas de mon niveau, précisa le général sur un ton d'importance. L'un de mes subordonnés l'a reçu à l'époque. Il ne travaille plus ici, mais j'ai les procès-verbaux. Ils confirment la gravité du cas.

Ron Altman agita sa cravate bordeaux dans l'échancrure de son veston de tweed. Sisoes regardait le tissu et se demandait où l'on pouvait bien encore trouver des oripeaux pareils.

— Gravité… gravité…, marmonna Altman, c'est monnaie courante, il me semble, le désintérêt, le manque de projection. Depuis quand demande-t-on aux gens d'être passionnés ? D'ailleurs, il aurait pu choisir le statut de « marginalité contractuelle intégrée », c'est bien toujours comme cela que l'on dit, n'est-ce pas ? Après tout, ce n'est pas pour rien que le « droit à la déviance » figure dans notre Constitution.

Pain bénit pour Sisoes : ils étaient enfin rendus à la partie du dossier qu'il avait le plus soigneusement étudiée.

— Choisir la marginalité ! répéta-t-il avec un contentement ironique qui eut le don d'agacer Altman. Il y a un mot de trop dans votre phrase :

choisir. C'est un individu qui ne sait pas choisir, ou plutôt il ne *veut* pas choisir. Il ne choisit même pas de refuser… Tout ce qu'on lui demande de faire, il le fait et bien, car le bougre est doué, surdoué même d'après les tests (c'est-à-dire, selon la terminologie officielle : inutilement doué). Mais rien ne l'intéresse, voilà.

Il marqua un temps d'arrêt, afin de donner plus d'importance à ce qu'il allait ajouter et se pencha un peu pour dire sur un ton de particulière émotion :

— Même pas le sport !

La révolte sincère de Sisoes amusa intérieurement Altman. Il sortit un mouchoir à carreaux — un mouchoir en tissu ! — et chassa l'ombre de sourire qui lui était venue sur le visage.

— Si on lui demande de courir, renchérit le général, il court plus vite que les autres. Quand on lui lance une balle, il la rattrape comme un chat. Ceux qui l'ont poussé à se battre l'ont toujours regretté. Il a une condition physique exceptionnelle ; le drame c'est qu'il ne la met au service de rien.

Sisoes avait prononcé cette dernière phrase étranglé par une haine bien courante, en Globalia, contre les jeunes, mais qui trouvait rarement l'occasion de s'exprimer car ils étaient désormais peu nombreux.

— Et ce n'est pas le plus grave, reprit-il d'une voix lugubre.

Pour ménager son effet, il saisit sur son bureau une boîte en plastique transparent où était enfermée une tour Eiffel. De la neige synthétique en flocons s'agita autour du petit monument.

— Quoi alors ? demanda Altman.

Pour la première fois depuis le début de l'entretien, sa voix trahissait légèrement son impatience, sa nervosité. Son œil brillait.

34

— Le plus grave…, prononça Sisoes d'une voix sourde, le plus grave, en vérité, c'est qu'il n'a pas peur.

Conscient de son avantage, il recula sur son siège et prit appui fermement sur le dossier.

— Expliquez-moi cela, s'étonna Ron Altman.

Son visage était moins marqué par la surprise que par une intense satisfaction. Il dégustait cette révélation comme un gourmet qui, après avoir longuement rêvé d'un plat, en accueille la première bouchée sur le palais.

— Les interrogatoires et tous les témoignages recueillis autour de lui montrent que ce jeune homme cultive des opinions… indépendantes.

— Mon cher Sisoes, nous sommes en Globalia. On peut tout dire, tout penser.

Altman suffoquait presque en finissant sa phrase comme s'il avait lancé une bonne plaisanterie.

— Bien entendu, confirma le fonctionnaire avec un sourire montrant qu'il n'était pas dupe. On peut tout penser mais on est responsable de ce que l'on pense, n'est-ce pas ? Il y a des opinions plus compromettantes que d'autres. La lutte contre le terrorisme exige une certaine vigilance. C'est bien le sens que nous donnons à la Protection sociale.

— Vous voulez dire qu'il est *pour* le terrorisme ?

Une ombre était passée sur le visage du vieillard. Il fallait en tirer avantage : Sisoes fit attendre un peu sa réponse et la livra en s'avançant au point que son interlocuteur fut incommodé par son haleine.

— Il n'est pas *pour* les terroristes. C'est bien pire. Il pense qu'*il n'y a pas* de terroristes.

— Pas de terroristes ! s'exclama Altman sans pouvoir dissimuler sa joie. Et la bombe qui vient d'exploser à Seattle ?

Sisoes fit le geste de balayer ce fétu d'un revers de main.

— Et le bus piégé à Rome il y a six mois ?

— Aucune importance pour lui.

— Et les explosifs retrouvés sous une pile du Golden Gate ?

— C'était il y a deux ans, précisa Sisoes comme pour atténuer cet exemple. Mais peu importe ! Son idée est toujours la même : tous ces événements sont des inventions et de la propagande.

Et, avec le rire mauvais qui secoue silencieusement un croupier tandis qu'un joueur ruiné pousse devant lui ses dernières plaques, Sisoes ajouta :

— Il ne croit à aucun des dangers que nous affrontons pour protéger cette société de liberté.

— Magnifique ! s'exclama Ron Altman en frappant des deux mains sur les accoudoirs de son fauteuil.

Ce bruit eut pour effet de rompre le charme. Le général porta sur son visiteur un regard lourd de soupçons, comme s'il avait oublié un instant à qui il parlait.

— Je veux dire, corrigea Altman : votre portrait est magnifique.

Une certaine détente se fit.

— Ce n'est pas mon portrait mais celui du dossier, grogna Sisoes.

— A-t-il été suivi longtemps par les psychologues ?

— Pensez-vous ! Il refuse toute prise en charge et se croit tout à fait normal. Nous n'arrivons à le coincer que lorsqu'il fait une bêtise.

— Combien en a-t-il commis ?

— Deux... Enfin, jusqu'à maintenant.

— Et de quel genre ?

— Toujours le même. Une première fois c'était à la Barbade. Il était dans un centre de vacances pour une activité de voile. Son moniteur ne l'a pas vu rentrer un soir. Il avait tenté de rallier Antigua qui, comme vous le savez, est déclarée zone interdite pour raisons de sécurité. Il a simplement déclaré s'être « perdu », ce qui n'explique pas pourquoi il avait bourré les caissons du dériveur avec des biscuits et de l'eau douce pour une semaine.

— Condamnation ?

— Rien. Une psychothérapie. Qu'il n'a suivie que pendant trois séances.

— La seconde fois ?

— Dans le Bronx. Il séjournait dans un hôtel pour étudiants situé près du mur.

— Quel mur ?

— Celui qui borde la grande voie rapide qui descend vers le port.

— Et qu'y a-t-il derrière ce mur ?

— Une non-zone. Enfin, je crois. Tout ce que je sais c'est que l'endroit est interdit et qu'il y a déjà eu des embrouilles par là, la nuit. On a même soupçonné ce coin d'être un point d'infiltration terroriste. Il y a dix ans qu'il est question de recouvrir cette voie rapide, mais les travaux ne démarrent pas.

— Et qu'a-t-il fait au juste, votre protégé ?

— En pleine nuit, il a grimpé sur le toit de son hôtel et a rejoint le haut du mur. C'est assez facile, paraît-il. Il a fixé une corde de montagne à une cheminée et enfilé un baudrier pour descendre en rappel.

— Il a réussi ?

— Avec le bruit qu'il a fait, ricana Sisoes, deux patrouilles l'ont cueilli avant qu'il n'enjambe la corniche...

— Jugé ?

— Cette fois, il a eu du mal à prétendre qu'il s'était perdu. Mais il s'est défendu habilement. Il a mis le tribunal devant ses contradictions. Puisque la Constitution prétend que chacun est libre, etc., etc. Vous voyez le genre. Les juges n'aiment pas beaucoup sanctionner les délits d'opinion. Ce genre d'individus, quand on leur donne une tribune… Bref, il a écopé de trois mois de travail d'intérêt collectif dans une association humanitaire.

Altman avait tiré un calepin de sa poche et prenait des notes avec un vieux stylo gris clair. Son interlocuteur le regardait gratter avec consternation. L'usage du papier n'était même pas un snobisme chez ce terrible vieillard. On sentait que gribouiller de la sorte lui était naturel. Sans doute ne savait-il pas se servir des instruments informatiques. Ce n'était pas une coquetterie mais une infirmité. Il n'était plus seulement touchant, il était pathétique.

Le calepin se refermait avec un élastique — où trouvait-il donc ce genre d'antiquités ? — qu'il fit claquer.

— C'est parfait, conclut Altman. Vous avez eu tout à fait raison de le sélectionner. J'aurais préféré donner mon feu vert *avant* que vous n'ayez débuté l'opération. Mais enfin, puisque c'est fait…

Sisoes ne craignait guère cette objection : il l'avait préparée.

— Nous avons dû précipiter les choses, annonça-t-il avec un peu d'emphase, car nous avons appris que l'individu lui-même avait l'intention de passer rapidement à l'acte. Nous ne pouvions plus attendre pour… le reste.

Altman, de sa main osseuse, lissa sa barbe, signe peut-être d'émotion, mais ne dit rien.

— Passer à l'acte, répéta-t-il. Hum ! Et qu'a-t-il fait, cette fois-ci ?

— Si vous me le permettez, repartit Sisoes, je vais appeler un de mes collaborateurs qui vous donnera les dernières informations.

Sisoes saisit sur la table son petit boîtier multifonction, l'ouvrit, et prononça d'une voix nette :

— Heurtier !

Quelques secondes plus tard, à croire qu'il attendait derrière la porte, un homme entra et se plaça debout près du bureau.

— L'adjudant Heurtier, dit simplement Sisoes.

Nul n'avait besoin qu'on présente Ron Altman.

L'adjudant était d'ailleurs impressionné. Il se tenait raide et un peu cambré, ce qui faisait encore ressortir un ventre trop gras. Il était vêtu comme tout le monde — sauf Altman — de textiles thermo-moulants. Mais les couleurs étaient mal assorties et la coupe bon marché.

— Où est notre homme ? demanda Sisoes.

— Comme nous le prévoyions, mon général, il a quitté hier à huit heures quarante-cinq la nouvelle salle de trekking de Seattle.

Altman se montra vivement surpris.

— Une salle de trekking ! dit-il en se tournant vers Sisoes.

— Oui, expliqua celui-ci en marquant par son ton qu'il se forçait à l'indulgence. Il s'agit d'équipements nouveaux — il y a tout de même trente ans à peu près qu'il en existe — qui permettent aux citadins de faire de grandes randonnées en toute sécurité.

— Comment s'y prennent-ils : ils tournent en rond !

C'était toujours pareil avec Altman : on se demandait s'il jouait la comédie ou s'il était si vieux que certaines évidences avaient pu lui échapper.

Sisoes donna patiemment le détail des sentiers protégés par des verrières, des étapes équipées, etc.

— En somme, résuma Altman, c'est un peu comme une zone protégée, mais à la campagne.

— Voilà, confirma Sisoes, avec un brin de découragement dans la voix.

— Et comment a-t-il fait pour s'échapper cette fois-ci ?

— Il a déverrouillé un des panneaux de verre mobiles qui servent à évacuer les eaux d'arrosage.

— Ingénieux ! opina le vieillard en souriant avec attendrissement. Puis, en fronçant le sourcil, il ajouta : mais alors il lui a fallu des complices !

— Techniquement, répondit l'adjudant Heurtier, ce n'était pas nécessaire. Mais en effet, il n'est pas seul.

— Qui l'accompagne ?

— Son amie.

— Une femme !

Sisoes eut l'impression étrange que le vieillard mettait dans cette exclamation plus que de l'étonnement, une grande satisfaction.

— C'était une des conditions, n'est-ce pas ? dit-il. Vous vouliez que nous choisissions quelqu'un, disons, d'amoureux.

— Oui, oui, c'est parfait, opina Altman. Il la connaît depuis longtemps ?

Interrompant Heurtier qui allait répondre, Sisoes brandit le dossier :

— Tout est là-dedans, je vous expliquerai. L'adjudant n'est là que pour la télé-observation à partir de nos postes de surveillance. Dites-nous plutôt, Heurtier, ce qu'ils font actuellement.

— Oui, c'est cela, renchérit Altman, que font-ils en ce moment ?

Toujours debout, l'employé se mit à danser d'un pied sur l'autre, toussota, regarda par terre.

— Allons, le pressa Sisoes, décidez-vous.

— C'est-à-dire, en ce moment, mon général, prononça le subordonné en relevant le menton et en reprenant un strict garde-à-vous, ils font l'amour.

Un silence gêné suivit cette révélation. Sisoes éclata d'un gros rire et Heurtier en profita pour l'imiter. Altman, lui, détourna le regard. Il semblait contempler pensivement quelque point de l'espace, ou de son passé.

— Quel âge a-t-il, m'avez-vous dit ? demanda-t-il avec attendrissement.

— Vingt ans.

— Vingt ans ! répéta le vieillard, les yeux dans le vague.

Un pâle sourire, comme un soleil d'hiver, affleura au milieu de sa barbe. La main qui portait une chevalière vint naturellement à ses yeux, comme pour en écarter un fin voile.

— Vingt ans…, murmura-t-il en soupirant.

Puis, s'apercevant de la présence des deux fonctionnaires qui l'observaient, il reprit un air affairé.

— Va pour votre client, Sisoes : affaire conclue. C'est bien celui qu'il nous faut. Son nom ?

— Smith.

— Et son prénom ?

— Baïkal.

— Baïkal !

— Oui, c'est un peu bizarre. Mais à l'époque, cela faisait partie des références culturelles standardisées de sa mère russo-mongole. C'est le nom d'un lac, je crois.

Altman fit poliment semblant de l'apprendre.

— À compter de maintenant, ordonna-t-il, tout ce qui concerne le jeune Baïkal devra m'être soumis, si vous le voulez bien. Aussitôt que vous vous serez saisi de lui, je souhaiterais le voir seul à seul. Je vous ferai connaître un lieu de rendez-vous approprié.

— C'est entendu, dit Sisoes avec obséquiosité.

Il était manifestement satisfait que l'entretien se termine et attendait d'être seul pour prendre des notes sur tout ce que lui avait dit Altman : ses ordres, ses mimiques et surtout ses étranges commentaires. Sisoes n'omettait jamais de noter tout ce qui lui paraissait anormal, incompréhensible, suspect. Sous son impulsion, cette habitude s'était répandue à tous les échelons de la Protection sociale.

Altman se pencha de côté pour chercher sa canne qui avait glissé par terre, puis il entreprit de se lever.

— Comptez sur nous, conclut Sisoes. Nous allons agir dès maintenant.

— Dès maintenant ! s'exclama Altman. Allons, Sisoes, soyez un peu romantique : faites-leur grâce d'un moment...

CHAPITRE 3

Allongés nus dans l'herbe haute, ils sommeillaient. Kate avait passé sa jambe repliée sur le ventre de Baïkal. Il respirait profondément et son visage avait une expression apaisée qu'elle ne lui connaissait que dans le sommeil. Mais, tout en goûtant cette paix, elle restait en alerte, inquiète. Il fallait l'enthousiasme de Baïkal pour se convaincre qu'en passant dans les non-zones ils avaient atteint la liberté. À vrai dire, Kate, elle, se sentait plus contrainte, plus surveillée, plus menacée, en un mot moins libre qu'à l'intérieur.

D'abord, il y avait cette odeur. Ce qu'elle avait pris pour des brûlis était en vérité une tenace odeur de souches calcinées et de cendres. Un peu partout dans la montagne, ils avaient découvert des troncs d'arbres massacrés. Ceux qui les avaient abattus ne semblaient pas disposer d'un matériel très sophistiqué. Ils avaient retrouvé dans une clairière une houe rouillée, bricolée dans une vieille ferraille.

Depuis l'endroit où ils avaient traversé la verrière, ils avaient marché une dizaine d'heures. Certains que la zone était encore truffée de caméras, ils s'étaient efforcés de rester sous le couvert des arbres. Ils furent surpris de voir que cette nature apparemment sauvage — quand on la contemplait de la salle de trekking — était en réalité parcourue de sentiers innombrables. Pourtant, ils ne rencontrèrent personne.

Baïkal se donnait l'assurance de quelqu'un qui sait où il va. Il consultait de temps en temps une mystérieuse carte qu'il tirait du rabat de son sac. Comme elle le sentait moins sûr de lui qu'il ne voulait le laisser paraître, Kate évitait de poser trop de questions. Ils étaient d'abord parvenus à un lac de montagne qu'une dense forêt de sapins entourait jusqu'à ses bords. Une moitié de la rive, du côté d'un petit torrent, était couverte de roseaux. Le coucher de soleil traça dans le ciel rose des signes énigmatiques sur lesquels ils formèrent chacun une interprétation intime et secrète. Celle de Kate n'était guère optimiste. Ils attendirent l'obscurité pour allumer un feu de brindilles, mangèrent un peu et s'endormirent serrés l'un contre l'autre dans leurs sacs de bivouac. Au petit matin, l'humidité de la montagne et du lac les réveilla. Kate s'éloigna pour faire sa toilette dans l'eau froide. Elle pensa que, s'ils étaient restés dans la salle, elle n'aurait pas agi autrement. Seuls lui auraient été épargnés la vague peur qui s'emparait d'elle à chaque bruit insolite et le désagrément de cette odeur de brûlé qui était encore plus forte au sortir de la nuit.

L'angoisse de l'aube, un froid qui s'insinuait sous les vêtements, le vague dégoût d'une atmosphère saturée de feux, tout portait Kate à enfiler un isolant supplémentaire et à boutonner jusqu'en haut le col de sa veste. Elle s'était imaginé cette fuite autrement. Elle y avait vu l'occasion d'être seule à seul avec Baïkal, dans une intimité qui permettrait enfin de faire passer dans la chair le désir qu'elle sentait pour lui. Au lieu de quoi, c'était un peu le contraire : l'inconfort et la peur faisaient obstacle au plaisir et finissaient par étouffer le désir lui-même.

Elle avait suivi Baïkal par amour, parce qu'elle ne voulait pas le laisser partir seul ni prendre le risque de ne jamais le revoir. Elle pensait vaguement que l'ailleurs qui l'attirait serait propice à leur bonheur. Ce qu'elle découvrait pour l'instant la ramenait brutalement sur terre.

En ce petit matin glauque, elle se faisait l'effet de quelqu'un qui recouvre peu à peu ses esprits après avoir perdu connaissance. D'abord se situer dans le temps : elle fit un effort pour se souvenir qu'on était le 3 juillet 27. En Globalia, les années étaient comptées de 0 à 60, puis on reprenait de nouveau à zéro. Ce système, inspiré du décompte des secondes et des minutes, avait beaucoup d'avantages. Il permettait aux personnes de grand avenir de se libérer de l'affreuse indiscrétion qu'était auparavant une date de naissance. Être né en 12 quand on était en 22 pouvait signifier qu'on avait dix ans ou soixante-dix ou cent trente. De plus, cela rappelait à chacun que Globalia n'avait pas d'origine, que ce monde avait toujours existé et existerait toujours au rythme de ces lentes pulsations de soixante années recommencées à l'infini. Le 3 juillet 27, donc, voilà pour le temps.

Quant à l'espace, c'était moins simple. Pour la première fois, Kate demanda clairement à Baïkal où ils se trouvaient et vers quelle destination il les conduisait.

— D'après ce que je sais, répondit-il un peu embarrassé, en continuant dans cette direction nous allons sortir du parc national et parvenir à une zone située derrière les grandes usines de Bywaters. Nous les traverserons et là nous atteindrons la côte.

Malgré l'air docte qu'il se donnait, on voyait bien que Baïkal ne savait pas grand-chose sur leur trajet ni sur leur position. Et comment l'aurait-il su puisqu'il s'agissait de cheminer à travers des zones interdites, des confins abandonnés à la nature sauvage et aux terroristes ? Kate n'eut pas le cœur de pousser tout de suite l'interrogatoire, mais elle sentit qu'il lui faudrait assez vite prendre les choses en main.

L'après-midi, le soleil avait chassé les brumes froides, séché la nature et les corps tandis qu'une brise venue de l'ouest avait amené au-dessus d'eux une masse de nuages qui sentaient la fraîcheur et le large. Baïkal pressait le pas et croyait avoir enfin découvert le passage vers la côte qu'il cherchait. Malheureusement, à deux reprises, ils durent rebrousser chemin et se cacher : des postes de garde étaient chaque fois apparus à l'horizon, alors qu'ils pensaient aboutir. Finalement, Baïkal décida de faire un crochet par la montagne et ils suivirent un étroit chemin qui semblait prometteur. Hélas, au moment où il franchissait la crête et descendait sur l'autre versant, le sentier se terminait en cul-de-sac sur un promontoire rocheux, couvert d'herbe à son sommet, comme un petit jardin clôturé de précipices.

En marchant jusque-là, Kate avait eu le temps de faire le point sur ses sentiments. Un grand pessimisme s'était emparé d'elle. Il lui paraissait impossible que cette fuite eût le moindre avenir. Cette idée qui dans le matin froid l'avait privée de désir, au contraire, à cette heure douce et tiède de l'après-midi, dans ce décor somptueux de vallées embrumées de soleil, lui donnait envie de puiser sans attendre sur le maigre compte des heures qu'ils passaient ensemble. Tandis que Baïkal regardait au loin dans de petites jumelles, elle se déshabilla silencieusement et étendit ses vêtements par terre. Quand il se retourna, il la vit nue, debout, les mains sur les seins qui cherchaient moins à les dissimuler qu'à tendre un peu plus sous une première caresse leurs bouts dressés dans le vent tiède. Kate conçut un vif plaisir à livrer ainsi au plein soleil l'harmonie noire et blanche de ses longs cheveux sombres et de sa peau laiteuse semée de grains de beauté innombrables. Baïkal, sans la quitter des yeux, se dévêtit silencieusement. Avant qu'il s'approchât d'elle, elle s'allongea et s'appuya sur un coude. Ses jambes, près du sol, s'entrouvraient comme une aisselle de gentiane pointant entre les herbes. Baïkal vint s'étendre à ses côtés, tendu d'une même force née de la terre. Leur amour, quand ils s'unirent, semblait n'être que la manifestation humaine d'une universelle fécondation qui parvenait à sceller des unions aussi improbables que celle du ciel avec les nuages, du végétal avec la terre, du bois avec la flamme claire qui le lèche, le mord et le dévore.

À vingt ans, on entreprend des choses plus facilement que l'on en parle. La vigueur avec laquelle ils s'étaient rapprochés silencieusement n'avait d'égal que la gêne qu'ils ressentaient ensuite pour reprendre la parole. Aussi restèrent-ils longtemps à s'étreindre et à somnoler sans mot dire. Puis le vent, pour léger et frais qu'il fût, commença de les refroidir et ils se relevèrent pour s'habiller.

Kate approcha de Baïkal, aux prises avec le réglage de sa ceinture thermostatique, qui n'était pas du dernier modèle. Collée contre lui, elle tendit sa bouche pour un baiser et posa sa main à plat sur la joue mal rasée.

— Maintenant, murmura-t-elle, dis-moi vraiment où nous allons.

Baïkal fit mine un instant de se crisper, de recomposer un visage d'autorité. Puis, tandis qu'elle n'ôtait pas ses yeux des siens et gardait sa longue main à plat sur la joue, effleurant son oreille, il céda :

— Je n'en sais rien, voilà !

Il était si désemparé qu'elle le prit dans ses bras. Ils s'étreignirent un long moment.

– Explique-moi enfin, chuchota-t-elle.

En le saisissant par la main, elle le fit asseoir sur l'herbe à côté d'elle, les jambes en tailleur.

— Je te l'ai toujours dit : j'étouffe. Je ne peux plus vivre comme cela. Je veux aller ailleurs.

— Je suis bien d'accord. Seattle est une ville impossible. Mais je t'avais proposé d'aller à Oulan-Bator voir ma grand-mère ou de venir au Zimbabwe cet été dans le ranch de mes cousins.

— Tu ne comprends pas, Kate, je te l'ai souvent répété. Ce sera *partout* la même chose. Partout nous serons en Globalia. Partout, nous retrouverons cette civilisation que je déteste.

— Évidemment, puisqu'il n'y en a qu'une ! Et c'est heureux. Aurais-tu la nostalgie du temps où il y avait des nations différentes qui n'arrêtaient pas de se faire la guerre ?

Baïkal haussa les épaules. Kate poussa son avantage.

— Il n'y a plus de frontières, désormais. Ce n'est tout de même pas plus mal ?

— Bien sûr que non, Kate. Tu me récites la propagande que tu as apprise comme nous tous. Globalia, c'est la liberté ! Globalia, c'est la sécurité ! Globalia, c'est le bonheur !

Kate prit l'air vexé. Le mot de propagande était blessant. Il ne s'agissait ni plus ni moins que de la vérité.

— Tu te crois certainement plus malin que moi, mais tu ne peux tout de même pas nier qu'on peut aller partout. Ouvre ton multifonction, sélectionne une agence de voyages et tu pars demain dans n'importe quel endroit du monde…

— Oui, concéda Baïkal, tu peux aller partout. Mais seulement dans les zones sécurisées, c'est-à-dire là où on nous autorise à aller, là où tout est pareil.

— Mais tout Globalia est sécurisé ! L'Europe, l'Amérique, la Chine... Le reste, c'est le vide, ce sont les non-zones.

Baïkal reprit un ton passionné et s'écria :

— Moi, je continue à croire qu'existe un ailleurs.

Kate soupira.

— C'est ce que tu m'as expliqué et c'est pour cela que je t'ai suivi. Mais rends-toi à l'évidence. L'ailleurs est dans tes rêves, mon amour. Il n'y a que quelques endroits pourris aux confins du monde, des réserves, des friches.

— Depuis six mois je recoupe les informations, insista Baïkal en secouant la tête — mais on sentait le désespoir éteindre sa voix. Je suis sûr que toutes ces non-zones sont en continuité. On peut sortir d'ici et rejoindre la mer, il doit y avoir des déserts, des villes peut-être. J'ai fait l'impossible pour obtenir des plans. J'ai soudoyé un type dont le grand-père était botaniste. Il avait effectué des missions dans les non-zones. Il m'a vendu ce logiciel cartographique, mais il est sans doute dépassé : on ne reconnaît plus rien.

Kate le sentait au bord des larmes. Elle passa sa main dans ses cheveux, lissa ses éternels épis couleur de jais qui se redressaient aussitôt.

— Rentrons maintenant, souffla-t-elle. Nous raconterons que nous nous sommes perdus, que la porte était ouverte, que nous avons voulu être seuls dans la montagne. Cela n'ira pas bien loin. Une amende peut-être.

— Non, dit Baïkal en secouant la tête. Je ne retournerai pas là-bas. Ce monde est une prison.

— Nous n'avons plus rien à manger. Personne ne passe par ici, sauf peut-être des charbonniers ou je ne sais quel homme des bois. On a peur, l'air pue, rien ne nous dit qu'il n'y a pas des pièges ou des mines. Où est la prison à ton avis ?

— Là-bas, persista Baïkal.

Kate ôta sa main. Ils se regardèrent. Et si l'air farouche de Baïkal, son impatience qu'elle trouvait belle, n'étaient qu'un entêtement d'enfant buté ? Cette énergie, cette assurance lui avaient fait tant d'effet qu'elle l'avait suivi dans cette aventure. Mais elles laissaient tout à coup apercevoir derrière elles ces doubles inquiétants que sont l'orgueil et peut-être même une forme subtile de bêtise.

— Ça suffit, s'écria Kate en se levant.

Elle saisit son sac à dos.

— Je rentre.

— Tu ne connais pas le chemin, objecta Baïkal.

C'était le mot à ne pas dire. Pour Kate, ce n'était désormais plus une affaire de choix mais de dignité.

— C'est ce que l'on verra.

En un instant, elle avait enfilé son sac à dos et commençait à dévaler le sentier qui menait au sous-bois en contrebas.

Baïkal resta un moment seul, les poings serrés. Il n'avait aucune intention de renoncer, mais l'idée que Kate pût courir un danger par sa faute fut plus forte que son entêtement. Il chargea à son tour son sac et courut derrière elle sur la pente empierrée.

Le chemin faisait des lacets. Il ne la vit pas et d'abord ne s'en inquiéta pas : elle devait être cachée par les virages. Dix minutes s'écoulèrent. Il s'étonna de ne toujours pas l'apercevoir. Il n'avait rencontré aucun embranchement et il était persuadé de marcher beaucoup plus vite qu'elle. Il se mit à l'appeler. Ses cris résonnaient en écho sur les falaises de l'autre versant. Se serait-elle cachée ? Il avait traversé une zone de sous-bois encombrée de gros ébou-lis. Elle s'était certainement retirée là par nécessité ou pour le laisser passer devant.

Il revint sur ses pas, tout en continuant à appeler. Le soleil avait déjà disparu derrière les crêtes et le sentier était baigné de cette ombre mauve qui précède longtemps en montagne l'arrivée de la nuit.

Enfin, au détour d'un lacet, il aperçut une silhouette debout à quelques mètres sur le sentier. Baïkal était aveuglé par la sueur qui lui coulait sur les yeux depuis qu'il montait au pas de course mais il n'y avait aucun doute. Il courut, tout essoufflé, heureux de l'avoir retrouvée. Il était à trois mètres à peine quand, relevant les yeux, il vit deux autres ombres surgir à ses côtés. Au même moment, la silhouette qu'il poursuivait se retourna. Baïkal comprit son erreur. L'homme portait un uniforme de la Protection sociale qui bâillait sous son gros ventre.

— Je suis l'adjudant Heurtier, cria-t-il. Ne bougez pas !

CHAPITRE 4

L'attentat à la voiture piégée qui avait frappé Seattle était directement responsable de douze victimes, sans compter les blessés et tous ceux qui avaient subi un grave traumatisme psychologique. Pourtant ce drame avait fait au moins un heureux : il avait fourni à Puig Pujols la matière d'un premier reportage extraordinaire.

Puig n'était sorti de l'école de journalisme que depuis quinze jours à peine. Le parcours avait été long pour en arriver là : il venait de dépasser la trentaine. Mais c'était un âge très honorable et même précoce, compte tenu de la rareté des places dans cette prestigieuse institution. Plus extraordinaire encore pour un jeune sans expérience, il avait décroché tout de suite un poste de stagiaire à la rubrique « Faits divers » de l'*Universal Herald*. C'était un vieux journal. Au moment de sa fondation, on disait qu'il avait même été imprimé sur papier. Il datait donc d'avant la loi qui bannissait toute utilisation industrielle des produits naturels, l'un des plus anciens textes constitutionnels de Globalia. Désormais, le *Herald* était évidemment virtuel, disponible sur les écrans. Au long de toutes ces années, il avait su affronter la concurrence de nombreux titres nouveaux. S'il n'était plus une référence exclusive, il jouissait toutefois d'un immense prestige.

Et voilà qu'en plus, pour sa première sortie professionnelle, Puig était envoyé sur un grave attentat. Il avait reçu la veille un ruban velcro avec son nom, vieille coutume du journal où chacun arborait ce signe sur la poitrine. Il aurait été embarrassé pour dire ce dont il était le plus fier : de son titre de journaliste à la rédaction de l'*Universal Herald*, ou de son nom catalan « Puig Pujols », tout en pleins et en déliés, qui semblait fait pour être écrit à la pointe d'un fleuret.

Malheureusement, cette fierté et cette émotion l'avaient détourné de l'essentiel : il était parti si vite vers le centre commercial où avait eu lieu l'attentat qu'il avait oublié son badge professionnel. Il était trop tard pour faire demi-tour. Aux yeux des officiers de la Protection sociale, seul comptait ce document officiel qui déclinait automatiquement l'identité de son porteur et sa fonction. Les autres journalistes, qui eux s'en étaient tous munis, étaient poliment regroupés non loin de l'épave carbonisée du véhicule. Un porte-parole officiel allait sous peu s'adresser à eux, répondre à leurs questions et les inviter à constater précisément les dégâts. Un autre groupe, constitué par les proches des victimes, attendait lui aussi patiemment d'être interrogé devant les caméras.

Manquer un tel reportage pour un simple oubli mettait Puig en rage. Quoique né à Denver et élevé en divers endroits de la planète, il était fortement imprégné des valeurs catalanes. Elles lui avaient été transmises par sa grand-mère, au cours d'un long séjour à Carcassonne, après la mort accidentelle de ses parents. Travailleur, ombrageux et fier, il accueillait l'échec comme une insulte et se cabrait à la seule idée que son honneur pût en être éclaboussé.

Quand il fut refoulé par le cordon de sécurité, Puig sentit bouillir son sang. Ce réflexe de révolte, qui l'aurait volontiers conduit à frapper l'un des gardes, manqua le perdre mais finalement le sauva.

La nuit autour du centre commercial était remplacée par des vagues de feux bleus et orange. Elles provenaient du toit des ambulances et des camions de police et de pompiers stationnés en désordre sur le lieu de l'attentat. Le véhicule piégé avait été garé tout près de l'entrée principale, là où les gens allaient et venaient en poussant leur chariot.

Au lieu de rester en vain du côté où étaient rassemblés les journalistes, Puig se dirigea vers les abords immédiats de l'attentat, où s'affairait une foule confuse de secouristes.

Il n'était pas de très haute taille mais sa silhouette sèche et cambrée, ses yeux noirs vibrants de colère, sa barbiche en pointe héritée de son père qu'il avait à peine connu, cette mimique d'indignation et de courroux, promenés dans le désordre de ce champ de bataille lui donnaient un air de comédie ou de tragédie selon les circonstances, en tout cas théâtral. Dans ce décor de destruction, il semblait naturellement être un des personnages du drame. Et cela finit par l'aider à le devenir.

Parce qu'il aimait le blanc et le rouge, Puig portait ce jour-là, par hasard, une tenue assez semblable à celle des secouristes. L'un d'eux, au plus fort de la confusion, crut qu'il faisait partie des leurs. Il le héla pour être remplacé car on l'appelait au PC central. Avant de s'éloigner, il lui laissa son dossard, pensant que celui de Puig s'était déchiré. Ainsi se retrouva-t-il vêtu de la casaque officielle des secouristes, sur laquelle figuraient une bouteille de jus de fruits et le nom de la marque qui servait de sponsor.

Dès lors, on lui signifia sans ménagement qu'il devait venir en appui aux groupes de trois personnes qui déambulaient sur les lieux du drame. Ces groupes faisaient la navette depuis le site de l'attentat jusqu'aux véhicules sanitaires qui attendaient, tous gyrophares allumés. Ils étaient constitués par une personne traumatisée que soutenait un médecin. Serré autour d'eux, le troisième personnage était un psychologue qui recueillait les plaintes du blessé comme du médecin. Il engageait chacun à évacuer en temps réel le traumatisme que l'un avait subi et dont l'autre était le témoin. Dès que la victime parvenait à l'ambulance, et parfois même avant, on lui administrait les premiers gestes d'urgence : si elle était valide et capable de signer, on lui faisait parapher une décharge de responsabilité, exonérant par avance tous les soignants des conséquences de leurs actes. Si le blessé était en trop mauvais état, on s'enquérait des coordonnées de sa famille afin de la convoquer.

Ces évacuations permirent à Puig d'approcher suffisamment près de l'épave du véhicule pour l'observer en détail. C'était un modèle assez ancien doté d'un moteur nucléaire classique et peu puissant. Les sièges avaient brûlé, mais on pouvait encore distinguer certains lambeaux intacts de couleur rouge. L'indice le plus frappant, mais Puig n'eut pas le temps d'en noter beaucoup plus, était l'existence sur le toit du véhicule d'une usure rectangulaire comme s'il avait longtemps porté à cet endroit une marque, un signe, bref un accessoire que l'explosion n'avait pas fait disparaître mais qui avait dû être retiré bien avant — il n'y avait pas de trace d'arrachement ni de cassure.

La première victime que Puig aida à évacuer était une femme assez mal en point, qui saignait de tout le côté droit. Elle avait été projetée par le souffle contre une poutre d'acier et s'était sûrement brisé l'épaule ou le haut du bras. Elle suppliait le médecin de la soulager. Il lui répondait qu'il évaluait les lésions mais ne pouvait rien entreprendre avant qu'elle eût signé la décharge de responsabilité appropriée. Puig, malgré la douceur dont il fit preuve, ne put rien recueillir d'autre qu'une partie — imméritée — des injures que la femme, sous le coup de l'émotion et de la douleur, adressait au médecin et plus généralement au genre humain.

Le second blessé que transporta Puig ne lui apprit pas grand-chose non plus. De l'autre côté du mur le long duquel avait explosé la bombe se trouvait une salle de jeu. L'homme avait été extrait des décombres encore revêtu de la cagoule et des gants sensoriels qui lui permettaient d'évoluer dans un univers virtuel. La bombe l'avait surpris alors qu'il venait d'épuiser sa troisième vie à se battre contre des Guharfs et des Khourbluts. Quand Puig l'évacua, l'homme en était encore à se demander laquelle de ces créatures sanguinaires avait pu lui administrer un tel coup.

Avant de revenir une troisième fois vers le cœur de l'attentat, Puig examina discrètement les alentours. La pagaille du début commençait à se dissiper. On voyait de plus en plus d'officiers de la Protection sociale quadriller la zone. Avec son jeune âge, sa barbe pointue, son air insolent, Puig ne passait pas inaperçu et il risquait de plus en plus de se faire coincer. En même temps, il était loin d'en avoir assez vu pour écrire un bon papier.

Il décida d'y retourner une dernière fois et la chance lui sourit.

Un régulateur braillait le long du centre commercial. Puig n'y prêta pas attention jusqu'à ce qu'il comprenne que l'autre appelait son numéro de dossard. Quand Puig se rendit auprès de lui, il lui indiqua, le doigt pointé, une nouvelle victime à secourir d'urgence.

— Il n'y a plus de psychologue disponible pour le moment, commenta le régulateur. Vas-y seul et je t'enverrai quelqu'un.

La personne qu'il s'agissait d'évacuer était un homme de belle prestance qui paraissait assez jeune de loin. En s'approchant, Puig nota cependant qu'il avait la racine des cheveux blanche et que son visage était couturé de fines cicatrices de chirurgie esthétique. Il avait perdu connaissance en tombant au moment de l'explosion mais l'angle du bâtiment l'avait protégé et il ne semblait pas blessé. Il se frottait le cou et revenait à lui avec étonnement. Quand il parut avoir suffisamment recouvré sa conscience, il regarda son multifonction cassé.

— Quelle heure est-il ? demanda-t-il fébrilement.

— Six heures cinq, dit Puig en s'efforçant de prendre le ton plein de bienveillante assurance qui convenait.

— Oh ! mon dieu, mon dieu, se lamenta l'homme.

Puig lui souffla de se tenir tranquille et de le suivre jusqu'à l'ambulance. Mais l'homme semblait encore dans ses pensées. Le regard perdu dans le vague, il parla à voix basse :

— Avez-vous vu les deux hommes ?

— Lesquels ? dit Puig en dressant l'oreille.

— Les deux qui ont fait le coup. Drôles de types…

— Quoi ! bondit Puig.

Il s'en voulut tout aussitôt de sa réaction brutale car elle tira l'homme de sa rêverie.

— Qui êtes-vous ? s'écria-t-il en reculant.

— Allons, n'ayez pas peur, murmura Puig pour tenter de se rattraper. Je vais vous conduire à l'ambulance.

— L'ambulance ? Mais il n'en est pas question. Je n'ai rien, laissez-moi partir.

Puig le regardait avec de plus en plus d'intérêt. Ce désir de disparaître confirmait que cet homme avait quelque chose à cacher, donc, pour un journaliste, à révéler.

À ce moment, malheureusement, un psychologue de forte corpulence, l'air avachi et blasé, les avait rejoints.

— Se sentir en bonne santé est une réaction fréquente chez les victimes, intervint-il. Elle ne préjuge en rien de leur état et constitue une simple défense par dénégation.

— Lâchez-moi, je vous dis, insista l'homme.

Avec sa large carrure, il était difficile à contenir. Ses gardiens auraient peut-être réussi à le contrôler, mais une circonstance fortuite détourna un instant leur attention. Un immense écran lumineux, fixé à la surface du centre commercial, avait été fragilisé par l'explosion sans que personne s'en rendît compte. Après avoir oscillé un long moment, il finit par être emporté par une rafale de vent, et s'abattit sur le parking. Tout le monde crut à une deuxième bombe. Une foule où se mêlaient secouristes, victimes, officiels et badauds courut en tous sens dans un concert de cris.

L'homme que tenait Puig fut le plus rapide à réagir. Il profita de la stupeur générale pour s'enfuir discrètement. Puig se lança à sa poursuite.

Le fugitif contourna le centre commercial et entra sur une zone du parking où l'électricité avait été coupée par les déflagrations. L'espace était obscur et désert. Il enfila ensuite une étroite ruelle entre des grilles d'entrepôt et gagna un terre-plein couvert d'herbe qu'il escalada prestement.

Puig était léger et à l'aise dans la course tandis que le psychologue était resté cloué sur place. Il ne tarda pas à saisir la ceinture du fuyard et à l'immobiliser contre un muret. Au dernier instant, il se demanda s'il aurait à se battre et pensa alors, un peu tard, à la corpulence de son adversaire. Heureusement, le fugitif n'avait apparemment aucune intention de se défendre. Il était essoufflé et en nage.

— Laissez-moi partir, répéta-t-il en haletant. Je vous en supplie.

Puig était tout excité. Il avait la sensation d'être sur le point de rapporter à son rédacteur en chef une nouvelle fracassante. Mais il n'était pas un mouchard et ne souhaitait pas attirer des ennuis à ce malheureux témoin. Il observa rapidement la rue. Un panneau publicitaire faisait scintiller des images animées où se mêlaient pentes enneigées, bords de mer et café en grains. Puig savait, comme tout le monde, que ce genre de panneau est souvent mixte, équipé de récepteurs de surveillance qui transmettent image et son. Saisissant l'homme au collet, il le fit reculer le long du muret jusqu'à tourner l'angle d'une ruelle d'où le panneau était invisible.

Les yeux plissés, il dévisagea l'homme en le tenant toujours à la gorge. Il n'avait pas le temps de l'interroger en prenant les formes et, si le fuyard craignait d'être livré, il en dirait le moins possible. Le mieux était de lui offrir un marché. Puig le lâcha et recula un peu.

— Je ne suis pas secouriste, dit-il rapidement. Je suis journaliste. Dites-moi ce que vous savez et on se quitte bons amis.

Il avait entendu cette phrase dans un film policier et la restitua sur le même ton un peu théâtral.

— Je ne sais pas grand-chose, dit l'homme.

Ce « pas grand-chose » était déjà quelque chose. Puig sentit qu'il devait maintenir la pression mais qu'il avait gagné. Il agrippa l'homme encore plus fort.

— Pourquoi vous êtes-vous enfui ?

— Parce que je n'avais rien à faire là-bas à l'heure où cette saleté de bombe a explosé.

— Et qu'est-ce que vous y faisiez ?

— J'étais avec une femme.

Puig accusa le coup : il ne s'attendait pas à une telle réponse. Il était sur ce sujet d'une grande timidité. N'eût été la pénombre qui enveloppait la rue, l'autre l'aurait vu rougir.

— Où est-elle ? demanda-t-il en forçant l'assurance de sa voix.

— Nous venions de nous quitter quand tout a sauté.

— Où est-elle ? répéta Puig avec nervosité.

— Je n'en sais rien. Elle doit être chez elle à cette heure-ci. Elle était en voiture.

— Et vous ?

— À pied. Je prends les transports en commun pour venir. Si je sortais en voiture, ma femme se méfierait. Elle croit que je fais du jardinage.

Comme pour authentifier ses propos, il montra ses mains qui étaient calleuses et pleines de terre.

— Nous avons un lopin le long de la rivière couverte. Je fais pousser des tomates et des poireaux sous infrarouges.

Puig lui fit signe de se taire. Il connaissait la loquacité des gens qui parlent de leur passion et il se souciait bien peu du jardinage. La déception redoublait sa colère.

— Qu'est-ce que vous avez vu ? cria Puig méchamment.

— Rien, répondit l'homme en prenant un air innocent qui, tout à coup, le trahit.

Puig avait toujours eu un sixième sens pour repérer les faux jetons.

— Vous mentez ! s'écria-t-il en saisissant de nouveau l'homme par le col et en lui parlant sous le nez.

À cet instant, un véhicule de la Protection sociale passa à grande vitesse dans la rue en retrait de laquelle ils étaient.

— Je n'en avais pas l'intention mais si vous vous moquez de moi, je les appelle.

Puig fit un pas pour sortir de la ruelle sans lâcher son prisonnier.

— Si je vous parle, vous me laissez vraiment partir ?

— Juré.

Ils étaient presque à la lisière de l'ombre et des lumières qui dansaient dans la rue.

— J'ai vu les deux types qui ont garé la voiture, murmura l'homme en jetant des regards craintifs à droite et à gauche.

— La voiture piégée ?

— Oui.

— Comment étaient-ils ?

L'homme parut hésiter.

— Je ne veux pas d'ennuis, vous comprenez ?

— Allez.

Le temps qui passait jouait en faveur de Puig. Pour se libérer tout à fait, l'homme comprenait qu'il devait céder quelque chose et très vite.

— Je dois avoir leur photo sur mon multifonction, lâcha-t-il.

— Leur photo ! s'écria Puig. Vous avez pris des photos sur le parking ?

L'homme était un peu embarrassé.

— C'est pour ma compagne... Nous nous rencontrons dans sa voiture. Elle a des vitres teintées. Personne ne voit ce qui se passe à l'intérieur. Elle aime bien sentir qu'il y a des gens tout autour, vous comprenez. Elle me demande de prendre des photos pendant qu'elle s'occupe de moi.

Puig n'était pas autrement surpris. Avec l'allongement de la vie en Globalia, les pratiques charnelles requéraient de plus en plus de stimulation. L'amour en public, grâce à maintes techniques pour voir sans être vu, était un classique du genre et faisait régulièrement la une des magazines consacrés à la santé. Mais, jeune et pusillanime comme il l'était, Puig ne se sentait pas à l'aise du tout sur le sujet.

— Que comptez-vous faire des photos ? demandat-il sur le ton le plus austère qu'il put.

— Les détruire.

— Je vous les achète.

— Prenez-les si vous voulez. Mais laissez-moi partir.

Puig sortit son multifonction en essayant de ne pas trembler d'excitation. Il le plaça contre celui de l'homme et appuya sur la touche qui commandait le transfert de données. En un instant, les images furent copiées dans sa mémoire. Dès que l'homme eut récupéré son appareil, il afficha une commande de destruction des images.

— Comme cela, dit-il en marquant son soulagement, vous êtes témoin que je n'ai plus rien.

C'était Puig, maintenant, qui montrait des signes d'impatience. L'homme insista pour lui donner une dernière poignée de main. Ensuite chacun s'enfuit dans une des directions de la nuit.

CHAPITRE 5

Il avait fallu plusieurs heures avant que Baïkal fût fixé sur son sort, au moins provisoirement. L'hélicoptère qui l'avait retiré des non-zones avait volé longtemps de nuit et fait escale sur une base de la Protection sociale. Après trois heures d'attente, on l'avait fait monter, les yeux bandés, dans une navette aérienne très bruyante, sans doute d'un modèle ancien et peu rapide. La seule certitude était qu'au petit matin il se trouvait à une grande distance de Seattle. Après les formalités d'usage (que l'identification génétique permettait de réduire au plus juste), on le fit pénétrer seul dans une chambre meublée d'un lit et on l'y enferma. Il était évidemment dans un de ces multiples centres d'Aide à la Cohésion sociale que leurs pensionnaires, avec une ingratitude conforme à leur pathologie, continuaient d'appeler des prisons. En regardant par la lucarne, il ne put rien voir d'autre qu'un ciel uniformément bleu. Il ne pouvait en tirer aucune conclusion sinon que la zone était, comme Seattle et toutes les zones sécurisées, truffée de canons à beau temps et climatisée.

Baïkal connaissait la vie de prison et ne la craignait pas. Il s'agissait cette fois d'une de ces nouvelles unités fabriquées en masse ces dernières années pour répondre à une demande croissante. Les bâtiments étaient formés d'alvéoles montées en usines et assemblées côte à côte selon une technique inventée pour loger les ouvriers sur les chantiers puis étendue aux hôtels bon marché. Chaque cellule était strictement indépendante ; les menus étaient adaptés aux désirs du pensionnaire. Ceux qui y séjournaient pouvaient d'ailleurs s'y maintenir après avoir purgé leur peine ou revenir pour un prix avantageux. Il n'était pas nécessaire de commettre un crime pour en bénéficier et, compte tenu de la cherté des logements dans les zones sécurisées, nombreux étaient ceux qui se déclaraient intéressés. Le ministère de la Cohésion sociale qui gérait ces établissements espérait, en mêlant populations condamnées et volontaires, atténuer l'exclusion dont auraient pu être victimes les détenus. Dans une société de liberté, il était essentiel de faire comprendre que rien, pas même ce geste de rupture qu'est le crime, ne pouvait vous exclure.

Évidemment, un tel résultat n'était obtenu qu'en faisant appel à des sponsors. Cette collaboration était hautement bénéfique : elle montrait que l'activité économique contribuait de manière fondamentale à la cohésion sociale. En retour, grâce à la publicité, la détention ne constituait plus un moyen de se soustraire à la sollicitation commerciale. Elle permettait même de rééduquer ceux qui auraient eu tendance à rejeter cette partie fondamentale de l'activité sociale.

Un large écran était encastré sur chacun des quatre murs de la cellule, protégé par une vitre de haute sécurité. Deux d'entre eux étaient commandés par un boîtier scellé près du lit, que le détenu actionnait à sa guise. Les deux autres diffusaient en permanence des programmes : l'un était dédié aux sports et entrecoupé de spots publicitaires ; l'autre était exclusivement consacré à des clips présentant soit une chanson, soit un produit. On ne pouvait pas les éteindre mais seulement en atténuer le son.

Baïkal, qui n'avait pas fermé l'œil pendant son transfert, commença par s'effondrer sur le lit et dormir quelques heures. Quand il s'éveilla, il éteignit tous les écrans possibles et resta allongé sur le lit à fixer le plafond, en détournant le regard de ceux qui restaient allumés. Il savait que ce comportement, observé par les capteurs qui truffaient la cellule, serait retenu contre lui. L'adaptation à la prison était comptée comme un signe favorable pour la Cohésion sociale et contribuait à réduire la peine. Tandis que la révolte contre l'incarcération, en vertu d'un paradoxe qui n'était qu'apparent, prouvait que la poursuite de la réclusion était nécessaire.

Baïkal avait beau savoir tout cela, il s'en moquait. Il pensait à Kate, revivait encore et encore les derniers moments avec elle, essayait de comprendre à quel endroit elle avait pu disparaître. Quand il avait bavardé avec lui pendant le transport, l'adjudant qui avait capturé Baïkal avait prétendu n'avoir jamais vu personne d'autre que lui sur le sentier. Mais quel crédit apporter aux dires de cet hypocrite ?

Où était Kate en ce moment ? se demandait Baïkal. La reverrait-il ? Le plus dur était de s'être quittés sur une querelle. À quelques minutes près, il l'aurait serrée dans ses bras ; ils se seraient réconciliés et leur amour serait resté sans ombre. Baïkal aurait été moins dévoré de remords et de doutes.

La nuit était passée. Le repas du matin arriva, accompagné par deux psychologues. Tout le personnel du centre en rapport avec les détenus était constitué de psychologues, ce qui confortait le rôle thérapeutique du séjour en ces lieux. L'un des deux visiteurs se tenait près de la porte avec les clefs, tandis que l'autre, vêtu de clair, arborait un grand sourire. Il posa le plateau sur une tablette relevable fixée au mur. Baïkal avait faim mais il se retint de faire la grimace en découvrant, sous des emballages stériles, des pâtes grisâtres, un steak synthétique imitant le soja et une crème à l'aspect indéfini mais louche.

Le sbire vint s'asseoir au pied du lit.

— En forme, garçon ?

Le grognement de Baïkal incita le psychologue à redoubler d'enthousiasme.

— Tu n'as pas regardé le foot cette nuit ? Un match extraordinaire, pas vrai Ricardo ?

Appuyé au chambranle, l'autre acquiesça, découvrant lui aussi une denture parfaite. On ne pouvait pas leur donner d'âge. Chacun d'eux avait atteint, bien après l'enfance et l'âge adulte, cette longue phase de la vie où tous les organes sont changés un à un. Le corps devient un mélange troublant d'accessoires neufs, brillant sur un fond où se marque tout de même une certaine usure.

— Je sais que tu es déjà venu, reprit le psychologue assis sur le lit. Mais je te conseille quand même de regarder ces quelques informations.

L'écran en hauteur où défilaient — sans qu'il ait trouvé le moyen de les arrêter — les publicités se mit à clignoter : « Bienvenue Baïkal » s'afficha. Puis tout de suite, en lettres vertes sur un arrière-plan lilas, la devise globalienne : « Liberté, Sécurité, Prospérité ». Une musique retentit et un autre psychologue apparut, sur l'écran cette fois, souriant à belles dents. Il entreprit bientôt de réciter l'insoutenable proclamation que Baïkal connaissait si bien.

— Non ! Pas cela, s'écria-t-il en se bouchant les oreilles.

Il avait envie de hurler, de faire voler le plateau-repas. Mais il savait qu'il ne le fallait pas. Il devait

66

rester lucide. L'agressivité, quand elle devenait clastique, entraînait l'intervention médicale, les sédatifs.

« Globalia, où nous avons la chance de vivre, proclamait le psychologue, est une démocratie idéale. Chacun y est libre de ses actes. Or, la tendance naturelle des êtres humains est d'abuser de leur liberté, c'est-à-dire d'empiéter sur celle des autres. LA PLUS GRANDE MENACE SUR LA LIBERTÉ, C'EST LA LIBERTÉ ELLE-MÊME. Comment défendre la liberté contre elle-même ? En garantissant à tous la sécurité. La sécurité, c'est la liberté. La sécurité, c'est la protection. La protection, c'est la surveillance. LA SURVEILLANCE, C'EST LA LIBERTÉ. »

— Arrêtez, gémit Baïkal.

Il avait déjà entendu cette présentation, jusqu'à la nausée. Elle était accompagnée d'une animation en images de synthèse représentant un être humain virtuel, souriant béatement et mimant avec une écœurante stupidité l'effroi, l'indignation et la gratitude chaque fois qu'était prononcé dans le commentaire le mot « Liberté ».

« La protection, ce sont les limites. LES LIMITES, C'EST LA LIBERTÉ. »

Toute cette partie de la présentation était adaptée, parmi différents menus, au cas particulier du détenu, en l'occurrence à Baïkal. L'animation montrait, en vue plongeante depuis le ciel, un immense continuum de zones sécurisées, avec leurs gratte-ciel, leurs jardins monumentaux, leurs espaces commerciaux, leurs portions de fleuves, de rivages maritimes, tout cela représenté comme une maquette animée, ordonnée, paisible. Puis, tout à coup, le spectateur plongeait vers des confins obscurs. Une végétation désordonnée jetait son ombre sur le sol. On devinait un grouillement de formes, des images subliminales instillaient de troublantes impressions de feu, d'explosion. Et au moment où l'effroi commençait à s'insinuer, un rideau protecteur, une verrière épaisse et légère à la fois venait interposer son rassurant reflet entre les invisibles démons de l'ombre et la paix du dedans, entre le monde ordonné de Globalia et la violence anarchique des non-zones.

« LES LIMITES », répétait le commentaire, tandis que le petit bonhomme animé approchait sans crainte de la paroi transparente, « C'EST LA LIBERTÉ ».

Baïkal avait fini par se résigner à ce prêche. Il savait qu'ensuite viendrait le règlement, puis le rappel de ses droits, des numéros pour appeler des avocats commis d'office, s'il n'avait pas le sien propre. Tout se déroula comme prévu, puis le programme publicitaire reprit sans transition.

— Tu peux manger maintenant, dit le psychologue qui avait apporté le repas. C'est tout pour ce matin.

— Je n'ai pas faim.

— Un gaillard comme toi ! Et qui court les bois.

Les deux visiteurs rirent bruyamment.

— Bon, Baïkal, on te laisse tranquille. On reviendra en fin d'après-midi. Ce sera l'occasion de parler un peu de toi, de ta famille, hein !

— Allez vous faire foutre.

Le psychologue dodelina de la tête d'un air navré.

— Il faudra que tu travailles un peu sur cette agressivité, sur ce qu'elle signifie. Cherche bien ce que tu as *vraiment* à nous dire.

— Où est Kate ?

— Kate ?

— Ne faites pas l'imbécile. Vous nous avez observés depuis le début. Où est-elle ?

— Non, Baïkal, sincèrement, je ne vois pas qui est Kate. Mais je te promets de me renseigner.

C'était reparti, comme pendant les séjours précédents. Des semaines de mensonges souriants, de célébrations de la liberté et du bonheur, tout cela pour enrober la réclusion et la violence. Aurait-il la force, cette fois encore, de résister ?

— Allez-vous-en ! dit-il en reposant lourdement la tête sur l'oreiller.

— C'est bon : on te laisse, dit le psychologue en se levant et en rejoignant son collègue à la porte.

Baïkal n'eut même pas la force de leur demander de baisser le son. Pour passer la bande d'information, ils avaient haussé le volume de l'écran publicitaire, le seul qui ne fût pas relié au boîtier de la cellule. Les visiteurs laissaient derrière eux un écran fou qui, après un air de Verdi dédié à une marque de café, se mettait à démontrer en braillant que « contrairement à l'expression courante, un balai peut être intelligent ».

*

Baïkal avait perdu la notion du temps. La journée était un magma indistinct et nauséeux où les vertus du chocolat, les innovations en matière de lessive ou de détartrants sanitaires étaient laborieusement entrecoupées de ruminations moroses sur la courte escapade qui lui avait valu de perdre Kate.

Quand arriva de nouveau le soir, il décida de réagir. Non pour être mieux noté de ceux qui le surveillaient — il continuait à leur être farouchement hostile —, mais seulement pour ne pas sombrer dans la folie si l'épreuve devait durer. Baïkal avait sélectionné sur l'écran-fenêtre la photo d'une fille vue de dos face à la mer. Ce n'était pas Kate du tout, bien sûr : elle était blonde et n'avait pas la peau si claire de Kate, ce satin semé de perles noires. Mais au moins, sur ce mannequin inerte, pouvaient s'agréger les rêves. Au lieu de flotter tout autour de lui dans la cellule, les pensées de Baïkal se posèrent sur cette image, comme des oiseaux dans le couvert d'un seul arbre, libérant son esprit.

Il effectua un réglage afin qu'à chaque heure l'un des écrans s'allume pour le bulletin d'informations. Ainsi les buts au football ou les essais au rugby, longuement et passionnément portés à la connaissance du public par des présentateurs enthousiastes, prenaient-ils dans l'isolement de la prison la valeur des coups frappés jadis dans les clochers pour indiquer l'heure.

Le prix à payer pour cet arrimage dans le temps était d'avoir à supporter les visages exaltés, le ton d'allégresse forcée, les tentatives d'humour des commentateurs sportifs. Ensuite, la seconde partie du bulletin d'informations consistait en une litanie de catastrophes, égrenées sur un ton lugubre par des présentateurs bouleversés. Toute la planète était commise à l'obligation de fournir chaque jour son quota d'accidents de transports, de meurtres, d'escroquerie et de colère des éléments. Les reportages se succédaient en provenance des côtes chinoises, des banlieues de Saint-Pétersbourg, des rues de Londres, Berlin, Kansas City ou Minneapolis. Les victimes étaient les véritables vedettes de ces spectacles. Elles étaient toujours longuement interrogées, ainsi que les familles. Malgré le choc et la douleur, on percevait toujours dans leurs yeux le reflet d'un immense bonheur : celui d'acquérir un instant une existence réelle dans le monde virtuel.

Une large place était toujours consacrée à la lutte contre le terrorisme. Le Président annonçait parfois lui-même de nouveaux bombardements, déplorait un nouvel attentat d'ampleur nationale ou dévoilait le nom d'un nouvel ennemi dont le complot venait d'être démasqué. Depuis quelque temps, il semblait que l'actualité s'était faite plus rare sur ces sujets. Mais ces derniers jours l'attentat de Seattle avait remis la question au premier plan, au point de lui faire même supplanter les résultats de basket. Les écrans passaient et repassaient d'insoutenables images de blessés et de destructions. L'explosion avait soufflé toute une aile du bâtiment et, fait plus inquiétant, s'était propagée par un effet de souffle jusqu'à la coupole vitrée qui, à quatre cents mètres du sol, englobait toute la zone sécurisée de Seattle-Ouest. On en était au stade émotionnel : les victimes et les familles venaient livrer de bouleversants témoignages qui étaient diffusés en boucle. L'enquête, à ces premiers moments, n'est jamais une priorité. Les officiels de la Protection sociale se bornaient à déclarer que des indices concordants orientaient les recherches vers trois individus bruns dont un plus corpulent et moustachu. Des témoins corroboraient complaisamment ces soupçons. Et bien sûr, tout le monde comprenait que les autorités ne pouvaient pas en dire plus.

À mesure que s'écoulait la journée, Baïkal jugeait de plus en plus bizarre de n'avoir encore reçu aucune visite judiciaire. Il savait que le droit prévoyait dans les délits de ce type une peine automatique, dont il ignorait la nature et la durée. Mais la justice démocratique répugne à révéler ses automatismes. Le premier droit de chaque individu — fût-il condamné d'avance — était d'avoir un procès digne de ce nom, qui lui fasse bénéficier d'un semblant d'incertitude. Il devait pouvoir être entendu, accusé, défendu, tenu en haleine puis enfin, comme prévu, condamné. Le moindre des droits pour un délinquant était celui de comparaître, c'est-à-dire de recevoir sa part de cérémonial, mélange de honte et de gloire : le verdict devenait ainsi non seulement la reconnaissance de sa faute mais aussi celle de sa liberté.

Or, Baïkal, au deuxième matin de sa détention, n'avait encore vu paraître ni juge d'instruction ni avocat. Aucun des fonctionnaires de la Protection sociale qui l'avaient appréhendé n'était venu lui rendre la moindre visite.

Il avait envie de s'en ouvrir aux psychologues. Celui qui surveillait la promenade était le moins antipathique. Mais il était certainement en relations avec les autres et, si Baïkal manifestait le moindre intérêt sur quelque sujet que ce fût, ils n'auraient pas manqué de se jeter sur cet os. Il préféra donc se taire et attendre.

Au début de l'après-midi, alors qu'il regardait de nouveau un reportage sur l'attentat, la porte s'ouvrit et un inconnu entra.

Le visage du petit homme était étrangement sculpté : ses cheveux ondulés tiraient vers l'arrière, son nez étroit et long fendait l'air, son menton fuyait vers le cou. On eût dit une de ces pierres du désert usées par un vent qui souffle à longueur d'année dans la même direction. Quelque chose en lui sentait le grand air et il ne souriait pas. C'était assez rare pour que Baïkal l'accueillît en confiance et avec intérêt.

— Mettez votre régulateur textile en position épaisse, dit l'homme d'une voix caverneuse, la climatisation est assez basse, dehors.

Baïkal se leva et suivit son visiteur. Ils sortirent de la cellule, empruntèrent le couloir en évitant une flaque de soupe que le chariot du déjeuner avait laissé échapper. Aucun psychologue ne parut sur leur chemin. Toutes les portes s'ouvrirent sur présentation de leurs paumes, preuve que les détecteurs génétiques étaient prévenus de leur passage. En sortant de la maison d'arrêt, Baïkal fut en effet saisi.

Au-delà des verrières qui couvraient la ville, le ciel était, comme à l'ordinaire, uniformément bleu mais, en dessous, l'air était vif. Les municipalités, dans les zones sécurisées, choisissaient le niveau de leur climatisation en fonction des desiderata des électeurs mais aussi, bien souvent, d'une tradition tenace. Des villes restaient froides parce qu'elles l'avaient toujours été, aux temps pourtant révolus et lointains où elles étaient à ciel ouvert. Baïkal, en sentant l'air sec et froid, conclut qu'ils devaient se trouver quelque part sur la côte Est de l'Amérique, région où l'on cultivait volontiers ce folklore issu du passé.

L'homme annonça que son véhicule était stationné en face. Ils traversèrent la chaussée d'un pas pressé et s'engouffrèrent dans le plus étrange équipage que Baïkal eût jamais vu. À l'intérieur, les banquettes étaient capitonnées, revêtues d'un matériau souple, lissant et craquelé qui ressemblait à de la peau morte. Baïkal savait que, dans les temps anciens, on avait fait un large usage de cette matière vivante qu'on appelait le cuir. Certains textiles modernes continuaient vaguement de s'en inspirer, mais nul n'aurait eu l'idée de recouvrir d'aussi grandes surfaces avec des morceaux de cadavres. De telles pratiques heurtaient tout ce qui fondait la vie en société contemporaine : le respect de l'animal, la protection de la nature, en bref la conception moderne des droits de l'être humain étendue jusqu'aux bêtes.

La première réaction de recul passée, Baïkal eut la surprise de constater que le contact du cuir lui causait un vif plaisir. Il se carra, à l'arrière, sur sa banquette et caressa l'accoudoir cousu à petits points. Au dos des sièges avant, sur les montants latéraux de la voiture et pour orner le tableau de bord, on avait utilisé un bois rare, plein de nœuds sombres et verni. Déjà construite aux dépens des bêtes, on sentait que la voiture avait également fait payer un tribut aux arbres. Baïkal avait le sentiment de voyager dans le ventre d'un grand prédateur.

— Comment s'appelle cette voiture ? demanda-t-il en se penchant vers le chauffeur.

— C'est une Rolls-Royce. Elle a été construite en 1934.

La mention d'une date, surtout appartenant à un passé aussi inconcevable, émut Baïkal presque jusqu'aux larmes. La succession des événements, sa libération — apparente — sans explication, l'incertitude sur ce qui allait advenir de lui, tout cela lui mettait les nerfs à vif.

— Rassurez-vous, continua le chauffeur, tous les équipements modernes ont été ajoutés.

En effet, il se contentait de frôler le volant mais celui-ci tournait seul, conformément aux indications de trajet sélectionnées sur un petit écran. Dans des emplacements arrondis qui avaient dû abriter d'anciens cadrans, Baïkal reconnut les lumières bleutées habituelles de l'anticollision, du radar latéral et du GPS qui permettaient à la voiture d'évoluer seule vers sa destination. Mais le plus impressionnant était que la voiture pouvait visiblement rouler beaucoup plus vite que les véhicules qui l'entouraient. Le chauffeur était contraint de faire un effort pour rouler à l'allure très lente qu'imposait désormais la loi en zone protégée.

— Le moteur marche à quoi ? demanda Baïkal qu'intriguait le léger vrombissement venu du capot.

— Autrefois, il fonctionnait avec un liquide très polluant qu'on appelait l'essence. Mais, je vous rassure, on l'a adapté au K8.

C'était le carburant propre qu'utilisaient tous les véhicules en Globalia.

Après avoir bavardé de tout et de rien, Baïkal se hasarda à poser quelques questions plus précises.

L'homme, qui se nommait Mark, lui révéla des détails sans intérêt de sa vie. Et finalement, comme si cette indication eût suffi à tout expliquer, il conclut par ces simples mots :

— Je suis le chauffeur de Ron Altman.

CHAPITRE 6

Cap Cod était une zone administrée par le ministère de la Cohésion sociale. Au titre du « droit à la mémoire » toutes les propriétés de la presqu'île avaient été déclarées patrimoine commun. L'ensemble constituait un parc de loisirs historique réservé au tourisme. Lieu d'arrivée du *Mayflower*, le cap Cod était la première référence culturelle standardisée des agréés anglo-américains.

La notion historique de « date » était considérée désormais comme trop agressive et donnant lieu à des « fixations pathologiques ». On lui préférait le concept de « climat d'époque ». Cap Cod était consacrée à l'évocation de plusieurs de ces climats d'époque : l'arrivée des premiers colons en Nouvelle-Angleterre ; les beaux jours de la marine commerciale à voile (reconstitution sponsorisée par plusieurs grandes marques de thé) et, hélas, la chasse à la baleine. Cette dernière activité était présentée au public sous la forme d'un mémorial très émouvant dédié aux bêtes assassinées. Il stigmatisait la barbarie et l'inconscience écologique des hommes de ces temps heureusement révolus.

Dans les ruelles de tous les villages sur la presqu'île, les maisons étaient occupées au rez-de-chaussée par des boutiques où les touristes étaient assurés de trouver le superflu : bibelots-souvenirs, bols personnalisés par des prénoms, colifichets en forme de baleine. En cherchant bien, ils pouvaient même découvrir le nécessaire, par exemple de l'eau et des sandwichs. Les étages étaient en général transformés en hôtels. Ils n'étaient pas destinés à une résidence prolongée : toute la presqu'île était évacuée à minuit et les visiteurs rentraient alors vers les immenses résidences hôtelières modernes et assez laides installées dans les zones sécurisées de Plymouth et de Boston. Cependant, le fait de se plonger dans ses références culturelles standardisées, « de sentir ses racines », comme le proclamait un écran publicitaire près de l'embarcadère de Nantucket, et surtout d'en faire étalage devant son ou sa partenaire — d'autant plus si il ou elle ne partageait pas les mêmes origines — était connu pour être un puissant stimulant érotique. Les hôtels du cap Cod étaient utilisés pour assouvir ces pulsions dans un cadre inoubliable. Ils étaient loués à l'heure.

La Rolls-Royce se frayait laborieusement un chemin dans les rues pourtant interdites à la circulation. Les touristes, sortis des gares souterraines aménagées tout le long de la presqu'île, musardaient en se tenant langoureusement par le bras. Le chauffeur devait sans cesse user de son klaxon meuglant pour écarter les badauds. Baïkal se tenait à l'arrière, raide et digne. Mais il souriait intérieurement à l'idée que le jeune prince dévisagé par les passants à travers la vitre s'était réveillé en prison le matin même. Ils arrivèrent enfin au bout du cap. La route dominait une anse de mer qu'entourait un bois de pins. Un portail bleu sur lequel était inscrit, en lettres peintes à demi effacées, « Feuilles d'herbes » s'ouvrit automatiquement à leur approche. La voiture s'engagea sur une allée de gravier qui descendait en direction de la mer. Soudain, après un ultime virage, apparut une longue et simple maison de brique, entourée d'un boulingrin vert cru. Comme un paysan endimanché, le bâtiment s'ornait, entre deux larges épaules couvertes d'ardoises, du plastron blanc d'une colonnade.

Ron Altman était sur le seuil et vint lui-même ouvrir la portière. Il accueillit Baïkal en s'inclinant légèrement et en le remerciant d'avoir bien voulu faire un aussi long chemin pour le rencontrer. Baïkal eut beau scruter le visage ridé du vieil homme, il ne put y lire que le plus extrême sérieux. Seules deux sternes blanches, posées sur la pelouse, ricanaient en regardant la scène.

Cap Cod avait ceci de particulier que c'était une des rares zones sécurisées — et avec quel soin — qui demeurait à ciel ouvert. Les canons à beau temps disposés tout autour de la baie maintenaient constant l'azur réglementaire au-dessus des têtes. Mais la brise salée, mêlée d'un parfum de varech, arrivait en courant, libre et tout essoufflée, de l'autre rive de l'Atlantique.

— Vous avez certainement besoin de vous dégourdir un peu les jambes, reprit Ron Altman. Il est inutile que nous perdions trop de temps à nous présenter. En revanche, je tiens à vous faire les honneurs de cette maison, d'autant plus que ce n'est pas la mienne. L'ami qui me la prête de temps en temps me dit toujours qu'il est jaloux. Il est persuadé que je l'aime plus que lui et il n'a pas tort…

Le rire ne faisait pas remuer le visage d'Altman mais seulement plisser son crâne.

Baïkal eut envie d'objecter que les présentations, à son goût, n'étaient pas faites. Il en savait certainement moins sur son hôte que celui-ci ne paraissait en connaître à son propos. Mais la profonde inspiration qu'il venait de prendre, en humant la brise, dissipa tout aussitôt ces noires humeurs et le plaça dans d'heureuses dispositions à l'égard du vieillard souriant et doux qui l'accueillait si poliment.

— Commençons par le jardin, peut-être, reprit celui-ci. Je n'en connais pas de plus heureusement situé sur ce coin de la côte.

Ils passèrent à l'arrière de la maison et, entre des bouquets d'hortensias bleus qui poussaient dans son ombre, découvrirent l'océan tout proche, tendu entre les pins et qui ondulait au vent. Le jardin était semé d'essences rares pour le climat. C'était un environnement déroutant pour un citadin habitué aux zones sécurisées, strictement régulées du point de vue météorologique.

En s'accoutumant au lieu, Baïkal sentait revenir la prudence. Il se tenait sur ses gardes et laissait venir son étrange interlocuteur. Altman, bien sûr, l'avait prévu.

— Je me doute que tout cela doit vous paraître un peu mystérieux. Rassurez-vous : vous aurez rapidement la clef de l'énigme. Un seul mot pour vous mettre sur la voie : si je vous ai fait venir, c'est que j'ai une proposition à vous soumettre.

— Laquelle ? demanda vivement Baïkal.

Quoiqu'il s'appuyât d'un côté sur une courte canne, Altman saisit le bras de son jeune visiteur et pesa dessus lourdement.

— On m'avait dit que vous étiez énergique : c'était encore au-dessous de la vérité ! Ne soyez pas si pressé. Croyez-moi, la vie vous enseignera à prendre votre temps. Continuons de faire connaissance, d'abord. Tenez, suivez-moi, je vais vous faire visiter la station baleinière. J'aimerais savoir ce que vous allez en penser.

Un escalier en ciment qui serpentait entre les touffes de groseilliers les mena jusqu'au rivage. Altman était intarissable sur les cétacés. Il décrivit leur rassemblement en abondance dans la baie aux saisons de reproduction. Ils marchèrent jusqu'à un canot à rames reconstitué avec soin. Il était pourvu de tout l'équipement de harponnage. Altman parlait de la chasse avec tant d'animation et d'enthousiasme que Baïkal finit par oublier la singularité de la situation et se passionna pour le sujet. Au lieu de décrire la chasse à la baleine sur le ton réprobateur et horrifié qui était habituel et convenable, Altman mettait à l'évidence sa sympathie du côté des chasseurs. Il décrivit avec des accents passionnés la poursuite à la rame, chanta un couplet d'une chanson de nage et alla même jusqu'à mimer avec sa canne le lancer du harpon. De semblables exercices étaient mal accordés à ses manières lentes et à son éternel pardessus qui lui allait aux chevilles. Mais il racontait bien et les yeux de Baïkal passaient sans arrêt du canot verni à la surface sombre de la mer. Altman était heureux de voir son hôte s'animer à l'évocation de l'aventure, comme une voile se tend sous la pression du vent.

Ils descendirent jusqu'à la crique où étaient jadis tirées les carcasses. Des ossements de cachalots y avaient été laissés — à moins qu'on les eût disposés là dans un souci d'édification. Baïkal avait les yeux brillants en touchant les énormes vertèbres froides.

C'était une étrange conversation entre deux inconnus. Cependant la magie des lieux la rendait naturelle. Elle avait sans doute opéré jadis des fusions bien plus inattendues parmi ces équipages disparates venus partager la mort, aux trousses d'un monstre presque invisible.

Altman, tout à coup, se tourna vers Baïkal. Il tendit les mains et saisit son visiteur par les deux bras.

— Ah ! vous êtes bien tel que je vous imaginais, s'écria-t-il.

Puis il reprit un air calme et le guida lentement dans l'escalier jusqu'à la maison.

— Je comprends mieux, voyez-vous, reprit-il entre deux essoufflements, pourquoi vous avez voulu faire des études d'histoire.

Baïkal se crispa d'un coup. Altman venait d'évoquer l'un des épisodes les plus noirs de sa vie. La méfiance était revenue.

— Qui vous l'a dit ?

— Une fois pour toutes, souffla Altman, faites-vous à l'idée que je sais beaucoup de choses sur vous. Allez, considérez même que je sais tout. Vous ne vous tromperez guère.

— Si vous savez tout, pourquoi me posez-vous des questions ?

Le vieillard s'arrêta, appuya des deux mains sur le pommeau de sa canne et fit face à Baïkal.

— Ce n'est tout de même pas banal, quand on sait qui vous êtes, de postuler pour une discipline aussi particulière que l'histoire ! Combien de fois vous êtes-vous présenté au concours ?

— Deux fois, grommela Baïkal.

— Pourquoi pas trois ?

Le jeune homme haussa les épaules.

— Vous le savez, naturellement.

— J'aimerais l'entendre de vous, savoir ce que l'on vous a dit exactement.

— Que l'enquête de sécurité était mauvaise. Que je ne serais jamais admis à travailler dans un secteur sensible comme l'histoire.

— Vous pensiez avoir vos chances ? Vous avez été déçu ?

« Déçu ? » se répéta intérieurement Baïkal. Comment décrire cette impression d'un rêve qui prend fin ? Comment traduire ce que ressent quelqu'un qui veut passionnément éclaircir le mystère de ses origines, remonter le cours interrompu de ses parentés obscures et inconciliables et à qui on annonce qu'il ne pourra jamais rien savoir de tout cela ?

— Oui, dit-il, c'est à peu près cela : déçu.

Ils étaient arrivés sur le perron de la maison. Altman, en tournant la poignée de cuivre de la porte, fit diversion et permit à Baïkal de cacher son émotion.

L'intérieur sentait l'encaustique et le feu. Les pièces du rez-de-chaussée ouvraient toutes sur une entrée carrelée de comblanchien. Elles étaient si basses de plafond qu'on aurait pu toucher les poutres de chêne en levant le bras. Altman fit passer son hôte dans une pièce meublée de deux canapés, disposés face à face autour d'une cheminée. Tout un mur de la salle était tapissé de vieux livres reliés et Baïkal, instinctivement, se dirigea vers eux.

Altman le rejoignit avec deux verres de porto.

— Mon ami est collectionneur. Je sais, il ne devrait pas. Tous ces trésors auraient vocation à être remis à la collectivité.

Son crâne se plissa, signe qu'il avait sorti là une bonne plaisanterie.

— Ce sont des volumes consacrés principalement aux voyages, à la mer… et à la chasse à la baleine, évidemment.

Il saisit au hasard un tome richement doré.

— Voyons, au hasard : *Le Voyage de La Pérouse*. Intéressant, n'est-ce pas ? Et il y a même une date. Encore une chose disparue et délicieuse : les dates.

Puis, effleurant les vieilles reliures, il fit mine d'insister, de déchiffrer les titres.

— Regardez donc ! s'écria-t-il en sortant un in-octavo plus récent, *La Chaîne des Cascades*, et le sous-titre : *Seattle et sa région avant la ruée vers l'or*.

À la couverture entoilée du livre était attachée une carte jaunie qu'Altman déplia en entier.

— Comme c'est précis ! s'exclama-t-il en se penchant. On reconnaît les moindres détails, les anciens chemins, le relief, les cours d'eau. Tenez, regardez ce qu'il y a écrit : « Usines Boeing ». Décidément, cela ne date pas d'hier. C'est un livre d'avant les grandes guerres civiles, certainement. Il y a même encore l'indication d'une frontière : États-Unis ici et là, Canada. C'est le genre de document que l'on ne trouverait plus aujourd'hui. La géographie aussi est une science sensible.

Quoiqu'il n'eût pas envie d'être entraîné sur ce terrain où il craignait une provocation, Baïkal ne pouvait détacher ses yeux de la carte. Il y cherchait le lieu où Kate et lui s'étaient égarés, où ils s'étaient vus pour la dernière fois.

Soudain, Altman le fit sursauter : d'un seul coup, il avait bondi sur la carte, s'était collé contre elle pour la dissimuler.

— Interdit ! s'écria-t-il, et ses yeux riaient. Secret-défense ! La lutte contre le terrorisme impose de tenir ces informations secrètes.

Baïkal baissa les yeux. C'était en effet ce qu'il s'était entendu répondre chaque fois qu'il avait essayé d'accéder à des informations de ce genre.

— Vous n'avez pas l'air d'y croire beaucoup, jeune homme, à la lutte contre le terrorisme.

Une instinctive prudence incita Baïkal à garder le silence. Altman laissa retomber les bras, s'éloigna de la carte et conclut :

— C'est d'ailleurs pour cela que je voulais vous voir.

Tout en parlant, Ron Altman entraînait son visiteur à sa suite dans les autres pièces de la maison. Quittant la pénombre austère du salon-bibliothèque, ils pénétrèrent dans une longue salle à manger ouverte par trois portes-fenêtres sur le jardin. Les murs étaient dissimulés sous des boiseries sombres que trouaient, comme de petites lucarnes sur l'azur, les décors bleu pâle de porcelaines chinoises.

Après les premières attaques directes d'Altman, l'échange prit un tour plus décousu. Un tableau, un vase, un meuble faisaient rebondir le propos. Le vieil homme avait sur tout de petites anecdotes tirées de sa vie ou de l'histoire, ce qui semblait revenir au même. Baïkal l'écoutait avec passion, fasciné de pouvoir circuler dans un passé qui restait *habité*, vivant.

Altman montrait beaucoup d'aisance dans cette activité disparue que l'on nomme la conversation. Surtout, il en connaissait les vertus. Une conversation réussie permet toutes les audaces. Dans l'enclos de haute lice de ses règles, elle autorise les pérégrinations les plus audacieuses. De la salle à manger, par une porte à battants réservée au service, ils étaient entrés, causant toujours, dans des offices peints d'un badigeon crème puis dans la cuisine. Baïkal n'avait jamais vu une pièce semblable. Couverte d'un plafond en double voûte, elle était éclairée par des lucarnes hautes qui ne laissaient voir que le bleu permanent du ciel. Tout autour des murs étaient disposés des instruments étranges qu'Altman présenta avec la même tendresse que s'il se fût agi d'amis chers. La cuisinière à charbon d'abord, ronronnante et paisible, obéissait à la trique de fer d'un tisonnier. Une rôtissoire alignait une impressionnante série de broches munies de crochets et actionnée par des poulies et des chaînes. La table à trancher avait pris avec le temps des ondulations marquées. Chacun des hachoirs, tranchoirs, couteaux qui étaient attachés à son pourtour avait contribué à user lentement son bois dur et à y creuser ces sillons d'habitude. Un marbre, sur un autre côté, servait pour la pâtisserie. Toute une famille de moules en cuivre, de chinois, de fouets pendaient autour. Un tel antre avec ses instruments dédiés au tourment de la nature aurait pu apparaître comme un lieu d'agonie où l'on s'acharnait à battre les pâtes, à torturer les chairs, à les brûler à petit feu. Mais les carreaux de faïence bleus et blancs sur les murs, la fraîcheur des victuailles étalées sur la grande table centrale donnaient à l'ensemble un air de gaieté et de légèreté. Baïkal, comme tous ses contemporains, était habitué à ne voir de telles images que sur les paquets d'emballage. Hélas, à l'intérieur, les aliments préconditionnés, à préparation rapide, n'avaient plus rien de commun avec les ingrédients auxquels on prétendait les apparenter.

— Vous me feriez beaucoup de plaisir en acceptant de déjeuner avec moi, dit Altman.

Puis, sans attendre la réponse, il ajouta :

— Il est encore tôt, je sais. Nous en profiterons pour faire la cuisine nous-mêmes, si vous voulez bien m'aider.

Ce disant, il ôta sa veste, l'accrocha à une patère dans l'office et revêtit un long tablier blanc. Il en tendit un à Baïkal qui l'enfila avec le même naturel.

La surprise du début passée, Baïkal avait été gagné par une familiarité à laquelle il ne cherchait plus à résister. Le monde de cette maison et Altman lui-même appartenaient à une époque proche peut-être mais irrémédiablement révolue, une époque où l'énergie était le feu, le tissu de la toile ou de la laine, la nourriture des produits de la terre. À cet égard, il y avait moins d'écart entre cette maison et le monde de Jules César ou de Louis XIV qu'avec celui qui entourait Baïkal d'ordinaire. Ce monde disparu, c'était celui où les hommes décidaient eux-mêmes de leur destin. Mais, curieusement, il semblait qu'à cet endroit précis il en allait toujours ainsi.

CHAPITRE 7

Écosser des petits pois n'est pas une activité frivole. Elle requiert d'abord une bonne maîtrise de son corps. Assis bien droit, on doit tenir les avant-bras sur la table. Une main légèrement levée saisit la cosse tandis que l'autre, d'un coup de l'ongle du pouce, éventre la gaine, entraîne les petits pois du haut vers le bas et les fait tomber, avec un bruit de grelot délicieux, dans une casserole.

Baïkal, après quelques erreurs bien naturelles, avait montré à cet exercice des dons qui enchantaient Altman.

— Dites-moi franchement, demanda le maître à l'élève, aviez-vous déjà vu des petits pois ailleurs que dans une boîte de conserve ?

— Non, répondit Baïkal. Mais cela ne m'a pas empêché de vivre jusqu'à maintenant.

— Vous avez raison et tort à la fois, si vous me permettez. Certes, les choses que l'on ignore ne nous manquent pas et pourtant, à leur manière, elles sont là et exercent sur nous une influence.

Altman tenait une cosse en main mais, au lieu de l'éventrer, il la tint pincée entre deux doigts comme une baguette de chef d'orchestre.

— Par exemple, quand je garde les yeux fixés droit devant moi, je ne vois pas très loin sur les côtés, n'est-ce pas ? Cela n'est guère gênant, ces zones de non-vue, dans la vie courante. Cependant, imaginez qu'une voiture surgisse de là et qu'elle vous écrase.

— Je n'ai pas peur d'être écrasé par des petits pois, dit Baïkal en haussant les épaules et en riant.

— C'est plus sérieux que vous ne pensez.

Altman resta grave.

— Vous devriez pourtant le comprendre, reprit-il, les yeux baissés en égrenant une nouvelle cosse. N'avez-vous pas essayé plusieurs fois de vous rendre dans des zones interdites, des non-zones étrangères à votre champ de vision ?

— J'ai essayé, en effet.

Baïkal était de nouveau sur ses gardes. Il commençait à saisir ce qu'Altman entendait par conversation : un va-et-vient en apparence désordonné entre des motifs futiles et un sujet grave qui se dessinait peu à peu.

— C'est donc que ces choses que vous n'avez jamais vues exercent sur vous une influence. Elles vous fascinent.

— Elles me fascinent peut-être mais ne me font pas peur.

— Ah, mon Dieu ! s'écria Altman. Voilà tout ce qui fait votre prix, mon ami.

Se levant péniblement, le vieil homme saisit le tas restant des petits pois non encore écossés et les fit glisser dans un pochon de papier kraft.

— Cela suffira pour nous deux.

Il approcha de la cuisinière et la tisonna vigoureusement. Des escarbilles rouges voletèrent, emportées dans l'air chaud au-dessus du foyer.

— Passez-moi la casserole, je vous prie.

C'était un lourd modèle en cuivre étamé. Baïkal la porta jusqu'à la cuisinière et la posa.

— D'une main ! admira le vieil homme. La jeunesse, hélas, la jeunesse…

Puis il se mit à couper un oignon pelé en tranches fines qu'il laissait tomber dans la casserole.

— Non, vous n'avez pas peur, poursuivit-il en détournant les yeux car l'oignon cru piquait. Je vous le concède. Voilà justement pourquoi vous nous intéressez. Attrapez-moi du laurier dans ce bocal, je vous prie.

Du menton, il désigna, pendus au-dessus d'une paillasse, plusieurs pots d'herbes aromatiques. Baïkal s'en approcha et, en les saisissant un à un, finit par déclencher un hochement de tête approbateur.

— Celles-là, oui. Les grandes feuilles. Deux suffiront.

Altman les jeta dans les petits pois.

— Ce n'est pas votre capacité à affronter le danger qui fait votre prix à nos yeux. Nous ne manquons pas de gens courageux. J'ai parfois même l'impression qu'il n'y a plus que cela. À tous les âges de leur vie, les gens se recyclent dans les sports de combat. Chaque fois qu'une bombe explose, il faut retenir le public pour ne pas qu'il se jette au secours des blessés. On sait bien pourtant que les terroristes placent souvent deux engins au même endroit, pour faire un carnage parmi les forces de l'ordre. Mettez la table, si vous voulez.

Baïkal ouvrit un grand placard grillagé et commença de saisir les assiettes.

— Le paradoxe, continuait Altman en tournant son fricot avec une longue cuiller en bois, c'est que la plupart des gens courageux ont besoin d'avoir peur. Vous avez remarqué ? Ils voient le danger partout. Ils ont besoin de se sentir menacés. Si on leur disait que tout va bien, littéralement on les découragerait.

Tout en posant les assiettes face à face, Baïkal eut un vague grognement d'approbation.

— Mais vous, reprit Altman, vous êtes courageux et pourtant vous n'avez pas peur.

— Qu'est-ce que vous en savez ?

— Oh ! je ne suis pas dans votre tête, c'est certain.

Ils s'étaient assis l'un et l'autre devant leur assiette et, pendant que les légumes cuisaient doucement, ils attaquèrent une énorme planche de charcuterie. Altman avait saisi une bouteille de vin, qui attendait couchée sur un coin de la paillasse, et la fit ouvrir à Baïkal.

— Pendant longtemps, j'étais comme tout le monde : je n'avais pas le droit de manger ce genre de choses. Trop gras. Le cœur... Les pontages. Mais maintenant, on m'a changé toute la tuyauterie pour de bon.

Il tapota sa poitrine.

— Du neuf, du synthétique, de l'inaltérable ! Alors, je me rattrape. Saucisse sèche ?

Baïkal avait vu ces produits sur des tableaux anciens et sur les écrans. Mais il ignorait le goût que pouvait avoir une saucisse sèche. Il trouva cela fort et salé, mais délicieux.

— Vous êtes courageux, Baïkal, reprit Altman tout en le regardant mastiquer. Ce que vous avez fait le prouve. Vous êtes courageux mais, à la différence des autres, vous ne réagissez pas à un danger extérieur. Si vous voulez mon avis, ce n'est pas le danger que vous cherchez, c'est autre chose.

— Et quoi donc, alors ? demanda Baïkal l'air un peu narquois.

Ron Altman fit comme s'il n'avait pas entendu la question. Il servit deux verres de vin et but le sien en accompagnant cette dégustation de petits claquements de langue. Puis il hocha la tête. Alors, seulement, il revint à la conversation, en fixant Baïkal dans les yeux.

— Je vais vous dire ceci, prononça-t-il gravement. Les autorités responsables ont eu raison de ne pas vous permettre d'étudier l'histoire.

— Pourquoi cela ? se récria Baïkal.

Ron Altman essuya lentement sa bouche sur sa serviette à carreaux rouges et blancs.

— Mon ami, vous ne vous intéressez pas à l'histoire pour la comprendre mais pour la faire.

Sur ces mots, il recula sa chaise qui hurla sur le carrelage. Sans s'être levé, il était maintenant à portée de main du fourneau. Il saisit la casserole et la posa sur la table.

— Vous pensez qu'il y a toujours un ailleurs. Vous continuez de rêver d'un monde où les qualités que vous sentez en vous, le courage, l'imagination, le goût de l'aventure et du sacrifice trouveraient à s'employer. Et c'est pour cela que vous regardez vers les non-zones.

Baïkal secoua la tête.

— Je ne sais pas.

Altman le lorgna par-dessus son verre, avec un visible attendrissement.

— C'est un véritable miracle ! murmura-t-il (et on pouvait entendre qu'il avait quitté le ton de procureur sur lequel il avait prononcé les tirades précédentes). Après toutes ces années d'effort pour éradiquer l'idéalisme, l'utopie, le romantisme révolutionnaire, découvrir encore des esprits comme le vôtre relève vraiment du miracle…

Puis, comme se secouant d'une torpeur, il ajouta :

— Il y a un clafoutis au frais, avec des cerises du jardin, cela vous dit ?

L'égalité de ton avec laquelle Altman passait d'un sujet à l'autre, de l'histoire à la cuisine, donnait un peu à chacune les qualités de l'autre. Un goût de tragique se mêlait aux plats et l'histoire devenait quelque peu un plaisir de bouche.

Altman ouvrit la lourde porte d'une chambre froide, disparut à l'intérieur et revint en tenant un plat ovale qu'il posa sur la table. Il regarda avec attendrissement la surface dorée de l'entremets : de grosses cerises pourpres s'y enfonçaient dans un lit profond, invitant à célébrer les tendres épousailles du lait et de l'œuf.

— C'est bien cela, le difficile, avec vous Baïkal : vous avez tort sur toute la ligne, je le répète. Ce qui vous intéresse vous rend dangereux ; votre goût pour l'aventure fait de vous un ennemi en puissance pour notre monde. Et pourtant, tout cela fait justement que nous avons besoin de vous.

Au point de réflexion et de discrète ébriété où ils en étaient, la conscience amollie s'ouvrait enfin aux sujets sérieux. Baïkal le sentait : l'essentiel était à venir. Altman recula sa chaise et se leva, entraînant son hôte. Par une étroite porte qui menait à une buanderie, ils se retrouvèrent bientôt dans le jardin. Ce n'était pas un coin d'apparat, plutôt un arrière ancillaire où se tendaient des cordes à linge. Du sol montaient des odeurs d'eaux grasses et de lessive.

Était-ce la pénombre sous les arbres ou l'effet du vin ? Baïkal trouva que le vieil homme avait soudain les traits tirés, une expression de lassitude et de souffrance sur le visage. Altman, tandis qu'ils marchaient côte à côte pour rejoindre une table de pierre et deux bancs disposés sous une voûte d'ifs, posa naturellement la main sur le bras de son vigoureux compagnon.

— Vous avez vu le dernier attentat, avant-hier à Seattle ? dit-il d'une voix lasse. N'avez-vous rien remarqué à ce propos parmi la population ?

— J'étais en prison.

— Bien sûr ! J'avais oublié. Pardonnez-moi.

Ils étaient arrivés. Altman, lâchant le bras de Baïkal, prit place sur un banc et invita son interlocuteur à s'asseoir en face de lui. Deux tasses en porcelaine représentant des scènes de bergers entouraient une cafetière en argent et un sucrier.

— Cet attentat a suscité de l'émotion, soupira Ron Altman, de l'indignation, tout ce qui est habituel. Le gouvernement s'est engagé à punir les coupables. De grandes avancées dans l'enquête sur les réseaux terroristes sont annoncées. Et pourtant, voyez-vous, je sens une gêne.

Il faisait maintenant tinter sa petite cuiller en vermeil au fond de la tasse.

— Les gens n'y croient plus, tout simplement, lâcha-t-il. Qu'en pensez-vous ?

Baïkal haussa les épaules.

— Je ne sais pas, moi, concéda-t-il. Il y a eu des morts tout de même. Je connais beaucoup de gens que cela impressionne.

Les doigts osseux d'Altman tracèrent dans l'air une arabesque fatiguée, comme s'ils voulaient chasser une abeille.

— Ils sont impressionnés, bien sûr. Au même titre qu'une catastrophe dans les transports les émeut. Ni plus ni moins. Tout cela devient une figure du destin. Mais l'idée d'un ennemi responsable, actif, déterminé, dangereux...

Altman martelait chacun de ses mots sur la table de pierre qui absorbait le faible choc avec un son mat.

— ... cette idée-là est en train de disparaître. Nous subissons des tragédies mais nul n'en est plus la cause. Vous comprenez ?

— Je ne vois pas où est le problème, dit Baïkal qui était lui aussi gagné par la torpeur du déjeuner.

À ces mots, Altman, avec une vivacité que son apparence ne laissait aucunement prévoir, se redressa et, en le regardant bien en face, siffla comme un chat :

— Le problème, je vous l'ai dit, c'est que les gens ont besoin de la peur. Pas vous, peut-être. Vous êtes une exception. Mais les autres, tous les autres : pourquoi croyez-vous qu'ils allument leurs écrans chaque soir ? Pour savoir à quoi ils ont échappé.

— C'est un luxe de riches.

— Je regrette de vous dire que non. Les riches sont bien pauvres en la matière. La peur est rare, voyez-vous. La vraie peur, celle à laquelle on peut s'identifier, celle qui vous frôle au point de vous cuire la peau, celle qui entre dans la mémoire et y tourne en boucle jour et nuit. Et pourtant cette denrée-là est vitale. Dans une société de liberté, c'est la seule chose qui fait tenir les gens ensemble. Sans menace, sans ennemi, sans peur, pourquoi obéir, pourquoi travailler, pourquoi accepter l'ordre des choses ? Croyez-moi, un bon ennemi est la clef d'une société équilibrée. Cet ennemi-là, nous ne l'avons plus.

— Vous exagérez, dit Baïkal qui voulait surtout calmer le vieil homme.

— Pardonnez-moi de vous dire que vous êtes le dernier à pouvoir en juger, puisque vous n'y avez jamais cru.

Baïkal, qui avait toujours pris cette lutte contre le terrorisme pour des fadaises, mesura qu'il était en effet mal placé pour porter la contradiction sur ce sujet.

— Tout de même, objecta-t-il timidement, il y a encore des attentats.

— Oh ! les attentats... Vous savez, même sans ennemis...

Il y eut un silence et ils échangèrent un regard où se mêlaient un peu de surprise et une forme de complicité ironique. Mais Ron Altman n'entendait pas suivre cette piste et il secoua vigoureusement la tête.

— L'essentiel n'est pas là. Il ne suffit pas que se perpétuent les *formes* de la tragédie. Il nous faut des héros pour l'incarner.

Sans bruit, tout autour d'eux dans le parc, passaient des silhouettes qu'avalait prestement l'ombre des arbres. Une vaste troupe de domestiques, de gardes du corps, de jardiniers devait veiller sur la solitude de ce domaine avec le même soin dont font preuve les gardiens de parc zoologique pour maintenir en bonne santé de vénérables spécimens d'espèces en voie d'extinction. Comme un vieux rhinocéros, Altman plissa le haut du front d'un air contrit et dit :

— Nous sommes victimes de notre succès, en un sens. La Protection sociale a bien travaillé. Les églises, les mosquées, les synagogues, les sectes, les banlieues, les associations sont truffées d'indicateurs. Tout est donc sous contrôle et nous n'avons plus d'ennemi digne de ce nom. Le danger, nous l'avons repoussé à l'extérieur, dans les non-zones. Mais les non-zones sont isolées, morcelées, à ce point bombardées que toute force organisée y a aussi été cassée.

Ron Altman, impassible, avait arrêté un instant ses yeux mobiles pour les fixer intensément sur ceux de Baïkal. Derrière les douceurs de la conversation, le ton patelin, les prévenances de l'hôte, ce regard était aussi froid et cruel qu'une lame.

— Non, c'est certain, les candidats ne viendront plus spontanément. Si nous voulons de bons ennemis, ce sera à nous de susciter des vocations. La vôtre, par exemple.

Baïkal se figea.

— Je n'ai pas l'intention de devenir votre agent, prononça-t-il lentement sans détourner les yeux.

— Personne ne vous le demande. Vous ne recevrez aucune instruction. Nous vous pourvoirons seulement de l'indispensable pour que vous puissiez survivre. Mais nul ne décidera à votre place ce que vous devrez faire.

Avec une grande impassibilité de visage, Ron Altman cligna des paupières lentement comme un fauve puis il reprit son exposé :

— Où peut-on espérer découvrir aujourd'hui une menace sérieuse ? Dans les non-zones, évidemment, avec leurs immenses cohortes de gueux. À condition d'inverser la tendance : nous avons trop affaibli les non-zones. Désormais, nous devons les renforcer, expédier là-bas des sujets brillants, avides d'aventure et d'action, en espérant qu'ils parviendront à fédérer ces masses misérables, qu'ils seront portés par elles, qu'ils auront l'énergie de leur désespoir.

Abasourdi, Baïkal restait sans mot dire.

— Vous vouliez partir, n'est-ce pas ? conclut Altman. Vous savez qu'il est tout à fait impossible d'y parvenir sans notre accord. Eh bien, vous l'avez ! C'est plutôt une bonne nouvelle, vous ne croyez pas ?

Sur ces mots, il croisa les bras sur sa poitrine, laissant à Baïkal le temps de digérer cette annonce.

— Je cherchais la liberté, dit sombrement Baïkal, et vous m'offrez l'exil.

— Non mon ami, la liberté, souvenez-vous-en, c'est ici. Vous cherchiez l'aventure. Elle est à vous.

L'ironie de ces mots révélait une cruauté face à laquelle Baïkal ne voulut pas se donner le ridicule de paraître faible.

— Et Kate ? demanda-t-il fermement, comme on négocie les termes froids d'un contrat.

Ron Altman prit un air navré, sans chercher à dissimuler qu'il jouait la comédie.

— Elle reste ici pour le moment. Rien n'interdit que vous vous retrouviez un jour. Vous aurez seulement à en découvrir le moyen. Cela vous fournira déjà un premier objectif, dans votre nouvelle vie.

Baïkal eut un instant la tentation de demander s'il pouvait tout refuser. Mais après sa capture, il n'avait plus grand-chose à attendre d'un monde qui le condamnerait à une peine légère, peut-être, mais par la suite à une perpétuelle surveillance, à l'interminable carcan des psychologues.

Et puis, il y avait devant lui le défi, la provocation cynique mais franche de ce vieillard qui, au nom de tout un monde — mais à quel titre, il n'en savait rien —, venait de lui jeter un gant en pleine face.

— Reverrai-je au moins Kate avant de partir ?

Ron Altman parut réfléchir.

— Nous verrons à organiser un contact. Sous quelle forme, je l'ignore… Vous devez pouvoir continuer à l'aimer. Comprenez-nous : il nous faut trouver tous les moyens pour vous aider… à nous haïr.

Les ombres, tout autour dans le jardin, étaient moins discrètes, plus présentes par leurs allées et venues, leurs chuchotements. Peut-être lui indiquait-on de cette manière que la fin de l'entretien était proche.

Baïkal se dit que si une réaction de force l'avait tenté, comme de répondre à ce défi par une violence sur Altman, la proximité des gardes était un moyen de l'en dissuader. Mais il n'eut cette pensée que pour s'étonner de sentir à quel point elle lui était étrangère. Malgré ce que lui avait annoncé Altman, il n'éprouvait pour lui rien de semblable à ce qu'avaient suscité ses précédents geôliers, les maîtres honnis de ses pensionnats, et la valetaille prétentieuse de la Protection sociale.

Était-ce le repas qu'ils avaient partagé ensemble, il ressentait en tout cas pour Altman une forme particulière de respect, presque une connivence. Maintenant qu'il connaissait le but ultime de cette conversation, Baïkal comprenait qu'ils allaient être ennemis, que sans doute ils l'étaient déjà, qu'une longue et difficile partie l'opposerait à cet homme. De ce combat dépendrait son destin, celui de Kate, son bonheur et, peut-être au-delà, l'avenir d'un grand nombre d'inconnus. Et malgré toutes les épreuves que ce combat lui réservait sans doute, Baïkal sentit qu'il s'y engagerait sans regret et peut-être même avec joie. Car derrière les coups qui lui seraient assenés il y aurait cet homme sans âge, survivant à lui-même dans une effrayante éternité et avec lequel il partageait, même si c'était pour la combattre, une semblable idée de la liberté.

CHAPITRE 8

Contrairement à ce qui avait été annoncé à Baïkal, Kate avait bien été arrêtée peu avant lui sur le chemin et conduite dans d'autres locaux de la Protection sociale. Comme elle n'avait aucun antécédent criminel, on décida de la relâcher rapidement et de la remettre à sa mère, Marguerite. La pauvre femme se montra plus éprouvée que sa fille. Pour attendre les deux fonctionnaires venus la lui ramener, elle avait dû annuler une leçon de yoga et tout un après-midi de modelage. Elle était sur le point de finir un buste et, du coup, n'avait rien pu présenter à l'exposition qu'organisait son association à la mairie. Marguerite était en larmes.

Cette enfant, décidément, ferait toujours son malheur. Elle l'avait eue tard — quoique dans la moyenne car, selon un magazine qu'elle avait lu récemment, celle-ci était de soixante et un ans. L'accident était classique : les hormones qu'on lui avait prescrites pour maintenir artificiellement ses cycles avaient libéré quelques ovules endormis par la contraception suivie pendant trente ans. Elle passait à ce moment-là le week-end dans la zone sécurisée de Tamanrasset avec son compagnon de l'époque — un agréé-Touareg qui vivait d'ordinaire en Arizona. Ils étaient venus avec l'intention de voir sa famille mais, finalement, n'avaient rendu visite à personne, trop occupés à s'étreindre passionnément sous leur tente climatisée.

C'était un excellent souvenir. Hélas, les malheurs de Marguerite allaient véritablement commencer lorsqu'il s'était agi de se débarrasser de l'embryon. Comme toute pratique individuelle, la sexualité en Globalia était évidemment libre. Cependant, pour un suivi efficace des populations (suivi qui permettait d'harmoniser toutes les données économiques en fonction des besoins), la grossesse était désormais un « événement à déclaration obligatoire » très strictement réglementé. Il fallait en référer au ministère de l'Harmonie sociale. Les femmes n'avaient aucun souci à se faire pour cette déclaration : dans l'immense majorité des cas, on leur autorisait l'avortement. La priorité politique allait depuis longtemps à l'épanouissement individuel. Faire des études, acquérir une expérience professionnelle, voyager, développer sa créativité, tout cela était encouragé, aidé, financé même dans le cadre de l'Harmonie sociale. Le « droit à une vie longue et pleine » figurait dans la Constitution. Ce droit, qui répondait à un devoir de la société à l'égard des individus déjà existants, était naturellement plus fort qu'un hypothétique « droit à naître ».

La société démocratique idéale en Globalia était parvenue à un stade de haute maturité, fondé sur une longévité maximale. Toutes les ressources étaient mobilisées vers le maintien en santé et en activité d'individus à l'avenir de plus en plus grand. Plutôt qu'une multiplication sociale désordonnée par des naissances anarchiques, l'Harmonie sociale avait pour fonction d'achever la grande révolution démographique jusqu'à atteindre peu à peu l'objectif « mortalité zéro, fécondité zéro ». Grâce à cette politique, la jeunesse était extrêmement réduite en

Globalia : elle avait perdu le rôle de classe dominante et de modèle social. Cela n'avait que des avantages : la tendance à l'instabilité et à la violence des sociétés trop jeunes avait disparu. L'Harmonie sociale préparait en quelque sorte naturellement la Protection sociale. Les dépenses d'éducation, injustement concentrées jadis sur les jeunes, pouvaient se répartir tout au long de la vie, avec plus de profit : les personnes qui en bénéficiaient étaient déjà pourvues d'une grande expérience. La jeunesse devenait seulement une force d'appoint, un matériau destiné à mûrir longtemps et docilement, avant de prendre à son tour sa part du grand avenir assuré désormais à chacun. Le renouvellement de cette force d'appoint était limité au plus juste, pour maintenir la population générale de Globalia constante, voire, selon les recommandations écologiques, en légère diminution.

C'était donc d'un pas serein que Marguerite s'était rendue à l'Harmonie sociale pour déclarer sa grossesse, c'est-à-dire la faire passer, les deux étant pratiquement synonymes.

À sa grande surprise, elle y avait été accueillie par quatre personnes : deux psychologues, une assistante sociale et un conseiller en harmonie. On était en décembre. Après de longs préliminaires qui la mirent en alerte, ils lui expliquèrent que l'année en train de s'achever avait été mauvaise démographiquement. On avait eu à déplorer trop de décès et cette tendance semblait se confirmer depuis trois ans. La cote d'alerte était atteinte en termes d'Harmonie sociale. Une saine gestion exigeait de revoir la fécondité à la hausse pour quelques semaines. Voilà pourquoi, jusqu'à l'année suivante, aucune grossesse ne serait interrompue. Marguerite protesta, hurla, pleura, menaça de saisir la Cour suprême des libertés. Ils lui firent perfidement remarquer qu'au début de l'entretien elle avait signé la décharge de responsabilité habituelle. Or, son article 8 stipulait qu'elle « acceptait de s'en remettre aux décisions de l'Harmonie sociale et renonçait librement à tout recours ». Elle n'y avait vu qu'une formalité avant l'interruption de grossesse et fut particulièrement abattue de comprendre qu'on l'avait piégée.

Elle était rentrée chez elle l'enfant dans le ventre et la mort dans l'âme. Une surveillance psychologique, relayée par des inspecteurs de la Protection sociale, la dissuada de se jeter du haut d'un pont. On la repêcherait de toute manière et elle n'y gagnerait qu'un rhume. La grossesse vint à son terme. Kate était née. Son père, entre-temps, avait trouvé du travail à Irkoutsk où, hélas, la mélancolie et l'alcool devaient le tuer six mois plus tard.

Marguerite s'était résignée. Elle avait même pris un plaisir qui l'étonna elle-même à s'occuper du nourrisson et à le bercer. Comme elle avait voulu accoucher à Phoenix, où il n'y avait plus de maternité, on avait réservé pour elle une chambre dans le service le plus gai : celui de cancérologie. Elle voyait tous les patients ressortir de là en pleine forme. Quand elle attendait l'accouchement, les jours de déprime, elle pleurait en se disant qu'elle était la seule qui ne s'en irait pas guérie. Mais le personnel avait été merveilleux. Elle gardait finalement de cette première époque un bon souvenir. Ensuite, quand Kate s'était mise à marcher, tout avait été plus dur.

On lui envoyait pour l'aider quelques heures par jour des femmes souvent plus âgées qu'elle et qui n'avaient aucune expérience des enfants. Il lui arrivait de les trouver en larmes à son retour. Elle avait pris un retard considérable dans toutes ses activités et d'abord physiquement.

Bien sûr, il y avait aussi la honte. Elle était la seule du quartier à avoir un enfant et, comme dans toute situation anormale, elle en ressentait une vague culpabilité. Encore, ses voisins savaient-ils qu'elle n'y était en quelque sorte pour rien. Mais dans les trains, les avions, quand l'enfant criait ou se déplaçait, elle subissait sans pouvoir rien dire l'agacement, voire l'indignation des passagers. Elle était contrainte de s'excuser, de se cacher, de fuir. Au fond d'elle, en plus, elle les comprenait. Combien de voyages avait-elle faits debout, dans des couloirs incommodes, la main prête à bâillonner sa fille ?

Kate, heureusement, était une enfant mignonne et calme. Avec ses traits fins et ses longs doigts qui rappelaient son père, Marguerite la jugeait plutôt jolie, malgré les petites taches noires qui criblaient sa peau. Mais elle exerçait une tyrannie propre à tous les enfants et sa mère se sentait une victime permanente.

Elle avait fini par s'en ouvrir aux psychologues de l'Harmonie sociale et on lui avait logiquement proposé de confier Kate à une institution, le temps de son éducation. Elle avait accepté. À cinq ans, l'enfant était partie pour Anchorage en Alaska, dans l'unique pensionnat qui couvrait la zone nord-américaine.

Les malheurs de Marguerite n'étaient pas finis pour autant. Sitôt sa fille partie, elle se mit à lui manquer cruellement. Elle ne trouvait pas plus de consolation dans son absence — la vie sans elle lui semblait vide — que dans sa présence — les visites qu'elle lui rendait étaient courtes et vite pénibles. Quand, à l'âge de vingt ans, elle décida de s'installer avec sa mère, Kate fut étonnée de lui entendre dire chaque soir ou presque qu'elle lui avait gâché sa vie, alors qu'elles ne s'étaient presque jamais vues...

À peine Kate revenue, les ennuis avaient d'ailleurs recommencé. Ne parlons pas des incommodités de la vie quotidienne. Le prix des logements était si élevé qu'elles devaient partager vingt-deux mètres carrés, bien situés certes, mais tout de même vingt-deux et pas un de plus. De ses nombreuses passions successives, Marguerite avait conservé tout un capharnaüm d'équipements divers. Elle avait eu sa période coiffure et les journaux spécialisés l'avaient aisément convaincue qu'elle ferait des économies en s'achetant un sèche-cheveux prétendument professionnel. Le squelette de l'appareil, désormais inutilisable faute d'un petit composant électronique grillé — mais lequel ? —, montait dans un coin une garde inquiétante, sous un casque penché. Des raquettes de squash, tennis, badminton, ping-pong et même un chistera en osier, témoignaient de l'attachement que Marguerite avait porté à ces différents sports. Hélas, leur accumulation tendait à confirmer une évidence, dont elle avait cependant tardé à prendre conscience : elle manquait totalement d'aptitude pour les activités supposant la poursuite d'une balle. De son passage dans plusieurs sectes d'inspirations variées, subsistaient dans la pièce des morceaux épars d'uniformes et des accessoires mystérieux : chasubles à inscriptions aussi étranges que frappantes, médailles et pendentifs où des compas chevauchaient audacieusement des équerres, où des svastikas s'enlaçaient à des étoiles de David. Un temple bouddhique en plâtre s'écaillait dans un coin, cependant que les dernières offrandes, qui remontaient à loin, achevaient de pourrir sur son seuil.

Malgré le désordre apparent de ces objets, Marguerite aimait vivre dans leur voisinage. Après tout, ils étaient le souvenir d'autant de désirs passés. Ils étaient morts, comme le lui avait dit avec profondeur un des psychologues de l'Harmonie, parce qu'ils avaient été vivants. Ils étaient autant d'images de son moi, avec sa richesse, sa permanence. Apprendre à s'aimer était bien le but fondamental que l'on pouvait proposer aux individus dans une société de liberté parfaite comme Globalia. C'était l'un des messages les plus profonds de ce même psychologue, dont elle était évidemment tombée amoureuse. Hélas, il avait été muté peu après aux Caraïbes et la distance avait fini par avoir raison de leur relation. Elle avait gardé de lui l'idée forte selon laquelle s'aimer suppose de ne rien renier de ce que l'on est, c'est-à-dire aussi de ce que l'on a été.

Dans cet ordre d'idée, Marguerite avait accepté avec courage que Kate quitte son pensionnat et revienne s'installer avec elle. Elle l'avait même attendue en montrant une vive impatience. Hélas, dès qu'elle avait eu sa fille devant elle en chair et en os, la cohabitation s'était révélée pénible. D'abord, il avait fallu lui faire de la place, même si Kate n'avait pas grand-chose à elle — tout tenait dans un sac. Cela voulait dire entasser encore un peu plus les objets. Une cage à oiseau, où un canari nommé Célestin avait jadis vécu sa courte vie — mais Dieu que Marguerite l'avait aimé ! —, fit les frais de ce surcroît d'empilement et s'effondra sous le poids d'une machine à coudre en panne et de cylindres de fonte pour haltères.

Le pire surtout était le nouveau caractère de Kate. Enfant, elle avait toujours été énergique et vive ; depuis son retour, elle était au contraire mélancolique et rêveuse. Pendant des heures, elle pouvait rester allongée sur le canapé bancal — un superbe canapé anglais en série limitée qui s'était hélas montré défectueux dès la première semaine après l'échéance de la garantie. Elle regardait par la fenêtre d'où l'on apercevait un petit bout de fleuve.

Marguerite n'avait pas tardé à comprendre que sa fille était amoureuse. Elle avait découvert pendant son absence quelques photos mal cachées — on aurait dit que Kate avait laissé traîner exprès son multifonction pour que Marguerite pianote dessus. Elle figurait sur la plupart des clichés en compagnie d'un individu de son âge ou à peu près, qu'elle tenait par la main. Sur un portrait en plan plus resserré, on voyait que le garçon avait toutes les qualités et les insuffisances de son âge. Il semblait très grand et vigoureux mais avec un air romantique, lui aussi, c'est-à-dire un peu niais. Il avait un aspect « pas fini », comme disaient les chroniqueurs de façon péjorative pour désigner la jeunesse. Marguerite partageait les préjugés communs à l'égard de ces êtres qui n'avaient pas encore été façonnés, mûris, sculptés par le temps et la chirurgie. Elle les considérait simplement comme dépourvus d'intérêt.

Certains pervers, que les psychologues invitaient à s'interroger sur eux-mêmes, pouvaient marquer une préférence pour la jeunesse. Marguerite ne cultivait pas ce genre-là. D'ailleurs, ce n'était absolument plus la mode. Pour tout dire, elle jugeait cela dégoûtant.

Elle se mit à regarder sa fille avec une répulsion croissante. Chez elle lui répugnait d'abord ce qu'on appelle le naturel, terme qui désigne bien ce qu'il veut dire : le contraire de la civilisation, une véritable sauvagerie. Kate ne se maquillait pas, ne se parfumait pas, s'habillait sans aucune recherche. Pis, elle marquait du dégoût pour les magazines de mode. Parce qu'elle avait une vague ressemblance avec les madones de Raphaël, elle croyait que la beauté est une plante qui croît librement et sans soin là où la nature a jugé opportun de la jeter. Cette opinion inégalitaire était bien caractéristique de la jeunesse. Heureusement que désormais cette caste minoritaire n'était plus en mesure d'imposer ses vues. En Globalia, la beauté était devenue un idéal accessible à tous, à force de temps et d'efforts, grâce au maquillage, à la chirurgie et surtout à la tolérance qui avait déplacé les canons de la beauté vers la maturité et sa richesse. Mais Kate ne s'en rendait pas encore compte et ne semblait aucunement décidée à s'améliorer. Son jouvenceau de camarade était probablement du même acabit.

Ensuite, il n'y avait rien d'insupportable comme l'absurde romantisme dont elle faisait montre. Ces soupirs, ces rêveries qui prenaient certainement pour objet son bien-aimé, ces communications chuchotées étaient les signes habituels de la passion et Marguerite aurait eu mauvaise grâce à lui en faire le reproche. Mais elle était agacée par l'absence totale de recul de la part de sa fille. Kate refusait d'en parler, repoussait avec une indignation ridicule les allusions et plaisanteries de sa mère.

Bref, tout cela ne pouvait que mal se terminer. Marguerite n'avait pas été vraiment étonnée quand on lui avait ramené sa fille entre deux gardes, à la suite de sa désastreuse et stupide escapade dans les non-zones.

Comme c'était sa première infraction et que sa mère bénéficiait d'une excellente réputation, Kate avait été rapidement libérée. Mais elle avait désormais un dossier. Rien n'indiquait surtout qu'elle n'ait pas en tête l'idée de recommencer.

Voilà ce qui préoccupait Marguerite ce soir-là pendant qu'elle regardait sa fille pleurer en silence.

— Reprends de la purée de marrons, pendant qu'elle est chaude, lui dit-elle avec nervosité.

Quelques années plus tôt, Marguerite avait imprudemment souscrit à une offre spéciale de purée de marrons dans un nouveau conditionnement ultrarapide. Hélas, elle avait mal lu le contrat et, quoique le goût du produit lui eût tout de suite déplu, elle dut recevoir et payer les trente-huit livraisons suivantes de purée de marrons, soit quatre kilos par mois sur la durée légale de trois ans. Une partie des sacs avaient heureusement servi à rembourrer le canapé du côté où il était défectueux.

— Et cesse de pleurnicher, tu me rends folle ! ajouta Marguerite en vidant un verre cul sec.

La campagne « Libérons-nous de l'alcool » n'avait pas diminué la consommation. Seule influence des messages culpabilisateurs diffusés chaque jour sur les écrans, les boissons alcoolisées étaient généralement rangées dans un endroit discret. Marguerite, en cas de coup dur, restait assez attachée au gin. Elle cachait sa bouteille dans l'autel bouddhiste et s'en versait une bonne rasade quand les choses tournaient mal.

— Je ne t'en propose pas ? fit-elle à l'adresse de sa fille.

Elle garda un instant le goulot en l'air puis revissa le bouchon.

— Tu y viendras, crois-moi !

D'un geste vigoureux, Marguerite expédia une bonne moitié du verre. C'était comme cela qu'elle aimait le gin : une montée en charge rapide puis, quand la tête tourne un peu, de petites gorgées gourmandes.

— Je commence à en avoir marre de tes silences, reprit-elle avec une énergie nouvelle qui virait à la hargne. Ton petit air de tout savoir. Ton mépris. On voit ce que ça donne.

Kate, les yeux rouges, regardait toujours fixement. La nuit, les lumières du port et des quelques bateaux qui remontaient l'estuaire perçaient à peine derrière l'incandescence de la ville. Dans les constructions plus récentes, toutes les pièces s'ouvraient sur les gigantesques espaces climatisés qui constituaient l'intérieur des zones sécurisées. Mais elles habitaient un vieil immeuble qui avait encore des fenêtres (verrouillées bien sûr) donnant vers l'extérieur.

— Au moins, que cela te serve de leçon. Amuse-toi tant que tu voudras. Mais ne perds pas de vue ta vie.

Marguerite en disant cela plissa les yeux, convaincue et séduite par la subtilité de sa psychologie.

— Comprends-moi bien, reprit-elle, ce type en lui-même n'est pas en cause. Ce qui compte, c'est le principe : tu dois t'aimer, Kate. T'aimer comme je m'aime. Et comme je t'aime, bien entendu.

Elle appela une gorgée de gin à la rescousse.

— Tu comprends ?

Kate hocha la tête. C'était un merveilleux encouragement pour Marguerite. Elle tendit le bras pour le poser sur l'épaule de sa fille, mais — était-ce le gin, déjà ? — elle fit un mouvement trop ample et envoya par terre une pile de chapeaux de carnaval. Dire qu'elle avait passé tout un été à les coudre dans un club qui s'appelait « Jour de Venise ». Les stagiaires devaient terminer la session pendant le carnaval de Venise. Mais le directeur était un escroc : il s'était enfui avec l'argent payé pour le voyage.

Kate et sa mère se retrouvèrent accroupies en train de ramasser les chapeaux en velours rouge à carreaux jaunes, et à les rempiler dans un bruit de grelots.

Elles se rassirent en silence. Marguerite était gagnée par l'attendrissement. Au fond, si sa fille ne disait rien, elle ne pouvait pas lui reprocher d'être paresseuse ou indifférente : Kate avait toujours un geste pour l'aider, lui faire plaisir. Marguerite sentit le nez lui piquer et elle renifla. À ce moment précis, alors que Marguerite était entravée par l'émotion, le multifonction sonna. La mère et la fille échangèrent un bref regard. Mais Kate s'était déjà emparée de l'appareil avant que Marguerite ait pu seulement avancer la main.

À peine eut-elle décroché qu'elle devint livide.

— Oui, dit-elle d'un ton neutre.

Sa mère l'observait, hésitante. Un long instant passa. Puis soudain Kate bondit et sa voix prit une expression de passion et de tendresse qui la fit vibrer comme un haut-parleur saturé.

— C'est toi ! cria-t-elle.

Marguerite se leva d'un coup.

— Oui, oui, répéta Kate.

— Raccroche ! ordonna sa mère.

— Non, ne t'inquiète pas. Oui, bien sûr. Jamais, Baïkal, jamais.

— Raccroche ! hurla Marguerite.

Pour toute réponse, sa fille pivota et lui tourna le dos. Elle plaça la main en cornet autour de l'appareil pour protéger la communication.

— Comment cela ? s'écria-t-elle. C'est impossible, Baïkal. Ils te tiennent, c'est ça ? Dis-le-moi.

— J'ai dit : raccroche.

— Mais pas sans moi, mon amour ! Pas sans moi ! Oh, pourquoi ne veulent-ils pas ? Tant pis, je viendrai quand même.

— Petite garce ! criait Marguerite.

En se précipitant pour arracher le multifonction des mains de Kate, elle renversa une pile de cartons qui répandirent à terre des sachets de purée, des boîtes de maquillage et les innombrables colliers d'un chien qu'elle n'avait finalement jamais acheté.

— Où est-ce que je peux te rejoindre ? Où ? Où ?

Acculée dans un coin de la pièce, Kate serrait l'appareil contre elle, le protégeait de tout son corps.

— C'est seulement ma mère. Ne t'en fais pas. Mais dis-moi où ? Oh, pourquoi ne peux-tu pas encore me dire où ? Pourquoi ? Je me battrai pour toi.

Des deux mains agrippées à ses cheveux et à sa manche, Marguerite tirait Kate avec un air de haine et de rage.

— Je t'aime. Je t'aime, répétait la jeune fille, des larmes plein les yeux. Où que tu sois, nous nous retrouverons, mon amour, je te le jure. Je te le jure !

Elle resta un moment serrée autour du multifonction. Puis quand elle eut pris conscience qu'il fonctionnait à vide, que la communication était coupée, elle parut s'apercevoir de la présence de sa mère, qui la harcelait toujours.

— Tais-toi ! hurla Kate.

En se retournant, elle jeta le multifonction. L'appareil frappa Marguerite à l'épaule et elle poussa un cri. Kate resta un long instant face à sa mère, les yeux dans les yeux, puis elle sortit en claquant la porte.

Alors, Marguerite tomba assise sur le tas d'objets qui jonchaient le sol et pleura en gémissant.

CHAPITRE 9

Pour un rédacteur en chef, Al Stuypers cultivait un calme inhabituel. Il avait toujours su se garder de la fébrilité désordonnée qui caractérise souvent cette fonction. Stuypers soignait ses tenues. Toujours impeccablement rasé et coiffé, il n'avait jamais aucun retard sur ses révisions chirurgicales. À la vérité, il les devançait plutôt. Son hâle permanent et les discrètes cicatrices par où sa peau avait été retendue sous les yeux, aux tempes, au menton ajoutaient à son charme viril. Il avait été élu « Plus bel homme d'avenir » l'année précédente. Cela l'avait particulièrement touché de recevoir cette distinction le jour même de son quatre-vingt-dixième anniversaire. Il avait accroché ce précieux diplôme sur un mur de son bureau. Le drapeau globalien avec ses deux cent cinquante étoiles était placé d'un côté ; de l'autre des photos le montraient en train de serrer la main à diverses célébrités qui semblaient très émues de le rencontrer.

L'*Universal Herald*, avec sa diffusion globale, sa réputation de sérieux, ses rubriques sportives inégalables, employait plus de sept cents journalistes. Pour justifier son flegme légendaire, Stuypers aimait dire que le *Herald* était un bâton de maréchal, pas une baguette de chef d'orchestre : il n'était pas nécessaire de l'agiter en tous sens. Il importait seulement de le tenir solidement et de ne pas le laisser tomber par imprudence. Stuypers était toujours ouvert et disponible aux questions de ses collaborateurs, à condition qu'elles lui fussent adressées en séance de rédaction, d'une voix égale, et qu'elles apportent la solution en même temps que le problème. En dehors de ces rencontres planifiées, il était difficile de le voir. Et plus on montrait d'impatience à le solliciter, moins on avait de chance qu'il accepte.

Puig s'en rendait compte alors qu'il répétait, debout, la même requête pour la dixième fois à une secrétaire glaciale.

— Monsieur Stuypers est occupé, répondait celle-ci, imperturbable. Si vous avez des documents à lui communiquer, laissez-les-moi. Je transmettrai.

Le mépris qu'elle mettait dans sa voix était à proportion de l'insignifiance hiérarchique de Puig et peut-être, surtout, de son jeune âge. Circonstance aggravante, un rapide coup d'œil avait permis à la gorgone de constater qu'en tant que mâle non plus le personnage n'était guère impressionnant.

Abandonner si près du but n'était pas du genre de Puig. Il savait qu'un jeune collaborateur ne pouvait rien espérer par les voies officielles : cet accueil désespérant le lui confirmait. Tant pis : il trouverait autre chose. Puig avait été élevé par sa grand-mère catalane dans la conviction que l'audace est toujours sublime. Il était sincèrement persuadé qu'une certaine forme de bravoure, pleine d'inconscience, d'imagination et de panache, est la chose au monde la plus universellement admirée.

Au dernier refus, Puig quitta l'attitude bénigne qu'il s'était contraint à prendre jusque-là. Il se cambra, lissa sa moustache et, comme on prend la mesure d'un pré avant un duel, scruta la pièce sous ses différents angles. Trois portes, outre celle par laquelle il était entré, s'ouvraient sur les côtés et au fond. Rien n'indiquait leur destination. Tant qu'à forcer le passage, comme il venait d'en prendre la décision, autant valait ne pas atterrir dans un placard à balais.

Puig remercia la secrétaire et sortit en hâte. Dans le couloir, il rencontra un groupe de journalistes qu'il ne connaissait pas et qui rentraient de déjeuner.

— Pardonnez-moi, leur dit-il, je suis stagiaire ici et je dois faire un rapport sur la sécurité de ce bâtiment. Pourriez-vous m'indiquer les issues de secours à cet étage ?

L'un des journalistes qui paraissait plus ancien dans la maison lui indiqua une porte sur la gauche.

Il remercia et s'y engouffra. Il se retrouva dans un corridor isolé. Au mur, comme il le prévoyait, figuraient sur un écran les consignes en cas d'incendie. Il fit défiler les paragraphes et, s'aidant du menu, obtint l'affichage du plan d'évacuation. Les bureaux de l'étage y étaient représentés de façon détaillée. Il savait que la consultation de ce document était surveillée dans le cadre des mesures antiterroristes. Il dut apposer son badge génétique sur le capteur pour y accéder : les gardiens, en bas, l'interrogeraient sûrement sur son initiative. Heureusement, d'ici là, tout serait dit.

Il retourna dans le couloir principal, rentra dans le bureau de la secrétaire qui lui jeta un regard méprisant par-dessus son écran. Mais Puig ne s'arrêta pas à elle ; sur sa lancée, il avait déjà atteint l'antichambre qui menait au bureau de Stuypers et, ouvrant la série de quatre portes qu'il avait repérées sur le plan, il déboucha dans le vaste bureau du rédacteur en chef.

Stuypers était seul, debout près de son bureau. Il regardait par la fenêtre. Comme tous les bâtiments professionnels, le journal donnait sur une immense esplanade intérieure qu'entouraient les façades d'une centaine d'étages. Plusieurs niveaux de jardins suspendus parcouraient ce gigantesque volume. De son bureau, Stuypers avait une vue superbe sur des bassins situés au quarante-cinquième niveau : ils étaient entourés de massifs d'euphorbes géantes au milieu desquels étaient dispersées des boutiques. Des foules d'employés y flânaient avant la reprise du travail. Sur les ordres du rédacteur en chef, la climatisation dans ces espaces de détente situés près du journal était réglée sur une chaleur moite qui rappelait les régions tropicales. La raison en était simple et très innocente : Stuypers aimait observer les femmes en tenue d'été. Il passait toute l'heure du déjeuner à contempler leurs bras nus et leur gorge décolletée. L'irruption de Puig le mit au comble de l'irritation. Sa première réaction fut de saisir son multifonction et d'appeler la sécurité. Pourtant, il arrêta son geste en route.

Puig avait avancé de deux pas dans la pièce et se tenait raide, une jambe en avant, le bras gauche posé sur la hanche, la barbe dressée, avec un air de défi et d'assurance.

Stuypers était frappé par une ressemblance et la cherchait mentalement quand, soudain, il porta son regard sur l'écran-tableau qui tapissait le fond de son bureau, du côté de la porte d'entrée. En hommage à ses origines hollandaises, et dans le strict respect des références culturelles standardisées qui s'y rapportaient, Stuypers avait choisi d'y afficher *La Ronde de nuit* de Rembrandt. Voilà pourquoi il lui semblait avoir déjà vu le petit personnage qui venait de forcer sa porte : il sortait tout droit de cette troupe de notables empanachés qu'il avait sous les yeux depuis des années.

— Excusez-moi, monsieur ! claironna Puig (mais l'audace de son ton transformait ces mots en leur contraire : « Ne comptez pas sur moi pour solliciter des excuses ! »). L'affaire dont je dois vous parler est absolument urgente.

Cependant, la secrétaire arrivait en courant derrière lui et s'adressa d'un air suppliant à son patron :

— J'appelle les gardes ?

Stuypers aimait surprendre. Sous ce regard féminin, il n'eut pas envie de prendre une pause moins noble que ce jeune audacieux. Il n'allait pas perdre l'occasion de se mêler à son tour et pour quelques instants à la foule arrogante et immortelle de *La Ronde de nuit* !

— N'en faites rien ! clama-t-il.

Rejoignant Puig, il lui prit la main, l'entraîna vers un coin où étaient disposés des fauteuils et le fit asseoir devant lui. La secrétaire sortit avec l'air vexé et referma bruyamment la porte.

Assis d'une pointe de fesse au bord de son fauteuil, Puig restait toujours cambré.

— Je suis Puig Pujols, des « Informations générales », prononça-t-il du même ton d'orgueil qu'il aurait mis à déclamer sur un théâtre : « Moi, Don Diègue de Castille. »

De plus en plus amusé par le personnage, Stuypers inclina la tête, comme s'il saluait un gentilhomme.

— Et que puis-je pour vous, mon cher Puig ?

— C'est à propos de l'explosion de la voiture piégée.

Le rédacteur en chef tiqua. On n'était plus tout à fait dans *La Ronde de nuit*. Les affaires de terrorisme étaient sérieuses et réclamaient la plus grande vigilance.

— Je vous écoute.

Baissant la voix et tendant le cou vers son interlocuteur, Puig lâcha :

— J'ai enquêté. Les informations que j'ai découvertes sont du plus haut intérêt.

— Hum ! fit Stuypers en laissant percer une visible inquiétude. Laissez-moi ouvrir le dossier.

Il sortit un écran de son accoudoir, l'alluma et se mit à la page des dépêches du jour.

— Vous avez signé quelque chose ce matin ? demanda-t-il à Puig.

— Non, monsieur, pas avant de vous avoir parlé. C'est trop sérieux.

— Allez-y, dit Stuypers qui parcourait toujours rapidement les dépêches.

— Voilà : c'est très simple. J'ai la photo des poseurs de bombe.

Puig en lâchant ces mots s'était reculé comme si c'était lui, à l'instant, qui venait de placer un explosif sur la table. Le rédacteur en chef se figea.

— Qu'avez-vous dit ?

— Vous avez bien entendu, répéta Puig, rayonnant. J'ai ici la photo des types qui ont placé la voiture piégée.

Ce disant, il tapotait l'étui de son multifonction qu'il plaçait toujours sous son bras, à la manière d'un holster.

— Vous plaisantez ?

— Pas du tout. Je vais vous faire voir cela tout de suite. Avez-vous un connecteur ? Mon multifonction est un ancien modèle qui n'est pas immédiatement compatible avec les nouveaux standards.

Stuypers sembla un instant dérouté. Tout à la nouvelle que lui avait apportée Puig, il en avait oublié jusqu'à l'usage d'un connecteur, vieil outil qui avait pourtant marqué sa génération. Il reprit ses esprits, ouvrit une petite trappe sur son bureau et en sortit un vilain boîtier un peu défraîchi.

— Posez votre truc là-dessus.

Puig ôta soigneusement son multifonction, avec la lenteur gourmande d'un prestidigitateur.

— Dépêchez-vous !

Le rédacteur en chef n'était plus seulement nerveux, il se faisait impérieux, presque brutal. Il prit l'appareil des mains de Puig et l'enfonça méchamment sur la prise.

— A-t-on idée de se servir encore de trucs pareils !

— Manque de moyens, suggéra Puig avec un sourire malin. Et puis, à vrai dire, je suis habitué à ces vieux modèles, je les trouve plus précis...

Sans prêter la moindre attention à ces propos, Stuypers faisait défiler les clichés sur son écran de travail.

— Qu'est-ce que c'est que ça ? Où sont les types dont vous me parlez ?

Puig se leva à moitié de sa chaise, tendant cou et barbiche vers l'écran. Comme il n'y voyait toujours rien, il alla carrément se placer debout derrière Stuypers.

— Ne tenez pas compte du premier plan, dit-il en rougissant un peu.

— Le premier plan ? Mais on ne voit que cela !

Stuypers triturait les clichés à l'aide du zoom avant et arrière.

— C'est une tête, on dirait. Une tête de femme. Et que fait-elle ? Non ! C'est impossible.

Il effectua un demi-tour brutal, fit face à Puig.

— Vous ne manquez pas d'air, mon vieux ! Venir jusqu'ici pour me mettre des photos cochonnes sous le nez.

— Je vous l'ai dit : ne tenez pas compte du premier plan. Les photos ont été prises par un de ces couples qui s'amusent sur les parkings, vous savez.

117

Tout cela était à vrai dire d'une grande banalité. Dans une démocratie, l'accès aux images à caractère sexuel était d'une totale liberté. Seuls s'appliquaient, comme de juste en société, des codes qui en réservaient l'usage à certaines circonstances. Puig n'était coupable que d'une indélicatesse. En comparaison de l'enjeu, elle était tout à fait insignifiante et il rappela fermement à Stuypers qu'il s'agissait de choses autrement sérieuses.

— Vous distinguez nettement sur le cliché 3, celui d'avant, non le précédent, voilà, le visage du conducteur et de son acolyte, en haut et à gauche de l'image.

Le rédacteur en chef plissa les yeux.

— Les deux blonds ? demanda-t-il.

— Oui, on les voit même sur la photo suivante. Regardez, sur ce cliché-là, on a l'impression qu'ils règlent quelque chose, sans doute le minuteur de la bombe. Et sur la dernière vue, plus personne : ils ont filé.

— Est-ce tout ? fit Stuypers en se tournant lentement vers son collaborateur.

Puig se redressa, tira sur ses manches, puis reprit place sur son siège.

— Non. Heureusement. Sans quoi il n'y aurait pas de piste exploitable. Mais voilà, j'ai inspecté l'épave du véhicule et j'ai repéré l'emplacement d'un accessoire sur le toit. Un accessoire, écoutez-moi bien, qui a été retiré *avant* l'explosion.

— Et alors ?

Finaud, les épaules rejetées en arrière comme un œnologue qui cherche l'origine exacte d'un grand cru, Puig ménageait son effet.

— J'ai longuement cherché, croyez-moi. Figurez-vous que la solution m'est venue quand je suis arrivé ici. J'ai croisé une patrouille de la Protection sociale. Vous n'avez jamais remarqué l'espèce de gyrophare qu'ils ont sur le toit ? C'est exactement la trace d'un objet de ce genre qui était visible sur l'épave.

Stuypers garda un long silence puis se leva. Il arpenta la pièce lentement, les mains derrière le dos. De temps en temps, il jetait des regards incrédules vers *La Ronde de nuit*. Puig était aux anges de l'avoir ainsi, du premier coup, ébranlé. Il souriait avec une confiance qu'un œil profane eût peut-être pris pour de la fatuité. « Toujours, pensait-il, l'audace triomphe. » Et il remerciait en silence sa défunte grand-mère de lui avoir enseigné cet adage.

Au milieu de sa déambulation, Stuypers revint au pas de charge vers le bureau, s'assit à sa place et avança le buste :

— Rappelez-moi votre nom...

— Puig Pujols.

— C'est cela, Pujols. Et qui, s'il vous plaît, a pris la décision de faire entrer un jeune et brillant élément tel que vous à la rédaction ?

— Palmer, le chef des « Info-géné », dit fièrement Pujols.

Après tout, il était juste que Palmer, qui n'était pourtant guère chaleureux, fût associé à la distribution des prix.

— Palmer ? réfléchit Stuypers. L'ancien du *Global Post* ? Et pourquoi n'êtes-vous pas allé le trouver, lui ?

— Il est souffrant.

Stuypers se rejeta en arrière et joignit les mains. Il en savait assez. Il prit, par le nez, une bruyante goulée d'air conditionné et explosa au visage de Puig.

— Dites-moi, jeunot, vous vous payez ma tête, hein ? D'abord quittez votre air arrogant et lâchez cette moustache ridicule.

Puig se figea. Son rédacteur en chef avait bondi. Il était de nouveau debout, encadré par la baie vitrée.

Le contre-jour atténuait un peu la convulsion de ses traits.

— Vous me dérangez, oui, vous me dérangez, vous forcez ma porte pour m'apporter de prétendues révélations et pour me demander quoi ? Publier des photos de galipettes dans *mon* journal.

— Mais...

— Taisez-vous ! Je sais : il y a deux blonds dans un coin et ce sont les poseurs de bombe. Mais, cher monsieur, si, au lieu de chercher à faire le malin en interrogeant les maniaques sexuels, vous aviez tout simplement *fait votre travail*, hein ? Vous seriez allé à la conférence de presse qui s'est déroulée sur place, vous auriez écouté les enquêteurs, n'est-ce pas ? Et vous sauriez que les poseurs de bombes sont non pas deux mais trois individus, non pas blonds mais *bruns*. Très bruns, même, dont un barbu. Vous sauriez que le véhicule était volé ; qu'il appartenait à un employé de banque.

— Mais justement, objecta Puig, tout le monde dit cela, cependant...

— Suffit ! jeune idiot. Et commencez par apprendre votre métier. La presse est libre, vous le savez. Elle est libre *et* responsable. Quand une vérité se dégage, il faut la respecter. Cela veut quand même dire quelque chose, vous ne croyez pas, que tout le monde ait la même opinion ? Vous, vous voudriez que *seuls* nous nous mettions en travers, c'est bien cela ?

— Mais imaginez que...

— Vous voyez d'ici la une de demain : l'attentat a été commis par deux individus blonds dans une voiture de la Protection sociale. Autant faire plus court d'ailleurs : « L'attentat a été commis par la Protection sociale. » Cela vous irait... ?

— Je...

— Maintenant, si vous le permettez, c'est moi qui vous accuse. De vouloir faire une nouvelle victime, et innocente de surcroît. Si votre bombe explosait, elle ferait sauter beaucoup de monde, à commencer par moi. Vous imaginez ce que diraient les gestionnaires du groupe ? Vous me voyez, dans les bureaux de la Holding Minisoft Press, en train de montrer les photos de Lolotte et Roger en pleine action ?

Soudain Stuypers s'immobilisa :

— Au fond, dit-il avec une expression figée et cruelle, c'était peut-être cela, le plan. Palmer n'est ici que depuis cinq ans. Qui me dit qu'il ne continue pas de travailler en sous-main pour le *Global Post* ? Tout cela ne serait-il pas une machination pour me faire trébucher et discréditer l'*Universal Herald* ?

Il se perdit un instant dans de vastes pensées. Puis posant de nouveau les yeux comme par hasard sur la misérable personne de Puig, effondré sur son siège, il lui porta négligemment l'estocade.

— J'ai le choix de vous considérer soit comme un provocateur, soit comme un imbécile. Dans le doute et par un effet de ma bonté, j'opterai pour la seconde solution : je ne me donnerai pas le ridicule de prévenir la Protection sociale de cette affaire. Avez-vous des copies de ces photos ?

— Non, gémit Puig.

— Tant mieux. Il me suffit donc de détruire la matrice des images sur votre multifonction. C'est fait. Le voici. Maintenant, vous pouvez disparaître.

Stuypers s'était tourné vers son écran de travail et prononça le nom de sa secrétaire. Elle apparut, l'air un peu surpris, recoiffant ses mèches d'une main.

— Veuillez ouvrir le dossier de monsieur...

— Puig Pujols.

— Vous avez entendu ? Tant mieux. Portez dessus la mention : « Forte accélération de carrière. » Merci.

Puig se leva et, comme Stuypers ne manifestait aucun désir de lui serrer la main, il sortit sans un mot.

Les couloirs étaient animés. Des groupes se formaient pour la pause en riant. Puig les croisa lugubrement. Son bureau minuscule était en dessous. Il prit l'escalier de secours pour y descendre, goûtant le silence plein de soupirs et d'échos de l'immense spirale de béton. Son bureau était vide de ses deux autres occupants. Il ramassa quelques affaires et les fourra dans un sac de sport déchiré qui traînait par terre. Puis il sortit.

Dans le jargon du nouveau droit social, les plus grandes garanties étaient assurées aux salariés. Aucune sanction ne devait porter un nom à connotation négative ou insultante. Ainsi, on disait « accélérer la carrière de quelqu'un » pour désigner ce que, dans la langue familière, on continuait d'appeler « le mettre à la porte ». Une « forte accélération de carrière » supposait l'inaptitude définitive du sujet à remplir quelque fonction que ce fût dans ce secteur. C'était une manière en effet d'accélérer à ce point une carrière qu'elle était portée, en un instant, à son terme définitif.

Le hall d'entrée était grouillant de monde. Le rez-de-chaussée de l'*Universal Herald* était constitué de centaines d'écrans qui permettaient de voir en même temps toutes les chaînes globaliennes et cette grande foire colorée attirait toujours beaucoup de gens.

Puig marcha jusqu'au comptoir de la réception pour y rendre son badge professionnel. Il remarqua, à quelques mètres de lui, une jeune fille brune, le visage semé de grains de beauté, qui rédigeait un long message. De temps en temps, elle essuyait discrètement une larme. Puig se dit qu'au milieu de ce tourbillon de gens affairés, souriants, s'efforçant à donner d'eux-mêmes une image de performance, ils étaient, cette fille et lui, deux pauvres humains à la dérive. Il eut envie de lui sourire mais eut peur d'être mal compris et sortit sans rien dire.

Kate, elle, mit encore cinq bonnes minutes à écrire son message. Ce texte devait être diffusé dans la rédaction du *Herald*. Tous les citoyens avaient ainsi le droit de livrer des informations aux grands médias qui en faisaient ensuite ce qu'ils voulaient.

— Puis-je joindre une photo à mon avis de recherche ? demanda Kate à l'hôtesse.

— Joignez ce que vous voulez, c'est le même prix, lâcha la réceptionniste sur un ton méprisant.

Elle suivait un jeu sur son écran personnel. C'était une nouvelle série intitulée *Gladiateurs d'un soir*. L'employé de banque qui concourait ce jour-là était sur le point de se faire dévorer. Naturellement toutes les mesures étaient prises pour la sécurité du lion. Car si l'homme était volontaire, l'animal, lui, n'avait exprimé aucun consentement.

Kate transféra une petite photo de Baïkal stockée dans son multifonction, puis elle rendit à l'hôtesse l'écran portable sur lequel elle avait composé son message. Elle resta un instant plantée là, les yeux dans le vague. Ensuite, elle rentra chez elle affronter la vie ordinaire, et sa mère.

DEUXIÈME PARTIE

CHAPITRE 1

Les cinq hommes, dans l'hélicoptère, étaient arc-boutés sur leur arme. L'un d'eux, en lieu et place de son neutralisateur, serrait un paquetage vert sombre, bardé de sangles de haut en bas, qui ressemblait à une momie d'enfant.

Par la porte grande ouverte de l'appareil, le sol boueux apparaissait comme un interminable tapis rouge. Par endroits des bouquets d'arbres secs formaient comme des bourres grises. À voir défiler ce paysage, on comprenait que cette région ne connaissait aucun répit entre l'extrême sécheresse et l'immersion sous des torrents d'eau. Cuite et recuite, la glaise couleur de brique portait les stigmates éternels de la canicule. Les rochers, eux, étaient fendus net par le gel qui, la nuit, étendait son baume cruel sur les brûlures de la journée.

Ils avaient passé le rivage de l'océan depuis plus d'une heure. Après les maigres collines qui surplombaient la côte, ils n'avaient rencontré que cette surface monotone, aride et déserte.

— Ça y est ! cria l'un des soldats, pour couvrir le bruit du moteur. Nous sommes sur la position. Descente !

L'appareil de combat ressemblait à ces arbres grêles auxquels pendent de gros fruits : tout un attirail de tubes, de masses arrondies, d'antennes, en faisait à la fois un être vivant, doué de tous les sens possibles — voyant, écoutant, reniflant —, et un outil de mort pour quiconque lui serait désigné comme cible. Il approchait du sol et le souffle du rotor dessinait de plus en plus nettement des rigoles dans les flaques rouges.

— Allez, fiston, hurla le soldat à l'adresse du cinquième homme qui tenait son paquetage, c'est le moment de montrer que t'es pas un deux de pique !

Les autres soldats souriaient avec gêne. À vrai dire, s'ils exécutaient les ordres sans discuter, ils n'aimaient pas ce qu'ils étaient en train d'accomplir. Dressés à récupérer dans les pires conditions leurs camarades abattus ou égarés, ils répugnaient à faire l'inverse : abandonner quelqu'un dans un endroit hostile. Ils regardaient le pauvre bougre avec une sympathie impuissante et muette. Ce cinquième homme ne portait pas d'uniforme ni non plus de tenue civile normale avec textiles thermoréglables, etc. On lui avait mis sur le dos ces vieilles frusques que l'on voyait dans les films ou dans les parcs d'attractions, quand on représentait les époques du passé. Les matériaux étaient faits de fils bien visibles entrecroisés. Quand l'eau y pénétrait, ils changeaient de couleur. Aux pieds, il avait des bottes de cuir que tout l'équipage était venu toucher avec curiosité. Seul le sac à dos était à peu près reconnaissable, quoique d'un modèle ancien. Les matériels militaires gardent cependant toujours quelque chose d'immuable et de familier, par-delà les âges.

Avec un dandinement de dinosaure, l'hélicoptère posa une roue puis l'autre en faisant gicler la boue. Chacun savait ce qu'il avait à faire et aucune parole ne fut dite. Le passager mit une bretelle de son paquetage à l'épaule et, avec un sourire qui dissimulait mal beaucoup d'émotion, fit un signe de la main en direction de ses quatre compagnons. Il sauta ensuite sur le sol où ses bottes cirées s'enfoncèrent de dix centimètres dans la glaise molle. Aussitôt qu'il eut quitté, plié en deux, l'aire agitée de remous du rotor, l'engin décolla et s'éloigna en direction de la mer.

Le silence revenu, Baïkal regarda tout autour de lui. Tant qu'il était en l'air, il n'avait vu, comme les autres, que la terre. Posé sur elle, il lui sembla que tout le paysage était dans le ciel. La matinée n'était pas encore très avancée, le soleil grimpait de nuage en nuage du côté de l'est et des doigts de lumière encore pâles caressaient d'énormes cumulus fixes. Sur leurs armures d'acier flottaient quelques panaches d'une orgueilleuse blancheur. Le sol, écrasé par ces monstres, semblait n'être qu'une carrière destinée à leurs joutes. Si bien que, pour perdu et seul qu'il fût, Baïkal eut plutôt la sensation de troubler indiscrètement la vie de tout un peuple de géants.

Depuis sa naissance, il avait toujours vécu dans des zones bénéficiant, selon la terminologie officielle, du « Programme de régulation climatique ». Des émetteurs magnétiques, dits « canons à beau temps », tenaient les nuages à distance. Ils assuraient tout au long de l'année un ciel azuréen dont les caractéristiques avaient été réglées sur ce qui était auparavant le printemps naturel de la Toscane. Quand des pluies étaient rendues nécessaires pour un ajustement hygrométrique des sols, la population était dûment prévenue, la journée chômée et tout le monde restait chez soi, pendant que se déversaient d'intenses et brèves averses.

Mais ici, tout à coup, Baïkal découvrait la mécanique sauvage du ciel livré à lui-même. Il contempla un long moment cette prairie grise et bleue, parcourue de troupeaux sans maître. Le rouge de la terre suggérait le lever d'un soleil sorti du sol, non pas aube d'une journée mais aube des temps. Baïkal se sentait comme le premier humain offert au monde ; le premier auquel le monde était offert. Il fallut qu'un cri lui parvienne pour qu'il se résolût à interrompre cette noce solitaire et béate.

C'était un coassement lointain qu'atténuait l'air humide. Il provenait d'un grand oiseau, qui traversa un coin de ciel d'un vol bancal. Ce signal enclencha toute la mécanique de la vie. Baïkal commença par soulever l'un après l'autre ses pieds pour les soustraire à la succion de la boue. Puis il se mit en marche.

Deux gardes lui avaient présenté la veille sur un écran la carte de l'endroit où il allait être déposé. Mais ils lui avaient confirmé qu'à partir de là il était maître de choisir son chemin. Il avait opté pour le nord-ouest, jugeant que l'étendue désertique à traverser serait moins longue dans cette direction. Il avait réglé sur ce cap les lunettes satellitaires qu'on lui avait confiées et il partit immédiatement.

La marche fit remonter en lui d'étranges sentiments. Il lui semblait revivre en un instant toutes les émotions de ces derniers jours. Entre son escapade hors de la salle de trekking et cette libération sur un plateau inconnu et désertique, existait une parenté qui faisait de ces deux moments comme un seul. Tout ce qui s'était intercalé entre eux appartenait peut-être au rêve. La principale différence était que désormais il était seul. Il fut soudain mordu par l'absence douloureuse de Kate. Plus que jamais, son désir était de la retrouver. Rien d'autre, dans un tel décor, ne pouvait avoir de sens. Les projets de Ron Altman, tout ce galimatias sur le « besoin d'ennemi », etc., lui paraissaient absurdes. On voyait mal d'ailleurs comment, livré au désert avec la seule compagnie d'un sac à dos, si bien pourvu fût-il, Baïkal aurait pu à lui seul constituer un danger pour Globalia... Il fallait le cerveau ramolli d'un vieillard pour faire germer de telles idées.

La terre tropicale absorbe vite les pluies et, comme le soleil perçait assez souvent à travers les nuages, le sol était rapidement redevenu sec. À la fin de la matinée, apparurent des buissons d'épineux de plus en plus denses et même quelques arbres. C'étaient des acacias desséchés auxquels la pluie récente avait permis de verdir et de se piquer de minuscules fleurs jaunes. Baïkal s'assit au pied de l'un d'eux et s'étonna de ressentir une grande fatigue.

Sans doute avait-il forcé le pas au début, l'absence de repère ne guidant pas sa vitesse. Il se demanda s'il n'avait pas eu aussi un peu peur, bien qu'il ne l'eût pas ressentie.

Il ouvrit son sac, installa par terre un petit réchaud chimique. En voyant des brindilles joncher le sol, il se ravisa et alluma un petit feu. Il cassa une branche d'acacia, le cœur battant, en regardant alentour. À vrai dire, c'était la première fois depuis bien longtemps qu'il cassait une branche d'arbre. Il l'avait fait en cachette, comme tous les enfants, mais désormais c'était un délit si grave qu'il ne s'y était plus risqué par la suite. La « Loi sur la protection de la vie » faisait obligation de traiter la moindre plante avec respect. La répression était opérée grâce à une surveillance constante des lieux où se trouvait la végétation. Dans cet immense jardin qu'était devenu Globalia, une garde étroite était montée autour de cette espèce potentiellement dangereuse qu'était l'homme. Heureusement la société s'entendait à le contrôler.

Baïkal fut étonné lui-même par le plaisir que lui procurait ce petit feu d'où émanaient des odeurs d'huile. Il se releva et, avec une véritable jouissance, choisit cette fois une grosse branche. Il la brisa dans un grand craquement sec, puis la coupa en petits morceaux dont il fit un tas. Sans nul besoin, car il n'avait pas l'intention de rester au même endroit longtemps, il cassa encore une autre branche. Puis une autre et finalement s'épuisa à déraciner le tronc lui-même. Il était en nage. C'était moins l'effort qui faisait ruisseler sa peau que toutes les mauvaises humeurs qui refluaient du plus profond de lui.

Tout essoufflé, il finit par se calmer, s'assit et mangea goulûment une barre chocolatée. Puis il plaça son sac derrière sa tête comme un oreiller, ferma les yeux et s'assoupit.

Il fut réveillé par la sensation d'une présence. En ouvrant les yeux, il découvrit deux regards posés sur lui : celui, noir, d'un canon de fusil, et, un peu en arrière, une paire de petits yeux gris. Le fusil était une arme étonnante et Baïkal, mal éveillé, eut d'abord un mouvement de curiosité vers ces deux gros tubes d'acier disposés côte à côte, cette crosse en bois. La chasse n'était plus en Globalia qu'un ornement folklorique et il n'avait jamais vu un tel objet ailleurs que sur les écrans. Il eut cependant vite fait de comprendre que, si le fusil était l'instrument, le véritable danger était la volonté qui le commandait. Il leva les yeux vers l'être qui le visait.

C'était la première fois qu'il se trouvait face à face avec un homme des non-zones. Officiellement, ces confins étaient déserts ou livrés à la barbarie de quelques terroristes insaisissables, cruels, à peine humains. Or devant lui se tenait, sans aucun doute possible, un homme semblable à lui et qui avait peur.

Le premier détail qui attirait l'attention chez cet individu était l'abondance de ses rides. Autour de ses yeux pâles, tournoyaient un tumulte de sillons profonds qui plissaient le front, dessinaient de lourdes poches sous les yeux, striaient ses joues. De petites rides plus fines étaient disposées au pourtour de sa bouche comme des épingles plantées sur une pelote. Pour ce qu'on pouvait voir de ses bras, nus jusqu'aux coudes, et de ses mains, serrées sur la crosse, les mêmes fronces se retrouvaient sur tout son corps. Encadrant son visage, une barbe à trous collait aux anfractuosités comme de mauvaises algues s'insinuent dans les failles du béton qui affleure sur le quai des ports.

À tout cela, surtout, s'ajoutait une effrayante maigreur. Par l'échancrure de sa chemise, on voyait la peau mouler le contour des os et faire saillir l'attache des côtes. Si bien qu'en revenant à ses yeux Baïkal se demanda si leur pathétique éclat reflétait la peur, la fièvre ou la faim. L'homme tremblait légèrement.

— Debout ! cria-t-il en faisant un geste nerveux de bas en haut avec le canon de l'arme. Et les mains en l'air !

Baïkal se redressa et leva les bras. Dès qu'il fut debout, il sentit que son agresseur reculait un peu. Il était de petite taille et, auprès du grand corps lisse du jeune homme, il paraissait voûté, frêle, usé. Prenant la mesure de la situation, Baïkal se dit qu'il lui serait facile de réagir. Il laissa encore l'homme s'agiter un moment.

— Pas trop méfiant, celui-là ! grommela l'intrus. Il reste allongé comme ça, et il s'endort...

Sa voix était rauque, presque inaudible. Il paraissait surpris lui-même d'entendre ces mots se glisser dans les bruits de souffle du désert.

— Que voulez-vous ? fit doucement Baïkal.

— *Je* pose les questions ! se fâcha l'homme et, comme irrité par l'infirmité de sa voix qui se traînait dans les graves, il eut une horrible quinte grasse.

Puis il ajouta d'une voix un peu plus claire :

— Doit y avoir pas mal de choses intéressantes, dans ton gros sac.

— Pose ton fusil d'abord, répondit Baïkal en souriant.

Il n'y avait aucun héroïsme dans son détachement : plus il le contemplait, moins cet homme l'effrayait. Il avait pitié de sa faiblesse et de la terreur désordonnée qui se lisait sur ses traits.

Mais, soit qu'il eût senti cette pitié et en fût irrité, soit que la panique eût commencé à s'emparer de lui, l'homme se mit en colère.

— Maintenant donne ton sac et discute pas !

Il brandit l'arme et la porta jusqu'à son œil, ajustant le regard dans la mire au bout du canon.

Baïkal eut peur tout à coup, moins d'un acte délibéré que d'un simple accident qui déchargerait le fusil sur lui. Il tourna le poignet gauche en direction de l'homme et déclencha vers lui une courte salve de rayonnements défensifs. Ce n'était pas une arme bien dangereuse, tout au plus un de ces instruments d'autodéfense que les femmes, en Globalia, portaient sur elles quand elles se promenaient seules la nuit dans certains quartiers. Mais cela suffit à terrasser l'agresseur. Touché à la poitrine, l'homme émit un gémissement comme s'il avait reçu un coup de poing. Il lâcha le fusil et fut projeté à quelques mètres en arrière. Il tomba assis sur le sol rouge, la chemise agrippée au passage par une branche d'épineux. Baïkal ramassa l'arme, la jeta au loin et alla l'aider à se relever.

— Outch ! soufflait l'homme, tout groggy sous le coup. Qu'est-ce que tu m'as fait ?

Il se frottait le thorax d'une main calleuse.

— Allons, dit Baïkal, ce n'est rien.

— J'ai mal dans tout le côté, s'écria l'homme avec épouvante, comme s'il prenait conscience du caractère extraordinaire de ce qui lui était arrivé. Comment t'as fait ça ? Me taper sans bouger…

Puis, formulant l'hypothèse qui lui venait, il recula en tentant de dégager son bras de la poigne de Baïkal.

— Ah, je comprends : t'es un magicien !

— Non, non, répondit Baïkal en secouant la tête et en riant.

Mais l'homme continuait de le regarder avec défiance.

— Tu serais pas le Christ, ou un truc dans le genre ?

Baïkal rit aux éclats.

— Allez, viens t'asseoir. Je vais te préparer quelque chose à boire.

Retournant jusqu'au feu de brindilles, Baïkal posa dessus quelques branches tirées du tas qu'il avait préparé et le ralluma. Après avoir un peu grommelé, toujours endolori et méfiant, l'homme finit par accepter de s'asseoir en face de lui.

— Je m'appelle Baïkal et toi ?

— Fraiseur.

— Comment écris-tu cela ?

L'autre haussa les épaules.

— Sais pas. Fraiseur, c'est tout. Chez moi, on est tous Fraiseur.

— Tu habites loin d'ici ?

— Oui, dit Fraiseur en faisant un geste du menton qui indiquait vaguement le sud-ouest.

— Je fais du thé ?

— T'as pas de gnôle ?

— De quoi ?

— De la gnôle, insista l'homme, l'œil brillant. Du whisky, du pinard, quelque chose.

Ron Altman avait décidément bien organisé les choses. Baïkal tira d'une des poches de son sac des cubes emballés de feuilles argentées. Il en lâcha un dans un gobelet, ajouta un peu d'eau.

— Goûte.

L'homme saisit le verre à deux mains et but d'un trait. Son visage se détendit, il ferma les yeux.

— Du rhum. Bon Dieu ! Des années. Des années que j'avais pas bu de ça. Encore !

Baïkal prépara une nouvelle ration.

— Alors, t'as du rhum à faire fondre, toi ?

Fraiseur prit dans la main un petit cube et l'effrita entre ses doigts. Il recueillit la poudre dans la paume et la lâcha dans le verre que lui tendait Baïkal.

— Double dose, dit-il en riant.

Il but de nouveau cul sec et garda un long moment les yeux vers le ciel.

— C'est sûr, tu es un sorcier, fit-il en hochant la tête.

Comme Baïkal se récriait, il leva la main :

— Mais je m'en fous, ajouta-t-il. Un sorcier qui fait de la gnôle, ça me va.

Ils rirent et Baïkal nota que les dents de Fraiseur étaient noires et qu'il lui en manquait deux en bas.

— Où vas-tu ?

— Vers la ville, dit Baïkal un peu au hasard.

— Un bon bout de chemin, encore.

— Tu y es déjà allé ?

— D'autres Fraiseur, oui. Ils m'ont raconté.

Le ciel s'était assombri pendant qu'ils parlaient. Un gros nuage campait en plein milieu : le soleil chauffait sa tête dorée, bien haut dans les airs, tandis qu'il tournait vers la terre un dos violet.

— Ça te dirait de faire le voyage avec moi ? hasarda Fraiseur. Tu m'as l'air sacrément bien armé avec tes sortilèges. Et ma foi, je suis pas trop rassuré, moi, par ici. Y rôde de drôles de gens.

Fraiseur jetait alentour des regards mauvais. Mais l'horizon était vide et le paysage ne montrait que des épineux.

— Reprends ton fusil et viens, dit Baïkal.

L'homme en haillons traîna la savate jusqu'à l'arme et la contempla d'un air dégoûté.

— Même pas de cartouches, dit-il avec une moue.

Il la ramassa quand même, la posa sur son épaule et se mit en route, le dos voûté dans l'ombre de Baïkal.

CHAPITRE 2

L'hélicoptère avait déposé Baïkal dans un endroit choisi pour son caractère désertique. Il importait que nul témoin ne pût authentifier le lien entre le jeune vagabond et les forces armées de Globalia.

Heureusement, toute la région n'était pas aussi aride. À deux jours de marche, le paysage changeait un peu pour se vallonner, retenir l'eau tropicale et permettre à une végétation moins rébarbative de pousser. Des semblants de pistes traçaient çà et là des lignes qui indiquaient sinon la présence du moins le passage d'êtres vivants.

Cela corroborait les indications que Baïkal obtenait en virtuel grâce à ses lunettes satellitaires. Lorsqu'il les réglait en mode cartographie, elles lui permettaient de suivre un cap, de mesurer sa progression et de se situer sur une carte qui indiquait le relief. Dans la région traversée, cette carte ne mentionnait encore aucune agglomération. Mais dans la direction vers laquelle ils cheminaient était indiqué un bourg assez considérable. Aucun village n'avait de nom. Ils étaient désignés par des codes à quatre chiffres et deux lettres. De même, ne figurait aucune indication de pays. À peine Baïkal pouvait-il déduire, en faisant un zoom arrière et en considérant la carte depuis une position éloignée de la terre, qu'il se trouvait sur le continent sud-américain et plutôt dans sa partie septentrionale.

Fraiseur se révéla rapidement un excellent compagnon de voyage. Son premier soin, en se remettant en marche, avait été de récupérer ses effets personnels. Avant de mettre Baïkal en joue, il les avait cachés derrière un rocher. Le tout consistait en une grosse besace effrangée, rapiécée, durcie par la boue, mais Fraiseur y tenait énormément. Sitôt qu'il l'eut récupérée, il en sortit une pipe taillée dans un épi de maïs et se la fourra au coin de la bouche. Baïkal lui demanda de lui faire sentir son tabac : du blond, tranché grossièrement, qui dégageait une odeur de sève et de miel.

— C'est cela que je vais chercher en ville, avoua Fraiseur avec un clin d'œil. Tu fumes ?

Baïkal avait bien envie d'accepter. Le tabac avait totalement disparu de Globalia à l'exception de clubs où des amateurs se réunissaient pour pratiquer ce qui était désormais considéré comme un sport à risque, au même titre que d'autres activités physiques telles que les arts martiaux par exemple. Les participants se disposaient en tables de quatre et fumaient pendant une heure autour d'une puissante hotte catalytique. Baïkal s'y était rendu plusieurs fois. Il aimait le goût du tabac mais supportait mal les conditions de sa consommation. Les trois quarts d'heure de décontamination et d'examens médicaux obligatoires après chaque séance l'avaient découragé. Il n'avait pas renouvelé sa licence.

À mesure qu'ils cheminaient vers le nord-ouest, ils rencontraient de plus en plus de signes de présence humaine sous la forme de carcasses de véhicules. La première qu'ils avaient croisée était un vieux modèle de Jeep calcinée, sans essieu, posée sur des murets de pierre.

— Comment est-elle arrivée là ? avait demandé Baïkal. Je ne vois pas de route.

— Une route ? Pourquoi ?

— N'est-ce pas une voiture ?

Fraiseur parut surpris. Il alla jusqu'à l'épave, se pencha pour regarder à l'intérieur et dit en secouant la tête :

— P'têt que c'était une voiture mais y a longtemps alors. M'est avis que c'est une maison depuis un bon bout de temps.

À l'intérieur, en effet, on distinguait des paillasses, un coin aménagé en fourneau avec des pierres et un vieux tube en guise de cheminée.

— Il n'y a personne ?

— On sait jamais, marmonna Fraiseur en scrutant les alentours. Ils ont pu se cacher quand ils nous ont vus.

Ils reprirent leur chemin. Baïkal, qui cherchait toujours une route, nota qu'en effet, à plusieurs endroits, le relief d'un ancien virage pouvait être discerné et même quelques vestiges de terrassement. Le sol parfois était couvert de cailloux violets à la texture friable et graisseuse qui pouvaient témoigner d'un ancien revêtement en asphalte désagrégé par l'érosion.

Au début, Fraiseur s'était montré gai et plein d'entrain. Réjoui par le rhum, il chantait de vieilles chansons sautillantes. Les paroles étaient incompréhensibles, y compris par lui-même, et semblaient appartenir à des langues différentes de l'anglobal. À mesure qu'ils progressaient vers un paysage plus marqué de traces humaines, Fraiseur avait baissé la voix puis s'était tu. Il semblait en permanence aux aguets. La première fois qu'ils croisèrent des êtres humains, il tira Baïkal par la manche et le contraignit à s'allonger avec lui à plat ventre derrière un rocher.

De cette cachette, ils purent observer le groupe qui passait. C'était une bande d'une dizaine d'enfants dont les voix claires résonnaient dans le vallon. Ils étaient vêtus d'uniformes de collège — jupes à carreaux plissées, blazers rouges, petites cravates écossaises — auxquels manquaient souvent des pièces : l'un n'avait pas de chemise, un autre avait une manche arrachée. Aucun n'était équipé de chaussures. Quand ils passèrent devant eux en contrebas, Baïkal nota qu'ils transportaient tous quelque chose. Le premier tenait en main un lourd tube, le deuxième un trépied, le troisième un triangle en tube métallique et trois autres encore étaient reliés par un long ruban brillant qu'ils portaient à l'épaule avec une grimace. Derrière eux, les dominant d'une bonne tête, marchaient deux religieuses en robe grise.

Le groupe n'était maintenant qu'à quelques mètres mais continuait de défiler sans voir les deux hommes cachés. Alors Baïkal, reconstituant mentalement l'objet dont chaque enfant portait une parcelle, comprit enfin de quoi il s'agissait : c'était une vieille mitrailleuse et son ruban de balles.

La joyeuse troupe s'éloigna. Baïkal la suivit jusqu'à ce qu'elle eût disparu. Les religieuses fermaient la marche en devisant paisiblement, une carabine sur l'épaule.

Fraiseur se releva et dit en regardant dans la direction de la troupe :

— Des fils de mafieux !

Il cracha méchamment par terre.

— Qu'est-ce qu'ils font avec cet engin ?

— Oh ! Il doit y avoir un couvent fortifié par là. Les bonnes sœurs les emmènent prendre l'air et faire un peu d'exercice.

Le même après-midi, en effet, ils passèrent au large d'un grand bâtiment situé sur une colline. Des filets de camouflage kaki étaient tendus au-dessus des murailles. On distinguait des nids de mitrailleuses au coin des plus hauts murs.

— Tu crois qu'ils offriraient l'asile à deux pauvres voyageurs ? demanda Baïkal.

— Essaie seulement de t'approcher et tu verras le genre d'aumône qu'ils vont te distribuer.

Deux heures plus tard, ils croisèrent de nouveau des groupes de marcheurs, plus semblables à eux cette fois, ou plutôt à Fraiseur. Cinq hommes, les pieds serrés dans des chiffons tenus par des lanières, passèrent d'abord, portant en bandoulière des gibecières de toile, un vieux fusil à l'épaule. Ensuite, une troupe plus hétéroclite était emmenée par un grand Noir torse nu, une ceinture de grenades autour de la taille, coiffé d'un casque bleu dont la jugulaire ouverte pendait de chaque côté des joues. Derrière lui, à quelques dizaines de mètres trottait un groupe de femmes emmitouflées dans des châles, à moins que ce ne fût des couvertures. Elles s'y enroulaient de la tête aux pieds et ne laissaient apercevoir qu'un visage apeuré. Deux hommes enfin, basanés, presque nus, un pagne sur les fesses, fermaient la marche en brandissant de longues lances.

Chaque fois qu'une telle rencontre avait lieu, Baïkal espérait qu'un contact se ferait, qu'ils pourraient échanger quelques mots. Tout au contraire, obéissant à une règle apparemment commune, les passants et Fraiseur mettaient le plus grand soin à maintenir entre eux une prudente distance. Tous, à la vue d'étrangers, commençaient par se crisper sur leurs armes, avançaient penchés en avant, l'œil attentif de toutes parts mais ne lâchant pas pour autant l'autre du regard. Aucune parole, aucun signe n'était échangé et, longtemps après que le croisement avait eu lieu, chacun continuait de se retourner pour vérifier que l'autre s'éloignait bien paisiblement.

Avec cette présence humaine, un changement s'était opéré dans le paysage. Il n'y avait toujours pas véritablement de chemins mais de petits sentiers bien marqués se ramifiaient en maints endroits sur le sol. Fait étrange, Baïkal nota que ces voies pédestres ne suivaient jamais la logique du terrain : lorsqu'une vallée bien tracée invitait à longer le lit d'un cours d'eau, les sentiers s'évertuaient au contraire à zigzaguer tant bien que mal dans les collines alentour. Il fallait sans cesse monter, descendre, contourner des obstacles, négocier des pentes et des virages, alors qu'il eût été bien plus facile de marcher tout droit, là où la rivière avait aplani le terrain.

Baïkal acquit même la certitude à plusieurs reprises qu'une route avait été tracée jadis, dont il restait des remblais, des plaques d'asphalte et même parfois des glissières de sécurité rouillées. Mais cet axe commode était toujours délaissé et on lui préférait de petits sentiers qui serpentaient péniblement.

Ils passèrent au large d'un complexe industriel en ruine, situé le long d'un ruisseau au fond d'une vallée. Vu de loin, le site avait l'aspect d'un monstrueux potager en friche. Les herbes folles et les arbres avaient recouvert toute la surface de l'ancien combinat. Penchées ou allongées comme de gigantesques potirons, de vieilles cuves arrondies, orangées de rouille, mûrissaient silencieusement au soleil. Des rails de chemin de fer étaient encore visibles çà et là.

— Qu'est-ce que c'était ? avait demandé Baïkal en pointant le doigt vers l'ancienne usine en contrebas.

Fraiseur regardait dans la même direction mais ne semblait rien voir.

— Quoi ? demandait-il.

— Ces ferrailles, là-bas, insista Baïkal. Une usine ?

— Je ne vois pas de quoi tu parles.

Baïkal crut d'abord à une plaisanterie. Puis il se rendit compte que Fraiseur en effet ne distinguait pas ces vestiges dans le paysage. Pour lui, ils faisaient partie de la nature, comme les arbres ou les rochers. Cette ignorance avait une signification terrible. Elle voulait dire qu'il n'avait jamais vu ces lieux autrement qu'en ruine. Il ne savait pas reconnaître ce que ces installations étaient devenues, parce qu'il n'avait pas la première idée de ce qu'elles avaient pu être. Il n'avait sans doute jamais été mis en présence d'une usine en état de fonctionnement.

Au-delà de la zone aride et déserte où ils s'étaient rencontrés, la présence de vestiges, de ruines, de traces de l'activité humaine devenait courante et banale dans le paysage. Partout c'étaient des pans de murs mangés de ronces, des piliers de béton tordus d'où sortaient des ferrailles, des carcasses de hangars. Mais toute rupture était abolie entre ces ruines et la nature, au point qu'elles paraissaient en faire partie. Il fallait un effort d'imagination considérable pour rapporter ces formes à une volonté humaine tandis qu'elles se mêlaient très naturellement à ces produits spontanés du sol que sont les arbres, les ronces et les herbes.

Un après-midi, ils allèrent chercher de l'eau à une source que connaissait Fraiseur. C'était, avait-il expliqué, une eau naturelle et bonne. Mais il fallait être prudent pour s'y rendre. Couchés à plat ventre sur un promontoire, ils avaient attendu leur tour. La source était dans un creux. Une poignée d'hommes armés semblait la garder. Ils virent successivement cinq groupes descendre du sommet des autres collines qui surplombaient la source. Le rituel était chaque fois identique. Un cri était lancé par quelqu'un en contrebas. À cet appel, on voyait un ou deux hommes se dresser sur une crête, répondre par un autre cri, dévaler la pente, remplir une outre ou un bidon, remonter en soufflant jusqu'au point élevé dont il était parti, puis disparaître.

À un moment, Fraiseur bondit sur ses pieds, cria à son tour et descendit. Baïkal, par curiosité, enfila son sac à dos et le suivit, ce dont son compagnon parut mécontent.

La source était dissimulée sous un couvert de peupliers auxquels se mêlaient des ruines. Tout près, une volée de marches avait survécu. Quelques hommes et des enfants y étaient assis et se chauffaient au soleil.

Baïkal, suivant Fraiseur, approcha jusqu'à l'eau. Elle s'écoulait par un gros tuyau de fonte brisé en plusieurs endroits. Pendant que son compagnon remplissait une vieille bouteille tirée de sa besace et deux gourdes qu'il avait apportées dans son sac à dos, Baïkal observa l'installation. Ce n'était en rien une source. L'eau jaillissait par à-coups et l'on entendait, montant des bâtiments détruits, le bruit grinçant d'une roue de pompage. Le tuyau crevé par lequel surgissait l'eau courait à la surface du sol et rejoignait un réseau formé d'autres canalisations et de robinets métalliques. Il s'agissait probablement de ce qui avait été, longtemps auparavant, une ferme irriguée. La végétation alentour était d'ailleurs particulière et gardait la trace lointaine d'une sélection des espèces cultivées. Des citronniers et des mandariniers poussaient en touffes dans un des coins de ce jardin d'Éden, là où devait se situer jadis l'entrée de l'exploitation. Désormais, il n'en subsistait que ce point d'eau, actionné par une pompe à bras. Une famille s'y était installée et monnayait le précieux liquide. Fraiseur s'éloigna pour discuter le prix avec des vieillards. L'affaire conclue, il entraîna Baïkal à l'assaut de la colline d'où ils étaient descendus. Un cri bientôt appela un nouveau client.

Ce fut vraiment la journée de l'eau. Peu après leur passage par la source, alors qu'ils gravissaient une pente assez escarpée au flanc d'une colline dénudée, un gros orage les surprit. Ils étaient déjà trempés lorsqu'ils parvinrent à se réfugier sous un rocher.

Ils demeurèrent là pendant plus de deux heures, les genoux ramenés contre la poitrine, à regarder le rideau de pluie tomber en fumant sur la terre chaude. Fraiseur sirotait un rhum en cube.

— Dommage, dit Baïkal qui venait d'ôter ses lunettes satellitaires, le village est juste derrière cette crête.

— Et alors ?

— Alors, on aurait pu s'y abriter, si l'orage avait crevé un peu plus tard.

— S'y abriter ! sursauta Fraiseur. Dans un village !

Il avait tourné vers Baïkal un visage épouvanté. Une rasade de rhum le calma. Il fouilla dans sa poche, bourra sa pipe de maïs et pesta contre ses allumettes mouillées. Baïkal lui tendit un briquet qui fit jaillir une petite flamme bleue.

— Écoute, reprit Fraiseur, en tirant des bouffées rapides pour faire démarrer sa pipe, je t'observe depuis qu'on se connaît : tu es bizarre.

Baïkal, qui avait lui aussi envie d'interroger Fraiseur sur ses bizarreries, se dit qu'en justifiant les siennes il aurait peut-être l'occasion d'en savoir un peu plus sur ce qui était ici considéré comme normal.

— Par exemple ?

— Par exemple, quand tu croises quelqu'un, tu restes planté comme ça, à découvert, en souriant. C'est tout juste si tu n'irais pas parler à des inconnus ou leur serrer la main.

— Et alors ?

— Et alors !

Fraiseur imita la voix de Baïkal. Puis il se tapa sur les cuisses.

— Franchement, je sais pas quoi te dire. Si tu comprends pas cela, c'est que tu viens vraiment d'ailleurs. T'es sûrement un sorcier et je sais pas de quelle lune tu tombes.

Puis, se tournant tout à trac vers Baïkal, il fixa sur lui ses yeux gris.

— Ça me gêne pas, tu sais. Seulement, si tu veux qu'on marche ensemble, martela-t-il en tapant de petits coups avec le tuyau de sa pipe contre la poitrine de Baïkal, personne doit savoir que t'es un sorcier. À part moi. Sinon, y vont tous se jeter sur toi et te voler tous tes trucs, et moi je n'aurai plus de rhum. Alors, crois-moi, fais ce que je fais et n'essaie pas de finasser. Tu veux arriver en ville : je t'y conduirai. Mais pas de blague.

— Quel genre de blague ?

Fraiseur mordit sa pipe et leva les yeux au ciel avec un air désespéré.

— ... Tout lui expliquer ! soupira-t-il.

Fraiseur fit un visible effort pour reprendre patience. D'une voix volontairement douce, comme pour s'adresser à un malade, il commença :

— Les chemins, c'est dangereux. Si tu vois quelqu'un, d'abord tu te caches. Tu regardes qui c'est. Si ça va, tu passes loin.

— Et comment sais-tu que cela va ?

Fraiseur se mit debout et entreprit d'imiter les différentes catégories de passants. Les joues tombantes, les genoux fléchis, l'air pitoyable et craintif, il mima le passage des pauvres hères qu'ils avaient croisés.

— Ceux-là, expliqua-t-il, ça va.

Il traînait son vieux fusil par le canon, comme s'il se fût agi d'un balai, et il marchait à pas menus, jambes serrées, la tête rentrée dans les épaules.

— Le regard, souligna-t-il en pointant ses deux index vers ses yeux. Très important, le regard.

Et en effet, il mettait dans son regard une humilité, une inquiétude, une misérable avidité d'affamé. Puis soudain, en se transformant, il ébouriffa ses cheveux blancs, bomba le torse et prit un air méprisant, altier, menaçant. Avec sa barbe mitée et ses haillons, ce port de lutteur était particulièrement comique. Il se déplaça alors lourdement, jambes et bras écartés, un peu à la manière d'un gorille. Il avait saisi son fusil à deux mains ; celle qui tenait le canon était levée plus haut et lui faisait balayer tout l'espace. L'arme prenait l'allure menaçante des neutralisateurs les plus modernes. Cependant, il s'agissait toujours d'une escopette et Baïkal ne put s'empêcher de rire.

Fraiseur fit mine d'être enragé par cette hilarité. Il entreprit de sauter et de bondir en tous sens. Il brandissait le fusil en poussant des cris et en imitant le bruit des projectiles.

— Ça, c'est très mauvais. Très mauvais. Quand tu vois quelqu'un comme ça, faut avoir peur !

Mais lui aussi, emporté par son imitation, finit par éclater de rire. Il retomba assis tout essoufflé.

— J'ai compris, dit Baïkal.

Puis, quand ils eurent repris leur sérieux, il ajouta :

— Mais pourquoi ne dois-je pas entrer dans les villages ?

Fraiseur se figea.

— C'est à pas croire ! Tu te paies ma tête ? D'où peux-tu venir pour ne pas savoir ça ? Les villages, c'est ce qu'il y a de plus dangereux. Personne d'honnête ne peut vivre là-dedans. À moins de connaître quelqu'un, on ne doit *jamais* se montrer dans des endroits pareils.

— Tu connais quelqu'un dans le village à côté ? interrogea Baïkal en désignant la crête.

Fraiseur tourna machinalement la tête. On ne voyait strictement rien qui pût annoncer la proximité d'un village.

— Et d'abord, demanda-t-il en plissant les yeux, l'air soupçonneux, comment es-tu sûr qu'y a un village plus loin ? C'est ça l'incroyable avec toi : tu vois tout et tu ne sais rien.

Et il haussa les épaules. Ils se turent un bon moment. Le ciel s'était nettoyé et le soleil vertical faisait rentrer leur ombre dans les objets qu'il éclairait. Alors Baïkal se leva, prit son sac et dit :

— Reste ici si tu veux. Moi je vais jusque là-haut pour voir quand même à quoi il ressemble, ce village.

Fraiseur fit un geste d'impuissance et garda les yeux fixés sur ses pieds. Mais quand Baïkal eut atteint la moitié de la pente, il le suivit en maugréant.

— J'ai pas envie que tu te fasses étriper tout de suite, bougonna-t-il. Je tiens à mon rhum.

Arrivé en haut de la montée, Baïkal s'accroupit et avança prudemment. Il se mit bientôt à plat ventre et regarda au loin, les yeux écarquillés. Fraiseur vint s'étaler à son côté.

— Sacredieu ! jura-t-il.

Dans un creux de vallée, en contrebas, le bourg était entièrement détruit, noirci par de longs incendies. La pluie d'orage imprégnait le sol et faisait fumer les ruines. Quelques silhouettes sombres s'y déplaçaient, fouillant ce qu'il restait des maisons. À cette distance, on ne pouvait les discerner en détail. Mais il était facile d'identifier leur démarche : c'était celle que Fraiseur avait imitée en dernier. La différence était que, si la sienne faisait rire, la leur faisait peur.

CHAPITRE 3

Trois jours sur le dos, à trembler d'indignation : Puig, les yeux grands ouverts, la barbiche frémissante, ne parvenait à trouver ni sommeil ni repos.

La conversation avec son rédacteur en chef ne passait pas. Il ne cessait d'en revoir chaque image, d'en entendre chaque dialogue. Dans sa tête échauffée de rage les moindres détails revenaient avec une netteté et un grossissement effrayants, comme sous l'effet d'une gigantesque loupe.

Il vivait dans une chambre tout en longueur, une portion de couloir borgne en vérité, qui avait été aménagée pour être habitable. La pièce était nue, à l'exception d'un objet décoratif qu'il avait rapporté de France longtemps auparavant : une épée de spadassin à la lame mousse et rouillée, le genre d'instrument inutile qui ne lui aurait même pas permis, s'il en avait eu envie, de se suicider... C'est dire que rien n'égayait la lugubre chambre. Voilà le genre d'endroit que l'on donnait aux étudiants, dans le cadre de « l'Allocation logement en nature ». Puig aurait eu les moyens de trouver mieux sur le marché libre, s'il avait continué à travailler au journal. Désormais, il n'était pas près de quitter son couloir. Une grosse descente d'eaux usées serpentait au plafond, d'un bout à l'autre. Il gardait les yeux fixés sur les colliers vissés qui la tenaient en place. Ces sortes de menottes qui entravaient le long bras de fonte étaient bien en accord avec ses pensées.

Sa mésaventure n'était pas seulement un échec : après tout, il avait un toit à vie et ne mourrait pas de faim, grâce au « Minimum prospérité » auquel, comme tout Globalien, il avait droit à vie. Mais ce qu'il avait perdu dans le bureau de Stuypers était plus précieux : c'était la possibilité d'imaginer son avenir à sa guise. Il avait toujours rêvé de combats généreux où il ferait triompher la vérité, où il se porterait au secours des victimes, pourfendrait l'injustice et l'ignorance. Et voilà qu'au moment où il donnait enfin le meilleur de lui-même, on le punissait de son courage.

Quelle avait été sa faute ? Il y songea longtemps. Avait-il accusé sans preuve ? À certains moments, il était prêt à l'admettre. Après tout, ses arguments étaient minces. Rien ne disait que le témoin qu'il avait rencontré avait bien stationné à côté de la voiture piégée, même si beaucoup de détails troublants semblaient l'affirmer. Il ne pouvait certifier non plus que le véhicule appartenait bien à la Protection sociale. Si c'était le cas, il avait pu être volé ou maquillé pour mener l'enquête sur une fausse piste.

Mais, à d'autres instants, Puig revenait à la véritable question et au cœur de son humiliation. Stuypers ne lui avait pas reproché d'avoir tort. Il n'avait pas mis en cause ses arguments ni contesté ses informations. Il lui avait reproché de *penser autrement*. Il lui avait dénié jusqu'au droit de chercher la vérité, si elle était autre que celle des autorités. Quand il formulait au-dedans de lui cette conclusion, Puig se remettait à trembler de rage. Sa mâchoire vibrait alors sous la contraction de ses masséters, sa barbiche ressemblait à un paratonnerre cinglé par la foudre et il serrait ses maigres poings.

À mesure que passaient les heures, il lui fallut pourtant se calmer un peu ; la faim le tira du lit.

Il mangea quelques restes lyophilisés qui traînaient dans son placard-cuisine. Machinalement, il effleura l'écran qui tapissait un des côtés de sa cage. Après une insupportable publicité qui étalait un sourire plein cadre, Puig vit avec horreur réapparaître des images d'actualité. On faisait justement le point sur l'enquête à propos de l'attentat. Il eut juste le temps d'entendre que de nouveaux bombardements sur des sites terroristes avaient eu lieu la nuit précédente. Il éteignit et se prit la tête dans les mains.

Un instant, il eut envie de sortir pour échapper à tout cela, fuir. Mais où aller ? Sa grand-mère était à Carcassonne : il n'aurait jamais osé lui annoncer son renvoi. Et elle était la dernière à qui il aurait envie de raconter le monde tel qu'il était. Ses camarades d'études ? Il n'en avait guère et ils étaient dispersés. Lequel pourrait d'ailleurs le comprendre ?

Il prit son multifonction personnel et eut l'idée d'appeler un de ses cousins dans le sud-ouest de la France, grand amateur de cuisine et de rugby. Mais, au moment d'utiliser son appareil, Puig vit qu'il était sur « ligne restreinte ». Il pianota sur le petit clavier et constata qu'il n'avait plus le choix qu'entre trois options. Il choisit la première et entendit : « Allô, ici la Protection sociale... » Il raccrocha. La deuxième le fit accéder aux urgences médicales. La troisième le mit en relation avec une voix de femme très douce qui lui dit : « Vous êtes au Centre de Promotion du Bonheur. Pour une analyse automatique de vos symptômes, tapez 1. Pour un entretien avec un psychologue-conseiller du C.P.B., tapez 2. Pour une visite à domicile, tapez 3... » Puig ferma l'appareil.

Ainsi, ils avaient restreint sa ligne téléphonique...
C'était illégal, absolument injustifié. Il bondit d'une
rage nouvelle.

Tremblant, les yeux embués par l'émotion, il rouvrit le multifonction, se mit en mode texte, découvrit
que l'accès aussi était limité. Il rédigea aussitôt un
message pour le serveur des télécommunications en
demandant qu'on rétablisse son abonnement. Un
temps assez long se passa. Il crut d'abord que le
texte n'était pas parti. Puis il vit s'afficher une
réponse. « Cher monsieur Pujols, nous sommes à
votre disposition pour étendre immédiatement votre
abonnement multifonction. Toutefois, votre dossier
fait apparaître que vous ne bénéficiez plus du tarif
étudiant, que votre carrière professionnelle a été fortement accélérée, que vous n'êtes inscrit à aucune
activité associative spécifique. Les tarifs réduits ne
peuvent donc pas s'appliquer. Une ligne vous serait
facturée huit mille neuf cent quatre-vingt-douze globars. Merci de nous faire connaître vos intentions. »

Presque neuf mille globars ! C'était le loyer d'un
appartement neuf sur le marché libre. À peu près un
an de Minimum prospérité. Une fortune ! Lui qui
n'avait pas le premier sou... Il sentit un frisson lui
parcourir l'échine. Stuypers avait frappé une de ses
joues ; maintenant on souffletait l'autre. Il était tout
simplement coupé du monde. Il lui restait les trois
numéros d'urgence et l'option jeux vidéo.

Il se souvint tout à coup qu'il avait emporté, en
quittant son bureau, le multifonction que lui avait
confié le journal. En fouillant dans le tas de vêtements jetés pêle-mêle sur une chaise, il retrouva
l'appareil, l'ouvrit. Ce fut pour constater qu'il avait
été lui aussi bloqué.

Le désarroi lui fit alors venir une idée saugrenue.
En regardant cet appareil professionnel, il eut l'idée
qu'il fallait le rendre au journal. Puis il pensa qu'on

ne le laisserait même pas entrer dans les bureaux. Il ne se voyait pas remettre un paquet à l'hôtesse en expliquant la situation : elle aurait été capable de prendre peur et d'appeler la sécurité.

C'est alors qu'en tripotant machinalement l'appareil, il découvrit un petit trésor. La ligne était interrompue, certes, mais les derniers messages étaient encore stockés dans la mémoire. Il les fit apparaître un à un et le monde dont il s'était cru coupé revint à lui l'espace de ces quelques instants. Ce n'était pourtant que des messages professionnels. Et encore ne lui étaient-ils pas directement adressés. Une régulation à l'intérieur du journal répartissait les informations entre les services en fonction de leur sujet. Dépêches d'agences, communiqués officiels, analyses provenant de correspondants lointains étaient délivrés à tous ceux qu'ils pouvaient concerner. Aux « Info-géné », ils recevaient aussi ce que l'on appelait les « renseignements bruts ». Il s'agissait de tous les avis provenant des quartiers, des postes d'appel sur les voies de circulation, et même de simples particuliers. Les avis pouvaient signaler un accident, une fugue, une rixe, ou simplement consister en une dénonciation. Livrés tels quels au rédacteur, c'était à lui de juger s'il y avait matière à enquête ou s'il fallait saisir éventuellement son chef.

Les quatre derniers messages qu'il put afficher (les autres avaient été lus et non sauvegardés) avaient un parfum de vie qui lui tira presque des larmes. Deux émanaient d'inconnus qui signalaient la présence dans leur entourage d'individus suspects pouvant être liés au terrorisme. Dans les deux cas, il était question de jeunes dont le principal tort était de rentrer tard le soir et de crier des jurons en jouant à des simulations de guerre sur écran. Le troisième message annonçait la création d'une nouvelle association destinée à améliorer la mastication. Il ressortait du communiqué que la majorité de la population ne mastiquait pas correctement et qu'il fallait diffuser largement les connaissances propres à développer cette activité fondamentale pour la santé.

Puig eut un petit rire mauvais en lisant cela. Tout l'effort des industriels avait porté pendant des années sur la suppression de la mastication. Pour satisfaire les besoins d'une clientèle de plus en plus âgée, dont les bouches étaient coûteusement garnies de porcelaine, tous les aliments étaient mous, liquides ou fondants. Les jeunes eux-mêmes perdaient rapidement l'usage de la mastication ; leurs dents se déchaussaient d'ailleurs prématurément, ce qui avait abaissé l'âge des premières prothèses et contribué à une égalisation bienvenue avec les seniors. Encourager la mastication était le type même d'action inutile et même dangereuse. À moins qu'il ne se fût agi plutôt de créer une nouvelle discipline sportive. Affaire à suivre, pensa-t-il machinalement. Mais il n'aurait jamais plus rien à suivre.

La dernière dépêche émanait de l'accueil. C'était un avis de disparition laissé par une jeune fille. Elle signalait que son ami, capturé après un « égarement volontaire » du côté de la nouvelle salle de trekking, avait été retenu par la Protection sociale et emmené contre son gré vers une destination inconnue. Plus qu'une information, c'était une accusation à peine voilée contre les autorités. Dans de tels cas, le rédacteur devait immédiatement saisir sa hiérarchie ainsi que le représentant de la Protection sociale qui travaillait au journal. C'était à lui de décider si une enquête s'imposait. Elle ne pouvait en aucun cas être du ressort d'un journaliste.

La correspondante avait joint fort imprudemment son nom, son adresse, ainsi que le nom du disparu et sa photo. Puig se demanda si elle avait bien mesuré la gravité de son geste. Finalement, elle avait eu de la chance : son message était tombé sur lui et n'aurait pas de suite. Le disparu était peut-être déjà rentré. Il renifla en remontant un peu la moustache du côté droit, tic qui l'affectait chaque fois qu'il évoquait un sujet affectif ou sexuel. Et cette mimique l'aida à chasser l'idée troublante de ce jeune couple qui était peut-être à cette même heure en train de s'étreindre et de se jurer un amour éternel.

Il relut cinq fois tous les messages jusqu'à les apprendre presque par cœur. Hélas, à chaque nouvelle lecture, ils perdaient de leur nouveauté, de leur fraîcheur, et jusqu'à leur intérêt. Après ce maigre intermède qui l'avait ramené à la vie, il retomba dans le silence, la rumination et l'ennui.

Le quatrième jour, Puig tenta de sortir un peu. Son immeuble était relié à des souterrains qui conduisaient en dix minutes jusqu'à une agora. C'était un immense complexe moderne où, sous une verrière très haute et presque invisible, étaient disposés des jardins, des cascades, des restaurants et les innombrables boutiques d'un centre commercial. L'ensemble était parcouru de pistes cyclables et de rampes pour patins à roulettes. Des haut-parleurs, qui renvoyaient les sons de la salle avec un décalage de quelques millièmes de seconde, supprimaient la désagréable réverbération des bruits qui affecte les espaces clos. Un silence étrangement épais environnait le promeneur et lui donnait, au milieu de cette agitation, une bizarre impression de solitude.

En tout cas, c'était l'opinion de Puig. Les gens qu'il croisait ne lui semblaient pas aussi malheureux. Ils s'intéressaient aux vitrines, faisaient des achats, mangeaient sur les terrasses. Puig regretta tout aussitôt d'être sorti : l'énormité de l'injustice dont il était victime le frappait plus encore que chez lui. Avec son maigre « Minimum prospérité » et l'impossibilité de travailler, il était condamné à une vie étriquée où tout serait impossible. Il s'assit pour boire un café et fut effaré du prix qu'on lui demanda, maintenant qu'il n'avait plus ni la réduction étudiante ni les bons que lui donnait le journal.

Aucune des personnes qu'il voyait autour de lui n'avait sans doute autant aspiré à la grandeur ; aucune n'avait nourri d'aussi hautes idées que les siennes. Et aucune ne connaissait ni ne connaîtrait jamais une aussi cruelle réduction des possibilités de sa vie.

Réagir ! Le mot lui vint comme il reposait sa tasse de café et il se demanda, à voir ses voisins se retourner, s'il ne l'avait pas prononcé à haute voix. Réagir ! Écrire au gouvernement ! Lancer des recours devant les principales juridictions garantes des libertés ! Là était la solution.

Lui qui avait toujours rêvé d'un grand combat pour les autres, c'était pour lui-même qu'il le mènerait.

Tout excité par son idée, il paya et s'éloigna à grandes enjambées vers chez lui. Des phrases lui venaient en tête. Il avait déjà le plan de sa requête.

Soudain, il s'arrêta : écrire, oui mais sur quoi ? Ses multifonctions étaient bloqués. Il pouvait toujours s'adresser à un clavier public, à la réception des grands médias ou même à la Protection sociale. Toutefois, il était bien placé pour savoir que ces messages « tout venant » ne parvenaient jamais bien haut.

L'abattement le saisit de nouveau. Puis, par une association d'idées comme le désespoir en apporte parfois, il pensa à sa grand-mère, à l'écriture et finalement aux lettres. Écrire une lettre. Voilà ! Il aurait tout loisir de la soigner et, quand elle serait prête, il irait lui-même se placer sur le chemin d'un responsable et la lui glisser. Le procédé était suffisamment original pour attirer l'attention. Il serait lu. On lui ferait justice. Il reprendrait sa place dans la société. De grandes choses s'offriraient de nouveau à lui.

Il courait presque.

Mais cette exaltation fut de courte durée. Elle se fracassa contre une autre idée toute simple : il n'avait rien pour écrire. Comme tout le monde, il avait toujours utilisé le convertisseur de voix et n'avait nul besoin d'autre chose. En rentrant chez lui, il pianota de nouveau sur ses multifonctions en espérant découvrir une faille dans leur verrouillage. Il n'y en avait évidemment pas. Pis, les appareils étaient réglés pour se moquer de lui. Quand il sélectionnait la fonction courriel, un texte apparaissait qui disait : « Impossible. Chercher une sortie papier. » C'était à peu près comme si, en cas de panne d'électricité, des messages eussent recommandé de frotter deux silex l'un contre l'autre.

Et pourtant, si profonde était la solitude de Puig qu'il décida de se conformer à cet ordre absurde.

Il ressortit de chez lui, traversa une longue esplanade et gagna le centre commercial le plus proche. Au débouché de deux couloirs aspirants verticaux, il parvint au huitième niveau de l'agora et pénétra dans un grand magasin. Derrière un comptoir désert, un employé, les yeux mi-clos, attendait, sous un immense écran coloré où s'affichait le mot accueil sur fond de sapinière enneigée.

— Excusez-moi, dit Puig, en s'adressant à l'homme. Où puis-je trouver des stylos et du papier ?

— Toilette, peint ou de verre ?

— Pardon ?

— Le papier. Papier toilette, papier peint ou papier de verre ?

— Non, non. Papier… pour écrire.

Les yeux du saurien s'écarquillèrent légèrement.

— Rayon bricolage.

Puis il ajouta avec un air désapprobateur :

— S'il y en a.

— Et les stylos… ?

— Rayon jouets. Niveau C, rangée 9.

Puig se rendit d'abord aux jouets. Il découvrit les stylos parmi tous les autres instruments qui avaient eu leur heure de gloire dans le passé et qui étaient désormais construits en miniature pour la distraction des petits : voitures à chevaux, locomotives à vapeur, cuisinières à bois. Un vendeur lui demanda s'il voulait un modèle pour fille ou pour garçon. Comme il avait eu l'imprudence de répondre garçon, il repartit avec un stylo-fusée interplanétaire muni de nombreux accessoires de combat heureusement amovibles.

Il l'avait payé très cher et son inquiétude en arrivant au rayon bricolage était de ne pas avoir assez pour le papier. Ces craintes étaient d'ailleurs justifiées car cet article ne se vendait pas au détail mais seulement sous forme de grosses ramettes de mille cinq cents feuilles.

Aussi, quand le vendeur s'enquit de savoir s'il faisait partie d'une association, Puig tenta le tout pour le tout et répondit oui. Le tarif dans ce cas-là était abordable et il avait assez sur lui pour payer. Malheureusement, au moment d'encaisser, le vendeur exigea une carte de membre.

— C'est-à-dire, bredouilla Puig, c'est ma femme qui est adhérente. J'achète cela pour elle.

Le vendeur était un homme maigre et voûté qui, si on faisait abstraction de ses cheveux teints et de son maillot fluo, avait au moins une bonne centaine d'années. Il porta sur le jeune Puig un regard amusé.

— Je veux bien vous croire.

Son ton affirmait le contraire, mais son sourire indiquait qu'il acceptait d'être dupe.

— Toutefois, il me faut enregistrer un nom d'association. Pour ma caisse.

Puig peignit sur son visage un grand désespoir.

— C'est terrible ! Terrible ! Elle en a absolument besoin cet après-midi. Et moi qui ai oublié le nom...

— Cela ne devrait pas être trop difficile à retrouver. À vrai dire, il n'y a pas beaucoup d'associations de ce genre.

Puig s'approcha pendant que l'homme interrogeait une base de données.

— Qu'est-ce que je vous disais ? fit le vendeur fièrement en pointant l'écran.

À la question posée figurait une seule réponse. Sur Seattle, l'association « Walden » était le seul club de lecture. Il y avait apparemment plusieurs adresses, dont une tout près de chez Puig.

— C'est bien là, confirma-t-il avec assurance.

Le vendeur lui tendit la rame de papier et le regarda partir en souriant.

Puig mit un quart d'heure à peine pour regagner son couloir. Il s'y enferma à double tour, jeta le papier sur le lit, ouvrit l'emballage et en sortit quelques feuilles. Il ne sut d'abord où les poser. Le minuscule studio ne comportait aucune table. Son excitation était si vive qu'en un clin d'œil il trouva une solution. Il libéra deux chaises, en renversa une sur l'autre, en sorte que ses quatre pieds fussent dressés en l'air, bien verticaux. Sur ce support, il déposa l'un des écrans plats qui tapissaient ses murs. L'ensemble était un peu branlant. Il ne fallait pas trop s'appuyer. Mais cela convenait pour écrire debout. Il étala les feuilles de papier sur la surface froide et lisse de l'écran, saisit le stylo et en approcha la pointe.

Depuis combien de temps n'avait-il pas tenu ainsi une plume contre une page blanche ? Cela remontait à son enfance, pendant les deux années qu'il avait passées chez sa grand-mère à Carcassonne. Elle avait insisté pour qu'il ne joue pas à écrire, comme les autres enfants, mais qu'il apprenne vraiment cet art désuet si longtemps pratiqué, dont tout procédait et qui pourtant avait presque entièrement disparu. La vieille dame et son petit-fils se tenaient près de la haute fenêtre qui donnait sur les remparts. La majestueuse cité avait bien sûr été recouverte par une coupole de verre, mais cela n'ôtait rien à sa magie médiévale. Puig avait adoré ces voyages en rêve, une plume à la main. Il lui semblait s'engager sur d'antiques chemins, en suivant sur le bois blanchi et aplani de la feuille la ligne sinueuse des lettres, en caracolant à la tête d'un convoi de mots, une armée de phrases lancée à l'assaut de l'inconnu.

Le papier qu'il avait acheté était d'assez médiocre qualité, un peu jaune et granuleux. Le stylo ne valait rien non plus. Cependant, quand il sentit son poignet se mettre laborieusement en marche, ses doigts se crisper et les yeux se tendre vers la surface brillante de la feuille, Puig ressentit le même plaisir que jadis. Il lui faudrait un peu de temps pour retrouver son ancienne agilité. Les lettres s'enchaînaient péniblement, lentes et vibrantes comme une lourde charge qui s'ébranle. L'effort pour conduire la plume était si intense qu'il ne pensa même pas à ce qu'il allait écrire. Quand il fut venu à bout de la première phrase, il plaça un point bienvenu. S'étant redressé, il lut à haute voix ces quelques mots qui, d'abord de guingois, finissaient bien raides et debout :

— Aujourd'hui, moi, Puig Pujols, je suis libre.

CHAPITRE 4

— Allez, chuchota Fraiseur, on s'en va.

Il tirait Baïkal par la manche mais celui-ci ne bougeait pas. Toujours allongé à plat ventre sur son promontoire, il contemplait le village à travers ses lunettes satellitaires. En les réglant sur le mode infrarouge, il discernait bien la disposition des destructions.

— On dirait qu'il a été bombardé, dit-il.

— Bien sûr qu'il a été bombardé ! Y a pas long-temps, en plus.

— Alors ce ne sont pas les types qu'on voit là qui l'ont attaqué ?

— Non, soupira Fraiseur. Ceux-là, c'est des Tag-geurs.

— Des Taggeurs ?

— Eux-mêmes, ils se donnent d'autres noms. Mais nous autres on appelle ces tribus-là des Tag-geurs. Ils s'amènent après les bombardements, pour piller. Des fois, ils attaquent en premier, mais c'est rare.

Des cris aigus montèrent tout à coup du village. Plusieurs Taggeurs se précipitaient en courant vers une maison que les incendies avaient laissée intacte.

— Restons pas là, insista Fraiseur. Ils ont des chiens, ces salauds-là et s'ils nous repèrent...

Baïkal repassa en mode jumelles qu'il dirigea sur la maison d'où provenaient les cris. L'entrée était dissimulée par une souche calcinée. Les cris redoublaient et une bousculade était visible derrière la souche. Enfin, un groupe se détacha et marcha jusqu'à une petite place carrée, où le sol était verni de boue. Il fallut un moment à Baïkal pour comprendre que, au milieu de l'attroupement, une femme était tombée par terre à quatre pattes et hurlait. Les Taggeurs l'entouraient en tapant des mains et l'empêchaient à coups de pied de quitter le cercle qu'ils formaient.

— Qu'est-ce qu'ils vont lui faire ? s'écria Baïkal.

— De quoi tu parles ? dit Fraiseur. Tu sais, j'ai pas de bons yeux.

Avisant à cet instant les lunettes, il demanda à Baïkal de les emprunter. Celui-ci pensa qu'en mode jumelles il n'était pas trop compromettant de les lui laisser essayer. Il les ôta et les tendit à Fraiseur. Elles étaient toujours réglées sur la scène de lynchage et un dispositif automatique leur faisait conserver cette position quels que fussent les mouvements de la tête. Fraiseur eut un cri d'admiration.

— C'est drôlement net ! Et ça bouge pas.

Mais Baïkal voulait en revenir à la scène.

— Qu'est-ce qu'ils vont lui faire ?

— Ah, oui, fit Fraiseur d'une voix redevenue morne.

Autant les jumelles l'enthousiasmaient, autant il montrait de lassitude à l'égard de l'ordinaire violence de ces parages.

— Cette idée ! dit-il en hochant la tête. Ils vont tous se partager la fille. Sauf si le chef la veut pour lui.

— Et... après ?

— Après, mais ils vont la garder comme esclave, bien sûr.

— Ils ont des esclaves ?

— Qu'est-ce que tu crois ? Tu t'imagines qu'un Taggeur va faire la cuisine lui-même ou porter quelque chose ?

— Mais où sont-ils en ce moment ?

— Qui donc ?

— Leurs esclaves.

— Pardi, ils les emmènent pas en opération. M'est avis qu'ils ont un campement pas très loin. Quand ils auront fini de piller, ils rentreront avec le butin. Et demain, ils partiront ailleurs. On les voit rarement à la même place.

Un vent du sud soufflait maintenant en tourbillons, rabattant des odeurs de matière plastique brûlée et de charnier. Fraiseur rendit les lunettes en se frottant les yeux. Mais, presque au même instant, il leva un doigt et fit signe à Baïkal de tendre l'oreille.

— T'entends ? murmura-t-il.

Des bruits rauques éclataient dans une autre direction, à gauche du village, non loin d'eux. Ils reconnurent des aboiements.

— J'te l'avais dit, s'écria Fraiseur en sautant sur ses pieds. Ils ont des chiens. Doit y avoir une autre équipe qui fouille les environs.

Cette fois, Baïkal ne se fit pas prier pour filer. Ils marchèrent plusieurs heures d'un pas rapide sans rencontrer personne.

À la tombée de la nuit, ils quittèrent le sentier et grimpèrent à travers un hallier de fougères jusqu'à une terrasse naturelle où ils installèrent leur camp. Fraiseur alluma un feu. Baïkal sortit ses gamelles et prépara un dîner à partir des provisions qu'il portait dans son sac à dos. Les plats concentrés qui y avaient été placés avant son départ de Globalia permettaient non seulement de reconstituer le goût des aliments mais aussi leur forme. Une fois cuite, la

164

pâte de viande avait l'épaisseur et la surface d'une tranche de steak de soja. Quant aux granulés-frites, ils imitaient l'original de façon assez convaincante. Ils burent du bordeaux soluble, élaboré sur un modèle de margaux.

La lune presque ronde filait à travers de fins nuages, signe qu'un vent fort soufflait en altitude. Il avait perdu de sa vigueur quand il caressait le haut des arbres ; au sol, l'air était seulement traversé d'une brise tiède. Baïkal se laissait aller à ses rêves. Il se dit qu'il n'avait pas imaginé autre chose, quand il pensait aux non-zones. C'était cela qu'il avait espéré trouver et partager avec Kate. Avait-il imaginé aussi les Taggeurs, Fraiseur, les femmes enlevées ? Il dut s'avouer que oui. Malgré l'horreur qui transparaissait par moments, ce monde continuait de l'attirer.

— C'est pas mauvais, intervint Fraiseur en touillant mélancoliquement ses frites reconstituées, mais je m'y fais pas. Trop mou. Ça cale rien. Redonne-moi donc un peu de bordeaux.

La fumée montait presque verticale dans le ciel gris. Rien ne pouvait égaler l'incroyable paix des nuits, dans ce pays livré le jour à la violence.

Fraiseur alluma sa pipe à un tison, puis ôta l'amertume de sa bouche en buvant une longue gorgée de vin.

— Arrête la comédie, maintenant, dit-il en regardant rougir le tabac au fond du petit fourneau. T'es un Globalien. Je l'ai vu tout de suite.

Baïkal tressaillit.

— Mais non, tu l'as dit toi-même, je suis un sorcier, peut-être même le Christ en personne.

Fraiseur haussa les épaules.

— On s'connaissait pas. J'ai pas voulu te prendre en face. Mais le Christ, figure-toi, je sais qu'il est mort. Et des sorciers, je risque pas de te confondre avec, parce que j'en ai déjà vu.

— Et des Globaliens aussi, tu en as rencontré ?

— De loin, heureusement, fit Fraiseur en crachant dans le feu. Je m'suis trouvé deux ou trois fois dans les parages quand leurs avions ont bombardé. On peut pas dire que j'en garde un trop bon souvenir.

— Tu as vu leurs armes, alors, mais pas eux.

— Parfois, quand ils bombardent, ils finissent le travail au sol, si tu vois ce que je veux dire. Avec des soldats à pied, le neutralisateur à la main et des viseurs juste comme les tiens.

Baïkal se sentit rougir.

— Mes lunettes…, commença-t-il.

— Te fatigue pas. Je sais que c'est des trucs qui marchent avec un satellite, etc. Faut pas être bien malin pour savoir d'où ça vient, ces instruments-là. Même chose pour ta viande à l'éponge et tes frites en caoutchouc. Ton réchaud, ton rhum en cube, ton bracelet offensif… tout ça c'est signé Globalia.

— J'aurais pu les acheter…

— Ouais, fit Fraiseur en secouant la tête d'un air navré. Le problème, c'est que le reste va avec. Regarde-toi et regarde-moi.

Baïkal se tut. Après tout, il s'attendait un jour ou l'autre à une telle conversation.

— Qu'est-ce que tu fais exactement ? Tu espionnes ? T'inquiète pas, ajouta Fraiseur sans laisser durer le silence. Je te l'ai dit : ça m'est égal. Je vais pas me priver de voyager avec toi et de boire ton rhum sous prétexte que tu es un Global. Et puis, je t'aime bien.

— Moi aussi, je t'aime bien, Fraiseur.

Ils firent claquer leurs mains l'une dans l'autre par-dessus le feu.

— Mais bon Dieu, pourquoi est-ce que tu tiens tant que ça à aller en ville ?

— Parce qu'il faut que je trouve un moyen pour appeler quelqu'un chez moi.

— Appeler chez toi ? Mais tu n'as pas ce truc, là, sur le côté, comme tous les Globaliens ?

— Un multifonction. Non, je n'en ai pas.

— Bizarre, ça. Tu serais pas par hasard un pilote écrasé ou bien un soldat qui s'est perdu ?

— Non, non, démentit vigoureusement Baïkal.

— Alors, qu'est-ce que tu es ? Tu peux pas le dire ?

— Mettons que je suis un exilé.

— Un quoi ?

— Quelqu'un qu'on a mis là mais qui ne voulait pas.

Fraiseur prit un air surpris, puis il se tut et resta songeur.

— J'ai déjà entendu parler de choses comme ça. Paraît que ça leur arrive de balancer des gens par ici. Une punition, c'est ça ? Pas très flatteur pour nous.

Soudain, il tendit l'oreille. La nuit était pleine de bruits : froissements, cris étouffés, sons liquides de gouttes, de ruissellements. Comme il ne décelait rien d'anormal, Fraiseur revint à la conversation.

— Ça va pas être facile de communiquer avec chez toi. Faudrait voir les mafieux, peut-être. En tout cas, t'as raison : pour ça, faut que t'ailles en ville. Le problème, c'est d'arriver jusque-là.

Fraiseur toisa Baïkal par-dessus le feu. Puis il ajouta brutalement :

— J'ai pas envie de me faire pincer en compagnie d'un Globalien, tu comprends ? Surtout dans une zone que vous venez de bombarder.

— Je peux marcher loin de toi et faire semblant de ne pas te connaître.

Fraiseur, dressant les soies qu'il avait aux joues, l'œil mauvais et la bouche pincée, s'écria :

— Pour qui tu me prends ? Je rougis pas de mes amis. On voyage ensemble ou bien on se quitte ici même.

Et il ponctua cette déclaration par une sentencieuse gorgée de bordeaux.

— Non, faudra seulement que tu suives un peu mes conseils pour pas te faire repérer. Soigne un peu tes manières, sangdiable ! Tu peux pas continuer à jouer les élégants comme ça.

Baïkal baissa les yeux sur ses frusques que la sueur et la boue commençaient à durcir.

— Élégant ! Moi ?

— Chicane pas. Élégance c'est peut-être pas le mot. En tout cas, ça va pas. T'as des habits de seigneur ou de mafieux et tu les portes sales et négligés comme un tribu.

— Qu'est-ce que c'est, un tribu ?

— Tu m'énerves, avec tes questions ! Un tribu c'est un pauvre type, qui n'a pas d'autre nom que celui de sa tribu, Fraiseur, par exemple. Un tribu, c'est un gars ordinaire, comme toi et moi. Enfin, comme moi. Parce que toi, tu as des habits de seigneur.

— Alors que dois-je faire ?

— D'abord enlève ta chemise. Passe-la-moi.

Baïkal la lui tendit. Fraiseur examina le tissu puis la jeta au milieu du feu.

— Qu'est-ce que tu fais ?

— Des retouches.

La fibre de la chemise était assez résistante. Fraiseur attendit qu'elle se perce lentement aux endroits où elle reposait sur les braises. Il la déplaça avec la pointe d'un bâton. Puis il la pêcha et la déposa devant lui sur le sol, en la roulant dans le sable pour l'éteindre.

— Essaie-la, maintenant.

Baïkal la prit d'un air incrédule. Ce n'était plus qu'une collection de trous disposés sur une frêle monture de tissu. Une manche pendouillait et il l'arracha complètement.

— Mieux ! jugea Fraiseur.

Ils firent subir au pantalon un sort aussi cruel, quoique l'instrument, cette fois, en fût le couteau et non le feu.

— Je suis ridicule, dit Baïkal debout, en se tournant de tous côtés pour contempler ses haillons.

— Non. Tu fais pitié. C'est ce qu'il faut.

— Et je vais m'enrhumer.

— Pas avec cette chaleur. De toute manière, ajouta Fraiseur en fouillant dans sa besace, c'est pas fini.

Il jeta à Baïkal une loque violette.

— Enroule-toi ça aux endroits découverts. Un tribu se contente jamais d'une seule couche.

Il lui montra comment faire tenir les rembourrages à l'aide d'une ficelle.

Ensuite, ils emmitouflèrent le sac à dos de Baïkal dans d'autres guenilles, au point de lui donner l'apparence d'une hotte de chiffonnier. Fraiseur regarda son élève avec satisfaction et ils se rassirent en s'offrant un nouveau verre.

Le lendemain matin, ils avaient tout à fait l'apparence misérable de deux gueux lorsqu'ils reprirent le chemin du nord-ouest. Baïkal s'entraîna à plier les genoux et à prendre l'air craintif quand ils croisaient d'autres voyageurs. Or, justement, ce matin-là, ils en rencontrèrent beaucoup. La ville, d'après les indications satellitaires, était pourtant encore loin et aucun village n'était signalé dans les parages. La seule construction qu'ils approchèrent était une immense usine où l'on pouvait reconnaître encore des tapis roulants, de gigantesques fours et une cheminée de brique. Elle portait des traces d'une très ancienne attaque, sans doute par avion, qui avait ouvert des brèches dans les murs. Depuis lors, le temps avait parachevé la destruction. La lente érosion tropicale qui n'ôte rien comme dans les pays froids, mais au contraire ajoute couche après couche, avait tout gonflé, mûri et éclaté.

De la forêt épaisse qui couvrait la région, ils virent sortir un nombre inhabituel de personnages, aussi misérables qu'eux. Fait étrange, ces voyageurs prenaient tous la même direction, légèrement plus à l'ouest. Vers le milieu de la matinée, comme ils arrivaient sur un point dégagé où s'offrait un panorama étendu jusqu'à l'horizon, ils aperçurent au loin des avions et même une patrouille d'hélicoptères. Fraiseur emprunta les jumelles et regarda longuement ces mouvements.

— Une attaque ? demanda Baïkal.

— Ça n'a pas l'air. On dirait plutôt… Ah, ça y est. Je sais ce que c'est.

Il replia les lunettes et les rendit à Baïkal.

— Écoute, dit Fraiseur l'œil brillant. On va faire comme les autres : on va aller par là aussi. Ça nous déroutera pas beaucoup. Et avec tes instruments, on risque pas de se perdre.

— Mais qu'est-ce qu'on va faire là-bas ?

Fraiseur jeta un dernier coup d'œil vers l'horizon puis revint sur Baïkal.

— Après des bombardements, en général, les Globaliens envoient toujours des secours. C'est bizarre mais vous êtes comme ça, vous autres. Ici tout le monde le sait. Quand y a eu une frappe quelque part, faut s'attendre à des distributions humanitaires pas loin.

Maintenant Baïkal se souvenait. En effet, quand des représailles antiterroristes étaient triomphalement annoncées, mention était toujours faite immédiatement après d'une assistance aux populations touchées. Ainsi le public en Globalia était non seulement renforcé dans l'idée que la société le défendait mais qu'elle le faisait au nom d'une douceur érigée en principe dont elle était la meilleure — et la seule — garante en ce monde.

— Mais en quoi cela mérite-t-il le détour ? demanda Baïkal qui souhaitait atteindre la ville le plus vite possible. Nous n'avons pas besoin de secours. Nous avons assez à manger dans mon sac.

— Je voudrais pas te faire de peine, réagit Fraiseur avec une moue, mais il est hors de question que je continue à manger tes trucs pâteux un jour de plus. Alors, ou tu me laisses poser des collets et attraper un lapin, et ça nous retarde aussi, ou alors on va voir les humanitaires pour qu'ils nous donnent de la vraie bouffe.

Baïkal céda et ils prirent le chemin des distributions.

À mesure qu'ils avançaient dans cette direction, le nombre des autres voyageurs devint de plus en plus grand. Quand ils quittèrent la forêt et s'engagèrent sur le dernier plateau dénudé, ils étaient entourés par une véritable foule.

Les interventions humanitaires, en concentrant la convoitise sur ce qui était apporté de l'extérieur, dissuadaient les hommes de s'attaquer entre eux. Cessant de s'observer par en dessous, tous marchaient en gardant les yeux rivés sur le ballet d'hélicoptères qui indiquait le lieu proche des distributions.

Fraiseur et Baïkal suivirent le flot et parvinrent sur une aire balisée de feux de Bengale. La foule y était canalisée en un long corridor que tenaient en joue des soldats globaliens. On distinguait leurs silhouettes menaçantes mais ils portaient un masque et un casque lourd. Sur le dos de leur uniforme était fixé un grand insigne : « Force humanitaire globale ». Baïkal nota qu'une certaine nervosité semblait régner dans leurs rangs. Il sourit en pensant que pour eux ces quelques heures passées en mission dans les non-zones seraient comptées comme fait d'armes. Ils subiraient ensuite une longue décontamination et un traitement psychiatrique. Des médicaments amnésiants leur permettraient d'évacuer tous les souvenirs qu'ils auraient pu conserver de cette incursion.

Enfin, ils débouchèrent sur l'immense plateau dénudé où l'aide devait être répartie. Un homme juché sur une manière d'escabeau assurait le placement des groupes. Sa tenue paraissait étrange. Pourtant, Baïkal se souvint qu'il portait la même peu de temps auparavant. C'était un costume thermoréglable — bleu et épais comme ceux que l'on utilisait pour des travaux de force. Seule différence : l'homme avait le visage couvert par le masque respiratoire recommandé à tous les Globaliens en mission dans les non-zones. « Tous, sauf moi », pensa Baïkal. Les nouveaux arrivants étaient lentement répartis par groupes de dix autour de grands feux. Des employés locaux, les premiers arrivés sur les lieux, assuraient en vociférant un vague service d'ordre. L'idée était simple : il fallait s'asseoir, attendre et ne pas bouger.

De l'autre côté du cercle où avaient pris place Fraiseur et Baïkal, était assis un homme raide, à la barbe et à la moustache noires impeccablement peignées. Enveloppé dans une cape, il tenait à la main une canne à pommeau sculpté. Deux hommes l'encadraient, ménageant une distance de quelques centimètres entre eux et lui, de façon à ne jamais le toucher, quelque mouvement qu'il fît.

— Tu voulais voir un seigneur ? En voilà un, chuchota Fraiseur à l'adresse de Baïkal, désignant discrètement l'homme qui leur faisait face.

L'attente fut longue. Plusieurs heures s'écoulèrent avant que la foule se mette patiemment en place. De temps en temps, des cris retentissaient vers l'entrée et on se bousculait.

— Ils surveillent qu'aucun Taggeur ne se glisse dans le lot. Pour éviter les provocations.

Baïkal observait les arrivants : ils présentaient tous les types physiques. Certains avaient les yeux bridés, d'autres la peau noire. D'autres, mats de teint, avaient le visage barré d'une grosse moustache. Si on voyait surtout des hommes, on repérait aussi des femmes parce qu'elles étaient en général dissimulées sous des châles et craignaient de se montrer ouvertement en public.

Apparemment, les enfants étaient placés dans une autre partie du camp, qui leur était réservée.

Le point commun, par-delà toutes les différences d'âge, de sexe, de tribu et de conditions, était une grande maigreur. On n'aurait pu dire qu'elle était maladive, quoique chez certains elle prît une tournure inquiétante. Plus que de maigreur, peut-être, il aurait fallu parler de sécheresse : les peaux tendues, les muscles durcis, les yeux brillants donnaient à ces corps l'aspect de sarments secs, noueux et pourtant capables encore d'exploser en fleurs et en fruits.

Enfin, vers le milieu de l'après-midi, des chariots commencèrent de circuler dans l'allée centrale qui avait été dégagée entre les groupes.

D'énormes carcasses de moutons empalés sur des pieux furent disposées une à une sur les fourches de métal qui entouraient les feux. Un responsable par groupe fut préposé à la tâche de tournebroche. L'attente fut encore longue mais le saisissement des chairs, l'odeur de couenne brûlée qui montait des bêtes, les formes rebondies et moelleuses des muscles cuits, anticipaient déjà les plaisirs de la dégustation. Le temps s'écoulait au rythme des gouttes de graisse qui chuintaient sur les braises. Baïkal était saisi à la fois de dégoût et de fascination. Il avait grandi dans un monde où l'animal était digne du même respect que l'homme. Ce vaste plateau envahi maintenant par la nuit où fumaient ces brasiers carnivores était aussi horrible pour un Globalien qu'un lieu de supplice. De surcroît, pour qui venait d'un pays où le feu était pratiquement interdit, où l'oxygène était élevé au rang des biens précieux, les nuages âcres qui se tordaient dans l'air, la lueur jaune des incendies, que redoublait par instants la flamme éphémère de lampées de graisses, auraient dû être la vision la plus horrible qui fût. Et pourtant, une joie sombre, animale, plus authentique qu'aucune de celles qu'il avait jamais éprouvées, saisit Baïkal. À un signal des humanitaires, les mains se tendirent enfin pour arracher des lambeaux de viande. Les bouches avides se remplirent de peau, de graisse, de muscles palpitants de chaleur. Un monstrueux silence gagna toute l'aire où s'accomplissait ce sacrifice.

Baïkal mit un long moment à s'y mêler. Un coup de coude de Fraiseur, qui s'était avisé de sa réticence, le décida. Le goût de la viande brûlée lui souleva le cœur et il dut faire un grand effort pour ne pas vomir.

Passé la première heure, la bête n'était déjà plus qu'une carcasse. Les mains armées de couteaux se tendaient moins avidement et devaient opérer avec habileté pour tirer de petits morceaux qui paraissaient d'autant plus goûteux.

Des discours reprirent qui n'avaient plus la brièveté nerveuse des paroles apéritives. Les interventions étaient plutôt de longs monologues. Mais il se faisait parfois des questions et des réponses, c'est-à-dire un certain échange qui aurait presque permis de parler de conversation. La plupart des causeurs s'exprimaient dans un anglobal très incorrect, presque incompréhensible. Baïkal devait demander à Fraiseur de traduire pour lui à voix basse.

— Ils parlent du bombardement sur le village qu'on a traversé.

C'était un vieillard chauve qui tenait l'attention par son récit.

— Paraît que l'attaque a eu lieu deux jours en arrière.

Avec force gestes, le vieil homme racontait l'arrivée des hélicoptères, à l'aube semblait-il. Il mimait la surprise et la fuite des habitants.

— Est-ce qu'ils savent pourquoi ils s'en sont pris spécialement à ce village ? demanda Baïkal.

Fraiseur posa la question et un autre vieillard édenté fit une longue péroraison pour répondre.

— Selon lui, la région cache des terroristes.

La conversation vira ensuite sur les Taggeurs. La haine dont ils étaient l'objet était visible sur les visages et stimulait les imaginations. Les actes les plus fabuleux et les plus atroces leur étaient prêtés. Pendant que les discours roulaient interminablement sur ce sujet, Baïkal avait pris conscience d'une gêne, qui l'avait saisi depuis quelque temps sans qu'il pût se l'expliquer.

Un des hommes du groupe, situé près de l'allée centrale, le regardait fixement. Il était appuyé sur un coude et se curait les dents sans le quitter des yeux. Avait-il repéré son malaise, au moment de se jeter avec les autres sur la viande ? Était-il intrigué par le fait qu'il ne comprenait pas bien l'anglobal parlé par les tribus ? Baïkal se demandait ce qui avait pu le trahir. Tout à coup il s'aperçut que, dans leur soin à transformer son apparence, ils avaient négligé ses chaussures. Il tendait vers le feu des semelles neuves qui avaient peut-être alerté cet homme.

Fraiseur, en tout cas, avait remarqué aussi quelque chose d'anormal. Il toucha le bras de Baïkal.

— Allons-nous-en maintenant, dit-il.

Ils durent presque enjamber l'homme pour quitter le cercle.

Les troupes et les humanitaires étaient déjà repartis. Ils savaient que la dispersion se ferait seule et dans le calme, l'aube venue.

CHAPITRE 5

Puig prit un tel plaisir à écrire qu'il y passa ses jours et ses nuits. Il eut un peu de mal au début à trouver l'inspiration. Il commença par recopier plusieurs fois les dernières dépêches gravées sur la mémoire du multifonction. Puis, quand il fut bien accoutumé à former les lettres, il se mit à improviser. Il raconta son enfance, décrivit sa mère qu'il n'avait vue que deux fois avant son accident, la maison de Carcassonne avec le grand tableau en vraie peinture qui ornait la salle à manger : l'assassinat du duc de Guise. Il fallait le décrocher et le glisser sous le buffet avant de recevoir une visite. Le ministère de la Cohésion sociale ne permettait pas de conserver chez soi de tels documents historiques. Mais la grand-mère de Puig s'en moquait et dans la région la plupart des gens faisaient de même.

Rapidement, Puig sentit une telle aisance sous sa plume qu'il s'évada de toutes les contingences, fussent-elles liées à la mémoire. Il composa des poèmes où il n'était question que d'amour et d'honneur. Ils étaient adressés à une femme inconnue qu'il voyait en rêve.

Son tas de feuilles maigrissait à vue d'œil. Puig commença à penser au moment terrible où il viendrait à manquer de papier. Cette seule idée le poussa à sortir et à se préoccuper de ses ressources. Sans multifonction, il lui fallait se rendre lui-même à la banque interroger son compte. Le clavier, dans le hall désert, lui indiqua que le virement de son Minimum prospérité avait bien été effectué. Il eut d'abord le réflexe de retourner tout de suite se procurer du papier. Mais, si la découverte de l'écriture lui avait fait perdre le boire et le manger, l'exercice physique fit revenir son appétit. Il alla plus raisonnablement chercher quelques provisions de nourriture.

Ce détour lui permit de réfléchir : s'il allait acheter de nouveau du papier, on lui poserait la même question : était-il membre d'une association ? Aucun vendeur ne serait aussi compréhensif que le premier et il ne pourrait faire deux fois le coup de la carte oubliée.

Il se décida donc à aller rendre visite à l'association que le vendeur avait mentionnée. Autant s'y inscrire pour de bon et obtenir ainsi des facilités de fournitures. Sur une borne publique où était écrit « renseignements », Puig retrouva facilement le nom « Walden ». L'association avait plusieurs succursales à Seattle. Il choisit la plus proche et décida de s'y rendre immédiatement.

L'immeuble était très ancien, construit dans des matériaux faits pour ne pas durer : c'était une tour de dix-huit étages recouverte de petits carreaux de mosaïques gris qui s'effritaient. L'extension d'un nouveau quartier sécurisé englobait désormais le vieil édifice et le plaçait sous la protection d'une haute verrière. Quelques bâtiments du même âge avaient été laissés en place, voués sans doute à une destruction prochaine. On aurait dit des thons pris dans un filet. Le siège de l'association était au quatorzième étage. Les couloirs aspirants n'existaient pas encore au moment de la construction : Puig appela un bon vieil ascenseur qui écarta laborieusement ses portes telle une paupière de chat.

Au quatorzième étage, le couloir désert était sonore et sentait le chou synthétique mijoté. Puig passa devant plusieurs portes identiques et s'arrêta en face de celle dont le numéro figurait sur l'adresse. Aucun nom n'y était inscrit. Il sonna.

Des frôlements, derrière la porte, indiquaient une présence. Puig eut l'impression qu'on regardait par le judas. Il y eut d'autres bruits plus sourds, des portes refermées, puis on vint lui ouvrir. L'homme qui l'accueillit était de haute stature, presque un géant. Mais l'habitude de vivre dans des espaces trop étriqués l'avait contraint à se réduire lui-même. Il se tenait voûté et un peu de profil, comme pour se faire moins large.

— Je vous dérange, peut-être ? bredouilla Puig.

— Non. Que désirez-vous ?

La voix de l'homme aussi, qui devait pouvoir être très forte, restait prudemment sourde, presque enrouée. L'ensemble paraissait dire : « Malgré tout, n'ayez pas peur. »

— Je viens, enfin je venais pour l'association.

— Laquelle ?

Un trou de mémoire soudain empêcha Puig de retrouver son nom.

— Celle pour l'écriture.

En prononçant ces mots, il pensa à ses poèmes galants et rougit.

— Walden ? C'est bien ici. Entrez.

Mis à part un étroit espace derrière la porte, qui était dégagé, l'appartement était à peine praticable. Quand Puig y pénétra, il dut se faufiler entre des murs entiers de livres, de brochures, de simples feuilles de papier et d'objets empilés, le tout dans une pénombre qui rendait la progression difficile. L'homme marchait derrière lui et le guidait de la voix : « À droite, à gauche ; nous y sommes presque. »

Ils arrivèrent enfin dans une clairière tapissée d'in-quarto en cuir. Deux fauteuils se faisaient face, où ils prirent place. Un nombre impressionnant de lunettes était posé sur de petits guéridons. L'homme en saisit une paire et ses yeux, derrière les verres loupes, grossirent comme deux médailles d'un bronze un peu verdi.

— Je voulais... quelques renseignements d'abord sur votre association, commença Puig en se raclant la gorge. Quelles sont ses activités ? Comment s'inscrire, etc.

— Que cherchez-vous ? demanda l'homme sans quitter son énigmatique sourire.

— C'est-à-dire... Je voudrais pouvoir écrire.

Puig tenait une idée. Il s'y accrocha pour reprendre contenance.

— Oui, voilà. C'est plutôt écrire qui m'intéresse. Lire, pour le moment, je n'en ai pas vraiment besoin.

Une odeur de poussière montait des murailles de papiers et piquait la gorge. L'homme laissa passer un long silence, ôta ses lunettes et se frotta les yeux.

— Lire et écrire sont une même chose, dit-il sur le ton mécanique de quelqu'un qui a maintes fois répété la même formule. Si vous venez chez nous, vous ne ferez pas l'un sans l'autre. Tenez, prenez d'abord connaissance de ceci.

Il tendit à Puig une brochure jaunie aux coins cornés.

— Vous avez ici la liste de nos activités : prêt de livre, écriture sur papier tous niveaux, fournitures, cours de littérature, études avancées.

— Moi, ce serait plutôt « fournitures ».

— Je vous l'ai dit : vous n'avez pas à choisir. Vous pouvez tout faire.

— Vous avez plusieurs groupes, pour les réunions ?

— Il n'y a pas de groupe, ni de réunion. La lecture et l'écriture sont des activités solitaires. Vous viendrez quand vous voudrez et on vous trouvera une place.

— Il faut réserver ?

— Ne vous en faites pas. Ce n'est pas bien grand ici. Mais avec tous ces coins et recoins, on tient à plusieurs sans se gêner.

Puig leva le nez. Un ventilateur à pales tournait lentement et faisait circuler l'air dans ces tranchées de papiers. Il imagina un instant la vue de là-haut : un dédale de tranchées et de petites alvéoles où butinaient de silencieux lecteurs. L'air, tout à coup, se satura de ces présences invisibles.

— Inscrivez-vous ici, si cela vous intéresse, dit le bibliothécaire en tendant un registre à la couverture entoilée.

Puig mit son nom et son adresse.

— Lisez la brochure entièrement. Réfléchissez à ce que vous voulez faire et revenez demain à la même heure, si vous êtes toujours intéressé. Votre carte provisoire sera prête.

Puig rentra chez lui sans savoir quoi penser de cette rencontre. Il n'avait jamais fréquenté d'association et, mis à part la perspective de se procurer du papier à bon compte, celle-ci ne lui paraissait pas passionnante.

Sur le trajet, il fut assailli par une troupe de gens déguisés en chats, miaulant et jetant des confettis en forme de souris. C'était pour la plupart des personnes de grand avenir et qui mettaient à s'amuser un dynamisme forcé. Puig se rappela ainsi qu'on était le jour de la fête du Chat. Il était pratiquement impossible de se remémorer toutes les fêtes. Chaque journée était dédiée à quelque chose et les publicitaires s'efforçaient de donner à ces différents événements un relief comparable à Noël. Les associations reliées à l'objet de la fête étaient mobilisées et les devantures s'ornaient de produits célébrant la même occasion. Puig joua des coudes pour échapper à cette célébration des félins. Il claqua sa porte, se jeta tout habillé sur son lit et passa toute la nuit à écrire et à rêver. Il eut le temps de lire et de relire la brochure de Walden qui comptait quatre pages anodines en style administratif.

Il y retourna le lendemain sans bien savoir ce qu'il allait dire au bibliothécaire. À sa grande surprise, il ne fut pas accueilli par le même personnage. Cette fois, ce fut une femme qui ouvrit la porte. Elle était courtaude et ne faisait aucun effort pour contenir son embonpoint. Pis, malgré son âge, elle ne se teignait pas les cheveux et, sur une combinaison gris terne, portait un tablier à fleurs. Puig, en la voyant, pensa tout de suite à sa grand-mère. Il lui rendit son bon sourire en ayant presque envie de l'embrasser sur les deux joues.

Il la suivit entre les piles de papiers jusqu'à une autre clairière meublée de deux chaises en paille. Elle lui demanda de nouveau de s'inscrire, à la date du jour, sur un registre.

— Vous avez une belle écriture, dit-elle avec une voix toute jeune et claire. Elle est fine, un peu penchée : on dirait une calligraphie européenne du XVIIe siècle.

— J'ai appris à Carcassonne, dit Puig, mais il pensa que c'était un commentaire stupide.

La femme le laissa un instant seul puis revint en lui tendant un morceau de carton sur lequel, en belles lettres tracées à l'encre avec pleins et déliés, étaient inscrits son nom et la mention « Carte provisoire ».

182

— Vous cherchez quelque chose de précis ? lui demanda-t-elle.

Il se contenta de bafouiller.

— En ce cas, dit-elle, vous allez commencer par une place généraliste.

Elle le conduisit jusqu'à un autre recoin, une sorte de redoute arrondie, fortifiée de toute espèce de volumes.

— Fouillez un peu là-dedans et nous en reparlerons tout à l'heure.

Les livres qu'il feuilleta pendant les deux heures suivantes étaient variés et d'un maigre intérêt. On y trouvait des morceaux choisis de romans, des brochures de voyages, des catalogues d'exposition.

Quand la femme le rejoignit, il rêvassait sur une vieille revue de science.

— Trouvé votre bonheur ? chuchota-t-elle.

— Pas vraiment.

— C'est bon signe. Suivez-moi : j'ai préparé du thé.

Ils retournèrent par d'autres boyaux jusqu'à l'espace où elle l'avait reçu. Deux tasses fumaient sur un tabouret.

— Je m'appelle Thieu, dit-elle quand ils furent assis.

Elle n'avait rien d'asiatique dans les traits mais, en Globalia, il y avait longtemps que les brassages humains avaient ôté toute signification aux patronymes.

— Si vous me racontiez un peu ce que vous faites et comment vous êtes venu jusqu'ici, je pourrais peut-être vous orienter…

Elle avait hasardé ces mots avec douceur et, si Puig avait été moins ému, il aurait pu y déceler de la prudence et même un peu de crainte. Mais il avait une telle envie de se confier que, devant cette femme qui lui semblait familière, il ne put retenir le flot de ses confidences. Il lui raconta tout : qui il était, d'où il venait, l'injustice qu'il avait subie, la relégation à laquelle on l'avait condamné. Thieu se montra chaleureuse et s'apitoya. Sans insister de façon trop perceptible, elle parut tout particulièrement intéressée par les derniers événements, ceux qui concernaient l'attentat et l'entretien avec Stuypers. Elle lui fit répéter plusieurs points du récit, comme pour mieux les graver dans sa mémoire.

L'heure avait tourné. Des bruits feutrés signalaient que sans doute tous les autres lecteurs étaient partis l'un après l'autre. L'association allait fermer et Thieu, après avoir réconforté Puig, le raccompagna jusqu'à la sortie. Elle lui dit qu'elle allait penser à tout cela et voir ce qu'elle pouvait lui conseiller. Elle parlait de ses lectures, mais c'était à l'évidence pour tous les aspects de sa vie qu'il attendait d'être éclairé.

Au moment d'ouvrir la porte palière, Thieu ramassa un ouvrage posé en haut d'une pile dans l'entrée et le lui tendit.

— Tenez, dit-elle. Nous conseillons ce texte à ceux qui veulent adhérer à titre définitif.

Puig saisit le petit volume comme une bouée de sauvetage. Il rentra chez lui en le serrant contre son ventre. En arrivant, il le posa sur sa table et le considéra. Le livre n'avait pas de couverture. L'usure de sa tranche et les traces de doigts sur le bord des pages montraient combien il avait été lu et relu. Son titre avait été enluminé par une main anonyme. Des volutes d'encre verte et bleue entouraient le mot *Walden* ainsi que le sous-titre, *La Vie dans les bois*, et le nom de l'auteur, Henry David Thoreau.

Puig plongea dans ce texte comme quelqu'un qui se précipite vers une eau fraîche sans s'aviser qu'il ne sait pas nager. En quelques pages, il perdit pied. Tout dans ce récit était absolument extraordinaire, fabuleux, d'une audace inouïe. Il fallait une imagination supérieure pour concevoir un monde où l'homme vivrait ainsi librement dans la nature et se livrerait à ses plaisirs sans tenir le moindre compte de l'intérêt collectif : pêcher, faire du feu, couper des arbres. Il prit *Walden* pour un conte à la limite de l'absurde, plein de fraîcheur et de poésie. Cela lui suggéra de nouvelles pages et il écrivit une bonne partie de la nuit.

Le lendemain, il retourna voir Thieu. Dans l'ascenseur, il croisa un petit homme chauve qui fixa le volume qu'il tenait à la main avec un regard mauvais. Puig ne chercha pas à le dissimuler et sortit fièrement au quatorzième étage. La lecture, se dit-il, avait fait de lui un initié et presque déjà un militant.

Thieu le fit entrer comme la veille mais cette fois, en suivant un autre boyau, ils débouchèrent dans une minuscule cuisine.

— Je vous rends votre livre, dit Puig avec fierté. Je l'ai lu cette nuit.

— Mes compliments, dit la bibliothécaire en préparant deux chocolats. Vous n'allez pas tarder à devenir un membre à part entière.

Elle s'essuya les doigts sur un tablier.

— Alors, Thoreau, reprit-elle, que vous en a-t-il semblé ?

— Magnifique. Comment cet homme a-t-il pu inventer autant de choses ?

— Il ne les a pas inventées, objecta Thieu en tenant prudemment par leur anse les deux tasses chaudes. Il les a vécues.

Elle sourit devant l'étonnement de Puig.

— Henry David Thoreau a vécu à Concord, qui se trouvait alors aux États-Unis d'Amérique, de 1817 à 1862. Il est parti s'installer dans les bois et on l'a mis en prison parce qu'il refusait de payer ses impôts.

— Comment le savez-vous ?

Thieu fit un geste qui montrait les livres autour de lui, empilés jusque dans les plus extrêmes recoins de la cuisine.

— Nous avons appelé cette association « Walden » pour que nos adhérents comprennent bien ceci : sous les apparences du rêve, ce qu'ils trouveront ici, c'est la réalité.

Elle but du bout des lèvres une gorgée de chocolat et ajouta :

— C'est exactement le contraire de ce qu'ils peuvent voir sur les écrans.

Puig tressaillit. Ces paroles étaient en tout point semblables à ce qu'il pensait lui-même, depuis qu'il avait été renvoyé du journal. Il eut d'abord l'envie de sauter de joie. Mais Thieu avait un ton sobre qui prévenait les effusions. Surtout, il avait réfléchi pendant la nuit et s'était demandé s'il avait bien fait de se confier à cette personne inconnue. Quoique son cœur continuât à la croire bien intentionnée et sincère, sa raison lui commandait un peu plus de prudence.

La liberté d'expression était totale en Globalia. Cependant, bien peu de gens s'écartaient, dans leurs propos, des opinions convenues. Officiellement, il n'y avait rien à craindre à dire ce qu'on voulait. Pourtant une sourde indignation était perceptible chaque fois que l'on émettait des avis discordants, surtout s'ils contenaient des critiques à l'égard de la société globalienne. Il était admis par tous que Globalia était une démocratie parfaite et que c'était une chance immense d'y vivre. Elle garantissait en son sein la dignité et les droits de toutes les formes de minorités. Si bien qu'en l'attaquant, on se rendait coupable d'une agression contre tous ; on ne se comportait pas autrement que les terroristes qui dynamitaient le système. Quel rôle jouait donc Thieu, avec son énigmatique franc-parler ? N'appartenait-

elle pas à la redoutable catégorie des provocateurs ?
Puig décida de la pousser un peu dans ses retranche-
ments.

— Si tous vos livres sont vrais, cela veut-il dire
qu'ils racontent des événements qui se sont passés ?
Ce sont des livres d'histoire.

— Pas nécessairement... Il y a des récits imaginaires qui expriment une vérité d'un autre ordre.

Il y eut, de part et d'autre, un long silence gêné et
Puig se demanda un instant si la méfiance n'était
pas réciproque et si, lui aussi, ne pouvait pas être
suspecté de provocation, de double jeu.

— Revenons à ce qu'il vous intéresse de lire, suggéra la bibliothécaire, en se redressant un peu sur sa
chaise.

— Volontiers, dit Puig avec embarras.

— Il faut commencer quelque part. De ce que
vous m'avez dit j'ai conclu que vous avez envie d'en
savoir un peu plus sur... d'où vous venez.

— D'où je viens..., répéta Puig et il rougit car en
Globalia une telle curiosité était mal vue.

Chaque famille devait se cantonner à ses « Références culturelles normalisées ». Ne pas en avoir
était reconnu comme dangereux et le « Droit à célébrer ses origines » faisait partie désormais des
libertés fondamentales. Mais au contraire, cultiver
trop de références était source d'excessive confiance
en soi, d'« arrogance identitaire » et de racisme
potentiel.

— Vous êtes... ?

— Officiellement, dit Puig, je suis agréé-Français.
Mais en pointant sa barbe fièrement, il ajouta :

— Plus exactement, je suis catalan.
Thieu réfléchit un instant puis dit :

— Suivez-moi.
Ils remontèrent une longue saignée pratiquée
entre des livres de poche et débouchèrent dans un

étroit corridor. Là, Thieu saisit un escabeau, grimpa sur la dernière marche et tira une brochure du haut d'une pile. La brèche de papier se referma avec un claquement, en évacuant un petit soupir de poussière.

— Voilà : *Histoire de la Catalogne*. Il y a même des illustrations en noir et blanc. Vous voulez la consulter ici ?

Mais Puig préférait emporter son butin chez lui. Il rentra presque en courant. La nuit suivante fut complètement blanche. Il était ému aux larmes par le récit de toutes ces grandes vies disparues, de ces destins généreux.

Quand il sortit au petit matin pour faire quelques pas dans la ville, il sentit qu'un profond changement s'était opéré en lui. En Globalia, l'histoire était réduite à des scènes, à des ambiances. Dans les parcs de loisirs où les professeurs emmenaient leurs classes, on passait du manège médiéval au funérarium égyptien, des échafauds de la Révolution française aux remparts romains virtuels. Tout cela venait du passé comme le calcaire et le granit venaient du sol : sans ordre. Soudain, en reconstituant l'histoire de son pays, Puig comprenait que les civilisations n'étaient pas les parures bigarrées d'un grand carnaval plus ou moins imaginaire. Le fil du temps était continu et unique. Les événements s'étaient succédé dans un ordre rigoureux et irréversible. Et surtout les êtres humains avaient été le moteur de ces changements.

Puig se rendait désormais chaque jour à l'association et repartait avec des livres. Il apprit rapidement à se repérer dans le dédale de ces archives et restait souvent seul, à lire ou à feuilleter des ouvrages. Il ne rencontrait jamais personne, sauf Thieu, qui, à chaque visite, venait lui faire la conversation. Il sembla à Puig que la confiance, peu à peu, s'installait réciproquement. Sans qu'il eût pu dire pourquoi, il avait eu l'impression, au début, d'être épié. Malgré son tact et sa légèreté, il avait bien noté que les questions de Thieu tournaient toutes autour de l'attentat et de la Protection sociale. Elle alla même jusqu'à lui demander de lui apporter les multifonctions sur lesquels étaient inscrits les derniers messages adressés au journal. Puig le fit de bonne grâce, ravi de pouvoir verser ces pièces au dossier de sa sincérité. Tout cela nourrissait sans doute une enquête discrète sur l'issue de laquelle Puig était assez confiant. Il fut néanmoins soulagé quand Thieu lui remit un jour sa carte définitive d'adhérent de l'association Walden.

Désormais, il avait accès à tous les postes de lecture. Il dévorait ce qui lui tombait sous la main. Il réservait plutôt les romans pour les nuits et les lisait chez lui. Dans la journée, il se plongeait dans les atlas, les biographies et surtout les livres d'histoire. Au début, Puig s'était étonné de découvrir des ouvrages au contenu aussi éloigné de ce que l'on pouvait voir sur les écrans. Mais Thieu lui avait expliqué que l'écrit, en raison de sa diffusion confidentielle, bénéficiait d'une grande tolérance de la part de la Protection sociale. Elle lui conseilla néanmoins de ne pas trop évoquer tout cela à l'extérieur.

Chaque soir, il avait pris l'habitude d'emporter un volume avec lui et d'aller prolonger sa lecture pendant une heure dans le parc couvert situé derrière chez lui. L'air conditionné sortait en ronflant par de grosses bouches à ventilation et produisait une brise pulsée agréable quand on n'en était pas trop rapproché. Puig s'installait sur un banc non loin d'une de ces sorties d'air et s'évadait dans la lecture. Pour ne pas attirer l'attention, il plaçait le livre dans un chapeau, de sorte que les passants croyaient qu'il était assoupi ou qu'il jouait avec un multifonction.

Quand venait l'obscurité, il quittait à regret son banc et rentrait en flânant. La privatisation des rues en faisait de vastes espaces publicitaires. Écrans vantant des marques, vitrines, animations étaient omniprésents. Curieusement, depuis qu'il savait qu'avaient existé d'autres époques et d'autres mondes, bref depuis qu'il les savait éphémères et non éternelles, Puig supportait mieux ces agressions.

Pour tester sa nouvelle indifférence, il se forçait même à longer le hall de l'*Universal Herald*. Il regardait sans aucune émotion le mur qui répercutait sur mille écrans les programmes de toutes les chaînes.

Or un soir en passant, quelques brèves semaines après qu'il eut adhéré à Walden, il fut frappé par un fait exceptionnel : à la vitrine du *Herald*, tous les écrans étaient identiques, signe qu'un programme spécial avait interrompu les grilles ordinaires. Cette occurrence rarissime était réservée en général aux communiqués intéressant la Protection sociale au niveau suprême. La plupart du temps, il s'agissait d'annoncer un nouvel attentat meurtrier. Cette fois cependant, l'écran ne montrait ni cadavres ni ambulances mais seulement l'image en gros plan d'un homme jeune. Le cliché était un peu flou, les couleurs approximatives. Cette maladresse donnait l'impression que la photo avait été prise à la dérobée, dans des conditions difficiles.

Le jeune individu qui se trouvait ainsi projeté à des centaines de millions d'exemplaires paraissait ignorer superbement l'honneur qui lui était fait. Il fixait les yeux un peu à droite de l'appareil et son regard se perdait au-dessus du spectateur. Il avait des cheveux noirs très raides, en épis, rebelles à toute coiffure ; ses traits étaient fins mais il avait quelque chose d'épais dans la mâchoire et dans les lèvres qui le rendait à la fois sensuel et inoubliable.

Puig se figea devant la vitrine. Le son ne lui parvenait pas et il était seul face au fuyant souvenir qu'évoquait ce visage. Il chercha d'abord vers l'université, le journal, son immeuble. Mais s'il avait vu ce garçon, ce n'était dans aucun de ces endroits.

Quand enfin la mémoire lui revint, Puig resta bouche bée, figé sur le trottoir : c'était le jeune homme dont la photo était attachée à l'un des derniers messages de son multifonction, celui dont son amie avait signalé la disparition suspecte.

Bien que ce fût la dernière action que son honneur l'autorisât à faire, Puig poussa la porte monumentale de l'*Universal Herald* afin d'entendre le commentaire et de savoir ce qui était arrivé.

CHAPITRE 6

Sans aucun doute, ce lieu était-il le plus secret de tout Globalia. Situé dans un quartier de Washington éloigné de tout, relié par des tunnels spéciaux où circulaient des convois fermés, le complexe de la Protection sociale était déjà un monde à part. Il recelait en son sein une division que nul n'évoquait sans baisser la voix : le « Département antiterroriste ». Enfin, dans ce département lui-même, existait une section encore plus secrète appelée BIM, ce qui signifiait : « Bureau d'identification de la menace ». Le personnel qui y était affecté était trié sur le volet et aucun visiteur n'y était admis. En posant son badge génétique sur le récepteur, Glenn Avranches entendait toujours avec émotion le petit claquement qui indiquait que la grosse porte du « BIM » s'ouvrait pour lui. En cet instant, chaque matin, il était saisi d'une fugace ivresse : celle non seulement d'appartenir à ce prestigieux service mais d'en être désormais le chef.

À l'heure où il pénétrait dans son bureau, le jour était à peine levé. Cependant il avait déjà fait huit kilomètres de jogging sur tapis. Il s'était douché, rasé et bronzé dix minutes sous lampe, tout en prenant connaissance grâce à un casque-radio des informations principales. Il avait ensuite consulté les messages de son multifonction et les dépêches à diffusion restreinte accessibles sur un écran spécial dont il possédait seul le code. Ce matin, il avait même eu le temps de faire un crochet par le dermatologue : un vilain nævus était apparu sur le dos de sa main pendant le week-end et il se l'était fait aussitôt enlever.

Glenn Avranches, en traversant le hall, contempla son image dans un miroir et sourit : il était heureux et fier d'avoir sculpté au fil du temps cette silhouette dynamique, volontaire et intelligente. Comme le disait un grand psychologue dont il aimait écouter les chroniques à la radio, il est impossible d'atteindre une véritable jeunesse avant soixante-dix ans. C'était exactement à cet âge qu'il avait ressenti cette plénitude. Depuis bientôt quinze ans, elle ne faisait que s'accroître.

La réunion qu'il devait diriger ce matin avait lieu dans une salle construite selon la technique de la cellule flottante : elle était imperméable à toute connexion par onde. Rien de ce qui s'y disait ne pouvait être capté du dehors. Les décisions qui s'y prenaient étaient enveloppées du secret le plus absolu. Glenn entra dans la salle le dernier : tous ses collaborateurs, hommes et femmes, étaient déjà installés devant leur pupitre, autour de la grande table ovale. Il s'assit dans le fauteuil de président de séance, d'un modèle démocratiquement identique aux autres. Seul le distinguait le grand insigne fixé au mur dans son dos : il représentait l'aigle de Globalia avec ses ailes protectrices, son bec acéré, prêt à défendre son peuple et l'œil perçant qui symbolisait, disait-on, la Protection sociale. Autour de l'oiseau étaient dessinés deux rubans qui ondulaient harmonieusement. Sur l'un était écrit en vieil anglobal : « *In Globe we trust* » ; sur l'autre « Liberté, Sécurité, Prospérité ».

— Bonjour tout le monde ! claironna Glenn avec cette manière simple et directe qui le rendait immédiatement sympathique. Merci d'être tous là. Je vous rappelle que notre réunion a pour ordre du jour : « Le point sur le lancement du Nouvel Ennemi. » Norman, veux-tu nous résumer l'opération au jour d'aujourd'hui ?

Assis à sa droite, Norman Velasco était plus âgé que Glenn, mais il avait progressé plus lentement que lui et était devenu son adjoint. Sa pingrerie légendaire l'avait certainement desservi. À force de choisir de mauvais dentistes et des chirurgiens au rabais, il finissait par ressembler lui-même à un article soldé : des cheveux mal greffés, une denture trop brillante et des cicatrices plein les mains, faute de s'être fait extirper à temps les fleurs de cimetière qui lui tachaient la peau. En voyant tout cela, on ne pouvait s'empêcher de penser qu'il avait aussi recours à un mauvais psychologue, avec tous les dangers qui pouvaient en résulter.

— Il est utile, je suppose, dit Norman, de rappeler que la phase I de « lancement du Nouvel Ennemi » est un plein succès.

« S'il prenait une voix aussi lugubre pour annoncer un succès, sur quel ton aurait-il annoncé un échec ? » pensa Glenn.

— Les communiqués que nous avons publiés depuis deux jours sont repris partout. Les tests montrent que le taux de couverture médiatique aujourd'hui est déjà de 72 %. Cela nous permet de supposer raisonnablement que dès demain plus de la moitié des personnes interrogées seront capables de reconnaître le Nouvel Ennemi parmi une liste de suspects.

Quelques bâillements étaient perceptibles autour de la table, que Glenn mit charitablement sur le compte de l'heure matinale.

— Nos reportages préfabriqués ont été repris sans difficulté par la rédaction de tous les grands médias. Dans les jours qui viennent on pourra voir l'appartement natal du Nouvel Ennemi, ainsi que ses parents (décédés) et les différents centres d'éducation renforcée où il a grandi. Plusieurs médias ont envoyé des équipes en opération avec le commando qui a effectué le premier bombardement en non-zone, dans un lieu soupçonné d'avoir fourni un abri au Nouvel Ennemi.

— Bon début, en effet ! s'exclama Glenn, qui entendait transfuser un peu d'enthousiasme dans une assistance saignée à blanc par la monotonie de Norman. Ceux d'entre vous qui ont pris part à la phase I veulent-ils rendre compte sur des points particuliers ? Je vous en prie.

— Le département psychologie a été entièrement mobilisé, dit une femme blonde qui depuis le début de la réunion croisait et décroisait les jambes, ce qui produisait un raclement un peu gênant sous la table. Nous avons fait parler un de nos profileurs pendant la conférence de presse...

— Ah, très bien le profileur ! coupa Glenn. Je l'ai entendu ce matin. Il a brillamment montré comment un jeune garçon blessé pouvait retourner la frustration parentale contre la société. Est-il vrai que ce Baïkal ait été battu par ses parents ?

— Non, bien sûr, puisqu'il ne les a pas connus ! contredit vivement la responsable du département de psychologie. Il a été retiré à sa mère après sa naissance. Mais ce détail biographique réel ne nous a pas paru assez fort. Nous avons envisagé d'autres possibilités : dire, par exemple, qu'il avait été abandonné devant une église.

— Pas mal non plus l'église, s'exclama Glenn et il recueillit alentour une murmurante approbation.

Pourquoi avoir finalement choisi l'option enfant battu ?

— Parce qu'on l'a testée et qu'elle était la meilleure, dit la psychologue. L'église risquait de nous faire manquer les cibles non confessionnelles, qui sont très majoritaires.

— Je comprends, admit Glenn qui laissait volontiers une marge d'appréciation à ses collaborateurs. Côté politique, comment cela marche-t-il ?

— Les deux principales formations politiques globales vont vigoureusement dénoncer les attentats et des communiqués dont j'ai reçu copie seront publiés ce matin pour exprimer leur désir que le coupable et son organisation soient éliminés.

La petite femme brune qui venait de s'adresser à Glenn se nommait Pénélope. Depuis le début de la réunion, la plupart des hommes ne la quittaient pas des yeux : elle avait serré son harmonieuse poitrine dans un bustier moulant qui laissait apparaître la timide voussure de ses tétons. Les autres femmes lui jetaient des coups d'œil venimeux. Mais elle se savait protégée par Glenn et en abusait.

— Quant aux politologues, ajouta-t-elle en ornant le coin de ses yeux de plis rieurs et mutins, ils se sont surpassés. Le professeur Fondemorigny avait expliqué le mois dernier sur tous les écrans pourquoi l'ennemi ne changerait jamais et que la secte des Sokubaru restait la menace principale. Il se répand aujourd'hui sur toutes les chaînes pour démontrer avec la même force pourquoi les Sokubaru devaient nécessairement être éradiqués et pourquoi un Nouvel Ennemi est en train de les remplacer…

— Qui se souvient du mois dernier ? ironisa Glenn. Puis il ajouta avec un clin d'œil, à la grande indignation de toutes les femmes présentes : à part nous, ma chère Pénélope.

Ladite Pénélope rit très fort et la plupart des hommes, en s'efforçant à la gaieté, suivirent surtout le bondissement de ses seins sous leur fin voile bleu.

Glenn rappela tout le monde à l'ordre en ouvrant brutalement son multifonction.

— Tout cela est parfait. Il est temps de passer dès maintenant à la planification de la phase II. Voyons un peu le calendrier... Tiens, demain, fête de la Pâtisserie, mentionna-t-il en incidente et il sourit. Il ne faudra pas oublier les croissants. Bon, soyons sérieux. Il ne s'agit pas de s'endormir sur ses lauriers. Qu'avez-vous prévu dans les jours prochains pour approfondir le lancement du Nouvel Ennemi ?

Wimeux, l'homme de la communication, prit la parole en rougissant :

— Les sondages effectués dans la préparation de la phase I montrent un certain nombre de points sur lesquels il est encore essentiel de travailler.

— Vous voulez dire des échecs ? réagit Glenn.

— Si j'avais voulu dire des échecs, j'aurais dit des échecs, rétorqua sèchement Wimeux et il s'empoupra encore un peu plus.

Il jeta un coup d'œil mauvais vers Pénélope pour bien faire ressortir que sa conduite s'opposait en tout point à celle de la responsable du secteur politique. Il ne comptait ni sur son sourire ni sur les galbes qu'il n'avait pas pour se faire écouter et respecter.

— Je veux dire seulement que les échantillons de public testés expriment encore quelques doutes par rapport au Nouvel Ennemi que nous proposons. Il conviendra de faire porter l'explication sur ces points pendant la phase II.

— Quels sont-ils ?

— Le premier concerne l'âge du sujet. On le juge un peu jeune.

— N'est-ce pas un avantage, puisqu'il s'agit de le faire détester ?

— Certainement. Mais nous cherchons la haine, pas le mépris. Il faut aussi qu'il soit pris au sérieux. C'est pourquoi nous envisageons d'organiser rapidement la fuite de quelques documents soigneusement élaborés par nos soins. Ils prouveront que le Nouvel Ennemi a été actif et nuisible dès son plus jeune âge. Nous avons fait travailler des spécialistes d'infographie à partir des photos dont nous disposons. Ils sont arrivés à le reconstituer à quinze ans, à douze et même à deux.

En parlant, il faisait défiler des images en mode « conférence » : la tête de Baïkal, spectaculairement transformée et pourtant reconnaissable, s'affichait sur les écrans personnels des participants.

— La deuxième objection concerne ses revenus. Il lui faut d'importants moyens pour organiser des attentats, surtout s'ils se renouvellent et prennent de l'ampleur. Jusqu'ici, nous avons expliqué que le sujet a travaillé comme cuisinier chez un homme riche qui lui a légué sa fortune. Il faut donner du corps à cette affirmation. Aussi avons-nous reconstitué la maison du défunt, réuni des documents sur sa fortune et élaboré des pièces notariées établissant la donation, de façon à crédibiliser l'affaire.

Un silence admiratif entourait les propos de Wimeux. Ce succès avait fait refluer le sang hors de son visage, mais c'était désormais à la base du cou que sa peau était gonflée et rouge.

— Dernier ajustement, conclut-il en se tournant vers le responsable des psychologues, nous devons mieux expliquer l'idéologie du Nouvel Ennemi. Nous avons réuni beaucoup de pièces concernant la parentèle du sujet. Nous lui avons trouvé des ancêtres rois d'Abomey, en Afrique, et plusieurs nobles portugais, grands propriétaires terriens au

Brésil. On comptait parmi eux des esclavagistes. Cette tension dans ses origines serait un des ressorts de sa haine sociale. Il reviendra aux psychologues de démontrer comment une enfance trop habitée de ces références — pourtant limitées de par la loi — a pu basculer dans la délinquance.

— Parfait, dit Glenn sèchement car il détestait les avis à la fois timides et suffisants de ce Wimeux.

Un homme très grand et mince, qui se tenait un peu voûté au bout de la table, intervint :

— Un bref point de vue militaire, si vous me le permettez, hasarda un homme qui portait sur ses vêtements civils le petit insigne des forces armées globaliennes. Dès le début de la phase II, nous serons en mesure de produire des photos aériennes des sites suspects et des bombardements.

— Excellent, s'écria Glenn désireux de récompenser la sobriété de l'officier et de la donner en modèle à tous ces bavards. Autre chose ?

— Oui, s'interposa la femme blonde du département de psychologie. Avec les mêmes spécialistes de la retouche des images, nous sommes en train de réaliser une fausse vidéo de sacrifices humains qui serait mise sur le compte du Nouvel Ennemi.

— Comment ? s'exclama Wimeux en rougissant, mais de colère cette fois. Que dites-vous ? Des sacrifices humains ?

— C'est bien ce que nous faisions avant, objecta la psychologue sur un ton aigre. J'ai coordonné moi-même un tournage de ce genre pour charger les Sokubaru.

Puis, prenant Glenn à témoin :

— On nous a toujours dit qu'un bon ennemi devait pouvoir être accusé de manipulations mentales et de pratiques rituelles.

— Mais pas du tout ! objecta Wimeux.

Il s'était redressé sur sa chaise et cherchait quelque chose fébrilement sur son multifonction.

— Tenez, relisez le cahier des charges que nous ont fourni les consultants Healey & Kline : « Le Nouvel Ennemi sera profilé de manière radicalement différente de ceux qui l'ont précédé. On mettra l'accent sur sa normalité apparente. »

— Je crois que, sur ce point, notre ami Wimeux a raison, coupa Glenn sans pouvoir tout à fait dissimuler le désagrément que lui causait cet aveu.

Mais il était d'autant plus pressé de mettre un terme à ce début de polémique entre deux chefs de département qu'un nouveau personnage venait à cet instant d'entrer discrètement dans la pièce. Drapé dans son éternel pardessus à col large, l'air modeste et le teint plus cireux encore qu'à l'accoutumée, Ron Altman longea le mur à petits pas et vint s'asseoir dans un fauteuil vide, un peu en retrait de la table. C'était le genre d'entrée que sa discrétion même rendait tonitruante.

Tout le monde regardait vers le vieillard qui souriait d'un air modeste. Glenn se lissa les cheveux. Il allait poursuivre la réunion normalement quand tout à coup cet imbécile de Wimeux se remit à pérorer. Au lieu de se faire discret sur la boulette des sacrifices humains, il en remettait une couche, dans le seul but, bien entendu, de s'assurer devant Ron Altman un triomphe complet. Il obtint évidemment le résultat contraire : la psychologue se rebiffa. Parce qu'elle détestait Wimeux et cherchait une occasion pour attirer l'attention du nouveau venu, Pénélope prit le parti de sa collègue. Norman, à sa manière visqueuse, entra dans la polémique en demandant qu'on donne une interprétation plus claire au cahier des charges établi par les consultants. Glenn était au désespoir : la réunion, qui avait commencé dans un esprit constructif, virait à la cacophonie. Et il fallait qu'Altman choisisse ce moment-là pour débarquer.

Glenn leva la main pour faire taire tout le monde.

— Du calme, voulez-vous ! s'écria-t-il.

Un silence épais se fit immédiatement, ce qui le surprit un peu. Les regards se tournaient vers lui alors qu'il n'avait pas vraiment déterminé ce qu'il allait dire. Il lui fallait trancher mais tout à coup il sentait un grand vide dans sa tête et ses idées toutes brouillées. Aussi dévia-t-il spontanément l'attention vers le visiteur :

— Puisque nous avons la chance d'avoir parmi nous ce matin Ron Altman, peut-être pourrions-nous lui demander son opinion sur cette opération...

Avec son complet anthracite, le gilet boutonné de haut en bas, Altman qui se tenait raide sur son fauteuil avait un peu l'air d'un extraterrestre. Certains des participants qui le voyaient pour la première fois étaient fascinés par des détails inhabituels : les boutons de manchette en nacre, la pochette de soie à motif d'indienne rouge et bleu. Surtout, il était impossible de se déprendre de l'étonnante force de ses yeux bleus, pétillants d'intelligence et d'ironie.

— Je pense, commença-t-il, que vous avez tous bien travaillé. Et je vous félicite particulièrement, vous, mon cher Glenn.

L'intonation précise de Ron Altman était d'un autre siècle : elle faisait reluire ses paroles comme une argenterie précieuse tirée du long sommeil d'une armoire.

— Vous avez réussi en peu de temps à donner un vrai visage à notre Nouvel Ennemi. Vous savez tous combien nous avons hésité à lancer cette opération. L'usure des Sokubaru était évidente mais enfin, ils étaient là et pouvaient durer encore. Changer est toujours un risque. Grâce à vous, le cap difficile est franchi.

Chacun, autour de la table, prit ces compliments en part personnelle et sourit d'aise.

— Puisque vous me faites l'honneur de me demander mon avis, mon cher Glenn, je vous livrerai quelques commentaires assez brefs. Ce ne sont que des rappels, des choses que vous savez déjà et vous voudrez bien m'en excuser.

Ses yeux allaient de l'un à l'autre et, chaque fois qu'ils frôlaient quelqu'un, semblaient l'illuminer comme le rayon tournant d'un phare.

— Avant de lancer l'opération, nous nous sommes largement interrogés sur le point de savoir à quoi devrait ressembler le Nouvel Ennemi. L'option la plus simple était qu'il fût du même type que les Sokubaru. Cette secte délirante, vous le savez, recrutait ses membres dans toutes les couches de la société. Mais les Sokubaru étaient un ennemi artificiellement gonflé, l'exemple de ces grenouilles que nous avons voulu transformer en bœufs. Et qui se sont dégonflées sous nos yeux.

L'attention était vive et, comme Altman parlait bas, chacun dressait l'oreille.

— Nous aurions pu choisir une nouvelle secte, un nouveau réseau, bref un nouveau Sokubaru. Mais, dans ce cas, le Nouvel Ennemi n'allait pas manquer de s'user rapidement, tout comme les Sokubaru s'étaient usés. Vous vous souvenez que nous avons dû sans cesse leur attribuer de nouveaux forfaits, de nouvelles monstruosités. Madame, ici présente, faisait référence aux sacrifices humains. Tout cela, osons le dire, s'était banalisé. L'indice d'inquiétude mesuré chaque mois par la Cohésion sociale s'est peu à peu abaissé dans la population. Un malaise général s'en est suivi, avec le risque que les Globaliens retournent leur agressivité contre eux-mêmes, s'épuisent, se démoralisent.

L'aigle accroché au mur semblait participer de l'attention générale et son œil noir fixait intensément Altman.

— Dois-je vous rappeler, poursuivit celui-ci, que pendant plusieurs années nous avons demandé à vos services de nous faire des propositions ? Et que malgré toutes les informations dont vous disposez, vous avez toujours été dans l'impossibilité de nous fournir un nouvel adversaire valable.

Glenn voulut protester. Altman lui ferma la bouche d'un geste ferme.

— Eh bien, si les recettes classiques ne marchaient plus, poursuivit-il, c'était sans doute qu'il fallait procéder autrement : voilà ce que nous nous sommes dit. Nous avons pris notre temps. Nous avons tourné le problème dans tous les sens et, finalement, nous avons trouvé. Jusqu'ici nous cherchions des ennemis et nous les gonflions jusqu'à en faire des menaces dignes de ce nom. En vérité, c'est l'inverse que nous devons faire : choisir quelqu'un de tout à fait normal avec seulement de fortes dispositions antisociales et faire en sorte qu'un tel individu, qui n'est pas notre ennemi, le devienne. Il ne s'agit plus de *repérer* un adversaire mais de le *produire*. Le produire de A à Z. En somme, traiter ce problème dans une perspective industrielle. Passionnant, non ?

Quand il reprenait son souffle, on entendait jusqu'à l'imperceptible vrombissement des circuits de brouillage. Habitués à des réunions techniques, les participants ressentaient un léger vertige en suivant Altman à l'altitude où il les conduisait.

— Le tout était de bien sélectionner la matière première ! Nous avons palpé, reniflé, observé et rejeté bien des candidats potentiels. Quand il s'en est enfin présenté un qui convenait, nous l'avons cueilli délicatement, comme une pomme sur son arbre.

Avec sa main osseuse, il fit un mouvement arrondi et délicat que tout le monde suivit attentivement. Enfin Altman la tendit devant lui, comme si elle soutenait une pomme.

— Il est tout neuf, regardez. Il avait à peine un visage : vous venez de le doter d'une histoire personnelle, une psychologie, un parcours délinquant. C'est capital. Mais surtout...

Altman avec des accents de conteur faisait surgir le merveilleux et irradiait l'assistance du cobalt de ses yeux.

— Surtout...

D'un coup sec, il lança la pomme virtuelle en l'air.

— ... il vit.

Les regards suivirent une trajectoire invisible.

— Il vit et il agit.

Se tournant vers Glenn, Ron Altman continua :

— Vous avez présenté la phase I et annoncé la phase II. Ce sont celles qui dépendent de nous. Mais la plus importante sera la phase III — sans rien diminuer de vos mérites. Car la phase III dépend de lui. C'est lui, mes chers amis, qui va prendre le relais. Voilà pourquoi il est inutile de le charger de péchés virtuels.

Il avait dit cela en adressant un aimable sourire à la psychologue, qui transformait du même coup cette contradiction en hommage.

— Il nous faut juste occuper le terrain jusqu'à ce qu'il entre en action. Cela pourra prendre un certain temps. Mais ensuite, vous verrez : il va produire des effets... inattendus.

Une satisfaction profonde se lisait sur les visages. Seul Glenn ne partageait pas l'enthousiasme général. Quand le général Sisoes lui avait exposé ce projet, il ne lui avait pas caché que cette opération n'était pas dans la tradition de la Protection sociale, qu'elle comportait une part incontrôlable et peut-être irresponsable. Glenn avait bien senti que Sisoes n'était pas à l'aise en présentant un tel programme dont il n'était certainement pas le créateur. En comprenant maintenant d'où il provenait, Glenn était pris à son tour d'une gêne qui lui faisait regarder Altman avec inquiétude.

Cependant le vieillard avait achevé de parler et le silence, en revenant, semblait laisser chacun orphelin de sa voix chaleureuse et caressante.

— Merci, cher Ron Altman, fit Glenn qui souhaitait revenir à la barre du navire. Grâce à vous, je pense que tout le monde ici voit mieux ce dont il est question dans le cahier des charges de Healey & Kline...

— Pardonnez-moi encore de vous avoir interrompus, souffla Altman en montrant qu'il s'empressait de disparaître.

Il saisit sa canne et se leva.

— Une dernière recommandation : vous surveillez bien la fille ?

— Bien sûr, opina Glenn, et il cherchait du regard qui, autour de la table, pouvait en dire plus.

— Elle a vaguement tenté d'alerter la presse, intervint Velasco. Mais son communiqué a été bloqué.

— Parfait, conclut Altman. Allons, cette fois, je vous laisse travailler. Et surtout, gardez confiance : je compte sur Baïkal pour bien nous surprendre.

En nommant « Baïkal », il faisait preuve à l'égard du Nouvel Ennemi d'une tendresse et d'une familiarité que les membres de la réunion se sentaient tout à coup prêts à partager. Ce qui n'était au début que d'abstraites phases I et II devenait comme la naissance et l'éducation d'un enfant d'autant plus chéri qu'il promettait d'être plus monstrueux.

CHAPITRE 7

Kate regardait les petites fleurs noires sur sa peau. Selon son humeur, elles changeaient de couleur et de sens. Les jours sombres, quand Baïkal lui manquait cruellement, elles étaient violettes. Il lui semblait qu'on ne voyait qu'elles. Son corps était enveloppé dans cette guimpe couleur de mort. À d'autres moments, quand elle pouvait en songe rejoindre Baïkal, revivre les moments passés ensemble, les petits grains prenaient la teinte brune et verte des sous-bois de la salle de trekking. On aurait dit de petits cailloux brillants semés sur sa peau par son amant pendant sa fuite. Elle avait la délicieuse illusion qu'en les suivant, tout au long d'un trajet compliqué et mystérieux, elle arriverait jusqu'à lui. D'autres fois, elle les voyait rosir et les appelait les cicatrices de ses baisers. Pas un jour, elle ne cessait de penser à lui.

Au début, ces réflexions avaient pris un tour pratique : que faire pour le secourir ? Peu à peu elles avaient acquis la couleur et la douceur d'une rêverie amoureuse. Kate se faisait parfois le reproche d'aimer moins Baïkal puisqu'elle ne cherchait plus à entreprendre quelque chose pour lui. Mais tout son être lui disait qu'au contraire elle avait fait ce qu'elle pouvait. Elle avait suivi ses traces sans découvrir aucun indice ; alerté la presse mais aucune information n'était parue. Elle avait été jusqu'à adresser un message au Président. Elle avait reçu en retour un tee-shirt imprimé sur lequel était écrit : « Globalia, sinon rien. » Il lui restait encore une démarche à accomplir, auprès d'un politique à qui elle avait été recommandée. Mais le rendez-vous tardait à venir et n'aurait sans doute pas plus d'effet que le reste. Elle ne voyait pas ce qu'il lui était possible de faire d'autre pour Baïkal sinon l'attendre et garder intact le désir de lui.

Pour rassurer sa mère et gagner un peu d'argent, elle avait cherché un petit emploi. Sa formation de droit ne lui permettait pas d'espérer une vraie responsabilité avant des années. Elle choisit donc au hasard et trouva un stage rémunéré « pour assister une assistante » dans une agence de publicité. La personne qu'elle devait seconder était une femme de très grand avenir. Mais elle souffrait d'une maladie rénale qui avait entraîné de graves complications après des opérations esthétiques. Souvent, elle était absente pour des soins et Kate tant bien que mal devait la remplacer. Elle participait ainsi à d'interminables réunions de création. L'objectif, en ce moment, était de lancer une nouvelle barre chocolatée qui ne provoquait pas d'écœurement, même à très forte dose. Analyse faite, il ressortait que ce produit pouvait intéresser surtout les obèses. Toujours à la recherche d'un en-cas, ils sont souvent rebutés par le chocolat qui, à force, finit par les dégoûter et leur couper l'appétit.

Kate avait failli être licenciée dès le premier jour. En pleine réunion, elle avait osé demander s'il était acceptable moralement d'encourager les obèses à manger davantage. Le directeur de la création l'avait vertement remise à sa place. L'obésité, lui avait-il expliqué, n'était plus une maladie. Tous les moyens pour la faire disparaître existaient. L'obésité était désormais reconnue comme un choix de vie et une liberté fondamentale. Ceux qui prenaient cette option avaient besoin qu'on les aide à l'approfondir. La remarque de Kate était donc fondée sur une méconnaissance qui, en stigmatisant l'obèse, frisait le racisme. Il termina sa tirade dans un silence réprobateur. Tous les participants fixaient sur Kate un regard indigné. Cependant, comme c'était son premier jour, on lui laissa une chance. Elle sut la saisir et ne fit plus aucun commentaire.

Cela la délivra du dernier scrupule qu'elle avait de penser toute la journée à Baïkal. Pendant que les autres cherchaient le moyen de pousser les obèses à se faire un peu plus éclater la panse, elle s'évadait dans la rêverie. Il lui suffisait de frotter d'une main les grains de beauté qui parsemaient son avant-bras pour que Baïkal apparût, comme sorti d'une lampe d'Aladin. Son directeur se déclara très satisfait de cette nouvelle contenance, à la fois modeste et avenante.

Le soir, elle ne rentrait jamais directement chez elle mais passait par la promenade qu'elle aimait, le long de la rivière couverte. Une ligne de façades anciennes avait été conservée sur l'autre rive, pour le seul plaisir du coup d'œil car elles étaient inhabitées. Kate s'asseyait sur un banc et regardait couler l'eau. Elle retardait ainsi le moment d'affronter sa mère. Tout occupée par l'étude d'une nouvelle théosophie orientale, Marguerite avait rapidement cessé d'ennuyer sa fille à propos de Baïkal. Elle l'en croyait détachée et, de toute manière, ne s'encombrait pas longtemps des problèmes qui la contrariaient. Elle était même contente maintenant de l'avoir auprès d'elle et lui imposait chaque soir d'interminables récits sur les faits et gestes de son nouveau gourou.

Il était près de dix heures ce soir-là, quand Kate se décida enfin à rentrer. Elle avait mangé un gros sandwich dans un nourrissoir new age tendance mongole que sa mère avait longtemps fréquenté pour célébrer ses origines. Le lait de chamelle caillé servi dans de gros gobelets en plastique multicolore lui restait un peu sur l'estomac. Le couloir aspirant était en panne, comme souvent dans ces vieux immeubles. Kate monta les étages doucement.

Un homme bondit sur elle pendant qu'elle sortait sa clef génétique. Elle poussa un cri étouffé.

— Non, je vous en prie, dit l'intrus en lui faisant signe de ne pas faire de bruit. N'ayez pas peur. Je veux seulement vous parler. Vous êtes bien Kate ?

— Oui, confirma-t-elle.

Maintenant qu'elle pouvait détailler son assaillant, il lui apparaissait qu'elle ne devait pas en avoir trop peur. C'était un petit bonhomme frêle, sec comme un pantin de bois. Une extraordinaire nervosité faisait rouler ses yeux. Son visage et tous ses membres clignotaient de soubresauts, de tics. Bien qu'il fût difficile de lui donner un âge, à cause de la barbiche et des moustaches qu'elle avait d'abord crues postiches, elle pensa qu'il devait avoir passé la trentaine. Le peu que Kate avait appris de la vie la conduisait à ne faire confiance qu'aux yeux. Ceux du petit personnage étaient faits pour le rêve : ils regardaient loin mais au-dedans, vers un ciel pur qu'il portait en lui. Elle eut la certitude étrange qu'il était bon et lui sourit.

— Je m'appelle Puig Pujols, chuchota-t-il sans pouvoir s'empêcher de se cambrer un peu de fierté. J'aimerais vous parler un moment.

Kate regarda vers la porte. Leurs pensées se croisèrent et Puig intervint vivement :

— Il vaudrait mieux que nous soyons seuls.

Puis, pour ôter toute équivoque, il ajouta :

— C'est à propos de Baïkal.

Depuis qu'il était parti, Kate n'avait plus entendu prononcer son nom. Baïkal était devenu un être de songe qui vivait au-dedans d'elle et n'habitait plus aucune des catégories de la réalité sensible.

— Vous avez des nouvelles de lui ? s'écria-t-elle. Comment va-t-il ?

Puig eut l'air un peu surpris par cette réaction.

— Donc vous ne savez rien, dit-il pensivement.

— Et que devrais-je savoir ? intervint Kate presque à voix haute. Il ne lui est pas arrivé malheur... ?

Jetant un coup d'œil affolé sur le palier désert, Puig saisit Kate par le bras et l'implora de se taire.

— Non. Pas de malheur. Mais, de grâce, faites doucement. Il vaut mieux ne pas parler de cela ici.

— Descendons, trancha Kate.

D'un pas décidé, elle entraîna Puig dans l'escalier de secours.

— Où voulez-vous aller ? demanda-t-elle comme ils arrivaient en bas.

— Un endroit discret.

Elle proposa de retourner à la rivière couverte. C'était tout près et ils y seraient tranquilles. Ils s'assirent sur le premier banc qu'ils trouvèrent libre le long de la berge.

— Vous pouvez parler, maintenant, dit Kate encore essoufflée. Où est-il ? Que lui est-il arrivé ?

— Comment se fait-il que vous n'ayez rien vu ? Vous n'avez pas d'écran chez vous ?

— Quand je rentre, ils sont éteints. Mais pourquoi ?

— Et là où vous travaillez ?

— C'est un circuit intérieur, qui diffuse des informations sur l'entreprise.

— Tout à fait extraordinaire ! Vous êtes la première personne que je rencontre qui parvienne à s'abstraire totalement de leurs images... C'est une grande force. Bravo ! Quoique de temps en temps, cela puisse être utile de les regarder. Aujourd'hui, par exemple.

— Pourquoi, aujourd'hui ?

— Parce que le visage de Baïkal est partout. Il passe en boucle sur toutes les chaînes. Les programmes ont été interrompus pour le montrer...

— Le visage de Baïkal, murmura Kate en fixant Puig dans les yeux. Vous plaisantez...

Puis très vite et avec un ton de colère :

— Vous ne le connaissez pas. Ce n'est sûrement pas lui. Qu'est-ce que vous me racontez là ? Vous ne seriez pas encore un de ces types de la Protection sociale ?

Puig laissa passer l'orage et reprit doucement :

— Je vous donne ma parole d'honneur que je n'ai rien à voir avec la Protection sociale.

À entendre comment il prononçait le mot honneur, on comprenait que cet engagement était solennel.

— C'est Baïkal, enchaîna-t-il. Je suis formel. Je l'ai reconnu et vous le reconnaîtrez aussi dès que vous le verrez.

Kate blêmit. Elle reprit soudain sa voix normale quoique l'angoisse commençât à la voiler.

— Et... que disent-ils sur lui ?

Puig se tourna légèrement et s'appuya sur le dossier du banc. Il regardait la rivière et parlait dans la direction de ses remous, comme s'il s'adressait à un large public et non seulement à Kate.

— L'enquête sur l'explosion de la voiture piégée a beaucoup avancé. La Protection sociale a enfin identifié le commanditaire de l'attentat. Il se nomme Baïkal Smith. C'est un jeune fanatique qui a juré la destruction de la société démocratique. Il opère au nom d'une idéologie confuse. Elle mêle un messianisme primaire à un vague monarchisme qu'expli-

queraient des origines nobles insuffisamment atté-
nuées. Sa base d'opération est quelque part dans les
non-zones, même s'il bénéficie d'un vaste réseau de
complicité ici même. Sa tête est mise à prix. Les
forces armées de Globalia le poursuivront, ainsi que
l'organisation qu'il dirige, dans tous les lieux où
asile lui serait donné.

— Nom de tous !

C'était l'unique juron toléré en Globalia, le seul
qui ne heurtât pas une minorité. Kate en usait peu
mais elle n'en connaissait pas d'autres.

— Que dites-vous ? reprit-elle en approchant de
Puig.

Puis, d'un coup, elle agrippa son col et le secoua.

— Ce n'est pas possible. Pas possible, vous
comprenez !

Puig détourna lentement les mains qui l'agrip-
paient et dit avec douceur :

— C'est la vérité, Kate. *Leur* vérité.

Kate resta un moment interdite puis elle bondit
sur ses pieds.

— Il faut leur dire que c'est faux, voilà tout. Il faut
le crier.

Elle parlait de plus en plus fort et Puig s'alarmait.

— Je vais la hurler, moi, la vérité : Baïkal n'est pas
un terroriste ! Il a été enlevé. Vous m'entendez ? En-
le-vé.

Ses cris résonnaient sur la berge déserte. Puig la
saisit fermement par le poignet et l'immobilisa.

— Écoutez-moi. Vous avez déjà dit tout cela.
Vous l'avez même écrit à l'*Universal Herald*. Et
qu'est-ce que cela a changé ?

Kate parut se calmer soudain et elle fixa Puig
avec un air de soupçon et de méfiance.

— Ils n'ont jamais publié mon courrier, dit-elle.
Comment savez-vous que j'ai écrit à l'*Universal
Herald* ?

— Je le sais parce que je suis journaliste là-bas. Ou plutôt je l'étais.

D'un geste farouche, Kate dégagea son bras. Elle hésita un instant, tourna sur elle-même puis se rassit en massant le poignet que Puig avait serré.

— Pardonnez-moi d'avoir été un peu brutal, dit-il en rougissant. Il fallait que vous compreniez... Crier est inutile, Kate. Personne ne vous entendra. Pas ceux qui pourraient vous aider, en tout cas.

Puis il ajouta sombrement :

— S'ils existent.

Les lueurs bleues des réverbères dansaient sur la berge opposée de la rivière. La nuit, dans les zones sécurisées, n'était jamais tout à fait noire car les verrières réverbéraient les éclairages électriques des édifices qu'elles surplombaient. Il en résultait une lumière grise et sale, comme un crépuscule interminable de demi-saison.

Kate se mit à pleurer doucement. C'étaient des larmes de fatigue et d'accablement. Elle venait tout à coup de comprendre qu'elle avait nourri d'absurdes illusions. Elle ne pouvait être d'aucune utilité à Baïkal. Les forces qui les écrasaient étaient d'une taille contre laquelle il était vain de vouloir lutter. Ce petit bonhomme avait raison : tout ce qu'elle pourrait entreprendre serait inutile et sans doute même préjudiciable.

Sur Puig, au contraire, ces larmes firent un effet tout opposé. Il était venu voir Kate sans but précis. L'émotion seule l'y avait poussé au moment où il avait découvert le portrait de Baïkal sur les écrans. Il lui semblait que la dépêche qu'il avait reçue, lue mille fois et recopiée d'une main maladroite sur tant de feuilles, le destinait personnellement à intervenir dans cette affaire. Mais il ne savait pas au juste pourquoi.

La sincérité de cette fille l'avait convaincu sans l'ombre d'un doute que Baïkal était victime d'un malentendu, voire peut-être d'une injustice. L'accablement de Kate justifia tout à coup son initiative et lui donna une violente envie d'agir.

— Écoutez-moi, dit-il à voix basse en enfermant les deux mains de Kate dans les siennes, à peine plus grandes pourtant mais frémissantes et sèches, il faut que vous me fassiez confiance et que vous me croyiez. Je veux autant que vous rendre justice à Baïkal.

— Et qu'il revienne, murmura Kate.

— Et qu'il revienne ! Je n'y ai pas le même intérêt que vous, mais le mien est aussi puissant.

Son œil brillait et, dans la pénombre, cette fièvre délivrée de tout ridicule devenait ce qu'elle était : une gigantesque volonté.

— Ce sera difficile, dangereux, long peut-être.

— Je vous suivrai, prononça Kate.

Puig lui lâcha les mains et prit une longue inspiration comme s'il allait plonger dans la rivière. Il eut intérieurement un dernier regard pour sa vie d'avant, qui prenait fin en ce moment précis. Déjà, il était tout à l'action et, d'une voix nette, il posait à Kate la première question digne d'une enquête méthodique.

— Avez-vous eu des contacts avec les gens de la Protection sociale récemment ?

— Aucun, à ma connaissance.

— Pensez-vous avoir été surveillée ?

— Surveillée ? Non, à part ma mère.

— Vous voulez dire que votre mère, peut-être…

Kate eut un instant de doute. Marguerite, avec ses toquades… Son existence dispersée était totalement conforme au mode de vie de la plupart des Globaliens. La forme de liberté qu'elle pratiquait lui était entièrement inculquée par la société et elle était vulnérable à toutes les pressions. Aurait-elle été jusqu'à espionner sa fille ?

— En tout cas, conclut Puig en rejoignant sa pensée, il est plus prudent de ne rien lui dire.

Il l'incita ensuite à parler de son travail et de ses amitiés. Sur ce dernier point, il parut rassuré d'apprendre qu'elle en avait peu depuis son retour de pension et qu'à son travail elle restait anonyme et distante.

— Pour aider Baïkal, il nous faut redoubler de patience et de ruse. D'abord, nous devons essayer de savoir ce qu'il y a derrière cette affaire. Qui a intérêt à inventer ces calomnies, qui les diffuse ? À qui profitent-elles ? Ensuite, il faudra trouver la faille...

Kate avait cessé de se demander quel intérêt Puig pouvait y prendre, lui. Elle avait l'impression de l'avoir toujours connu. Il était comme un frère caché qui serait revenu dans un moment de détresse pour la tirer d'affaire.

Signe de leur nouvelle complicité, ils décidèrent d'abandonner la forme de politesse un peu lourde en anglobal et de se tutoyer. En conclusion de la soirée, ils se jurèrent l'un et l'autre de ne rien laisser paraître de leurs plans et de se revoir discrètement. Puig ferait connaître le lieu et l'heure de leur prochain rendez-vous par un message écrit sur du papier et dissimulé entre les lattes de ce même banc.

Puig passa la nuit au comble de l'exaltation. L'Histoire, tout à coup, venait de sortir de la cage où il l'avait enfermée, après l'avoir redécouverte. Il avait les idées troublées par cette exaltation. Les glorieux exemples de d'Artagnan, de Lancelot, du prince André de *Guerre et Paix* se bousculaient dans sa tête.

Il s'endormit au petit matin et, quand il se réveilla, sa première idée fut de foncer à l'association Walden. Il avait envie de se réfugier au milieu des livres, pour réfléchir. Sans doute aussi espérait-il que Thieu pourrait lui donner quelques conseils et le calmer.

Il était si enivré de songes qu'il s'engouffra tête baissée dans l'entrée de Walden. Il fut tout étonné de buter contre un obstacle qui lui interdisait de pénétrer dans le corridor. La personne qui avait ouvert la porte n'était pas Thieu mais l'individu qui l'avait accueilli à sa première visite. Cette fois, l'homme ne cherchait pas à se ratatiner. Au contraire, il déployait ses larges épaules jusqu'aux angles des murs et tenait les jambes écartées. C'était lui que Puig, dans sa précipitation, avait percuté.

— C'est pour quoi ? dit l'homme d'une voix sans aménité.

— Mais enfin... Je suis... Vous me connaissez !

C'était un malentendu. L'autre ne l'avait tout simplement pas reconnu, probablement. Puig sortit sa carte de membre permanent.

Le cerbère examina le document avec des yeux sans expression. Et quoique la carte fût encore valable trois années, il déclara gravement :

— Elle est périmée.

Puis il déchira le carton en plusieurs morceaux et claqua la porte au nez de Puig.

CHAPITRE 8

Les premiers jours, Baïkal avait le corps fourbu : marcher sans cesse, s'asseoir et dormir par terre, porter un sac inconfortable et lourd l'avait perclus de courbatures. Il n'était surtout pas accoutumé à ces brusques changements de temps : les après-midi étaient étouffants mais souvent, en fin de journée, éclataient des orages tropicaux qui trempaient leurs guenilles. La nuit tombait d'un coup, toujours froide, parfois glaciale, et ils s'endormaient à quelques centimètres du feu, en claquant des dents.

Pourtant, peu à peu, Baïkal éprouva une véritable volupté à immerger son corps dans ces atmosphères différentes. Il découvrait en lui de nouveaux terri- toires. Le confort globalien l'avait atrophié et rendu inconnu à lui-même. Il avait bien essayé à une cer- taine époque de s'inscrire à un club de survie qui organisait des séjours en conditions rigoureuses — piscines froides, serres tropicales, désert artificiel. Il n'avait retrouvé là que des variantes masochistes du confort. L'ennui, l'uniformité, l'absurde bonne humeur qu'encourageait le mode de vie globalien peuplaient ces lieux prétendument extrêmes. Loin de mettre l'individu face à lui-même, ces clubs four- nissaient surtout le moyen de rencontrer les autres et de nouer, grâce à la petite impulsion que donne la

frayeur aux plus timides, des relations d'un confor-
misme navrant.

Baïkal souriait en imaginant les membres de ces
clubs auprès de Fraiseur, l'écoutant ronfler dans la
nuit noire, pendant que d'effrayants nuages jetaient
autour de la lune leurs voiles de méduses. Pour lui,
au contraire, malgré le caractère inouï et sans doute
désespéré de la situation, ce voisinage était un
plaisir. Il se disait que la présence de Kate aurait pu
transformer cette expérience en bonheur complet.

Fraiseur, lui, était infatigable. Il pouvait marcher
sans manger ni boire sur des distances considérables ; quand ils traversaient des endroits
giboyeux, il s'absentait pour aller poser des pièges
ou tirer des volatiles à l'aide du neutralisateur.
Baïkal avait assez de confiance pour lui prêter son
arme sans crainte.

Devant une telle énergie, Baïkal se sentait, surtout
au début, lent, maladroit et un peu passif. Le seul
domaine où il conservait une véritable supériorité
était l'orientation. Non que Fraiseur ne sût pas se
diriger, bien au contraire. Mais il le faisait en vertu
d'une expérience et non d'un savoir abstrait. Autrement dit, il reconnaissait les reliefs, avait le souvenir
d'être passé par ici plutôt que par là mais ne savait
pas positivement où il était. Baïkal constata que
l'idée même de carte lui était étrangère. Il était
d'ailleurs incapable de fournir la moindre indication
de portée générale concernant les distances, la
forme, l'étendue et le peuplement des non-zones.

Dans l'esprit de Fraiseur tout reposait sur les souvenirs. Il était allé à tel endroit ou pas. Il avait rencontré telle personne ou pas ; entendu telle histoire
ou pas. Ce qu'il n'avait pas éprouvé, il l'ignorait
absolument mais ce qui l'avait touché, de près ou de
loin, il en gardait un souvenir d'une incroyable précision. Sa mémoire était immense et ce seul détail le

rendait encore plus différent des Globaliens que ses haillons ne pouvaient le laisser supposer.

Pendant qu'ils marchaient côte à côte, Baïkal le laissait parler. Fraiseur connaissait un grand nombre de légendes, d'anecdotes qui lui venaient au gré de ce que le paysage leur donnait à voir. C'était d'autant plus surprenant que ce paysage, lui-même, ne parlait pas : les publicités qui envahissaient l'espace en Globalia faisaient là totalement défaut. La seule qu'ils virent était, au flanc d'une maison en ruine, un mur lépreux sur lequel avait jadis été peint le mot « Pepsi-Cola ». On ne voyait aucune enseigne, aucun panneau indicateur. Et pourtant, en écoutant Fraiseur, jamais des lieux vides n'auraient pu paraître aussi pleins.

Les histoires qu'il racontait, quand elles ne le concernaient pas directement, mettaient en scène sa tribu. À l'origine, était cet ancêtre qu'il n'avait pas connu mais dont la vie était devenue comme l'emblème fabuleux de toute une descendance.

— C'était un chef indien, disait fièrement de lui Fraiseur. Il était né près d'une ville de la forêt qui s'appelait Manaus.

— Au Brésil ? demanda Baïkal qui se souvenait avoir reçu des propositions de voyages pour cette destination.

Mais Fraiseur préférait ignorer la question. Manaus était une ville de sa mémoire, voilà tout. L'idée de la situer ailleurs lui paraissait saugrenue et même indigne.

— Sa femme était noire comme un corbeau : la fille d'un roi d'Afrique.

Afrique dans sa bouche n'était pas un lieu non plus mais plutôt une qualité, une essence.

— Ils sont partis un jour à pied vers le nord parce qu'il avait plu et que leur maison avait été arrachée par le vent. Pendant des années, ils ont marché, tu m'entends ? C'était très dur pour elle parce qu'elle avait autour des chevilles de gros bracelets en or. Et lui, il portait une couronne de chef en plumes d'ara, très fragile et très lourde mais il l'avait cachée dans son sac.

Fraiseur prenait un air de vénération pour décrire son ancêtre : il mimait sa démarche altière et se donnait des airs de dignité royale. Comme il avait toujours sur le dos ses guenilles, le résultat était assez comique et Baïkal devait se contenir pour ne pas trop le vexer.

— Finalement, ils sont arrivés dans une ville très grande. Une ville immense, même, avec des maisons hautes jusqu'au ciel.

— Tu te souviens comment elle s'appelait ?

— Penses-tu que nous l'aurions oubliée ? Regarde ce que j'ai autour du cou.

Fraiseur défit une cordelette huilée qui lui pendait sur la poitrine. Dessus était enfilée une amulette en bois sertie de petits coquillages.

— On a tous ça autour du cou dans ma tribu, figure-toi. Et pour nous protéger, il n'y a pas mieux.

Au centre de la plaquette était gravé en lettres inégales le mot « DETROIT ».

— Lis !

— « Detroit », prononça Baïkal.

— Voilà ! C'est la ville, *la* ville. *Notre* ville. C'est de là que tout vient.

— Qu'est-ce qu'il a fait au juste, à Detroit, ton ancêtre ?

C'était la question que Fraiseur attendait. Il se lança dans une interminable description de l'accueil royal qu'avaient reçu ses aïeux à Detroit. On leur avait donné une maison qui dominait un lac aussi grand qu'une mer. On leur avait offert une voiture et des objets de toutes sortes. Chaque matin, son aïeul était invité à se rendre dans une espèce de temple gigantesque où il accomplissait des gestes rituels.

— Et pour servir quelle divinité ? demanda Baïkal de plus en plus intrigué.

Fraiseur ressortit son pendentif sur lequel était écrit « Detroit ». Il le tourna de l'autre côté, le lustra du revers de sa manche et le tendit à Baïkal.

— FORD, lut celui-ci.

— Chut, fit Fraiseur en se signant. Ce nom-là, on ne le prononce pas.

Et il regarda le ciel en murmurant des mots inaudibles.

Cependant Baïkal commençait à comprendre. Ford... Detroit... c'était un couple qui avait traversé les siècles. Un grand nombre des véhicules de Globalia sortaient toujours de là.

— Donc ton ancêtre est allé à Detroit et il travaillait chez...

— Oui, coupa Fraiseur, chez LUI.

— Et qu'y faisait-il ?

— Il a dû passer tous les échelons. L'initiation, cela s'appelle. Finalement, un jour, on lui a fait le grand honneur : il a été admis parmi les officiants. Il a reçu une tenue de cérémonie toute bleue. Et c'est LUI, tu m'entends, LUI-même en personne qui lui a remis son diplôme. Son titre complet était « Tourneur-fraiseur », mais on dit simplement « Fraiseur ».

Ce mot était inconnu de Baïkal, mais il eut l'intuition qu'il devait désigner un de ces vieux emplois manuels, à l'époque où l'industrie était encore servie par les hommes.

À partir de cette expérience, Baïkal eut le temps, au cours de leurs longues marches, de réfléchir à la forme que prenait l'oubli dans les non-zones. En Globalia, le passé était englouti au fur et à mesure. Un mois paraissait aussi lointain qu'un siècle. Les titres de l'actualité disparaissaient des écrans d'une semaine sur l'autre. Les événements qui avaient eu lieu l'année précédente étaient aussi inconcevables que s'ils ne s'étaient jamais produits. Dans les non-zones, au contraire, le passé résonnait interminablement. Comme une voix réfléchie en écho sur le flanc des montagnes et qui revient méconnaissable, les faits anciens se perpétuaient dans les mémoires. Mais ils étaient déformés, transformés, enjolivés et n'avaient plus qu'un lointain rapport avec le présent qui, longtemps auparavant, les avait créés.

Le mot Fraiseur était un de ces fossiles polis par le temps. Sa carcasse fragile, d'où le premier être avait depuis longtemps disparu, s'était durcie au point de devenir le totem indestructible d'une tribu, qui en ignorait le sens.

Cependant ils marchaient toujours. Les régions qu'ils traversaient étaient semées d'un grand nombre de villages, où ils se gardaient de passer. Le chemin faisait de grands zigzags pour les éviter. Mais malgré ces efforts pour fuir les lieux peuplés, ils ne cessaient de rencontrer du monde. Les sous-bois grouillaient de gens qui dormaient dans des abris de fortune. Signe que la ville était proche, il se mêlait aux matériaux naturels, branchages, troncs d'arbres, pierres empilées, des débris d'origine plus évidemment humaine : panneaux de bois, plaques de métal rouillé, pneus.

Pour autant la population ne semblait pas bénéficier d'une plus grande prospérité. C'était partout des visages hâves, des corps amaigris, des enfants presque nus, les cheveux collés de gale, le nez morveux. Le plus frappant, comme le soir de la distribution humanitaire, était la grande variété des types physiques : on voyait toutes les pigmentations, du noir foncé au blanc très pâle, toutes les pilosités — du blond glabre jusqu'aux corps les plus velus — et toutes les morphologies. Selon les campements, les yeux bridés pouvaient prédominer, ailleurs c'étaient des lèvres lippues et des nez épatés. Et parfois, inattendu comme une averse par beau temps, les marcheurs à un détour du chemin se retrouvaient au milieu d'un cercle de regards bleus où paraissaient se refléter les ciels du Nord.

La plupart du temps, Fraiseur évitait tout contact. Il filait, en prenant l'air craintif que Baïkal avait appris à imiter, et n'échangeait pas un mot avec les inconnus qu'ils croisaient. Une fois cependant, il reconnut une tribu et se fit présenter à son seigneur pour lui demander l'hospitalité.

Le seigneur en question était un être aussi misérable et délabré que les autres. Toutefois, il était entouré d'un respect particulier. Sa tenue était assez recherchée : il n'aurait pas déparé dans un des parcs d'attractions historiques que Baïkal avait visités pendant son enfance, et plus particulièrement dans une reconstitution intitulée « Pionniers blancs de l'Ouest américain ». Il portait un costume à quatre boutons, un gilet en peau et des pantalons tenus par des guêtres blanches. L'ensemble, quoique rapiécé, était dans un état de propreté remarquable qui contrastait avec le reste de la tribu. Il avait la peau très sombre, des cheveux crépus et une grosse moustache blanchie.

Pendant la soirée qu'ils passèrent en sa compagnie, le seigneur ne cessa de parler avec Fraiseur. Ils fumaient l'un et l'autre des pipes en maïs. Les membres de la tribu étaient assis en tailleur : leur cercle, à la limite de l'ombre, entourait le seigneur et ses deux hôtes à distance respectueuse. La fumée bleue du tabac rôdait au ras des têtes et l'on voyait parfois un enfant se dresser sur ses genoux, les narines ouvertes pour engouler un peu de la délicate odeur.

Baïkal ne comprenait presque rien à ce que disaient les deux hommes. Après avoir d'abord traduit leurs propos en anglobal correct, Fraiseur s'était laissé aller à répondre directement au seigneur dans le créole qui leur servait de véhicule. À l'observer, Baïkal comprit qu'un seigneur n'était pas nécessairement l'homme le plus vaillant d'une tribu — dans l'assistance plusieurs autres auraient fait de meilleurs guerriers. Il n'était pas le plus vieux ni sans doute le plus riche. Son pouvoir avait plutôt à voir avec la mémoire. Gardien des trophées et des rituels, comme Fraiseur le lui avait expliqué, un seigneur était celui par qui vivait le passé. En lui se perpétuait la légende du monde et lui seul savait quel rôle y jouait sa tribu, quelles épreuves elle avait traversées, quels présages lui étaient favorables. Baïkal comprit aussi, par des bribes de phrases moins obscures, que cette tribu avait quitté la ville peu de semaines avant, à la suite d'une vision du seigneur, et qu'elle cheminait vers une région de forêt où elle se sentirait en sécurité.

Fraiseur avait tenu à honorer leur hôte en lui faisant partager du cognac en cube tiré du sac de Baïkal. La conversation sombra peu à peu dans une douce ivresse. Baïkal ne cherchait plus à pénétrer le sens des mots. Il contemplait leur couleur et leurs formes comme des objets de curiosité. Là encore, l'écart avec Globalia était sensible : l'anglobal neutre et appauvri qu'on y parlait avait chassé toutes les autres sonorités. Les non-zones étaient tout au contraire des lieux où coexistaient un nombre incroyablement varié de langues. Chaque tribu avait la sienne et parfois plusieurs. C'était une des fonctions du seigneur de les faire vivre. Tard dans la nuit, quand Fraiseur, sous l'effet de la boisson, devint moins loquace et pour tout dire presque hébété, le seigneur élargit la conversation jusqu'au cercle de ses sujets. Baïkal perçut clairement deux langues différentes dans ces échanges. Fraiseur, à qui il s'en était ouvert, eut le temps de lui dire que la tribu où ils étaient cultivait le guarani et une variante du kurde. Puis il tomba endormi et Baïkal en profita pour aller se coucher à son tour.

Le jour se levait à peine quand le bruit du premier hélicoptère les réveilla. L'appareil venait de l'est, là où une bande bleuâtre commençait à éclairer l'horizon. Il survola la forêt, à l'endroit où s'était installée la tribu qui avait offert l'hospitalité à Fraiseur et Baïkal. Le vol lent de la machine imprimait au sol de sourdes pulsations. Une nuée de brindilles et de feuilles tomba sur le sol, emportées par l'air que le souffle des pales avait rabattu. Ce premier passage donna l'alerte dans le campement. Il fut suivi d'un long intervalle silencieux. Chacun rassemblait son paquetage en hâte puis attendait afin de savoir s'il s'agissait d'une simple patrouille ou d'une véritable attaque.

Sur les visages endormis et fatigués se lisait une certaine incrédulité. Les bombardements s'effectuaient en règle générale sur des installations visibles — usines désaffectées, anciens domaines agricoles — ou sur des villages.

Cependant, quand deux hélicoptères de combat reparurent, il fallut se rendre à l'évidence : c'était bien leur zone qui retenait leur attention. Toute une escadrille apparut bientôt. Une heure ne s'était pas écoulée depuis le premier passage d'hélicoptère qu'une bombe éclatait. Elle était tombée assez loin du campement. L'incendie qu'elle avait allumé dans la forêt se marquait par une tache rouge du côté que l'aube laissait encore dans la pénombre.

D'où ils étaient, Fraiseur et Baïkal ne pouvaient pas entendre les paroles que le seigneur criait à la tribu. Elles devaient ordonner la dispersion car ceux qui faisaient partie du campement se mirent à courir dans des directions différentes, sans doute pour augmenter les chances de compter des survivants.

Le chemin que suivit Fraiseur était celui qu'ils avaient emprunté pour arriver. Il serpentait à nu sur un plateau. Baïkal crut d'abord à une imprudence. Il suivit Fraiseur avec l'idée de le faire revenir sous le couvert des arbres. Le bruit des hélicoptères était si assourdissant et si proche qu'il n'était guère douteux qu'ils fussent au-dessus d'eux. En réalité, ils étaient beaucoup plus loin et le pari de Fraiseur consistait à parcourir la zone découverte avant que les assaillants ne la survolent. Immédiatement après, le sentier plongeait dans une gorge étroite et boisée, d'où il serait très difficile de les déloger depuis le ciel. Ils se jetèrent dans cet abri, haletants et en sueur. Pendant qu'ils reprenaient leur souffle, ils virent se rapprocher encore la danse des gros frelons. Ils étaient maintenant si bas qu'il eût été imprudent de lâcher des bombes : ils s'étaient mis à mitrailler et des gerbes de flammes sortaient de leur ventre noir. Ils aperçurent plusieurs silhouettes de fuyards abattus en pleine course. Un homme eut plus de chance et parvint à traverser en courant le même espace découvert qu'ils avaient franchi. Il sauta lui aussi au dernier instant et atterrit en roulant sur le dos à quelques mètres d'eux.

Les hélicoptères semblaient se calmer. Ils opéraient un regroupement et s'apprêtaient à s'éloigner, toutes leurs munitions déchargées. Mais si ce danger semblait écarté, il leur fallait se garder d'un autre. Fraiseur toucha le coude de Baïkal en désignant du menton l'homme qui reprenait ses esprits. La lumière du jour, pure et calme derrière les nuages des explosions, éclairait le visage du nouveau venu. Ils reconnurent celui qui les avait si étrangement observés pendant les distributions humanitaires. Avant qu'il se fût aperçu de leur présence, ils avaient filé.

Ils coururent puis marchèrent trois heures durant. Baïkal, de temps en temps, faisait le point avec ses lunettes satellitaires pour s'assurer que les hélicoptères ne revenaient pas. Surtout, il devait déterminer la route à suivre car Fraiseur ignorait tout des parages où leur fuite les avait entraînés.

De toute manière, Fraiseur n'était pas d'humeur à prendre des décisions. Il ruminait tout en avançant, le regard sombre, l'air méfiant. Quand ils s'accordèrent une pause, Baïkal lui prépara un rhum en cube pour l'amadouer. Il l'avala d'un trait. L'alcool n'améliora pas son humeur mais vint à bout des réticences qu'il avait à s'exprimer.

— Tout de même, grommela-t-il en jetant à Baïkal des regards mauvais. C'est curieux. D'abord le village, l'autre jour : il n'avait pas été attaqué depuis des années. Et puis aujourd'hui, le camp...

Il secouait la tête sans en dire plus. Si bien que ce fut à Baïkal de formuler la conclusion qui s'imposait :

— Tu veux dire que c'est moi qu'ils visent ?

TROISIÈME PARTIE

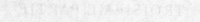

CHAPITRE 1

L'idée que Baïkal pût être la cible des bombardements, loin de décourager l'amitié de Fraiseur, la décupla. Sa crainte des hélicoptères devint une haine d'autant plus fondée qu'elle avait pour objet de défendre son ami.

À l'égard de Globalia, les habitants des non-zones cultivaient d'ordinaire une indifférence vaguement hostile qui confinait à la résignation. La puissance écrasante des Globaliens était admise comme un fait. Mais ce fait n'inspirait aucune idée particulière. Globalia était, à proprement parler, un monde d'un autre ordre, comme on peut le dire du végétal, par rapport aux animaux. Fraiseur n'opérait aucun rapprochement entre le dénuement de sa vie quotidienne, la pauvreté visible partout dans les non-zones et la richesse globalienne. Surtout, l'idée de pouvoir lui-même changer de monde et bénéficier un jour de la prospérité d'en face ne l'effleurait pas. Il était clair que ce passage n'était depuis longtemps plus possible.

Mais depuis que c'était Baïkal qu'on attaquait, il en allait autrement. Les Globaliens, cette fois, ne s'en prenaient plus aux indigènes des non-zones : ils s'acharnaient contre l'un des leurs. Ce faisant, ils violaient une règle sacrée pour Fraiseur : une tribu doit toujours défendre ses membres. Globalia était plus forte, plus nombreuse, plus complexe mais c'était une tribu tout de même, dont Baïkal faisait partie. La disproportion de moyens entre le chasseur et le gibier achevait de révolter le cœur noble de Fraiseur.

Cependant, plus il retournait cette affaire dans sa tête, plus il jugeait tout cela bizarre et incohérent. Le soir autour du feu, il s'en ouvrit à Baïkal.

— Y a quelque chose que je comprends pas, grommela-t-il.

Il cracha derrière lui le jus âcre de sa pipe puis reprit en tirant des bouffées rapides :

— Les hélicoptères te visent. Ils cherchent à avoir ta peau. Alors, pourquoi veux-tu communiquer avec Globalia ? Tu vas te faire repérer encore plus.

— D'abord, je ne suis pas sûr qu'ils me visent, dit Baïkal.

Sur ce point, il exprimait des doutes sincères. Après tout, ils n'avaient essuyé que deux attaques et encore la première avait eu lieu bien avant leur passage. Cependant, il se remémorait les paroles énigmatiques de Ron Altman et commençait à se demander s'il ne fallait pas voir là le début d'une explication.

— Surtout, ajouta-t-il, je l'ai promis à quelqu'un que j'aime.

Les yeux de Fraiseur se mirent à briller d'un éclat inhabituel.

— Et comment s'appelle-t-il, ce quelqu'un ?

Un reste de pudeur globalienne retenait Baïkal de parler d'amour. Mais il ne put résister au plaisir de prononcer le nom de celle à laquelle il pensait sans cesse.

— Kate.

Fraiseur fit un geste de la main, le pouce joint à l'index comme si cette arabesque lui eût fait cueillir une fleur.

— Kate ! prononça-t-il avec une douceur extrême.

Baïkal le regarda avec méfiance du coin de l'œil mais il n'y avait aucune dérision dans son expression. Tout au contraire, le visage de Fraiseur s'était éclairé ; les rides de son visage, la mauvaise peluche de sa barbe étaient écartées par un sourire, comme un rideau de théâtre, et découvraient deux yeux embués par l'émotion.

— Kate, répéta-t-il, et son accent, appuyant sur la première voyelle, faisait bondir le mot à l'oreille.

Puis, il se retourna, saisit sa besace qui traînait dans l'ombre et fouilla dedans. Il en extirpa un petit cube de bois surmonté d'une tige sur laquelle trois cordes étaient tendues. Il les ajusta en tripotant de petites cales et se mit à jouer. L'instrument rendait un son éraillé qui entremêlait les notes et donnait à la mélodie un aspect rugueux, aride et déchirant, quoi qu'elle fût alerte et rapidement jouée. Après cette ouverture, Fraiseur fit claquer ses doigts en rythme sur la petite caisse et se mit à chanter. Sa voix était placée beaucoup plus haut que lorsqu'il braillait des chansons de marche. Les dents qui lui manquaient et l'enrouement de sa gorge ajoutaient des sifflements et des graves à la mélopée et en décuplaient la richesse.

Baïkal ne pouvait comprendre aucune des paroles car elles appartenaient à une langue inconnue et qui n'avait rien de commun avec l'anglobal. Pourtant, aux sonorités, à l'expression tout à la fois douloureuse et voluptueuse de Fraiseur, il comprenait qu'il s'agissait d'un chant d'amour. Le refrain, flûté, pathétique, un peu rauque sur les finales, ne laissait aucun doute. Il disait simplement : Kate, Kate, Kate.

Baïkal, pour se donner une contenance, sortit une pipe de maïs dont son ami lui avait fait cadeau et l'alluma. Au moins pouvait-il faire croire que ses larmes venaient d'un retour irritant de sa fumée.

Quand Fraiseur s'arrêta, il n'osa pas lui demander de continuer, moitié par timidité, moitié parce qu'il ne voulait pas compromettre par un début d'habitude l'émotion inattendue de cette première et fugace sérénade.

— Où as-tu appris à jouer comme cela ? demanda-t-il.

— Dans ma tribu, pardi. C'est une tribu musicienne depuis le temps du premier Fraiseur. On a gardé comme relique la clarinette qu'il avait rapportée de Detroit.

Baïkal, jusqu'ici, avait été sincèrement convaincu de ne pas aimer la musique. En Globalia, elle était omniprésente, dans les rues, les bureaux, sur tous les écrans. Mais ce torrent de notes semblait se générer lui-même. Il ne dépendait de personne, n'appartenait à personne. Quelques clubs enseignaient encore la pratique des instruments. Mais les Globaliens semblaient y marquer peu de goût et encore moins de don. Voilà peut-être ce qui en avait détourné Baïkal : en Globalia la musique n'était plus humaine.

Celle de Fraiseur, au contraire, quoique horriblement fausse, lui rappelait les steppes de son enfance que lui racontait sa mère. Il se sentait familier de cette mélodie qu'il n'avait jamais entendue comme si elle l'eût accompagné depuis toujours.

Le lendemain, par la seule vertu du sommeil et des étoiles qui les avaient veillés, ils avaient l'esprit plus serein et les idées claires.

— Si je nous résume, trancha Fraiseur après s'être voluptueusement étiré, tu veux retrouver ta Kate.

Baïkal préparait un vrai café sur son réchaud chimique — le feu de bois était poétique le soir mais un peu trop long pour la mise en route du matin.

— Oui, dit-il rêveusement en remuant une cuiller au fond du quart. Je veux la rejoindre. Mais d'abord, il me faut communiquer avec elle.

— Y a que Tertullien qui puisse arranger ça, conclut Fraiseur sentencieusement.

— Tertullien ?

— Le café est prêt ?

Fraiseur saisit la tasse que Baïkal lui tendait et il commença à souffler dedans pour refroidir le breuvage. Il aimait bien faire durer un peu le plaisir quand Baïkal lui posait une question.

— Bouillant !

— Qui est-ce, Tertullien ? insista Baïkal.

Après avoir choisi un endroit sur le sol dont il aplanit la surface sableuse avec le pied, Fraiseur s'assit laborieusement en tailleur, goûta le café et le jugeant aussi savoureux que la grimace impatiente de Baïkal, il dit comme pour lui-même :

— C'est lui que je vais voir, en tout cas.

— Qui est Tertullien ? répéta Baïkal en haussant le ton.

— Un mafieux.

Un bruit de succion accompagna cette déclaration : Fraiseur lampait son café.

Baïkal avait très envie de demander ce qu'était un mafieux. Mais à voir la mimique de Fraiseur, il était à craindre qu'il ne s'amuse encore longtemps à éclairer ses énigmes par d'autres énigmes. Le mieux était d'attendre d'avoir un mafieux devant lui pour comprendre ce que c'était.

— Et pourquoi vas-tu voir ce Tertullien ?

— Écoute, mon petit, nous marchons ensemble depuis un moment et j'ai confiance en toi. C'est pour ça que je vais te dire pourquoi je vais le voir. Mais faut que tu me jures de tenir ta langue.

— Évidemment.

— Jure.

— Je le jure, fit Baïkal, irrité par ces singeries.

— Je t'avais raconté que j'y allais pour chercher du tabac. Bien sûr, son tabac, s'il me le vend, je l'achèterai. Mais je fais pas tout ce chemin pour si peu. En fait, j'y vais pour qu'il me paie.

— Beau secret, en vérité ! ricana Baïkal, qui tenait une petite revanche.

— Par ma foi ! Bien sûr que c'est un beau secret.

Baïkal haussa les épaules.

— C'est qu'il va me payer *beaucoup*, précisa Fraiseur, piqué.

Le plus étrange était que, depuis son entrée dans les non-zones, Baïkal n'avait jamais entendu parler d'argent. Il ne savait même pas si quelque chose de cet ordre existait.

— À quoi cela ressemble, l'argent, ici ?

— À quoi cela ressemble ? À des pièces de monnaie, quelle question !

En Globalia, ce type d'instrument de paiement avait été depuis bien longtemps remplacé par les transactions virtuelles, à l'aide des multifonctions ou des cartes.

— Des pièces… en métal ?

Fraiseur lui jeta un coup d'œil mauvais. La plaisanterie avait des limites.

— Tu en as là des pièces, fais voir ? insista Baïkal.

Se redressant en arrière avec une mimique de paon qui voulait tourner son compagnon en dérision, Fraiseur répéta :

— « Fais voir tes pièces »… Non mais qu'est-ce que tu crois ? C'est pas le genre de question qu'on pose, ici. Oui, j'en ai des pièces. Déjà, je devrais pas te le dire mais en plus, tu voudrais savoir où je les cache ?

— Cache-les où tu veux, rétorqua Baïkal en prenant l'air vexé.

Sur quoi, il se leva, boucla son sac et l'entoura des guenilles qui le camouflaient.

— C'est qu'il va pas seulement me payer moi, Tertullien, reprit Fraiseur qui n'avait pas envie de quitter cette conversation où il se montrait à son avantage. Il va payer toute ma tribu. Je vais rentrer avec des pièces pour tout le monde. C'est à cause de ça que personne doit l'apprendre, tu comprends ?

— Ah ! grommela Baïkal, en feignant le désintérêt.

Fraiseur se remit à siroter son café. C'était à qui laisserait l'autre manifester le premier son impatience, l'un d'avouer, l'autre de savoir.

— Et qu'est-ce que vous lui vendez pour qu'il vous donne tout cet argent ? céda Baïkal.

C'était la question que Fraiseur attendait. Il ferma les yeux d'aise, déglutit confortablement et lâcha en détachant bien les mots :

— La hauzaune.

— Qu'est-ce que c'est ? Une bête ?

— Bête toi-même, corne de bouc ! La hau-zau-ne.

Son impatience venait de ce qu'il lui fallait expliquer une notion très simple comme la terre ou l'eau, une de ces choses que l'on serait bien en peine de représenter à quelqu'un qui les ignorerait.

— Mais où cela se trouve-t-il ?

— La hauzaune ? Mais partout, s'impatienta Fraiseur et il faisait de grands moulinets avec les bras. Tiens, en ce moment, on en respire sans doute.

— Ah ! tu veux parler du gaz qui est dans l'air. L'ozone ?

Fraiseur leva les sourcils avec un air excédé.

— La hauzaune. L'hauzaune. Qu'est-ce que ça change, bon Dieu ? C'est vraiment pour le plaisir de donner des leçons...

— Et comment vous y prenez-vous pour vendre de l'ozone ?

— Nous gardons un puits.

— Un puits !

— Paraît que ça s'appelle comme cela. Tu devrais le savoir mieux que moi : c'est une invention des Globaliens.

— À quoi cela ressemble, un puits d'ozone ?

— C'est tout à fait comme on dirait… une forêt. Y a de très grands arbres et des petits en dessous. Quand on marche, en plein jour, c'est à peine si on voit la lumière tellement y a de feuilles.

— Et de quand date-t-il ce puits d'ozone ?

— Il a toujours été là, pardi. Mais avant ça s'appelait tout simplement l'Amazonie et personne n'en tirait un rond. Tout le business a commencé avec le premier Fraiseur. Quand il a quitté Detroit, mon ancêtre, avec les richesses qu'il avait accumulées, sa clarinette et tout le reste, on lui a proposé de rentrer chez lui. À ce moment-là, en Globalia, les gens avaient peur de manquer de la hauzaune, euh ! d'hauzaune. Ils disaient qu'il y avait un trou quelque part et que le soleil passait à travers.

L'écologie était un des cours principaux dans l'enseignement qu'avait reçu Baïkal : elle était désormais à la base de toutes les études. Il se souvenait d'avoir reçu de longs enseignements sur la composition chimique de la biosphère, les rayonnements solaires, l'effet de serre… Et en effet, il avait entendu parler des puits d'ozone, parcelles de forêt tropicale soigneusement préservées en raison de leur rôle dans la production de ce gaz.

— Les Globaliens lui ont donné un contrat pour entretenir un puits d'hauzaune. Il a sauté dessus, tu penses. On a toujours le papier. Même on lui a construit une boîte spéciale et on l'ouvre pour prier, le jour de l'anniversaire du premier Fraiseur.

— Et qu'est-ce que vous y faites dans votre puits ?

— Rien, on empêche juste les gens de venir couper les arbres.

— C'est pour cela qu'on vous paie ?

— Bien sûr ! s'indigna Fraiseur. C'est un travail.

— Le contrat est toujours valable ?

— Ouais, pour neuf cent quatre-vingt-dix-neuf ans, à ce qu'y paraît.

Ce n'était pas si surprenant. Les programmes gérés par le puissant ministère des Grands Équilibres étaient élaborés pour des durées adaptées aux phénomènes naturels et non aux courtes vues humaines.

— Et c'est cet argent que tu vas toucher ?

— Ça y est, t'as tout compris. Une fois par an, on reçoit notre salaire pour le puits.

— Donc, il y a une représentation des Globaliens en ville ! s'écria Baïkal avec le soudain espoir de pouvoir s'expliquer.

— Non, c'est Tertullien qui me paie.

— Qu'est-ce que les mafieux ont à voir avec l'ozone ?

— Toutes les relations entre Globalia et les non-zones passent par les mafieux. C'est pour ça qu'y faut que tu voies Tertullien.

Pendant qu'ils bavardaient, le soleil était déjà parvenu très haut dans le ciel. La matinée s'annonçait fraîche à cause d'un petit vent de nord-est qui portait des humidités marines. Des troupes d'hirondelles piaillaient en traçant de larges huit dans les hauteurs.

— Dis donc, si vraiment c'est toi que les hélicoptères attaquent, reprit Fraiseur en s'assombrissant à ce souvenir, va falloir te camoufler encore mieux. Faudrait pas que des mouchards te reconnaissent. D'abord, je vais te couper les cheveux, allez.

Il sortit une vieille paire de ciseaux de sa besace et vingt bonnes minutes ne furent pas de trop pour ôter à Baïkal sa toison raide. Il se regardait dans un petit miroir de poche quand Fraiseur l'appela. Le temps de se retourner et il avait reçu un violent coup de poing sur la tempe.

— Qu'est-ce qui te prend ? hurla Baïkal, renversé sur le dos, tenant à deux mains sa tempe endolorie.

— Excuse-moi, fit Fraiseur en l'aidant à se relever. Y a pas tellement de moyens pour te défigurer. Crois-moi, vaut mieux un petit bobo que risquer ta peau parce qu'on t'a reconnu.

Baïkal n'était pas encore au point d'en être sérieusement convaincu. Il lui fallait cependant convenir que Fraiseur avait visé juste. Un gros hématome lui déformait le visage, fermait son œil et tuméfiait sa pommette.

— Pour ta bouche, tu mettras ça.

C'était un vieux masque de chantier, assez répugnant parce que trop longtemps utilisé et noirci par des haleines malpropres. Il était tenu par des élastiques mille fois maniés et remaniés.

— Y a beaucoup de gens qui en portent, surtout en cas d'épidémies. Personne trouvera ça bizarre.

Un vieux bonnet de jersey bleu, troué, acheva ce travail de démolition. En effet, il ne restait plus rien de l'apparence initiale de Baïkal.

— Si on se presse, annonça Fraiseur plein d'entrain, on peut y être avant ce soir.

Il coupa deux branches qu'il équarrit pour en faire des bâtons. Visiblement il se montrait fort satisfait qu'ils eussent désormais la complète apparence de mendiants et non plus la suspecte quoique relative opulence de rentiers de l'ozone.

CHAPITRE 2

La veille était la fête des Malentendants, la plus calme de l'année : elle n'offrait pas beaucoup d'opportunités pour Kate et Puig. Heureusement le jour suivant, très attendu, était celui de la Pluie. D'innombrables manifestations commerciales et festives étaient organisées dans tout Globalia et la confusion qui régnait leur donna l'occasion de se revoir discrètement.

Les cérémonies de la fête de la Pluie se déroulaient selon une immuable chronologie. D'abord venait le discours officiel, retransmis sur toutes les chaînes, du roi et de la reine de la fête, choisis chaque année parmi les vedettes du sport ou du spectacle. Selon leur personnalité, ils y mettaient des accents plus ou moins poétiques. Mais la conclusion, toujours identique, soulignait l'immense chance de vivre en Globalia où le ciel bleu était garanti tout au long de l'année. Ensuite, sur un signal, on arrêtait d'un coup tous les canons à beau temps. Le ciel commençait à s'assombrir au-dessus des verrières, les éclairages intérieurs étaient éteints. La foule se mettait à hurler de joie. On ne voyait plus dans la pénombre orageuse que les écrans des sponsors qui clignotaient. Les grandes marques de gel pour la douche, de vêtements, de serviettes, de boissons pétillantes s'en donnaient à cœur joie. Quand la pluie véritable commençait de tomber à l'extérieur sur les hautes verrières, les responsables communaux déclenchaient à l'intérieur les vaporisateurs à incendie. Des milliers de petites douches se mettaient à arroser les places et les couloirs. Commençaient alors des défilés, des bousculades joyeuses. Torse nu, les cheveux trempés, hommes et femmes chantaient en procession.

Kate remonta une file de ces joyeux drilles pour parvenir jusqu'à l'endroit où elle avait rendez-vous. Elle marchait les yeux baissés pour ne pas voir les regards s'assombrir quand elle passait. Elle savait que dans les foules la haine de la jeunesse décuplait. Ces gens appartenaient pour la plupart à des générations de grand avenir. Crier comme des enfants, étaler une vitalité juvénile leur procurait un vif plaisir. Mais dès lors qu'ils croisaient un véritable jeune, une rage s'emparait d'eux et leur excitation était telle qu'ils risquaient de ne pas la maîtriser. Les principaux incidents antijeunes qui avaient été à déplorer récemment avaient tous eu lieu dans ce type de circonstances. Aussi, dès que l'eau s'était mise à couler, Kate s'était-elle entouré la tête dans un châle. Cela lui permettait de rester au sec et de dissimuler son visage.

Puig avait eu la même idée : elle le trouva à moitié caché sous un chapeau à large bord au ruban duquel était piquée une plume. Il s'était enroulé dans une cape de feutre noir.

— Où as-tu trouvé des vêtements pareils ? demanda-t-elle en riant.

— Je les ai rapportés de Carcassonne, répondit Puig avec une gravité qui montrait le peu d'envie qu'il avait de plaisanter sur ce sujet.

À tout autre moment, ce couvre-chef et cette vieille pèlerine eussent été compromettants et, loin de le dissimuler, l'auraient désigné à l'attention de tous. Mais la fête de la Pluie était l'occasion pour beaucoup de ressortir des travestissements qui étaient normalement réservés à la fête des Masques — que certains s'obstinaient à nommer « Carnaval » — et à la fête des Revenants encore appelée parfois « Halloween ». Nul ne parut donc s'étonner de la présence, accoudés à la rambarde d'une immense terrasse qui donnait sur les jardins ruisselants de fausse pluie, d'une nonne et d'un spadassin.

Puig, écartant un peu sa cape, laissa entrevoir un petit bloc de papier et son stylo-fusée tout mordillé.

— Ne perdons pas de temps, dit-il. Raconte-moi ce que tu sais.

Kate était troublée. La foule en contrebas dansait sous la pluie en poussant des cris de plus en plus aigus. Il faisait sombre et la vapeur d'eau donnait à l'air conditionné une désagréable fraîcheur. C'étaient bien là les dernières circonstances dans lesquelles Kate avait envie de se livrer à des confidences sur l'amour qui lui emplissait le cœur. Pourtant, il fallait aider Baïkal et Puig lui offrait une chance, si mince fût-elle, d'y parvenir mieux qu'en restant seule.

Elle raconta tout d'abord leur tentative d'évasion. Le stylo de Puig noircissait les petits feuillets. En vérité, elle avait peu de choses originales à lui apprendre. Elle n'avait pas revu Baïkal ; des officiers de la Protection sociale dont elle ignorait l'identité l'avaient interrogée sans brutalité et l'avaient remise à sa mère avec la consigne très ferme de ne plus se mêler de tout cela.

— Depuis combien de temps connaissais-tu Baïkal ?

— Huit mois et six jours.

— C'est peu.

Elle eut envie de dire que lorsqu'on rebroussait ce chemin de souvenirs pas à pas, en scrutant chaque instant passé ensemble, chaque parole prononcée, chaque caresse reçue et donnée, c'était énorme. Mieux valait s'en tenir aux circonstances.

— Je l'ai rencontré à l'occasion du jour de gloire d'une de mes amies d'Anchorage.

Depuis le lancement du « Programme de lutte contre l'anonymat », chaque citoyen se voyait offrir par tirage au sort une heure d'émission spéciale sur l'une des centaines de chaînes de Globalia. Pendant cette émission, il était fêté et donnait son avis sur tout. Ceux qui l'entouraient riaient et applaudissaient. Au début, ces programmes avaient soulevé l'enthousiasme. Mais il y avait longtemps que personne, même les proches, ne les regardait plus. Les heureux élus s'y rendaient en compagnie de quelques amis qui venaient moins les fêter que les soutenir dans un moment pénible. Beaucoup d'invités avaient du mal à trouver des volontaires pour les accompagner. Aussi des convocations obligatoires étaient-elles adressées à des quidams tirés au sort. C'était ainsi que Baïkal s'était retrouvé, sans la connaître, commis d'office au jour de gloire de l'amie de Kate.

— Il était de très mauvaise humeur, dit-elle en souriant. Quand je l'ai vu entrer, j'étais d'abord furieuse. Je trouvais qu'il aurait au moins pu faire un effort et sourire un peu.

Pendant toute l'émission, Baïkal avait sinistrement battu des mains, quand une lumière rouge s'allumait dans le studio, commandant les applaudissements.

— Il m'énervait et, en même temps, je me suis rendu compte à la fin de l'enregistrement que c'était la seule personne que j'avais vraiment regardée. C'était idiot, continua-t-elle, je ne le connaissais pas et pourtant son opinion comptait énormément. J'ai eu le sentiment brutal de voir par ses yeux. J'avais

244

accompagné mon amie pour lui faire plaisir et sans avoir trop réfléchi à l'affaire. Mais tout à coup, sous l'influence de Baïkal, ces simagrées m'ont fait horreur. Ma copine s'en est aperçue. Dès que le programme a été terminé, elle s'est enfuie en pleurant.

En bas, sous les jets d'eau qui continuaient à tomber de la voûte, la foule dansait torse nu. Des haut-parleurs diffusaient en boucle une chanson en vieil anglobal : *Singing in the Rain* dont l'origine se perdait dans la nuit des temps.

— Je suppose que tu es rentrée avec lui et qu'il t'a embrassée sur le chemin ? dit Puig sur un ton administratif.

— Tu supposes mal, se rebiffa Kate. Et d'ailleurs la suite ne te regarde pas.

Puig eut un mouvement nerveux pour ajuster sa cape et n'insista pas.

— Où habitait-il, à cette époque-là ?

— Dans un appartement d'étudiant. Un endroit horrible. Ils étaient quatre et il y avait quatre cuisinières et quatre batteries de casseroles, chacune fermée par un cadenas pour que les autres ne puissent pas s'en servir.

— Pardonne ma question mais c'est là que... ?

Kate, comme tous les Globaliens, sauf peut-être ce singulier Puig, parlait du sexe avec beaucoup de naturel, tandis que l'amour lui semblait un sujet gênant et presque honteux.

— Non, nous allions au motel.

Étant donné les difficultés de logement dans les zones sécurisées, beaucoup de gens ne disposaient d'aucune intimité. Les motels fournissaient un espace approprié tarifé à l'heure. Généreusement appuyés par des sponsors, ces établissements n'étaient pas très onéreux et l'on parvenait assez vite à ne plus prêter attention aux publicités qui défilaient sur de grands écrans dans les chambres.

— Finalement, demanda Puig pour quitter le sujet, tu as regardé les reportages sur lui ?

— Qu'est-ce que tu crois ? J'ai passé la nuit à zapper. Tu ne peux pas savoir l'effet que cela fait de le voir comme cela, en criminel, avec ce visage lointain, absent. Tu sais que c'est moi qui ai pris cette photo ?

— Et ce qu'ils disent sur ses origines, son passé… ?

— Tout est faux. Je connais son histoire véritable. Il me l'a racontée le premier soir.

— En gros ? dit Puig qui tenait à éviter les épanchements.

— C'est assez triste. Sa mère est venue habiter Milwaukee au hasard d'un concours pour suivre des études d'infirmière. C'était une Bouriate, tu connais ?

— Non.

— C'est un peuple originaire de Sibérie. Il y a de grandes steppes là-bas, qui ne sont pas sécurisées. Les gens vivent plus ou moins en plein air. C'est vraiment le fin fond de la Globalia. Quand elle est arrivée à Milwaukee où elle ne connaissait personne, elle s'est installée dans une petite chambre le long du lac. Il paraît qu'elle se languissait, à cause du beau temps permanent, de l'air conditionné et de la verrière qui couvre le littoral.

— Bref, bref, pressa Puig.

La farandole, en dessous, prenait des allures bachiques. Une femme de grand avenir s'était déshabillée et faisait danser ses chairs blanchâtres au rythme de la musique que les mains battaient en cadence. L'immobilité de Kate et la sienne allaient tôt ou tard faire tache dans cette atmosphère de liesse où personne ne tenait en place.

— J'abrège, concéda Kate. Elle s'ennuyait. Elle a connu un homme, un Noir. Elle a été enceinte de Baïkal et l'a gardé.

— Il n'a pas été placé en institution communautaire à la naissance ?

— Non, parce qu'elle a réussi à cacher sa grossesse. Elle a accouché seule chez elle et a élevé le bébé dans sa chambre.

— Tout en étudiant ?

— Il semble qu'elle ait eu une complice, une voisine, et qu'à elles deux, elles se soient débrouillées. On n'a découvert l'enfant qu'à six ans.

— Dans quel état était-il ?

— Excellent. En tout cas, c'est ce qu'il dit. Évidemment, c'est une enfance un peu étrange : d'un côté, il n'est jamais sorti d'une petite soupente pendant six années. La première chose que sa mère lui ait apprise c'est à ne pas crier, à ne jamais élever la voix, à ne pas courir. Mais d'un autre côté, elle n'a pas cessé de lui parler de prairies immenses, de chevauchées, de ciels chargés de nuages et de tempêtes de neige. Quand il a été découvert, il y a eu des reportages, un procès. Sa mère a été condamnée à douze ans de détention psychologique.

— Elle est sortie ?

— Non, elle s'est suicidée au bout d'un an.

Puig repoussa un peu vers l'arrière le bord de son chapeau.

— Lourd tout cela..., dit-il en hochant la tête. Et qu'est-ce qu'il est devenu ?

— Classique : pensionnat, camps d'éveil, stages de vacances. Il a fait de bonnes études mais les enquêtes de sécurité ne lui ont pas permis de s'inscrire en histoire et c'est à ce moment-là qu'il s'est mis à dérailler.

— Il est temps de bouger d'ici, dit Puig.

Un groupe de fêtards trempés trinquaient vers eux, en contrebas, et se moquaient du déguisement de Puig. Il leur fit un signe joyeux et entraîna Kate à l'écart.

— Dis-moi seulement : crois-tu possible que Baïkal ait eu une autre vie ?

— Une autre fille ?

Puig haussa les sourcils et pesta au-dedans de lui contre le naïf égoïsme des amoureux.

— Mais non ! Je veux dire est-ce qu'il aurait pu, même un peu, nouer des contacts avec des gens dangereux... des terroristes ?

— Certainement pas ! s'écria Kate. Il avait cela en horreur. Chaque fois que nous en avons parlé, il m'a dit qu'il trouvait ces attentats ignobles. La veille de notre arrestation, il y avait eu cette voiture piégée...

Ils avaient ralenti le pas et, dans le couloir plus calme où ils étaient parvenus, ils faisaient station devant une boutique de sous-vêtements féminins. Kate se tourna vers Puig et parut s'apercevoir de la manière étrange qu'il avait de la regarder, depuis qu'elle avait parlé de la voiture piégée.

— Oui, confirma-t-elle, la veille. Tu as quelque chose à redire à cela ?

— La veille..., insista Puig, mais sous le feu des yeux noirs qui le fixaient, il baissa le regard.

— Qu'est-ce que tu insinues ? Que Baïkal a fait le coup et qu'il a voulu fuir par la salle de trekking ? C'est faux.

Elle criait presque et Puig jeta des coups d'œil derrière lui pour s'assurer que le couloir était toujours désert.

— C'est faux, tu comprends ?

Kate avait saisi Puig par les rebords de sa cape et elle serrait si fort que le feutre craquait.

— Attention, voyons, s'écria Puig. C'est vieux, ce truc-là. Ça se déchire.

— Je m'en moque. Regarde-moi. Tu m'entends : c'est complètement faux. Baïkal n'a pas fui pour cela. L'attentat et tout le reste, il n'y est pour rien. Ce qu'il voulait, c'était retrouver la liberté, les grandes prairies, les ciels d'orage, tout ce que lui avait raconté sa mère. Baïkal est un poète, pas un terroriste !

Toutes ces journées d'incertitude et d'attente, la peur, l'humiliation, la solitude, ressortaient en cet instant dans la conscience de Kate. Soudain, elle éclata en sanglots et reposa sa tête sur l'épaule de Puig. Malgré la gêne qu'il éprouvait à ce contact, il lui caressa doucement les cheveux, en jetant tout autour de lui des regards de noyé. Kate reprit son calme.

— Pardon, dit-elle.

Elle lui prit amicalement la main et ils rentrèrent ainsi, la main glacée et tremblante de Puig dans celle, chaude et légère, de Kate.

Le spectacle dans les rues était sordide. L'eau qui ruisselait au sol entraînait des déchets et des excréments. Des groupes passaient en chantant faux, défigurés par un maquillage ruisselant. L'excitation de la fête était encore là mais on sentait déjà s'y glisser l'amertume des jours suivants. Car pendant une semaine, la pluie serait déchaînée pour de bon et les gens resteraient tristement chez eux. L'opération était trop coûteuse pour être réalisée plusieurs fois par an. Aussi laissait-on pleuvoir d'un seul coup pendant huit à dix jours, le temps de rééquilibrer l'écosystème.

Parvenus au voisinage de chez Kate, ils se séparèrent. Sur le chemin du retour, Puig avait eu le temps d'élaborer en détail un plan pour mener la bataille. Retrouver Baïkal et lui faire justice supposait d'en savoir d'abord beaucoup plus sur un certain nombre de sujets. Qui avait pris la décision de l'exiler ? Dans quel but ? Qu'étaient ces non-zones où on le disait parti ?

Cette affaire, jointe à son expulsion inique de l'*Herald*, faisait porter à Puig un regard différent sur le monde qui l'entourait. Au fond, malgré quelques archaïsmes qui lui venaient de sa grand-mère, il avait toujours été un Globalien loyal. Il était sincèrement convaincu de la chance qu'il avait de vivre dans une démocratie parfaite. Voilà que peu à peu, il se mettait à douter et cela le rendait mal à l'aise.

Il trouvait à la foule un air avachi. Comme à l'ordinaire et malgré la fête, des flots de badauds sortaient des centres commerciaux, poussant des chariots remplis de choses inutiles et douces. À peine assouvis, ces désirs artificiels seraient tout aussitôt trahis : les couleurs brillantes des vêtements se faneraient, le mécanisme des jouets tomberait en panne, les produits d'entretien se périmeraient. L'obsolescence programmée des choses faisait partie de la vie. Il était acquis qu'elle entretenait le bon fonctionnement de l'économie. Acquérir était un droit mais posséder était contraire au nécessaire renouvellement des productions. C'est pourquoi la fin des objets était élaborée avec autant de soin que le produit lui-même et contenue en lui.

Puig se sentait affreusement mélancolique.

Il arriva sur une place que des bouches à eau entrouvertes transformaient en un immense bassin peu profond. Les passants traversaient en relevant le bas de leurs pantalons et s'extasiaient sur des objets invisibles qui évoluaient à fleur d'eau. Quand Puig passa à son tour, il eut la cheville serrée dans une pince rouge, poussa un cri et provoqua l'hilarité générale. Il avait oublié que la fête de la Pluie était aussi celle du Crabe. Des centaines de spécimens noirs, gris, rouges, petits et gros avaient été lâchés en tous sens sur la place. Autour de ce bassin improvisé étaient alignées des baraques qui vendaient des objets en forme de crabe, au goût (synthétique) de crabe, ou décorés de motifs imitant le crustacé. Il s'en fallut de peu que Puig, de colère, ne décochât un grand coup de pied à l'une de ces horribles bêtes. Des agents de la Sauvegarde animale veillaient, les bras croisés, et n'auraient pas manqué de le verbaliser.

Il monta chez lui par l'escalier de secours, quatre à quatre, en pestant. Son appartement était encore plus négligé qu'auparavant. Mais c'était un désordre à base de papier, ce qui pour Puig n'avait rien à voir avec la saleté. À peine arrivé, il ôta ses chaussures trempées, s'allongea sur son lit et alluma l'écran pour apprendre les dernières nouvelles.

Le sport avait repris la première place de l'actualité. Il dut subir un bon quart d'heure de résultats, d'interviews de supporters, d'extraits de matchs. Suivit la longue litanie des catastrophes puis un reportage sur un nouveau chantier qui devait réunir trois zones sécurisées dans l'Oural, en un seul gigantesque complexe.

Puig commençait à bâiller quand le visage de Baïkal apparut sur l'écran. Il monta le son. Le commentaire annonçait « le point sur la lutte contre le terrorisme ». Un court générique spécial donnait à cette rubrique le caractère d'un feuilleton. Le reportage, ce soir, transportait le spectateur en Malaisie. De belles images de côtes et d'îles prises d'avion servaient de support à une grave présentation sur les nouvelles ramifications du « Réseau ». Dix hommes vêtus de pagnes fixaient la caméra avec l'air hagard. Une forte charge explosive avait été découverte en leur possession et ils avaient avoué faire partie du Réseau. Un politologue était interrogé, assis d'une fesse sur une fontaine dans la cour de son centre de recherche. Il parlait en choisissant ses mots. Cependant, une fois laborieusement mis bout à bout, ils étaient d'une navrante banalité : il expliquait pourquoi ces événements étaient à la fois totalement logiques et rigoureusement imprévisibles. Enfin la séquence se termina sur l'image fixe d'un organi-gramme. Autour de Baïkal, toute une série de rela-tions, collaborateurs, relais, constituait le premier cercle du Réseau. Venaient en dessous les seconds couteaux puis, avec de nombreuses cases encore emplies de points d'interrogation, la série des qua-torze cellules terroristes identifiées ou suspectées à ce jour de par le monde.

Le programme passa ensuite à la météo, toujours très brève puisqu'elle se bornait à dresser la liste des endroits où étaient signalées des pannes de canon à beau temps.

Puig éteignit l'écran d'un geste rageur et s'étendit de tout son long sur le lit. Cette histoire était propre-ment incroyable. Il fallait toute la confiance qu'il avait en Kate pour admettre qu'il pût y avoir un rap-port entre ce jeune étudiant qui avait disparu et l'énorme réseau qu'on lui faisait diriger.

Mais l'abondance, la précision, la répétition des reportages avait une puissance de conviction peu commune. Il était impossible de penser que tant de gens pussent se tromper ou même mentir. Puig lui-même sentait ce soir sa conviction vaciller. L'idée que Baïkal était peut-être coupable finissait par gagner du terrain dans son esprit. Avec le vague à l'âme, la fatigue de la lecture, l'excitation des jours précédents, grandissait en lui une tendance au pessi-misme et au doute. Pourtant, il rejetait cette tenta-tion de toute sa force.

Il se sentait bien seul pour affronter de tels pro-blèmes.

Ruminant ces noires pensées, il finit par s'assoupir. Ce fut seulement au milieu de la nuit, en se relevant pour aller boire un peu d'eau, qu'il aperçut le papier glissé sous sa porte.

La feuille était disposée dans cet objet rare désor-mais, ce savant pliage encollé, que l'on appelait autrefois une enveloppe. Une belle calligraphie à l'encre noire le désignait comme destinataire. Il pensa d'abord à un message de Kate et s'étonna qu'elle eût une telle dextérité pour écrire à l'encre.

Mais ayant ouvert la lettre, il comprit vite qu'elle ne provenait pas d'elle. Le texte était bref, rédigé d'une autre main, moins élégante, plus aiguë, qui lui parut intuitivement celle d'un homme.

Monsieur,

Vous trouverez ci-joint votre nouvelle carte d'affiliation à l'association Walden. Nous vous remercions de bien vouloir prendre note de votre changement de rattachement.

Avec nos sincères salutations.

Était jointe une carte identique à celle qui lui avait été brutalement retirée. Sous l'en-tête « Walden » figurait la mention « centre n° 8 » et une adresse différente de celle à laquelle il avait coutume de se rendre.

Dans le désarroi moral où il était, un signe suffisait pour lui rendre l'espoir. Malgré la bizarrerie du procédé, il se sentit soulagé et se rendormit heureux.

CHAPITRE 3

La proximité de la ville se marquait par un détail surprenant : jamais, dans les zones arides et dans les tribus, Baïkal et Fraiseur n'avaient rencontré autant de terres cultivées. L'approche de la ville, c'était d'abord l'omniprésence de la campagne. Au lieu des landes, des bois, des broussailles qui avaient fait jusque-là leur ordinaire, les marcheurs cheminaient entre des parcelles de terres creusées de sillons, semées, et sur lesquelles levaient de maigres récoltes de céréales.

Mais l'autre nouveauté, dans ces parages urbains, était l'extraordinaire quantité de vestiges, de ruines, d'ouvrages de béton ou de fer qui avaient traversé les temps au prix d'une altération radicale qui les rendait méconnaissables.

Pour cultiver les champs à l'aide d'araires rudimentaires, s'agitait tout un peuple d'êtres humains et de bœufs, fraternellement confondus dans un labeur qui leur donnait en partage la même boue et leurs sueurs mêlées.

Le monde mécanique, lui, s'était figé. Tous les vestiges immobiles qui se dressaient au milieu des champs ou le long des routes appartenaient à cet univers des machines qui avaient un temps séparé l'homme du reste de la création. D'abord, on reconnaissait de loin en loin, plus nombreuses qu'ils n'en avaient vu jusque-là, des carcasses de voitures, de camions, de tracteurs, de remorques, de grues. Certaines de ces anciennes créatures de l'industrie ne pouvaient plus être utiles à rien. Des pylônes de métal rouillés, auxquels parfois pendaient encore des fils, servaient ainsi au seul repos des corbeaux. Des guenilles, déposées par les vents, flottaient parfois sur ces mâts de fortune, leur donnant, de loin, la noblesse d'oriflammes géantes abandonnées par des vaincus. Souvent, heureusement, ces ruines avaient trouvé une utilité. Si elle n'était pas conforme à leur vocation première, elle les tenait encore au service de l'homme. Les carcasses de véhicules servaient de campement, de poulailler et, dans le cas des cabines de camion, de miradors au-dessus des champs. Des wagons de train, desquels les bogies avaient été retirés, étaient dispersés — en vertu de quel miracle ? — sur de hautes collines ou au contraire le long de petits ruisseaux. Des branchages, des lits de feuilles, un calfeutrement végétal y opérait un cloisonnement qui permettait à tout un peuple d'y vivre.

L'ensemble eût été supportable et même plaisant si le sol et l'air n'avaient fait baigner ces lieux dans une atmosphère empoisonnée. Les chemins qui serpentaient entre les champs étaient souvent recouverts de flaques croupies. Au voisinage des ruines industrielles, de véritables ruisseaux sombres et visqueux emplissaient les bas-côtés et inondaient parfois la voie elle-même. Des reflets dorés montraient qu'à ces fluides se mêlait une grande quantité de mazout et d'huile. Les objets les plus divers, semelles de chaussures, vieilles boîtes de conserve, lambeaux de tissu, vermine crevée, flottaient à la surface de ces ruisseaux noirs.

La tentation était grande de s'écarter de ces chemins et de marcher à travers les champs bien tenus, vert tendre, sur un fond de terre labourée. Fraiseur en dissuada vigoureusement Baïkal : tous les paysans qui poussaient des charrues étaient armés d'un fusil qu'ils portaient à l'épaule. Ils n'hésiteraient pas à faire feu sur quiconque s'aviserait de piétiner leur ouvrage.

Les premiers quartiers de la ville commencèrent peu après qu'ils eussent rencontré les champs. Baïkal en conclut que dans les non-zones l'agriculture était une activité urbaine. L'approvisionnement de la cité se faisait directement à partir des espaces agricoles : les paysans étaient en fait des citadins.

— C'est pour se défendre des Taggeurs, expliqua Fraiseur. Les villages isolés, c'est trop dangereux. Ici, au moins, les gens sont protégés.

— Par qui ?

— Par les mafieux.

À mesure qu'ils avançaient, la présence d'une cité était de plus en plus nette : de grands entassements de baraques s'accrochaient aux collines, formant de véritables ruches. Les champs ne disparaissaient pas pour autant : ils se faufilaient entre ces conglomérats habités.

Le plus surprenant pour Baïkal était de voir une ville à ciel ouvert. Les zones sécurisées de Globalia l'avaient accoutumé à ne concevoir la vie que sous d'immenses globes de protection, invisibles sous l'effet de l'habitude mais dont l'absence était tout à coup troublante. Sans contrôle du climat, cette agglomération vivait soumise aux caprices des orages et des vents.

Le chemin, dès lors qu'ils avaient pénétré dans la ville, quitta le milieu des champs et longea la limite qui les séparait des constructions. Cette limite était nette et matérialisée par un mur. Chaque quartier était ainsi ceinturé par une palissade moitié pierre, moitié bois de diverses origines (caisses, branchages). Autour de celui de Tertullien, l'enceinte était particulièrement haute et prenait l'allure de véritables remparts.

En somme, les anciens quartiers de la ville formaient désormais autant de villages séparés. Entre eux, les grands axes de circulation étaient devenus des terres arables et des pâtures.

En contrebas d'où ils étaient, par exemple, une longue parcelle plantée d'orge reproduisait le tracé de ce qui avait dû jadis être un boulevard. Les seules zones de la ville qui avaient ainsi survécu étaient celles qu'une disposition favorable du terrain plaçait sur un tertre. Tous culminaient d'ailleurs par un édifice plus haut, qui portait une terrasse et servait de tour de guet.

Fraiseur, tout à coup, fit signe qu'il fallait tourner à gauche et, par une des ouvertures de son mur d'enceinte, ils pénétrèrent dans le quartier fortifié qu'ils venaient de longer.

L'entrée était le siège d'une bousculade à laquelle les deux nouveaux venus eurent l'obligation de se mêler. La raison de cette obstruction était la présence d'un poste de garde, qui contrôlait les visiteurs. Quand arriva le tour de Fraiseur, il fit signe qu'il était avec Baïkal.

— Nous sommes deux Fraiseur, dit-il et à voix basse en se penchant à l'oreille de la sentinelle : nous venons voir Tertullien.

Le nom magique parut agir car non seulement ils furent admis à passer mais dispensés de fouille.

Ils entrèrent alors dans le dédale des ruelles qui montaient doucement. La cohue des maisons était indescriptible. À certains endroits, ils devaient marcher l'un derrière l'autre et se faufiler entre les cloisons. Certaines étaient d'une extrême finesse, composées de frêles cartons et parfois même d'un papier journal jauni tendu sur des claires-voies. D'autres, au contraire, étaient de véritables murs en pierre ou en briques épaisses. Baïkal mit un certain temps à comprendre la logique de ce mélange. La colline qu'ils gravissaient avait été couverte dans les temps anciens de villas entourées par des jardins clos. Ces propriétés avaient été depuis longtemps abandonnées, pillées et leurs parties démontables ôtées jusqu'à la dernière. Tuiles, poutres, portes, grillage, tout avait servi pour diviser ces espaces ravagés. En s'appuyant sur les murs restés en place, une forêt de baraques avait proliféré. Les jardins avaient été creusés de tranchées et la terre retirée couvrait ces abris ou servait à composer un torchis pour les murs. Les entrées de cave béaient sur des retraits obscurs d'où montaient les voix nombreuses de familles assemblées. Des marmots à moitié nus couraient en tous sens. Jamais Baïkal n'avait vu autant d'enfants, de nourrissons, de jeunes gens. Lui, que son éducation d'enfant rare avait empreint d'une crainte permanente, s'étonnait que l'on pût laisser ainsi des gamins crier, patauger dans les rigoles croupies, jouer dans les recoins en riant aux éclats. Il lui semblait que des personnes de grand avenir n'allaient pas tarder à les faire taire. À moins que ce quartier ne fût réservé au seul usage des jeunes.

Il dut pourtant se rendre à l'évidence. Il y avait des adultes partout mais cette agitation ne paraissait pas les gêner.

Sur le seuil de ces improbables baraquements ou dans les venelles qui les séparaient, Fraiseur taillait une route laborieuse. Une activité à la fois trépidante et immobile faisait bruire l'atmosphère de sons étranges, liés à des activités qui ne l'étaient pas moins : le linge frappé dans les lessiveuses, les beignets crachotant dans des fritures noirâtres, et l'inimitable bruit, à la fois mat et creux du bois sec qu'une hache fend sur un billot.

258

Ils traversèrent un porche qui avait dû marquer jadis l'entrée d'une demeure cossue. L'ancienne allée d'honneur était maintenant occupée par une double rangée de loges ouvertes où s'étalaient une multitude d'objets. Par une atroce méprise, Baïkal se demanda un instant pourquoi ces gens disposaient leurs déchets de cette manière ostentatoire. Puis il comprit que, en fait d'immondices, les objets rouillés, chiffonnés, défraîchis ou brisés qui encombraient le sol et pendaient le long de ces devantures étaient en réalité des produits à vendre.

Dans tout ce désolant étalage, la seule boutique un peu pimpante alignait de longues boîtes peintes de couleurs vives. Ce fut après l'avoir dépassée que Baïkal eut la révélation de ce qu'on y vendait. Et comme Fraiseur piétinait au milieu de la foule compacte, il eut le temps de se retourner pour jeter des coups d'œil horrifiés vers ces cercueils vides qui semblaient attendre le chaland et déployaient leurs charmes criards pour le séduire. Le plus affreux était la présence, parmi ces résidences pour cadavres, d'un grand nombre de modèles de petites tailles, destinés à accueillir des enfants et même des bébés.

Cependant, il n'eut pas le temps de ressasser ces macabres impressions. L'exiguïté des ruelles était telle que les passants se bourraient les côtes. Baïkal sentait le contact des vêtements, des tignasses, des peaux humides de chaleur. Il était dérouté par les odeurs mêlées où dominait, sur un fond de notes fauves qui montait de la chevelure des femmes, une mélodie aigrelette de sueurs insaisissables.

Cette humanité n'était pas seulement impressionnante par sa densité : elle était aussi composée d'êtres singuliers, aux yeux d'un Globalien. Des femmes enceintes se promenaient le plus naturellement du monde dans la foule, tandis que cet état, en Globalia, imposait une surveillance étroite, une stricte inactivité et un isolement rigoureux. Des estropiés béquillaient hardiment et d'autres se traînaient par terre et recevaient, pour tribut de leur difformité, leur part de coups de pied et d'injures. Il n'était pas jusqu'à la vieillesse qui ne se livrât sans fard dans cette cohue. Ceux qui, fait incroyable étant donné ces conditions de vie, avaient atteint un âge vénérable recevaient pour récompense de leur ténacité ces agréments qu'étaient des dents pourries, des yeux blanchis de taies et une peau semée de rides. Loin de chercher à dissimuler ces disgrâces, ils en faisaient un étalage public et sans vergogne. On voyait d'horribles vieilles glapir joyeusement, tous chicots dehors, et des ancêtres perclus, assis sur des chaises de paille, raconter des histoires aux enfants qu'ils tenaient sur les genoux.

— Nous y sommes presque, c'est pas le moment de nous perdre, cria Fraiseur en revenant sur ses pas pour chercher Baïkal que son étonnement ralentissait.

Ils passèrent par une ancienne salle de bal, désormais envahie de baraques, mais dont on distinguait encore le plafond mouluré. Puis ils tournèrent à droite et grimpèrent un étroit escalier en planches. Il se terminait par une porte que gardait un jeune garçon en armes.

Fraiseur lui dit un mot à l'oreille, et ils purent passer.

Du haut de l'escalier, on était au point le plus haut du quartier. On apercevait la cascade des toitures, la multitude anarchique des baraquements enchevêtrés.

L'espace où ils furent admis à pénétrer était, lui, dégagé et déblayé. En comparaison du grouillement anarchique dans lequel ils avaient avancé, l'endroit donnait l'impression de respirer librement et d'être en sécurité. Bien que située en hauteur, cette terrasse avait en fait l'aspect d'une cour : autour d'elle étaient construits de petits édifices d'un seul étage, dont les murs étaient couverts d'un enduit sommaire mais en bon état et peint en blanc. Le fait était assez rare pour dégager une impression apaisante de propreté et d'ordre. Sur le toit de ces bâtiments était tracé un chemin de ronde où circulaient des sentinelles armées.

Un sbire qui semblait préposé à l'ordonnancement de la cour vint chercher les nouveaux venus et les introduisit dans une pièce basse. Des sièges, tout autour, rendaient cette salle d'attente confortable quoique les barreaux aux fenêtres et l'enduit de chaux sur les murs lui donnassent tout à fait l'aspect d'une cellule.

Baïkal nota que, depuis leur entrée dans cette forteresse sous les hauteurs, Fraiseur tremblait légèrement. Il souriait avec une extrême obséquiosité aux gardes qu'ils rencontraient et s'empressait d'exécuter leurs ordres. Une atmosphère lourde pesait sur ces lieux. L'agitation du quartier parvenait sous la forme assourdie d'une rumeur qui soulignait le silence. Baïkal, en regardant la cour par la fenêtre étroite, se fit ce commentaire que les gardes avaient tous un air de force et de santé qui tranchait sur le reste de la population. Ils portaient des tenues thermoréglables. Bien sûr, les formes en étaient démodées et le confort sommaire. Pourtant, à voir la façon altière dont les sentinelles déambulaient, l'attention scrupuleuse qu'elles portaient à leurs vêtements, on comprenait qu'elles faisaient peu de cas des modes globaliennes et se contentaient d'arborer fièrement des tenues que personne d'autre ici ne pouvait s'enorgueillir de posséder.

Baïkal en était là de ses pensées quand un garde noir de peau, grand et maigre, vêtu d'une combinaison à fleurs violette entra par une porte opposée à celle qui donnait sur la cour.

— C'est bien vous, demanda-t-il d'une voix caverneuse, qui voulez voir Tertullien ?

CHAPITRE 4

Les mafieux, d'après Fraiseur, constituaient une caste qui recrutait ses membres un peu partout, selon des critères inconnus. Pourtant, Baïkal leur trouvait à tous un vague air de famille. S'il ne provenait pas d'une parenté, peut-être était-il seulement le fruit d'un mimétisme. Quand il vit Tertullien, le mystère s'éclaircit : il était évident que ses hommes cherchaient à lui ressembler et que, faute d'y parvenir, cet effort impossible les rendait à tout le moins semblables entre eux.

Le chef mafieux se tenait dans une pièce haute de plafond, située au sommet d'une petite tour, édifiée comme un donjon au centre de la cour où ils avaient pénétré. Cette construction avait une apparence de majesté. Toutefois, un examen un peu plus approfondi montrait qu'elle était à peine mieux construite que les taudis en contrebas. Des carreaux de plâtre mal joints constituaient les murs, tandis qu'au plafond des plaques de tôle ondulée posées sur des chevrons grossièrement équarris vibraient au moindre coup de vent. Les tapis qui pouvaient, de loin, donner une impression d'opulence n'étaient que des morceaux de moquette bon marché imitant l'oriental, découpés en hâte à grands coups sinueux de cutter, tachés et râpés.

Tertullien, assis dans un fauteuil de cuir, arborait une expression navrée que la contemplation de ces misérables richesses pouvait facilement expliquer.

Il était, lui, tout à l'opposé de ce décor pompeux et frelaté. La sobriété de sa mise soulignait son élégance. Il était vêtu comme le plus soigné des Globaliens n'aurait pas rêvé l'être. Son costume bénéficiait des perfectionnements les plus récents qui concentraient les données de température, hygrométrie, convexion et procédaient à un ajustement extraordinairement précis du vêtement à chaque instant. À la ceinture, il portait un multifonction dernier cri d'un bleu turquoise particulier, lancé au début de l'année par une campagne de publicité qui avait occupé tous les écrans. Ses pieds étaient chaussés d'une paire de « Beffroy », la marque la plus en vogue, et il s'agissait à l'évidence du modèle haut de gamme.

À s'en tenir à cette enveloppe, Baïkal aurait pu se croire en présence d'un Globalien raffiné. Et pourtant, il n'eut pas le moindre doute en pénétrant dans la pièce. L'homme qui se tenait assis sur cette estrade recouverte d'affreux tapis appartenait à un autre univers. Jamais ne s'étaient posés sur Baïkal des yeux d'une telle avidité. Bien sûr, les Globaliens pouvaient manquer d'argent, convoiter en vain la plupart des objets que la publicité les incitait à désirer, imaginer une autre vie qu'ils savaient inaccessible. Mais ils luttaient dans un monde où les chocs étaient atténués et les appétits calmés, quoique imparfaitement, à l'aide de mille amuse-gueules de la consommation de masse. Aussi leurs yeux avaient-ils pris un reflet terne, un vague, un flou, une mollesse qui donnaient aux foules en Globalia un air d'hypnose collective.

Les yeux de Tertullien, eux, brillaient. Ce seul mot ne dit rien ; il peut laisser croire à un éclat modeste, naturel, humain. Ce serait une erreur. Ils brillaient avec une énergie qu'aucun autre regard ne pouvait soutenir. Ils brillaient comme un bûcher d'orgueil, de cupidité, de violence animale. Le plus singulier dans ce brasier était qu'il se consumait au milieu d'un visage glacial. La peau basanée était d'un cuivre froid. La bouche pincée, les joues creuses, un cheveu sombre, bouclé et ras faisaient autour de ce regard un vide inquiétant : rien ne viendrait contredire les décrets impitoyables de ces yeux noirs. Quand il eut digéré le choc de cette première rencontre, Baïkal fut traversé par une autre idée, qui acheva de l'inquiéter. Tertullien était jeune. Jamais, en Globalia, la puissance ne serait allée à quelqu'un qui n'aurait pas lentement mûri jusqu'à atteindre un âge de grand avenir. Ce seul détail confirmait qu'on était bien dans un autre monde et que la puissance, ici, pouvait prendre une forme extrême, précoce, totale et cruellement éphémère, que les terres démocratiques ne connaissaient plus.

Les visiteurs s'avancèrent à quelques pas de Tertullien et se bousculèrent ridiculement en improvisant une tremblante génuflexion. Le mafieux jeta sur les deux compères et leurs hardes le même regard méprisant et dégoûté qu'il réservait aux sols et aux murs de son rudimentaire palais.

— Relevez-vous, imbéciles ! laissa-t-il tomber.

Fait étrange, nota Baïkal, il prononçait ces mots avec un très fort accent, à l'origine indéfinissable.

— Alors, reprit-il quand ils se furent redressés dans leurs guenilles, vous êtes des Fraiseur, c'est bien cela ?

— Oui, Tertullien, bredouilla Fraiseur.

L'usage familier du nom, sans le faire précéder de « monsieur » ou même de « maître » contrastait avec les manières de soumission et de crainte qui semblaient s'imposer devant un tel personnage.

— Et vous venez pour un puits d'ozone, si ma mémoire est bonne ?

— Elle est excellente, confirma Fraiseur en osant un pâle sourire.

— Son nom ?

— BQW 77, récita Fraiseur.

Tertullien cilla puis décrocha son multifonction. Il composa un code. Baïkal vit qu'une carte s'affichait sur l'écran. Par quelques réglages paramétriques, elle défila jusqu'à la cote BQW 77. Une fenêtre s'ouvrit dans un coin de l'écran. Tertullien hocha la tête.

— D'après les informations satellitaires, tout a l'air en ordre : pas de déforestation, pas de brûlis.

— Nous avons repoussé une tribu entière de Taggeurs qui voulait s'installer, il y a quelques mois.

La fierté avec laquelle Fraiseur avait annoncé ce fait d'armes contrastait avec l'air de mépris indifférent qui ne quittait pas Tertullien.

— Ça nous a coûté deux morts et trois blessés. Mais nous avons gagné.

— Suffit ! coupa Tertullien. Tout est compris dans le prix, vous le savez.

Il fit un signe de la main au garde qui se tenait près de la porte. Ce geste avait relevé un peu sa manche et fait apparaître une montre en or incrustée de pierres brillantes. « La seule faute de goût dans cette tenue », pensa Baïkal.

Le garde approcha en tenant à la main une caisse métallique d'un modèle ancien. Au lieu de l'habituel fermoir à empreinte génétique, elle était munie d'une antique serrure. Tertullien sortit une clef qu'il tenait pendue autour du cou par un cordon de cuir, ouvrit la caisse et y saisit un rouleau de pièces. Il déchira le papier et compta dix unités. Il y ajouta deux grosses pièces d'un métal plus sombre et annonça :

— Dix écus et deux talents.

Fraiseur s'élança au pied de l'estrade en tendant les mains. Il reçut le précieux tribut et recula jusqu'à sa place. Ce protocole ne l'empêcha pas cependant de recompter ensuite les douze pièces avec un air méfiant, en observant avers, revers et tranches pour y déceler des traces de rognures.

— Le compte y est, dit-il enfin.

Pendant cette vérification, Tertullien avait sorti une longue cigarette d'un paquet rouge. Il l'alluma avec un briquet en or et souffla la fumée par le nez.

— Raccompagne-les, dit-il au garde.

Comme le grand Noir le saisissait par la manche, Fraiseur se débattit et, toujours tourné vers Tertullien, prit un air suppliant.

— Un instant encore. Permettez ! Je dois vous parler d'une affaire.

— Une affaire ? dit Tertullien en formant sur sa mince bouche un sourire de dédain.

Il fit au garde un petit signe.

— Tu as deux minutes, pas plus.

— Voilà, s'empressa Fraiseur. C'est pour mon camarade ici présent.

Baïkal sentit avec désagrément le regard de Tertullien se poser sur lui.

— Son histoire, commença Fraiseur en toussotant, est un peu compliquée.

— Deux minutes, confirma Tertullien en regardant ostensiblement sa montre.

— Je résume. Sa mère vient d'une région lointaine qui s'appelle la Sibérie.

Baïkal était étonné que Fraiseur eût retenu ce point particulier de ses confidences et s'alarma un peu de l'usage qu'il en ferait.

— Apparemment, continua Fraiseur, là-bas c'est un peu différent de par ici : y a des Globaliens qui vont dans les villages, ça leur arrive de rencontrer des femmes tribus et d'avoir des relations avec.

Tertullien fronça un sourcil.

— Enfin, conclut Fraiseur, soucieux de ne pas s'éterniser sur ce point, je sais pas comment ça s'explique au juste mais voilà le fait : le gaillard ici présent a une demi-sœur en Globalia et il aimerait bien lui faire passer un message.

Le silence qui se fit soudain était empreint pour tous d'une légère alerte. Fraiseur était sûr d'avoir mal tourné son propos et il se reprochait d'être allé pêcher cette histoire de demi-sœur. Baïkal, lui, sentit que Tertullien s'était discrètement raidi. Son cœur se mit à battre plus vite et Fraiseur à son côté eut un tremblement léger de la cuisse.

— Faire passer un message en Globalia, c'est cela ? répéta Tertullien d'une voix étrange.

Il se leva, tira sur ses manches et fit quelques pas jusqu'à une petite fenêtre. Une légère grimace, à chaque pas, indiquait que ses « Beffroy » étaient sans doute encore un peu trop petites.

— Et peut-il payer ? demanda-t-il en jetant nonchalamment un regard par la fenêtre.

— Ça... dépend, bredouilla Fraiseur.

Il touchait, au fond de sa poche, les pièces que venait de lui donner Tertullien. Il se disait qu'il était prêt à affronter la colère des autres Fraiseur s'il fallait en offrir quelques-unes pour le bonheur de son ami.

— Oui, intervint Baïkal, je peux payer.

Tertullien se retourna vivement, aspira une longue bouffée de tabac et jeta le mégot par la fenêtre.

— Beaucoup ?

— Beaucoup.

Fraiseur était hors du jeu : il observait avec effarement le face-à-face électrique de ces deux hommes et ne trouvait aucun mot pour s'interposer. Tertullien, oubliant presque la compression de ses chaussures, marcha à petits pas délicats jusqu'à eux et se planta devant Baïkal. Ils avaient à peu près la même taille.

— Je n'ai pas bien entendu, dit Tertullien.

— Je peux payer beaucoup, confirma Baïkal.

Il était au-delà de la peur et savait qu'il lui fallait se tenir ferme.

Tertullien approcha encore, resta silencieux. Puis soudain, en disant : « J'entends mieux sans cela », il arracha d'un coup sec le masque de chantier que Baïkal portait toujours sur la bouche. Quand son visage fut découvert, Tertullien l'observa intensément. Il avait dans l'œil cette science qu'aucun traité n'explique et qui est pourtant aussi rigoureuse que la plus contraignante des mathématiques : celle qui permet d'atteindre en un instant la vérité des êtres. Ceux qui la pratiquent en maîtres y découvrent le moyen de détourner le revolver qu'un inconnu pointe sur eux et, plus généralement, de racheter leur vie à ceux qui la tiennent par hasard entre leurs mains.

Dans le cas de Baïkal, Tertullien ne cherchait pas une clef de cette nature mais plutôt un indice pour expliquer la vague ressemblance de ce visage avec un autre, qu'il avait déjà rencontré. Soudain, il comprit et recula.

Fraiseur et Baïkal se regardèrent un bref instant. Après tout, qu'y avait-il à découvrir, sinon que Baïkal était un Globalien, information qui risquait seulement de faire monter les prix ? Cependant Tertullien ne paraissait pas s'être arrêté à cette simple conclusion : il avait saisi son multifonction et faisait défiler des pages sur l'écran. Tout à coup, il se figea, regarda intensément l'image qu'il avait sélectionnée, alla plusieurs fois d'elle au visage de Baïkal, procédant, les yeux légèrement plissés, à une intense comparaison mentale. Il réfléchit et d'un coup, brandissant l'appareil en le tournant vers ses visiteurs, il leur montra la photo que toutes les chaînes avaient diffusée.

— Le même, en plus fatigué, ricana-t-il.

Le cliché ne comportait aucune légende qui pût expliquer sa présence sur un réseau de diffusion. Baïkal gardait le vague souvenir que la photo avait été prise par Kate. Il se demanda comment elle avait bien pu atterrir sur le multifonction d'un mafieux des non-zones. Mais l'heure n'était pas à ce genre de question. Déjà, Tertullien s'était rapproché et lui faisait face, braquant sur lui ses yeux impitoyables. Baïkal se raidit et soutint ce regard.

Ni les hardes de l'un ni l'élégant costume de l'autre n'y faisaient rien : il n'y avait plus désormais que deux forces affrontées. Baïkal se dit que s'il avait une chance de s'en sortir à bon compte c'était en sachant être à la hauteur de ce bluff.

Tertullien rompit le premier. Il tourna les talons, remonta sur son estrade et se rassit. Comme toujours le danger faisait circuler ses idées à grande vitesse : deux partis opposés se disputaient sa conscience. Livrer ce terroriste dangereux que recherchaient toutes les forces de la Protection sociale était la décision la plus évidente. Il saurait monnayer ce service au prix fort. Mais il fallait penser plus loin. Cet homme n'était pas venu jusqu'à lui sans avoir prévu cette possibilité. Tout ce qu'il savait sur son compte, à travers les informations publiées chaque jour sur les écrans, tendait à lui prêter une puissance que son travestissement ne devait pas conduire à négliger. Il avait certainement de nombreux complices ; ils sauraient immédiatement que lui, Tertullien, l'avait vendu. Il se trouverait bien parmi eux quelqu'un pour le venger, où qu'il aille ensuite se cacher.

Ne valait-il pas mieux vendre cher non pas sa capture mais des indices permettant aux Globaliens de s'en charger eux-mêmes ? Et dans le même temps, ne pouvait-il jouer sur l'autre tableau et s'en faire à bon compte un obligé ?

— Je m'étonne, commença-t-il, qu'un homme tel que vous ait besoin de mes services pour envoyer un message en Globalia. Mais j'imagine que vous avez vos raisons et je ne chercherai pas à les connaître. Aussi vous dis-je simplement que j'accepte.

Fraiseur, que la terreur avait fait plonger dans un gouffre, eut un haut-le-cœur en amorçant cette remontée soudaine, comme sur les montagnes russes.

— Je vous demanderai seulement de couvrir mes frais : quatre cent mille globars.

À l'énoncé de ce chiffre, Fraiseur repartit dans un creux et ne put réprimer un cri.

— Vous avez une connexion « Glob-pay » ? dit imperturbablement Baïkal.

Fraiseur tourna vers lui un regard épouvanté et suppliant : il aurait donné, lui, n'importe quoi pour boire deux cubes de cognac cul sec.

— Pour qui me prenez-vous ? lâcha Tertullien. Bien entendu.

— En ce cas, pouvez-vous demander qu'on me rende mon sac ?

À l'arrivée, on les avait priés de déposer leurs chargements à l'entrée de la salle d'attente. Le garde, sur un ordre de Tertullien, alla les quérir et revint en tenant les deux ballots d'un air dégoûté. Baïkal saisit le sien et y plongea le bras. Tout au fond, dissimulée dans une doublure qu'il déchira d'un coup sec, il pêcha une carte et la retira entre deux doigts.

Tertullien, à qui il la tendit, l'inséra dans la fente de son multifonction et connecta l'option « Glob-pay ».

— Prenez le mode « double clef », dit Baïkal. Et marquez : « Paiement validé à réception du message. »

— Bien sûr, confirma Tertullien.

Ron Altman avait décidément bien composé son paquetage, pensait Baïkal. Il n'aurait jamais cru avoir à se servir de cette carte de paiement dans les non-zones. Le fait qu'elle y eût cours, fût-ce par le biais d'un mafieux, offrait des espoirs nouveaux et rendait encore plus énigmatiques les intentions de ceux qui l'avaient exilé.

— Code génétique ou code empreintes ? demanda courtoisement Tertullien.

— Empreintes, dit Baïkal. Ce sera plus simple.

Il approcha la pulpe de l'index de l'appareil et la posa sur l'écran. Une série de signaux montra que la transaction s'était opérée. Fraiseur retenait son souffle.

— Où est le message que je dois expédier ? demanda Tertullien.

— Passez-moi votre multifonction : je le tape.

Une soudaine méfiance raidit un instant le mafieux.

— Je vais vous prêter un autre appareil et je ferai le transfert, si vous permettez.

Baïkal tapa le texte sous le regard de Fraiseur, de Tertullien et du garde, ce qui ne le disposa guère au romantisme. Il termina cependant par un « je t'aime, Kate » que le mafieux eut la cruauté de relire à haute voix, avec le reste du message.

— Tout est en ordre. Je vais envoyer cela devant vous. Toutefois, j'y mets une condition absolue : vous allez disparaître à l'instant même. Mes hommes vous escorteront jusqu'à l'entrée de la ville.

Ensuite, vous irez où vous voudrez, mais loin, vite et tout de suite.

Il avait appuyé sur l'envoi du multifonction et tournait l'écran vers eux, où s'affichaient les deux seuls mots : « message transmis ».

Le garde ouvrit la porte brutalement et ils s'y engouffrèrent. La cour était vide et la sentinelle absente de l'entrée. Ils dévalèrent l'escalier puis tournèrent dans les ruelles. On était à l'heure du déjeuner et le passage était moins encombré. En suivant la pente, ils arrivèrent à la grande entrée et s'y frayèrent facilement un chemin.

Baïkal remarqua bien dans l'attroupement au voisinage des remparts le visage familier d'un homme qui paraissait les attendre. Mais tout à l'effort de leur fuite, il ne fut pas tout de suite capable de le reconnaître. Ce fut seulement un peu plus tard, quand ils eurent parcouru à grandes enjambées un bon kilomètre sur le chemin qui les avait amenés en ville, que le souvenir lui revint. C'était ce même homme qui avait fixé sur eux un regard si troublant pendant les distributions humanitaires. Le même qui s'était retrouvé une première fois sur leur route. Le même qui, maintenant, cherchant à peine à se dissimuler, les suivait seul sur le chemin désert.

CHAPITRE 5

La succursale de Walden où Puig devait se rendre était située dans la périphérie de Seattle. Il fallait prendre un train souterrain pour y parvenir. Dans cette zone constituée d'entrepôts et de hangars, les verrières étaient construites plus sommairement. On n'avait pas cherché à dissimuler leur structure métallique et leurs dalles de verre étaient sales. Si bien que régnait une semi-pénombre malgré le beau temps extérieur. Des lampes orangées restaient allumées toute la journée.

La section locale de Walden occupait un ancien atelier sur lequel on pouvait encore distinguer la trace de lettres géantes qui indiquaient « constructions mécaniques ». Sans doute cela remontait-il à la glorieuse et lointaine époque où Boeing régnait sur la région.

Puig n'était pas très satisfait de ce nouvel environnement. Il regrettait le vieil immeuble où il avait coutume d'aller avec son ascenseur et ses odeurs de chou. Mais dans l'état d'isolement où il se trouvait, il ne pouvait trop faire le difficile.

Quand il se présenta devant la porte, il constata que la sonnerie activait une caméra. On l'interrogea et il dit son nom. Un long instant se passa puis une clenche électrique claqua, et il put se faufiler à l'intérieur.

Le plus frappant était que, malgré la taille considérable du hangar, il n'était pas moins plein que le petit local du centre-ville. Dans l'entrée, les piles de livres et de brochures formaient des murs et laissaient tout juste la place à deux débouchés de corridors. Puig reconnut la même odeur familière de vieux papier et de poussière fine qui lui plaisait tant. Un panneau au milieu de l'étroite entrée recommandait de suivre les flèches. La première désignait un boyau qui s'ouvrait à droite entre deux colonnes de revues d'art.

La progression dans ces tranchées de reliures aurait impressionné quiconque mais Puig y était accoutumé. Ce à quoi, en revanche, il ne s'attendait pas, c'était aux nouvelles dimensions de la bibliothèque. Le premier corridor devait faire au moins cinquante mètres de long. L'éclairage venait de lampes accrochées très loin au plafond du hangar. On distinguait à peine le bout du couloir. Tous les trois mètres environ, des galeries également tapissées de livres partaient latéralement. Mais la flèche indiquait de ne pas les emprunter. À l'extrémité du corridor, Puig dut encore tourner trois fois. Il avait le sentiment de pénétrer au cœur de la grande pyramide et se demandait comment il retrouverait son chemin. Enfin, après un dernier changement de direction, il déboucha dans un espace carré, éclairé par trois lampadaires à abat-jour rouge. Deux fauteuils de cuir passablement usés se faisaient face. Dans l'un d'eux, était assis un homme qui, d'une voix douce, pria Puig de s'asseoir. Quand il se fut exécuté, ils restèrent un moment silencieux à se dévisager l'un l'autre.

Un premier détail frappa Puig : l'homme était chaussé de petites mules en cuir noir. C'était la seule concession faite au luxe dans son apparence. Le reste était d'une excessive austérité : une chasuble grise, dont le thermorégulateur était arraché — on voyait pendre les fils —, les cheveux gris poussière en broussailles. L'homme était plutôt bien en chair mais sa peau cireuse, ridée et plissée semblait conserver la trace d'un ancien embonpoint. Pour dissiper la gêne qu'il ressentait, Puig éprouva le besoin de parler le premier.

— Je suis venu, hasarda-t-il, parce que j'ai reçu ceci.

Il tendit la lettre et la carte de bibliothèque en s'efforçant, sans y parvenir, de ne pas trembler.

Le vieillard fit un geste indolent de la main, comme pour chasser un insecte.

— Laissons cela, dit-il.

L'homme avait des yeux noirs en amande, étonnamment ouverts et vifs en comparaison du reste de sa personne. Il les fixait sur Puig et semblait procéder à une vérification mentale, comme si ce qu'il voyait ne lui faisait pas découvrir quelqu'un mais confirmait plutôt ce qu'il savait déjà de lui.

— Je suis bien heureux de vous voir, reprit l'homme. J'ai beaucoup entendu parler de vous.

Sans cesser de regarder Puig, il laissa pendre ses deux bras de part et d'autre du fauteuil et ses mains palpèrent le sol jusqu'à ce qu'il se fût saisi d'une des innombrables paires de lunettes éparses sur le plancher. Il les chaussa et, toujours sans se déplacer, fouilla sur un petit guéridon placé près de lui. Il en tira une petite carte.

— C'est un usage disparu, avec les multifonctions qui affichent automatiquement l'identité de tout interlocuteur. On appelait cela autrefois des cartes de visite. Voici la mienne.

Ce détail avait l'air de bien l'amuser. Son visage s'éclaira d'un grand sourire. Malgré le négligé de son apparence, son aspect provocant de vieillesse, cet homme avait incontestablement un air de pureté et de beauté tout à fait inattendu.

— Vous êtes un gros lecteur, monsieur Puig, reprit-il. Nous avons pensé que notre petite antenne du centre-ville ne vous suffisait plus. Ici, c'est un peu plus loin bien sûr. Mais le fonds est incomparable, vous verrez.

Quelque chose, à l'évidence, sonnait faux dans cette explication. Elle aurait été plus acceptable si elle avait été fournie au moment où on lui avait retiré sa carte. Puig avait bel et bien l'impression qu'on avait changé d'avis à son propos. Après avoir d'abord voulu le jeter dehors, pour une raison qu'il ignorait, on revenait maintenant le chercher. Il lut la carte de visite qui portait l'en-tête de Walden et indiquait : Paul H. Wise, Président Fondateur.

Depuis qu'il venait à l'association, c'était la première fois que quelqu'un mentionnait sa fonction. Est-ce à dire que Wise avait l'autorité suprême sur ce petit monde ?

— Ainsi, hasarda Puig, c'est vous qui avez réuni tous ces livres ?

— Pas tous ! Mais en effet, je suis à l'origine de Walden.

— Comment l'idée vous en est-elle venue ?

Wise parut enchanté de la question. Il raconta à Puig comment il avait commencé cette collection tout seul à l'âge de dix ans. Quand ses parents étaient morts, très âgés, il avait profité de la fortune qu'ils lui avaient laissée pour étoffer sa collection. Walden avait d'abord été installé dans un petit appartement, puis dans ce hangar, puis dans bien d'autres succursales à travers Globalia.

— Mais d'où viennent-ils, tous ces livres ? avait demandé Puig en trempant sa barbiche dans une tasse de thé que Wise lui avait servie pendant qu'il parlait.

— La plupart, je les ai achetés chez des antiquaires mais j'en ai découvert dans des décharges publiques, dans la cave d'immeubles en démolition, dans de vieux couvents.

— Dire qu'il y a eu un temps où il y en avait partout... C'est comme les chevaux. Je n'arrive pas à croire qu'un jour, on a pu circuler sur le dos de ces bêtes...

— Ce n'est pas pareil, avait dit Wise en hochant la tête. Les chevaux ont été remplacés par le moteur.

— Et les livres par les écrans.

— Non. Rien n'a remplacé les livres.

Quand Puig lui avait demandé comment ils avaient disparu, Wise avait répondu :

— Ils sont morts dans leur graisse.

Et quand Puig lui avait demandé ce qu'il voulait dire, Wise lui avait expliqué tranquillement ceci :

— Chaque fois que les livres sont rares, ils résistent bien. À l'extrême, si vous les interdisez ils deviennent infiniment précieux. Interdire les livres, c'est les rendre désirables. Toutes les dictatures ont connu cette expérience. En Globalia, on a fait le contraire : on a multiplié les livres à l'infini. On les a noyés dans leur graisse jusqu'à leur ôter toute valeur, jusqu'à ce qu'ils deviennent insignifiants.

Et en soupirant, il ajouta :

— Surtout dans les dernières époques, vous ne pouvez pas savoir la nullité de ce qui a été publié.

Cette pensée fit entrer Wise dans une sorte de recueillement. Il croisa les mains sur son ventre et ses yeux partirent dans le vague. Puig n'osa pas le perturber dans cette méditation.

— Il me semble, prononça Wise en revenant à lui, que nous ne vous avons peut-être pas vraiment apporté ce que cherchiez, monsieur Puig...

— Si... Au contraire. J'ai beaucoup appris, à Walden.

— Sans doute, sans doute. Mais après ce qui vous est arrivé, il serait normal que vous vous posiez des questions plus précises et plus délicates.

Le « ce qui vous est arrivé » fit tressaillir Puig. Il était clair que Wise savait tout.

— Lesquelles, par exemple ? demanda-t-il prudemment.

Wise fixait sur lui ses grands yeux qui semblaient imperceptiblement sourire.

— Mais… des questions sur le monde qui nous entoure. Il se passe beaucoup de phénomènes bizarres, vous ne trouvez pas ? Nous avons l'habitude de voir les choses d'une certaine manière et tout à coup, elles nous apparaissent d'une autre.

La méfiance de Puig était en alerte. Il attendait la suite en se forçant à opiner sans dire le moindre mot.

— Comment la presse élabore-t-elle sa vérité, par exemple ? Pourquoi la Protection sociale peut-elle se retrouver mêlée à des attentats ? Par quel prodige un innocent se retrouve-t-il dans les non-zones ?

Wise avait tiré de sa poche un petit chapelet de nacre terminé par un pompon effrangé et le faisait tourner autour de ses doigts.

— Cela représente beaucoup de questions, continua-t-il. Je les cite au hasard. Et, dans une tête, elles s'entremêlent, n'est-ce pas ?

« Surtout ne pas répondre à la provocation », pensait Puig.

— Oui, fit-il sans trop s'avancer.

— On peut même se demander si toutes ces questions n'en forment pas qu'une seule. Une seule qui serait…

Wise fit sauter le petit pompon par-dessus son pouce comme s'il se fut agi d'une écuyère minuscule.

— Qu'est-ce que Globalia ?

278

Toujours le même regard ironique ; toujours le même silence entre les phrases. Le ronronnement d'un ventilateur, haut sous les poutrelles d'acier du plafond, emplissait les vides de la conversation. Tout était possible. Peut-être y avait-il, derrière ces murailles de papier, des foules de gens de la Protection sociale pour les écouter ? Peut-être étaient-ils simplement enregistrés ? Peut-être étaient-ils seuls ?

— Vous vous êtes beaucoup intéressé à l'histoire, je crois, depuis que vous êtes chez nous ?

— En effet.

— Vous ne trouvez pas que cela fait voir les choses autrement ?

— Je ne comprends pas bien.

— C'est pourtant clair. En Globalia, tout semble à la fois bouger sans cesse et rester immobile. Il n'y a que deux dimensions : le présent, c'est-à-dire la réalité, et le virtuel où l'on fourre tout ensemble l'imaginaire, le futur et le peu qu'il reste du passé.

— Oui, c'est une manière de voir.

Puig ne savait quelle contenance prendre. Il avait de plus en plus peur d'être tombé dans un piège. Cependant les yeux de Wise étaient emplis de douceur, de paix, et lui donnaient malgré tout confiance.

— Quand on étudie l'histoire, continuait le vieil homme, on découvre une vérité toute simple, c'est que le monde n'a pas toujours été tel qu'il nous apparaît.

Il avait chaussé des lunettes en demi-lune qui grossissaient ses yeux et semblaient les livrer, béants jusqu'à l'âme, à celui qui les scrutait avec angoisse.

— Donc, il est susceptible de changer encore radicalement.

Après une ponctuation de silence, Wise se mit debout, plus lestement que son apparence ne l'aurait laissé supposer.

— Suivez-moi, si vous voulez bien. Je vais vous donner quelques repères pour vous y retrouver dans la bibliothèque.

Ils remontèrent le couloir par où Puig était arrivé, et tournèrent à droite.

— À partir de là, c'est la section « Histoire ». À elle seule, elle est trois fois grande comme le premier centre de lecture où vous aviez l'habitude d'aller.

Wise expliqua longuement le système des repères et des cotes.

— Je ne sais pas si vous vous en êtes rendu compte. C'est une des bizarreries des archives historiques : il y a beaucoup d'informations sur les périodes anciennes. Mais plus vous vous approchez de Globalia, plus elles se raréfient.

Ils étaient parvenus devant une travée de rayonnages presque vides.

— Aujourd'hui, pour ainsi dire, l'histoire de Globalia s'écrit tous les jours sur les écrans avec les films, les reportages, les documentaires en tout genre. Une image chasse l'autre et nul n'aurait plus l'idée d'embrasser tout cela dans la continuité. Surtout sur papier.

Ils retournèrent sur leurs pas et revinrent dans les rassurantes murailles de la guerre d'Indépendance américaine et de la Florence des Médicis.

Tout ce qu'il voyait, cet immense travail de conservation, l'amour sincère de Wise pour les livres, commençait à rassurer Puig. Il était impossible qu'un tel travail eût été accompli seulement pour servir à une provocation. En voyant devant lui la silhouette voûtée de Wise qui clopinait dans les tunnels de sa monstrueuse fourmilière de livres, il pensa tout à coup que ses prudences étaient méprisables, qu'il fallait faire confiance à cet homme. Et comme un plongeur domine sa peur en réduisant mentalement la distance de laquelle il va sauter, il se dit qu'il n'avait de toute manière rien à perdre.

— Et sur les non-zones, demanda Puig tandis qu'ils stationnaient un instant entre deux murs sombres d'in-octavo reliés de cuir fauve, vous auriez quelque chose ?

Wise se retourna et fourra le petit chapelet dans sa poche comme si l'heure n'était plus aux divertissements. Il forma un bref sourire puis fronça les sourcils.

— Ah ! les non-zones, mon ami, c'est un sujet difficile.

Tout aussitôt, il se remit à trotter en direction de l'espace où il avait d'abord reçu Puig. Quand ils y furent, il s'assit pesamment et invita son hôte à faire de même.

— Officiellement, comme vous le savez, les non-zones n'ont pas d'histoire puisqu'elles sont considérées comme vides ou presque. On y admet seulement la présence de quelques rares peuplades primitives et hélas de groupes terroristes.

Quiconque niait le caractère désert et sauvage des non-zones se rendait coupable d'un double déni. D'une part, cette opinion revenait à contester le caractère universel de la démocratie globalienne. D'autre part, d'un point de vue écologique, vouloir faire des non-zones des territoires accessibles à l'homme revenait à les retirer à la nature. Or les non-zones étaient présentées au contraire comme des terres où Globalia garantissait à la vie sauvage une totale protection.

— N'y a-t-il rien qui concerne leur création ? demanda Puig.

Wise secoua la tête.

— Les non-zones sont apparues en même temps que Globalia, à une époque où les livres ne disaient déjà plus rien.

Sans savoir pourquoi, au ton du vieil homme, Puig pensa que toutes les possibilités n'étaient cependant pas épuisées. En effet, au bout d'un assez long moment, Wise, en secouant les joues, dit, comme pour lui-même :

— Il faudrait rassembler des documents... La plupart ont été détruits. Mais il reste toujours des fragments de correspondance, des rapports, des cartes. Si vous me laissez un peu de temps, je peux voir ce que donne cette recherche.

Il se releva en montrant des signes de fébrilité, comme s'il eût été impatient de commencer ce travail tout de suite.

— Laissez-moi deux jours, résuma-t-il en tendant la main à Puig.

Cette fois, Wise raccompagna son hôte jusqu'à l'entrée. Au débouché du grand corridor, au moment de pousser la porte qui menait au-dehors, il eut encore ce mot, prononcé sans y penser.

— La prochaine fois, dit-il, amenez donc votre amie.

Avant d'être revenu de sa surprise, Puig était déjà dans la rue et la porte, derrière lui, s'était refermée.

CHAPITRE 6

Peu de gens marchaient à pied dans ce quartier résidentiel. Les véhicules qui passaient lentement étaient tous d'un luxe en accord avec le lieu. Kate sentait que derrière les portières aux vitres fumées les têtes, au passage, se tournaient vers elle et la dévisageaient. En retrait de la rue, derrière des pelouses impeccablement tondues, s'alignaient les façades de villas cossues. Leurs larges baies vitrées et les pilotis de béton leur donnaient l'inimitable charme « années 60 », nom donné par les antiquaires en référence à une période faste du XXe siècle. La plupart des édifices de ce genre avaient été détruits et remplacés par les grands ensembles de la zone sécurisée. Ce quartier était en somme un conservatoire du passé, mais vivant. Car ces villas étaient toutes habitées et servaient de logements de fonction.

Kate avait pris seule la décision de cette démarche. Elle avait sollicité ce rendez-vous avant de connaître Puig et se doutait qu'il ne l'aurait pas approuvée. Cela lui donnait un caractère presque clandestin et, malgré elle, elle pressait le pas.

Aucune indication, ni nom ni numéro, ne figurait sur les maisons. Heureusement, le badge qu'on lui avait remis à l'entrée du quartier lui permettait de se repérer : la petite carte clignotait automatiquement vers la droite ou la gauche selon le chemin à suivre. Elle déclencha d'elle-même une sonnerie quand Kate fut arrivée devant la maison où elle se rendait. La porte s'ouvrit et elle pénétra dans un grand hall carrelé de blanc et de noir. Des citronniers en jarre montaient la garde devant les fenêtres. Une femme élégante, vêtue d'un léger pantalon bleu serré aux chevilles et d'une blouse blanche, très naturelle et très chère, vint vers elle en lui tendant les bras.

— Entrez, s'écria-t-elle. Comme je suis heureuse de vous voir !

Kate, par réflexe, tendit à son tour les mains et saisit celles de l'hôtesse : elle les sentit rêches et noueuses. De lourdes bagues chargeaient ses doigts sans pouvoir toutefois dissimuler la légère déformation des jointures. Ces mains marquées par l'âge contrastaient avec le visage juvénile, presque enfantin. Sans doute l'effet heureux du contre-jour dissimulait-il les traces de l'énorme effort chirurgical qui avait permis à cette fraîcheur d'éclore si tardivement. Dès qu'elle eut touché les mains fines et légères de Kate, la femme eut un recul et les rejeta comme un contact venimeux.

Sa voix redoubla de chaleur au même instant :

— Asseyez-vous, s'écria-t-elle. Greg ne va pas tarder. Il termine une téléconférence et nous rejoint.

Kate traversa le salon en contemplant le luxe de cet intérieur. Le secret tenait en un mot : le vide, le dépouillement. Cette villa faisait étalage de ce qui était désormais le bien le plus rare : l'espace. L'immense majorité des Globaliens s'entassait dans des logements chers et minuscules. De plus en plus de gens, surtout parmi les classes pauvres et donc, en particulier, la jeunesse, étaient réduits à partager des appartements communautaires. Kate compta mentalement combien de personnes auraient pu cohabiter dans ce salon. Elle se dit que vingt-cinq ne serait pas un chiffre exagéré.

— Mon beau-frère nous a beaucoup parlé de vous, dit la maîtresse des lieux en s'asseyant.

— J'en suis heureuse, madame.

— Madame ! Allons, tenez-vous-en à « Maud ».

Maud rit en plissant le nez d'une façon charmante qui soulignait les petites taches de rousseur de ses joues. Ces fleurs de culture étaient habilement placées. Par comparaison, les grains de beauté de Kate, poussés sans ordre et noirs, lui donnaient le sentiment d'être une friche sauvage auprès d'un jardin cultivé.

— Ainsi, reprit Maud en affectant un prodigieux intérêt, vous avez été élevée à Anchorage ?

— Oui, mad..., oui Maud.

— Greg y est allé une fois, pour voir son frère. Moi, je ne connais pas. Le climat est rude, paraît-il. Quand il y a des pannes d'air conditionné, ce doit être l'enfer.

— Ce n'est arrivé qu'une fois quand j'y étais.

— Oh ! tant mieux. Tant mieux.

Maud se releva pour servir à boire et tendit gracieusement un verre de jus d'orange à Kate.

— Vous savez, quand mon beau-frère a décidé de partir là-bas, nous étions catastrophés. C'était un garçon vivant, plein d'avenir, intelligent. Tout quitter comme cela... Pour s'occuper de *jeunes*...

Maud avait beau contrôler son expression et garder sur les lèvres un permanent sourire, le dégoût que lui inspirait ce mot transparut sur sa mimique.

— Enfin, heureusement, il est revenu ! Il a repris une vie normale. L'avez-vous revu ?

— Non, je l'ai seulement appelé pour lui demander cet entretien avec votre mari.

— Il nous a prévenus tout de suite. Vous voyez s'il est dévoué… Et Greg écoute toujours son frère, malgré ses occupations. Il n'a pas pu vous recevoir immédiatement car, comme vous le savez sans doute, il y avait des élections.

— Non, je ne savais pas. Il y en a si souvent.

L'indignation, par une recette savamment acquise, se transformait sur le visage de Maud en un charmant battement de cils.

— Ce n'est pas parce qu'il y en a souvent qu'elles ne sont pas chaque fois importantes, rectifia-t-elle avec une hautaine bonté. Les 98 % d'électeurs qui s'abstiennent en moyenne ont le tort de l'oublier.

Kate ne savait quoi répondre. Heureusement Greg entra dans le salon à cet instant. Une complète transformation s'opéra sur le visage de Maud. Elle adoucit ses yeux et les riva sur son mari. Il alla droit vers elle comme un canard attiré par l'appeau et l'embrassa. Maud, tout en agrippant fermement son homme, se tourna vers Kate pour la lui présenter.

— Voici la jeune élève de ton frère Tim. Celle pour laquelle il nous a téléphoné.

Greg posa sur Kate un regard absent. Elle aurait juré qu'il ne sortait pas d'une réunion mais plutôt d'une longue séance devant un écran, pour regarder le championnat de cricket.

— Oui ! s'écria-t-il avec un peu de retard. Vous vouliez me voir d'urgence…

Kate sentait qu'il n'était pas aussi hostile à la jeunesse que sa femme. Mais elle en devinait aussi la raison et le regard qu'il posa sur elle lui parut un peu insistant.

— Asseyez-vous, invita Maud et elle donna l'exemple elle-même.

Mais Kate resta debout.

— Oui, lança-t-elle, j'ai besoin de vous parler d'urgence. C'est pour une affaire politique.

— Politique ? s'exclama le député sans cacher son amusement.

Elle répondit par un surcroît de froideur et de sérieux.

— Oui, politique. Plus précisément, il s'agit de la lutte antiterroriste.

Greg échangea un bref coup d'œil avec sa femme. Elle semblait lui demander s'il fallait jeter l'intruse dehors. Mais elle ne sut rien lire d'autre en retour que la peur et resta immobile. C'était bien les manières de Tim : leur mettre dans les pattes des gens louches, qui risquaient d'attirer des ennuis.

Kate profita de cette hésitation pour tenter le tout pour le tout.

— Puis-je vous parler seule à seul ? s'écria Kate.

— Eh bien, bredouilla Greg, allons... dans mon bureau.

Maud ne tolérait jamais de tels apartés et elle voulut s'interposer. Mais avec une mimique qui indiquait qu'il n'y avait à la fois rien à faire ni rien à craindre, Greg gémit, à l'adresse de sa femme :

— Si c'est une affaire politique...

Il laissa passer Kate devant lui et la guida vers le premier étage. Dans le bureau, un large écran était allumé sur une chaîne sportive et Kate fut assez bêtement satisfaite de l'avoir prévu. Greg éteignit et s'assit derrière sa table de travail. C'était un homme grand et lourd qui portait beau quand il était debout. Sitôt assis, il semblait s'affaisser ; son cou s'élargissait et se fripait, comme un tas de linge qu'on vient de décrocher pour le poser en vrac sur une table.

— Je vous écoute, dit-il en croisant les doigts.

— Voilà, j'ai un copain, commença Kate, puis elle s'éclaircit la gorge. Enfin, pour dire la vérité, c'est mon ami...

Le moment était venu de se jeter à l'eau.

— Il a disparu, continua-t-elle. C'est lui qu'on présente partout comme un terroriste.

— Comment ? Ce… Baïkal ?

— Oui.

Greg blêmit. Ses yeux étaient immobilisés par la terreur. On aurait dit un chevreuil qui vient d'entendre claquer un coup de feu.

— Pourquoi venez-vous me voir, moi ? prononça-t-il d'une voix blanche.

— Pour que vous m'aidiez.

— Oui mais pourquoi *moi* ?

Elle aurait pu dire : « Parce que je connais votre frère. » Cela n'aurait pas été le fond de la vérité.

— Parce que je vous ai entendu parler sur les écrans et que vous m'avez semblé sincère.

Il n'y avait aucun calcul dans cet aveu. Pourtant il était le plus habile : tout autre propos aurait permis au député de la jeter dehors. Mais le rappel de son personnage public, de ses déclarations politiques empêchait un éclat trop spontané. Il prit le ton bienveillant qui avait fait de lui le célèbre Greg LaRocha, un des hommes politiques les plus médiatiques.

— Si vous suivez un peu ma carrière, dit-il, vous savez que je ne suis pas du tout un spécialiste des questions de sécurité. Je m'occupe essentiellement de droits de l'homme et de libertés publiques.

— Justement.

Greg tressaillit.

— J'ai la certitude que Baïkal a été enlevé par la Protection sociale et qu'on l'a exilé dans les non-zones.

— Ce sont des accusations lourdes.

— J'ai des arguments sérieux.

— Il faut les fournir à la presse.

Depuis que Kate avait rencontré Puig, ils avaient souvent parlé de la presse et elle s'était formé son opinion.

— La presse n'est pas libre.

— Comment ! s'indigna Greg. Mais c'est extrêmement grave, ce que vous dites. Nous vivons dans une démocratie : toutes les opinions peuvent s'exprimer.

— Sur le terrorisme ?

— Ah ! si c'est pour nier le danger, bien sûr...

Kate haussa les épaules.

— Il y a des tribunaux, proposa le député qui cherchait une piste sur laquelle la lancer.

— Contre la Protection sociale ? Contre des centaines de « témoins » ? Contre une campagne orchestrée sur tous les écrans ? Vous savez bien que toute la législation est soumise à l'exception du terrorisme.

Elle criait presque. L'affaire prenait une tournure que Greg n'appréciait vraiment pas.

— Quelqu'un sait-il que vous venez ici, à part Tim ?

— Non.

Greg ne se montra pas rassuré pour autant. Il était certain qu'elle devait être surveillée. La Protection sociale lui demanderait certainement des comptes sur cette visite et, comme homme politique, il valait mieux qu'il n'en sache pas trop. Il fallait abréger.

— Bref, s'exclama-t-il en remontant ses chairs flottantes sur leur hampe d'os. Qu'attendez-vous de moi ?

— Seul un politique peut prendre la défense d'un individu calomnié, victime d'une machination. Vous qui êtes attaché aux droits de l'homme...

— En effet, confirma-t-il, heureux de pouvoir reprendre pied sur un terrain familier et plus ferme, je suis très déterminé à promouvoir l'extension des droits de l'homme. La semaine dernière encore, j'ai fait voter un complément au texte sur le « Droit à la différenciation physique » : il permet à des personnes qui le souhaitent de se faire greffer des organes surnuméraires, des doigts pour les pianistes par exemple, des poumons auxiliaires pour les cyclistes. Si les progrès attendus se confirment...

— Je ne vous parle pas de droits nouveaux, coupa Kate. La question, c'est le respect des droits les plus simples, la possibilité d'avoir un procès équitable, de ne pas être détenu ou exilé sans motif. Le droit à la liberté, tout simplement.

— Celui-là est garanti par la démocratie. C'est un acquis.

— Et s'il y avait des exceptions ?

— À ma connaissance, il n'y en a pas.

— Et quand, justement, on porte le contraire à votre connaissance ?

Le député s'agita sur sa chaise. D'ordinaire il était plus prompt à trouver la petite formule alerte qui mettait fin à un entretien sur une note optimiste. Ce diable de fille, avec ces petits regards noirs sur sa peau, ne lâchait pas prise.

— Il me semble, ma chère Kate, claironna-t-il sur le ton d'une conclusion, que vous exagérez beaucoup l'influence des politiques.

Il eut le tort, en terminant cette pirouette, de reposer ses coudes sur le bureau et de se pencher en avant. Kate bondit comme un chat, saisit fermement les poignets de Greg et, le cou tendu, les yeux braqués sur les siens, dit d'une voix sourde et suppliante :

— Aidez-moi ! Vous le pouvez. Je sais que vous le pouvez. Intervenez... Parlez au Président...

Était-ce le contact de ces mains fines et glacées, ou l'effet d'un naturel, d'une spontanéité dont il n'avait pas l'habitude ? En tout cas, Greg, après être passé par la crainte, l'irritation, l'impatience, sentit tout à coup ses résistances s'effondrer : il avait une envie profonde de s'autoriser la sincérité. Un instant, il se sentit vieux, misérable et sale, impuissant surtout, terriblement impuissant.

— Le Président, soupira-t-il... Croyez-vous qu'il ait la moindre autorité sur ces choses ?

Il se leva, ouvrit la baie vitrée qui donnait sur une terrasse avec vue sur les pelouses et invita Kate à sortir avec lui sur cet espace découvert. Il s'accouda à la rambarde de métal et regarda au loin.

— Vous savez ce qu'est notre métier ? commença-t-il. Du théâtre, voilà tout. Nous *représentons*, cela dit bien ce que cela veut dire.

Une nounou, en face, surveillait du coin de l'œil deux petits enfants qui jouaient sur le gazon.

— C'est mon frère Tim qui a commencé en politique, je ne sais pas si vous étiez au courant. Je l'ai suivi deux ans plus tard. Mais à ce moment-là, lui, avait déjà fait le tour. Il a tout quitté et il est parti pour Anchorage. Il ne vous l'a jamais dit ?

— Non.

— Pourtant, c'est ainsi. Il a vu tout de suite ce qu'était la politique. Et moi aussi d'ailleurs.

Un des bébés venait de tomber à la renverse et la nounou se précipitait. Kate eut l'impression que Greg la suivait des yeux, attiré par le mouvement de ses seins lourds tandis qu'elle se penchait pour redresser l'enfant.

— Tout de même, dit-elle, vous êtes élu. Vous pouvez parler. On vous écoute. Vous votez les lois.

Greg haussa les sourcils d'un air désabusé.

— Vous avez certainement remarqué qu'il y a tout le temps des élections en Globalia. Partout, à chaque instant, pour tout.

— Oui.

— Et vous avez vu aussi que personne ne se déplace. Vous pas plus que les autres, n'est-ce pas ?

Il ne lui laissa pas le temps de répondre.

— C'est la grande sagesse du peuple, voyez-vous. Les gens ne se dérangent que pour les élections qui ont un sens.

La garde d'enfant avait fini par remarquer qu'il l'épiait et lui jeta un regard mauvais. Greg se redressa, lui tourna le dos et s'assit sur la rambarde.

— On vote pour n'importe quoi : chaque communauté a son collège de délégués, son président de ceci ou de cela. Chaque zone sécurisée a dix instances pour la représenter ; chaque association peut émettre des avis, chaque profession a des élus, c'est une merveille, n'est-ce pas ? On ne cesse d'étendre la démocratie.

Il ricana.

— Tout cela s'emboîte, se concerte, se neutralise. La démocratie globalienne couvre toute la planète : le gouvernement se réunit une fois sur deux à Moscou, l'autre fois à Washington. Le Parlement a son siège à Tokyo, la Cour de justice à Rome, le Conseil économique et social à Vancouver, la Banque centrale à Berlin, etc. Quand on en arrive à désigner le Président, il faut trouver quelqu'un d'acceptable partout. Il ne doit déplaire ni aux Tamouls ni aux habitants de Baton Rouge, ni aux pêcheurs de Galice ni aux nomades du Sahara. Il faut surtout qu'il n'ait ni idée, ni programme, ni ambition. Ni pouvoir, bien sûr.

Il parut s'apercevoir de la présence de Kate.

— Vraiment, dit-il, Tim ne vous a jamais parlé de cela ?

— Jamais.

— C'est que lui, il a fait le saut.

— Pourquoi ne le faites-vous pas ? s'empressa Kate. Peut-être est-ce l'occasion ou jamais. S'opposer, ne serait-ce qu'une fois...

Greg la fixa un long instant, les yeux dans le vague, puis il éleva le regard vers la façade blanche de sa maison. Lentement, il se retourna vers les jardins. Les enfants et leur nurse avaient disparu. Restait le vert tendre des pelouses, des bouquets de rhododendrons mauves, une allée ratissée de gravier noir. Greg fit un mouvement de la bouche : le mot retenu par l'émotion se transforma en une respiration de carpe. Il élargit les bras et désigna tout ce paysage bien rangé, calme et luxueux, semblant prendre Kate à témoin de sa beauté.

— Rien n'est à moi, vous savez, dit-il finalement.

Et comme si cette déclaration eût marqué son retour vers l'abjection, il continua avec un mauvais rire :

— Logement de fonction. Avantages en nature. On s'y fait, croyez-moi. Et puis, la Protection sociale veille sur nous. C'est assez rassurant. Il n'y a que sur cette terrasse, apparemment, qu'ils n'ont pas mis de micros...

De l'autre côté de la vitre, dans son bureau, on distinguait la silhouette de sa femme. Elle entrouvrit la baie.

— Pardonnez-moi de vous déranger, fit-elle avec un regard assassin du côté de Kate, mais ton prochain rendez-vous est là.

— Ah ! l'entraîneur des Little Rock Bulls ! Vous m'excuserez, chère mademoiselle.

Il lui prit la main et elle le laissa la serrer en dominant son dégoût.

— J'espère vous avoir bien renseigné.

Maud avait repris sa place au côté de son mari, pendue à son bras. Ils étaient comme deux voyageurs tranquillement accoudés sur le pont d'un bateau qui regardent quelqu'un se débattre dans la mer. Un fond d'horreur se lisait dans leurs yeux mais ils avaient le calme de ceux qui acceptent d'un cœur égal leur heureux destin et la tragédie des autres.

Kate partit presque en courant. Le trajet était long jusqu'à chez elle. Il n'y avait rien contre quoi fracasser sa rage : elle la distilla lentement, comme un acide qui lui tombait goutte à goutte dans le ventre. Il faisait nuit quand elle traversa l'esplanade qui menait à son immeuble.

On n'aurait pas pu dire qu'elle pleurait mais les yeux la piquaient et elle chercha un mouchoir dans le sac qu'elle avait emporté pour se donner une contenance. Ce fut alors qu'elle remarqua que la diode de son multifonction clignotait. Un message était en attente. Elle saisit l'appareil et mit en route l'écran. Il y avait en réalité trois textes. Un de son ancien employeur, à propos de questions administratives sans importance. Un autre de Puig qui sortait de chez Wise et lui donnait rendez-vous pour le lendemain à Walden.

Le dernier, sans indication de provenance, la fit presque chanceler. Elle le relut quatre fois avant de prendre conscience de son sens. Il disait simplement : « Je suis exilé dans les non-zones. Ne m'oublie pas. Je t'aime, Kate. » Et, en guise de signature, une seule lettre : B.

CHAPITRE 7

Patrick profitait de ce qu'il habitait Los Angeles pour arriver en retard aux réunions hebdomadaires des plus hauts responsables de la Protection sociale à Washington. L'originalité californienne n'était pas sa seule excuse. En réalité, on lui passait tout parce qu'il était le neveu de Ron Altman.

Pourtant, la mauvaise humeur se lisait sur le visage du général Sisoes quand il vit arriver le chef de son département historique avec une demi-heure de retard.

— Bonjour, Patrick, gronda Sisoes. Maintenant que nous sommes au complet, je vais pouvoir me répéter.

— Bonjour, mon général.

À l'évidence, entre le play-boy californien bronzé et le militaire raide, passait un courant de mépris violent qui les empêchait même de se regarder en face. Leur grande différence d'âge était le seul facteur susceptible d'atténuer un peu cette hostilité. Patrick avait une soixantaine d'années de moins que Sisoes.

Glenn Avranches, le chef du Bureau d'identification de la menace, semblait mal à l'aise de devoir arbitrer, une fois de plus, ce combat feutré.

— Je disais donc, reprit le général Sisoes, que

c'est au nord d'une île que l'on appelle le Sri Lanka et qui a même autrefois été un État...

Il eut un rire mauvais pour brocarder ces monstruosités du passé.

— Beaucoup d'îles ont été des États, mon général. À commencer par l'Angleterre.

La mise au point de Patrick était une pure provocation, destinée à faire perdre contenance à Sisoes. Elle réussit parfaitement.

— Bref, bredouilla le militaire, jetant en vrac ce qu'il s'était promis de livrer posément, ils se battent là-bas. En pleines zones sécurisées ! Une guerre civile dans Globalia. Je ne sais pas si vous vous rendez compte ?

— Avec le mal que nous venons de nous donner pour unifier l'ennemi extérieur, s'indigna Glenn.

— Ce genre d'émeutes, coupa Sisoes, nous en avons déjà connu. Il n'y a pas de discussion : il faut les arrêter tout de suite. C'est votre avis, Patrick ?

— Tout à fait d'accord.

— Cela tombe bien, parce qu'il va falloir vous y coller : il paraît que les excités qui se battent invoquent le passé, des histoires qui remontent à la nuit des temps entre... Cinghalais et... Tamouls.

Il lisait ses notes et soulevait ses gros sourcils.

— Cela vous dit quelque chose ça, Cinghalais et Tamouls ?

— Bien sûr, dit Patrick.

Sisoes perçut ce ton d'évidence comme une insulte. Il baissa la tête et souffla par le nez, méthode de relaxation qu'un nouveau psychologue venait de lui enseigner.

— C'est un très vieux conflit, en effet, continua Patrick, entre les Cinghalais bouddhistes et les Tamouls hindouistes. Pour l'historien, c'est assez complexe à traiter. Il y a énormément de fixation pathologique de la mémoire dans cette île. Il faudrait pratiquement tout détruire ou tout confisquer pour supprimer les souvenirs qui entretiennent la haine.

Sisoes faisait un petit mouvement nerveux avec le poignet pour montrer son impatience devant cette pédanterie. Le département historique était un secteur méprisé au sein de la Protection sociale ; ses membres étaient regardés comme des bavards et des paresseux. En même temps, chacun avait conscience que les historiens remplissaient une fonction essentielle. Le passé est un immense réservoir d'idées nuisibles : tyrannies, conquêtes, colonisation, esclavage. Tous les crimes sont dans l'histoire et se tiennent prêts à en ressortir. Aussi, dans une démocratie universelle et parfaite comme Globalia, était-il indispensable de placer la mémoire à la garde d'un corps spécialisé.

— En constatant la persistance des tensions, continua Patrick, nous avons repris complètement le problème l'an dernier. Nous pensions qu'il était temps de remettre à plat la question des références culturelles standardisées au Sri Lanka. En cherchant bien, on peut trouver pas mal de données historiques qui vont dans le sens de la paix. C'est à nous de les mettre en valeur et de les enseigner, pour que l'île redevienne calme.

— Il faut croire que vous avez encore du pain sur la planche, ricana Sisoes.

— Il y a six mois, continua Patrick sans relever la pique, nous avons même fait tourner à Hollywood un film qui s'ajoutera aux références culturelles standardisées des deux communautés. Il montre leur parenté, met en scène un couple mixte et son bonheur. C'est un genre de *Roméo et Juliette* au Sri Lanka, si vous voulez.

C'était une des passions de Patrick. Grâce aux contacts qu'il entretenait à Los Angeles dans les milieux du cinéma, il avait introduit l'usage de ce qu'il appelait des « légendes de neutralisation ». Il s'agissait, par des films à (légère) dimension historique, d'insister sur ce qui pouvait réunir différents groupes entre lesquels des tensions se faisaient jour.

Sisoes avait le plus grand mépris pour ces méthodes. Leur premier défaut était de justifier la domiciliation lointaine et confortable de ce tire-au-flanc. Les autres étaient si nombreux qu'il était commode de les résumer par cette courte phrase : cela ne marche pas. Il n'eut même pas à la prononcer car Glenn, aussi hostile que lui à cette approche, ne lui en laissa pas le temps.

— La maison brûle, Patrick, intervint-il. Ils se battent. Ce n'est pas le moment de revenir aux références culturelles standardisées…

— Et que faut-il faire alors ? demanda Sisoes, ravi de lancer ses subordonnés les uns contre les autres.

— La procédure est toujours la même, dit Glenn. Il faut laisser l'histoire de côté. Le plus important, c'est de *choisir* qui a tort. Le Bureau d'identification de la menace a l'habitude de faire ce boulot-là. On observe attentivement les deux camps qui s'affrontent et on voit comment chacun s'y prend. Il y en a toujours un qui est plus insolent, plus agressif, moins adroit. On déclare que *celui-là* est le méchant. Peu importe qu'il ait tort ou raison en réalité. Après, on met la machine en route. Tout doit être utilisé pour noircir le méchant : les écrans l'accusent de voler, de violer, de piller, etc. Et l'autre, le gentil, on vous l'habille vite fait en parfaite victime. Ce n'est pas très difficile de commander quelques bons reportages sur les femmes et les enfants qui souffrent. Demandez à Wimeux s'il ne sait pas faire cela ?

Wimeux acquiesça gravement.

298

— Voilà, conclut Glenn. Ensuite, on vous rend le tout, mon général, et vous n'avez plus qu'à taper sur le méchant et à envoyer de l'aide humanitaire à la victime.

— Cela me paraît clair et sans ambages ! s'exclama Sisoes.

— Franchement, c'est la routine, ce genre d'affaire.

Les trois personnages gris qui s'accordaient gaiement regardaient Patrick avec pitié. Sa tenue légère californienne devenait tout à coup non plus un signe d'aisance et de brio mais le signe pitoyable d'une incurable inadaptation.

— Je suis tout à fait d'accord avec Glenn, acquiesça Patrick en essuyant ses lunettes de soleil. Sa méthode sera efficace pour calmer la crise. Mais elle n'empêchera pas que demain ou dans un an, la même agressivité resurgisse. L'histoire est une plante tenace, quand on ne l'extirpe pas.

Sisoes n'aimait décidément pas les intellectuels de ce genre, jeunes de surcroît. Il leur fallait toujours discutailler, mettre du compliqué là où il pouvait n'y avoir que du simple. C'était dans ces moments qu'il se réjouissait que Patrick eût choisi de vivre à Los Angeles. Ce gars était à l'aise dans le monde nébuleux des marges. En plus de son travail au département d'histoire, où il ne se tuait pas à la tâche, Patrick représentait discrètement la Protection sociale auprès des mafias qui trafiquaient avec les non-zones. Et il fallait reconnaître que cela, il le faisait bien.

— Bon, conclut Sisoes. La cause est entendue. Glenn, vous vous occuperez dès aujourd'hui de cette foutue île, le Sri Lanka, c'est bien cela ?

— Sans faute, mon général. Dans quinze jours, vous aurez un terrain bien propre avec un bon et un méchant.

Contre les rebuffades bureaucratiques, Patrick avait une recette infaillible : il pensait aux rouleaux du Pacifique, vus depuis sa terrasse. Il sourit aimablement en remettant ses lunettes noires. Ce qui allait suivre le vengerait au-delà de toute espérance.

— La discussion est close, annonça Sisoes. Passons à la suite : le point sur le Nouvel Ennemi. Désolé, mais sur cette affaire confidentielle, nous devons nous réunir à huis clos avec les départements concernés.

Les regards se tournaient vers Patrick mais celui-ci ne bougeait pas.

— À bientôt, Patrick, aboya Sisoes. Et merci encore !

— Mon département n'est peut-être pas concerné, dit doucement l'historien, mais je le suis... à titre personnel.

Cette déclaration tomba dans un épais silence. Sisoes pensait avoir compris et avait peur de voir se réaliser ses pires craintes. Jusqu'ici, bien que tout le monde eût cela en tête, il n'était jamais fait mention de Ron Altman à propos de son neveu. Tout semblait se dérouler selon la hiérarchie et le général était en droit de croire ou, du moins, de faire croire qu'il avait pleine autorité sur Patrick. Or, celui-ci venait de prononcer les mots redoutés :

— Mon oncle, qui est un peu souffrant, m'a demandé de suivre cette affaire pour lui et de vous transmettre ses recommandations.

Sisoes eut un bref recul de la tête comme s'il venait de recevoir une gifle. Mais aussitôt il se redressa et tira sur sa tunique, pour montrer que le militaire discipliné reprenait en lui le dessus.

— Nous avons toujours scrupuleusement exécuté les ordres de Ron Altman, dit-il. Puis se tournant vers Glenn, il demanda d'un ton égal : commencez par nous exposer les faits.

— Voilà, entreprit Glenn sans savoir s'il devait regarder Sisoes ou Patrick et, finalement, en préférant baisser les yeux : elle a reçu un message hier soir.

— « Elle », précisa le général à l'adresse de Ron Altman, ici représenté par monsieur son neveu, c'est la petite amie de celui que nous appelons le Nouvel Ennemi.

Glenn prit note mentalement de bien expliciter tous les termes qu'il emploierait. Il expliqua en détail quel était la teneur du message et sa provenance. À la mention de Tertullien, Patrick hocha la tête d'un air entendu. Bien évidemment, précisa Glenn, tous les circuits de transfert d'information en Globalia étaient contrôlés et celui de Kate tout particulièrement. Il n'y avait eu qu'un seul message et aucune réponse. Il ne fallait pas s'étonner que le texte eût été en clair : les services de la Protection sociale disposaient de tels moyens pour casser les codes qu'il était illusoire de chercher à les tromper. Patrick interrompit ces explications techniques en demandant des précisions sur Kate. Comment vivait-elle ? Lui connaissait-on des amis ? etc.

— J'allais y venir, répliqua Glenn avec humeur. Pour ce qui concerne sa vie à la maison, nous savons par sa mère, qui est un de nos agents, que tout est absolument normal. Les rapports qui proviennent de son employeur sont très rassurants aussi.

— Parfait, souligna Sisoes qui partageait la peine de son subordonné et entendait faire front avec lui.

— Il y a quand même des choses préoccupantes.

— Lesquelles ?

— Elle fait des démarches imprudentes. Après le départ de son ami, elle a essayé de faire passer un message à l'*Universal Herald*.

— Une vieille histoire, coupa Sisoes qui ne voulait pas trop charger la barque.

— Plus récemment, hier pour être précis, elle est allée voir Greg LaRocha.

Maud n'avait pas traîné pour rendre compte de la visite à son député de mari. Elle lui avait donné le beau rôle et s'était contentée d'affirmer qu'il avait éconduit la solliciteuse sans rien lui dire.

— Tel que je connais LaRocha, ricana Sisoes, il a dû être mort de trouille ! C'est tout ?

— Non, objecta Glenn en secouant la tête. Il y a toujours cette histoire, que j'avais mentionnée la dernière fois.

Il hésitait.

— Dites, l'encouragea Sisoes, ne cachez rien.

— Elle continue à voir cet ami…

— Qui cela ?

— Un ancien journaliste. Un type assez dangereux qui a voulu nous mettre en cause dans l'attentat de Seattle.

— Pour quel média travaille-t-il ?

— Il ne travaille plus, heureusement. Sa carrière a été fortement accélérée. Il a son Minimum prospérité et c'est tout.

À chaque question de Patrick, Sisoes observait Glenn avec anxiété.

— Donc, il est bloqué chez lui. C'est là qu'elle le voit ?

— Non, elle le rencontre en ville, dans les rues, sur des bancs… Hier soir, pour la première fois, elle est allée chez lui. Elle a frappé à sa porte vers minuit.

— C'était après avoir reçu le message ?

— Une heure après l'avoir ouvert sur son multifonction.

Patrick eut un sourire pensif qui dérouta le chef du BIM.

— Le plus préoccupant, ajouta Glenn avec l'air offensé de celui qui veut être pris au sérieux, est que ce personnage fréquente depuis quelque temps une association appelée « Walden ». Vous savez, ce sont ces gens qui récoltent les vieux papiers. Professionnellement, ils sont classés comme chiffonniers. En fait, ils lisent, ils discutent.

— S'il ne tenait qu'à moi, intervint Sisoes, il y a longtemps qu'on aurait fermé ces trucs-là ! Mais ils ont de puissantes protections, paraît-il…

— Le risque, selon nous, c'est qu'il entraîne la fille là-bas. C'est plein de gens qui fouillent, qui fouinent, qui ont un sale état d'esprit. Ils seront très intéressés d'entendre l'histoire de l'enlèvement de Baïkal, de lire son message, etc.

Sisoes se tourna vers Patrick. Après tout, puisqu'il voulait prendre une responsabilité dans cette affaire, autant qu'il la prenne tout entière.

— Glenn a raison : tout cela devient préoccupant. Votre oncle nous a demandé de surveiller cette fille. Nous l'avons fait et, j'ose le dire, bien fait. Maintenant, il faut agir.

Bien que le général eût ménagé un long silence pour reprendre sa respiration, Patrick ne lui fit pas la charité d'une réponse. Il fallait visiblement en venir à des questions plus précises.

— Faut-il laisser ce marginal tourner autour de la fille ? développa Sisoes. Ne vaut-il pas mieux le coffrer tout de suite ? Doit-on faire une descente dans cette association pour leur ôter toute envie de se mêler de cette affaire ? Je continue ?

— Volontiers.

— Faut-il sortir du bois et expliquer à la fille de façon musclée qu'elle doit se tenir tranquille ? Faut-il aussi accélérer sa carrière pour qu'elle ne puisse plus sortir non plus de chez elle ?

Devant l'absence de réponse de Patrick, Sisoes poursuivit avec plus d'assurance :

— Pour parler franc, j'ai des inquiétudes sur l'opération « Nouvel Ennemi » dans son ensemble. Si nous ne la nourrissons pas d'informations nouvelles, le public va se lasser. Votre oncle nous avait promis des actions spectaculaires mais rien ne vient. Il y a eu heureusement deux ou trois attentats ces derniers jours, qui n'ont probablement rien à voir avec ce pauvre Baïkal et, bien sûr, nous les lui avons collés sur le dos. Mais il faudrait qu'il se décide à agir pour de bon.

Patrick, avant de répondre, se donna l'aise de se pencher un peu en arrière et de regarder un instant par la fenêtre.

— Parlons d'abord de la fille et de ceux qui l'entourent, prononça-t-il enfin. Qu'est-ce que nous avons à craindre ?

Malgré tous ses efforts, il avait dans la voix l'accent légèrement supérieur de ceux desquels on attend une décision. Sisoes était enragé de voir ainsi la hiérarchie inversée.

— Cet ex-journaliste, reprit Patrick, est un pauvre garçon sans travail, sans relation, sans moyen. Laissez-le distraire cette petite. Elle fera moins de bêtises que toute seule.

Glenn pianotait sur son multifonction comme s'il prenait des notes mais il regardait Sisoes par en dessous, pour guetter ses réactions.

— Ces associations de lecteurs, continua Patrick, nous les connaissons bien. J'ai moi-même fait il y a deux ans un audit de leurs rayons Histoire. Ils sont incontestablement en dehors des règles. Mais leurs études concernent des périodes si anciennes qu'elles n'ont aucune conséquence pratique. Ils savent que nous les tolérons et ils se tiennent à carreau. Laissez-les tranquilles aussi.

C'était proprement incroyable. Il commandait et Sisoes semblait s'y résigner.

— Et la fille ? insista celui-ci.

— Dans l'esprit de mon oncle, les choses sont extrêmement claires. Il est fondamental qu'elle reste libre.

— Libre de tout ! s'écria Glenn. Libre d'aller ameuter les politiques, libre de rédiger des communiqués. Libre aussi de rejoindre le Nouvel Ennemi, peut-être ?

Sisoes sut gré à son subordonné de cette indignation qui venait du cœur.

— Les politiques n'ont aucun pouvoir, objecta Patrick. Et les communiqués, vous les bloquez, n'est-ce pas ?

Glenn ne put s'empêcher de rougir. N'y avait-il pas là une allusion discrète au seul véritable couac de cette opération : le fait que le communiqué de Kate ait encore pu s'inscrire sur le multifonction désactivé de Puig. C'était à cette incompréhensible erreur technique que Kate devait d'avoir rencontré l'ancien journaliste.

Heureusement, Patrick ne semblait pas au courant de cette bavure et ne poursuivit pas dans cette direction.

— Pour ce qui est de continuer à alimenter le public en informations alarmantes sur le Nouvel Ennemi, dit-il, vous avez parfaitement raison, mon général. Mais il faut trouver quelque chose d'original. Pourquoi ne pas procéder à quelques arrestations spectaculaires et désigner de nouvelles cibles pour une campagne de bombardements ?

— Nous l'avons déjà fait.

— Mon oncle, malheureusement, juge que vous n'avez peut-être pas donné assez de cohérence à votre riposte. Pourquoi ne pas offrir à l'opinion un complot dans le complot ?

— Je ne comprends pas.

— Eh bien, par exemple, ce mafieux qui a transmis le message pourrait être mis en cause. Vous pourriez le présenter comme un agent du Nouvel Ennemi, lui trouver des complices et lui envoyer quelques bombes bien placées.

— Mais c'est un type qui travaille avec nous. Vous le savez mieux que personne !

— Je ne vous dis pas de l'éliminer. Seulement de lui donner un avertissement.

Sisoes était complètement désemparé.

— Je ne vois vraiment pas où vous voulez en venir.

— Mon oncle n'explique jamais tout à fait ses intentions profondes, vous le savez, mon général. Je les ignore moi-même. Mais à ce que j'ai compris, il souhaite, entre autres, faire monter la pression sur ce Baïkal. Si les mafieux sont à ses trousses, il faudra bien qu'il réagisse.

— Comme vous voudrez, dit Sisoes en secouant la tête d'un air dubitatif. Vous avez noté, Glenn ?

Le chef du BIM fit signe que tout était déjà consigné sur son clavier manuel.

— Et pendant ce temps-là, la fille… ?

— Mon général, s'écria Patrick avec un grand sourire, il faut vraiment que je vous offre *Roméo et Juliette* pour que vous puissiez le relire !

« Relire » était de trop. Sisoes, impuissant, souffla par les nasaux. Mais Patrick continua sans se troubler :

— Vous faites trop peu de cas de l'amour et de la puissance que lui donne la séparation. Mieux vaut ne pas chercher à contrarier une passion.

— En clair, que nous demandez-vous de faire ? s'impatienta Sisoes.

— Laissez-la chercher à le retrouver.

— Et y parvenir ?

— Vous verrez bien.

Sisoes et Glenn échangèrent un regard, le premier depuis le début de l'entretien qui contînt autre chose que de la peur. À vrai dire, pour deux hauts responsables de la Protection sociale, c'était un regard normal, c'est-à-dire chargé de soupçon, de ruse, de duplicité. Quelque part dans l'esprit méfiant de Sisoes, une lampe rouge venait de s'allumer et Glenn, s'il n'en connaissait pas la cause, fut immédiatement conscient de cette alerte.

— Si c'est ce que veut Ron Altman..., soupira-t-il.

CHAPITRE 8

Sur le feu de brindilles, Fraiseur étala amoureuse-
ment le cuissot de chèvre. Il avait confectionné deux
petits piquets qui maintenaient la pièce de viande à
quelques centimètres des braises. Déjà les gouttes de
graisse s'enflammaient en longues traînées jaunes.

— Sors le bordeaux, dit-il à Baïkal.

— Il n'y en a plus.

— Quoi ! Plus de cubes, plus aucun ?

— Aucun.

Toute une partie du festin qu'il projetait venait de
s'évanouir. Fraiseur fit une grimace.

— Va falloir prendre des décisions, conclut-il en
se redressant car le cuissot était maintenant à la
bonne place et grillait doucement.

— Pas seulement à cause du bordeaux, renchérit
Baïkal.

Ils avaient couru puis marché si longtemps qu'ils
avaient quitté les parages de la ville de Tertullien. Le
sol était redevenu sauvage et moins souillé. La clairière où ils s'étaient installés pour la nuit sentait la
bruyère et le sapin. Des bouquets de genêts formaient tout autour d'eux un écran vaporeux, qui les
protégeait des ronces.

— Je ne sais pas ce qu'ils ont raconté sur moi,
résuma Baïkal. En tout cas, personne n'ignore plus

que j'ai été exilé ici. Apparemment, ma photo circule partout. D'après ce que je comprends, ils ont essayé de me faire porter le chapeau pour l'attentat.

Les mots de Ron Altman lui revenaient : « Nous avons besoin d'un bon ennemi. »

— Donc... ? interrogea patiemment Fraiseur qui se penchait pour surveiller la cuisson.

— Donc, j'ai bien l'impression que je ne pourrai plus jamais rentrer en Globalia sans risquer ma peau.

— Je te l'ai toujours dit.

— Oui, mais je la risque ici aussi. C'est toi-même qui prétends que les bombardements me suivent à la trace.

— Faut que tu fasses plus attention, c'est tout. Personne doit te reconnaître.

Baïkal hocha la tête.

— Je ne crois pas que quelqu'un m'avait reconnu quand ils ont bombardé dans les parages.

Il tournait négligemment le neutralisateur qu'il portait sur un bracelet au poignet. Soudain, une idée lui vint.

— À moins..., s'écria-t-il.

— À moins que quoi ?

— À moins qu'ils ne m'aient fourré là-dedans — il désigna le bracelet puis le sac — une balise qui leur permette de me suivre.

— Dans ce cas-là, ils t'auraient tiré dessus sans hésiter.

— Va savoir. Il y a tellement de choses bizarres dans cette affaire... Peut-être veulent-ils seulement me faire peur ou vous dresser contre moi.

Il se sentait pris dans les filets machiavéliques de Ron Altman et une haine grandissait en lui contre le vieil homme.

— Écoute, c'est simple, coupa Fraiseur en retournant la pièce de viande bien juteuse. Va pas chercher des trucs trop compliqués. Y a des gens qui savent que t'es par ici, c'est tout. La seule solution, c'est de me suivre dans ma tribu. Une fois là-bas, il t'arrivera plus rien, c'est garanti.

— Et qu'est-ce que je ferai ensuite ? Je deviendrai un Fraiseur ?

— Pourquoi pas ? C'est pas déshonorant. Tu serais pas le premier à quitter les grandes villes du Nord pour s'installer en forêt. Mon ancêtre l'a fait avant toi.

Le peu d'enthousiasme de son compagnon avait piqué Fraiseur.

— C'est pas non plus les belles filles qui manquent, chez nous, reprit-il. Et d'ailleurs rien ne dit qu'elles voudront de toi.

Baïkal haussa les épaules et continua sur son idée.

— De toute façon, où que j'aille, même chez toi, ils le sauront. Je peux me débarrasser des balises mais il y a trop de gens au courant, maintenant. Tu as vu ce type qui nous a suivis à la sortie de la ville ?

— Y a un moment qu'il nous colle, celui-là.

— Je me demande ce qu'il veut.

— Si tu me laisses faire, crois-moi, on arrivera à le semer.

Par cette rassurante conclusion, Fraiseur décrétait la fin des bavardages et le début des choses sérieuses : la viande était prête. Ils en mastiquèrent longtemps la chair fibreuse. La nuit les enveloppait, fraîche et silencieuse, rythmée par le ressac du vent dans la tête des pins. Ils installèrent un quart à tour de rôle toutes les deux heures. Mais la fatigue de la course, jointe à l'allure débonnaire de ce lieu sauvage, leur fit négliger de veiller. À l'aube, ils étaient l'un et l'autre profondément endormis. Baïkal s'éveilla le premier, frappé par un rayon de soleil, et vit l'homme assis devant eux, qui tenait son fusil sur ses genoux.

— Que voulez-vous ? s'écria Baïkal.

— Du café, fit l'individu sans sourire.

C'était leur poursuivant de la veille, celui qu'ils avaient aperçu la première fois pendant les distributions humanitaires.

Quand Fraiseur s'éveilla à son tour, il fit un geste vers son vieux fusil mais l'autre lui signifia que c'était inutile : l'arme avait disparu.

— Pas besoin de tout cela entre nous, dit-il.

Et pour mieux illustrer son propos, il jeta son propre fusil loin derrière lui.

Il avait les mêmes yeux brillants qu'ils avaient remarqués dès le premier jour, quand il était assis dans le même cercle qu'eux, autour d'une énorme carcasse en train de cuire. Mais cette fois, face à face, en plein jour, ils pouvaient détailler ses traits.

Le personnage avait ceci de singulier qu'il ne pouvait être assimilé à aucune des castes qui peuplaient les non-zones et, cependant, il leur empruntait à chacune quelque chose. Des mafieux, il avait le regard aigu, celui-là même qui leur avait permis de le reconnaître chaque fois qu'ils l'avaient rencontré. Mais il n'avait ni le semblant d'élégance, ni la rigueur austère qu'affectaient par ailleurs les mafieux. Il souriait de la bouche et des yeux et on le sentait volontiers volubile, même s'il n'avait pas encore eu l'occasion de parler beaucoup. Ses vêtements étaient en loques, comme tous les Tribus, mais il lui manquait pour le confondre avec eux la même apparence de résignation soumise.

— Il y a un bon moment que je vous piste, dit-il avec une voix de gorge roulante et grave.

— Et nous, y a un bon moment qu'on t'a vu et qu'on t'évite, rétorqua Fraiseur.

Pour souligner qu'il avait dit son dernier mot, il ramassa sa pipe près du feu et se la fourra dans le bec. Mais l'homme ne semblait lui prêter aucune attention. Il regardait Baïkal.

— J'ai eu peur, quand vous êtes allés chez Tertullien. C'était vraiment se jeter dans la gueule du loup...

— Qui êtes-vous ? demanda Baïkal qui ressentait en face de cet homme un étrange mélange de méfiance et de familiarité.

— Mon nom est Howard, cela vous avance-t-il beaucoup ?

Fraiseur cracha dans le feu et lâcha, plein de mépris :

— Comme qui dirait, ça a l'air d'être un mafieux qu'a fait de mauvaises affaires.

Mais Howard ne cessait pas de sourire aimablement et ignorait les commentaires de Fraiseur.

— Je vous ai reconnu dès le début, confessa-t-il à voix presque basse. Dès le jour des distributions.

— Reconnu ? Qui ?

— Vous !

— Vous m'aviez déjà vu ?

— Un jour vous visiterez notre village, dit l'homme en se penchant en avant comme pour faire une confidence. Nous sommes plusieurs à nous y connaître un peu en électronique et nous avons bricolé un écran... Oh, ce n'est pas ce que vous aviez chez vous, sûrement. Il ne capte qu'une seule chaîne. Tout le monde se met autour, le soir, même les gosses. Et on regarde le journal.

Howard parlait vite, de façon naturelle, aimable, dans un anglobal fluide et riche. C'était la première fois depuis bien longtemps que Baïkal rencontrait une telle aisance. Même en Globalia, le langage tendait à s'appauvrir. Dans les non-zones, il était archaïque et mêlé à des réminiscences d'autres langues.

— C'est là-dessus qu'on vous a vu, un soir. Plein cadre. Ah ! en effet, c'est bien vous. Je n'ai eu aucun doute quand je vous ai aperçu, le jour des distributions. Depuis, je ne vous ai plus lâché.

Il rit. Il fallut que Baïkal sentît sur lui le regard réprobateur de Fraiseur pour qu'il ne fît pas de même. Mais c'était la seconde fois qu'on mentionnait la campagne dont il était l'objet sur les écrans et il ne résista pas, cette fois, à en demander un peu plus.

— Je sais que l'on parle de moi, dit-il en prenant un air assuré, mais j'ignore à quel propos.

— Magnifique ! s'exclama Howard en se tapant sur les cuisses. Un grand politique...

Du regard, il prit cette fois Fraiseur à témoin mais celui-ci se contenta de lâcher un petit nuage de fumée et de dédain.

— La voiture piégée, reprit Howard en faisant mine de parler à voix basse, les terroristes du Réseau, les bombardements en représailles... vous ignorez tout, bien sûr ? Moi aussi, n'ayez pas peur. Cela ne sortira pas d'ici !

Il avait un rire dans les graves très communicatif. Même Fraiseur semblait ne pas y être insensible. On voyait ses muscles se gonfler sur les tempes, tant il devait serrer le tuyau de sa pipe entre ses dents.

Baïkal se dit qu'il n'apprendrait rien s'il n'entrait pas un peu à son tour dans la farce.

— C'est entendu, concéda-t-il, je sais à quoi m'en tenir sur tout cela. Mais je suis parti depuis longtemps et j'aimerais savoir ce qu'*ils* en disent.

Howard n'attendait que cela pour se lancer dans une longue description de ce qu'il avait vu et entendu à propos du réseau terroriste qu'avait créé Baïkal.

Celui-ci, à mesure qu'il comprenait le machiavélisme et la gravité de la machination dont il était l'objet, ne riait plus. Il avait le teint terreux et se décomposait. Quand Howard s'en avisa, il s'arrêta :

— Je comprends que cela vous bouleverse qu'on en sache autant sur vous. En tout cas, c'était une rudement bonne idée de vous déguiser comme cela et de vous enfuir comme un misérable Tribu.

— Misérable toi-même, glapit Fraiseur qui n'attendait qu'un mot de travers pour intervenir. Et d'abord de quelle tribu es-tu toi, avec ton parler de singe ?

Pour prononcer ces derniers mots, Fraiseur avait pris une intonation pointue, en creusant les joues et en avançant les lèvres à la manière de Howard.

Celui-ci prit l'air interloqué, se redressa et, la voix plus grave que jamais, dit :

— Comment, vous ne savez pas qui je suis ?

Il regarda d'abord Baïkal.

— Vous encore, dit-il avec déférence, vous n'êtes pas un familier de nos régions.

Puis se tournant vers Fraiseur et le foudroyant des yeux :

— Mais toi, tu ne vas pas me faire croire que tu ne sais pas reconnaître un Déchu.

Fraiseur en lâcha presque sa pipe d'étonnement.

— Un Déchu ! répéta-t-il. T'es un Déchu ?

— Et pur, encore ! fit Howard en tapant avec ses poings sur sa poitrine, qui rendit un son de caverne. Alors, maintenant que tu as compris, ajouta-t-il, tu peux peut-être lui expliquer ce que c'est.

— Ben voilà, commença Fraiseur, les Déchus, comment dire ?... C'est une tribu...

— J'ai bien l'impression, intervint Howard, que tu n'en as jamais rencontré.

— Jamais, avoua Fraiseur, penaud.

314

— Maintenant tu n'auras plus cette excuse. Les Déchus, justement, ne sont pas une tribu. Ils se refusent à l'être, comprenez-vous ?

Il parlait maintenant pour le seul Baïkal, qu'il s'obstinait à voussoyer.

— L'origine des Déchus vient des temps anciens, quand la limite entre Globalia et les non-zones n'existait pas. Des guerres sanglantes se sont produites et les deux mondes se sont fermés. Les Déchus sont tous ceux qui ont refusé cette séparation, qui ont pris le parti de venir ici.

Baïkal regarda tout à coup cet homme autrement : il avait bel et bien quelque chose des deux univers et ce mélange portait avec lui une force pathétique et troublante.

— Et pourquoi dites-vous que vous n'êtes pas une tribu ?

— Jamais ! tonna Howard le doigt levé. Un Déchu est élevé par ses parents dans l'idée de les quitter, de ne pas s'agréger à ses semblables et de porter ailleurs — et seul — ce qui pour nous est essentiel.

— Quoi donc ? osa Fraiseur avec l'air un peu narquois.

— La révolte, gronda le Déchu. La rébellion, le refus, la révolution, la rage.

Tous les « r » de ces mots les faisaient déferler comme des tonneaux roulants sur un quai.

— Contre quoi ? demanda Baïkal.

— Contre l'ordre des choses, contre l'injustice, les enfants qui crèvent.

Il interrogea Fraiseur du regard.

— Depuis qu'il est ici, lui demanda-t-il en désignant Baïkal, a-t-il vu des épidémies, des famines ?

— Pas encore, fit Fraiseur en baissant le nez.

— C'est que vous n'avez pas fait beaucoup de chemin, alors ! Vous n'avez pas vu les poissons crevés au fil des rivières, les champs souillés de mazout, les récoltes misérables, les bœufs qui tirent la charrue, les cercueils de gamins ?

— Si ! Les cercueils, intervint soudain Baïkal que cette dernière image avait tiré de sa fascination.

— À la bonne heure ! Eh bien, la rage est là. C'est tout simple. Il y a ceux qui se résignent et ceux qui ne se résignent pas. Les Déchus ne se résignent pas.

Dans la clairière, le long silence qui suivit cette déclamation se peupla peu à peu de couleurs et de bruits : les clartés du matin ensoleillé et le souffle du vent dans les arbres. Enhardi par ces présences bien ordinaires, Fraiseur fit retomber la conversation sur terre.

— Et qu'est-ce que vous faites contre tout ça, en pratique ?

Howard saisit un épi d'herbe à côté de lui et porta la longue tige à sa bouche.

— Nous témoignons, voilà tout. Nous parlons.

— On a vu, ricana Fraiseur.

Le Déchu le foudroya du regard puis décida de l'ignorer et se tourna vers Baïkal.

— Chacun d'entre nous, quand il atteint l'âge de vingt ans, s'en va, change de lieu, se marie, fait des enfants et leur inculque la rébellion. Il rassemble autour de lui tous ceux qui veulent partager son idéal. Nous aussi nous formons un immense réseau. Mais nous n'avons que nos faibles moyens.

Il arracha l'herbe de sa bouche et, comme on annonce une décision cruciale, il déclara :

— C'est pour cela que quand je vous ai reconnu, je me suis dit que c'était la dernière porte du grand couloir qui s'ouvrait.

— Quel couloir ?

— C'est une prophétie que l'on se raconte de génération en génération. Les Déchus, depuis qu'ils ont quitté Globalia, sont enfermés dans un grand couloir. Chacun de ceux en qui ils répandent leurs convictions sont des portes qui s'ouvrent dans ce couloir. Elles ouvrent sur d'autres portes, jusqu'à la dernière, qui justifie toutes les autres. Vous êtes celui que nous attendons. Les Déchus vous apporteront ce dont vous avez besoin : vous êtes la dernière porte.

Il y eut un long instant de silence puis Fraiseur bondit sur ses pieds.

— Sacredieu ! Le maudit prêcheur ! J'ai jamais vu de Déchu mais celui-là me rappelle ces illuminés de moines fous, d'imams, de Rimpoché et tous les autres du même acabit qui vous promettent le paradis pour vous prendre votre bourse.

Ce disant, il eut la brutale souvenance des pièces que Tertullien lui avait remises et tâta sa doublure anxieusement jusqu'à les entendre sonner.

— Je n'ai jamais pris la bourse de personne, protesta dignement Howard, et tes douze pièces ne m'intéressent pas.

— Comment sait-il qu'il y en a douze ! s'exclama Fraiseur en prenant Baïkal à témoin.

— Chacun connaît le revenu annuel d'un puits d'ozone.

Pendant que Fraiseur grommelait en essayant de compter ses pièces à travers la toile, Howard était revenu à Baïkal.

— Je ne promets le paradis à personne, ajouta-t-il. Je me bats pour la justice et il n'y aura pas de justice sans un terrible combat. Tu vois, Tribu, c'est plutôt l'enfer que j'annonce.

—- Avec ta langue agile, bredouilla Fraiseur qui sentait qu'il perdait du terrain, tu parles bien mais je te soupçonne de rien savoir faire d'autre... En tout cas, Baïkal, si tu le suis, ce sera sans moi.

— Allons, Fraiseur, calme-toi. Il n'est pas encore question d'aller ici ou là. Écoutons d'abord ce que Howard nous propose.

Pour se donner une contenance, Fraiseur alla moissonner des brindilles sèches de genêt en bougonnant. Puis il ralluma le feu et mit du café à chauffer.

— Le mieux, commença Howard, est que vous me suiviez jusqu'à notre village le plus proche.

— Il y en a un près d'ici ?

— À moins de trois jours de marche.

Fraiseur faisait mine de ne rien entendre et touillait son breuvage. Les deux autres le regardaient faire et leurs pensées, au rythme de la cuiller, quittèrent l'instant présent. Baïkal, sans bien s'expliquer pourquoi, faisait confiance à Howard. Depuis ces derniers jours, planait sur lui une sourde envie de révolte et de haine, à laquelle le Déchu venait de donner la forme la plus digne, celle qu'il cherchait confusément. Il pensa à l'argent dont il disposait grâce à Ron Altman, à tout ce dont il l'avait pourvu dans son sac et se dit qu'il serait bien juste de retourner ces moyens contre Globalia, non seulement pour envoyer un inoffensif message mais pour combattre. Pourtant en agissant de la sorte, il exécuterait ce qu'Altman l'avait destiné à faire. Tout cela était troublant, presque inconcevable. Il fallait à un moment s'arrêter de penser.

Il allait mieux s'il imaginait Kate. Les jours précédents, il avait acquis la conviction — sans se l'avouer tout à fait — qu'il ne la reverrait jamais. Avec Howard, il venait de retrouver un espoir. Il était minuscule, infiniment petit puisqu'il se réduisait à une folle hypothèse : qu'il sorte vainqueur du combat fou où voulait l'entraîner le Déchu.

Kate ne lui paraissait plus perdue à jamais mais seulement très loin, loin comme Globalia l'était sans doute de ces contrées abandonnées.

— Combien faut-il de temps, demanda-t-il, en poursuivant ses pensées à voix haute, pour atteindre les frontières de Globalia ?

— À pied, d'ici ? fit Howard. Une petite journée.

Baïkal lui fit répéter deux fois.

— Seulement ! s'écria-t-il, abasourdi. Je pensais que nous étions à des milliers de kilomètres.

— De chez vous, peut-être, puisque, d'après ce que disent les écrans, vous venez de Seattle. Mais il y a des établissements globaliens près d'ici. Quand vous étiez chez Tertullien vous en étiez tout proches. Il vit à l'emplacement d'un des quartiers d'une ville qui s'appelait Paramaribo. Aujourd'hui, la plus grande partie de l'ancienne agglomération est retournée à la vie sauvage. Mais Globalia a gardé le centre-ville et le port et les a couverts d'une verrière de sécurité.

— Est-ce que nous pourrions nous en approcher, les voir de loin ?

Fraiseur poussa un cri et d'indignation laissa tomber la cafetière sur les braises.

— Volontiers, répondit Howard. Je vous y emmène.

CHAPITRE 9

Il y avait d'abord cette grande coupure dans le ciel. Les nuages qui couraient, ronds comme des bisons, au-dessus de la plaine poussiéreuse heurtaient un obstacle invisible et s'égaraient sur les côtés en titubant. Au-delà, commençait un immense disque de porcelaine bleu, aux bords nets, lisse et pur.

Ils gardèrent cette limite en vue pendant tout le temps que dura leur approche. Quand ils en furent tout près, Howard tourna vers l'est et leur fit gravir une colline plantée de résineux. Des rochers de grès déformaient le sol comme de monstrueuses vesses-de-loup. Parvenu au sommet de la colline, Howard ordonna le silence puis il se faufila sur un de ces rochers dont la surface plate formait comme une table. Fraiseur et Baïkal se rangèrent silencieusement à ses côtés : ils étaient tous les trois à plat ventre, presque à la verticale sous la frontière céleste. En contrebas, dans le lointain, l'horizon paraissait soufflé par une gigantesque bulle. Plus près d'eux, plusieurs masses sombres, distantes les unes des autres de quelques centaines de mètres, ressemblaient à des pénitents noirs.

— J'ai des jumelles, dit fièrement Howard.

Il sortit de sa poche une paire de ces instruments d'optique en matériaux anciens, cuivre et verre, qu'on exposait en Globalia dans les musées. Fraiseur ricana méchamment et demanda à Baïkal de sortir ses lunettes satellitaires. Il les régla sur le mode « grossissement » et les tendit à Howard avec condescendance.

— Incroyable, s'écria le Déchu en ajustant les verres, on voit les moindres détails.

Il ôta les lunettes et les passa à Baïkal.

— Fixez une des masses noires, là, au premier plan. Vous la tenez ?

— Oui. Je vois un tas de tubes, une sorte de rampe, des fils.

— Vous appelez cela un canon à beau temps, je crois, dit Howard.

— Ah ! s'exclama Baïkal. C'est un canon à beau temps. Je n'en avais jamais vu.

— Et pour cause, ils sont disposés de telle sorte qu'on ne puisse pas les apercevoir de l'intérieur.

En effet, derrière la machine, un remblai la cachait à la vue de quiconque l'aurait observée depuis l'autre côté. Seule la pointe du tube supérieur dépassait mais sans être plus remarquable qu'un banal pylône.

— Quand l'un d'entre eux tombe en panne, on peut voir les nuages qui s'engouffrent dans la brèche.

En tendant l'oreille, on entendait un ronronnement qui montait du lointain : sans doute la machinerie du canon.

— Maintenant, fixez la bulle, au fond.

Baïkal régla ses lunettes et il resta muet d'étonnement. Depuis ce promontoire, on voyait l'immense verrière de Paramaribo. Elle était tendue sur une structure métallique extérieure dont on distinguait nettement les piliers et les poutrelles. Entre les mâts immenses, le dôme de verre, disposé comme le toit d'une tente légèrement bombée, était formé de plaques de verre reliées par un fin réseau de tubes entrecroisés. Très transparent pour qui le contemplait d'en dessous, cet écran de verre l'était moins de l'extérieur, à cause de la structure qui s'interposait et des reflets du soleil sur les plaques. Toutefois, grâce à la puissance des lunettes, on pouvait voir nettement à l'intérieur la ligne des constructions, tours à plusieurs étages et immeubles plus anciens et plus bas. On distinguait des entrelacs de voies rapides aériennes, ce qui trahissait une conception urbanistique assez ancienne : dans les programmes plus récents les dispositifs de circulation étaient désormais enterrés et invisibles.

— Voilà ce que vous appelez si je ne me trompe une zone sécurisée, dit Howard.

Baïkal n'était jamais allé à Paramaribo. Mais c'était une ville apparemment comme les autres et il tâchait de se remémorer ses impressions quand il habitait dans de tels endroits : l'air tiède immobile, le ciel pâle à travers la verrière. Cela lui semblait tellement incroyable d'avoir passé tant d'années là-dessous.

— Crénom ! s'écria Fraiseur qui avait pris à son tour les lunettes. Ils vivent là-dessous comme des fourmis !

Cependant des mouvements d'hélicoptères étaient perceptibles assez loin derrière eux et Howard semblait préoccupé.

— Venez, dit le Déchu en secouant la tête. Il vaut mieux ne pas rester là.

Ils se faufilèrent l'un derrière l'autre jusqu'au chemin qui montait dans le sous-bois. Ils retournèrent dans la direction des sacs qu'ils avaient cachés et ce fut à ce moment-là qu'ils firent une troublante découverte.

Les sacs étaient à quatre heures de marche, à peu près. Ils les avaient laissés à l'aller près d'un ancien silo agricole éventré et gagné par les ronces. Une rivière sale coulait à côté ; quelques enfants de pêcheurs s'amusaient à y lancer des lignes. Quand ils revinrent pour chercher les sacs, ils retrouvèrent le site bouleversé par une attaque récente. Deux familles de pêcheurs avaient été touchées. Les femmes pleuraient autour de plusieurs corps dont celui d'un enfant. Le feu se propageait en crépitant dans les ronciers secs et les hommes couraient en jetant du sable et de l'eau pour éviter que l'incendie ne se propage aux cases voisines.

Cette attaque était le fait des hélicoptères qu'ils avaient aperçus au loin. En s'informant auprès de la tribu, ils comprirent que ce bombardement ne pouvait avoir aucune justification militaire et ce fait était pour Howard de la plus haute importance.

L'idée de laisser les sacs à distance pendant qu'ils allaient s'approcher de la zone sécurisée venait de lui. Il l'avait exposée à ses compagnons de manière pratique : il valait mieux selon lui s'alléger pour cheminer plus vite et faire retraite rapidement si c'était nécessaire. En vérité, il avait une autre idée. En observant Baïkal avant de l'aborder, il avait acquis rapidement la conviction que les bombardements de ces derniers jours le visaient. Il s'était interrogé lui aussi sur les moyens dont disposaient les Globaliens pour savoir où se trouvait Baïkal. Une dénonciation était toujours possible mais il craignait plutôt qu'un objet n'eût fait fonction d'espion. Quelqu'un pouvait avoir introduit dans son paquetage un petit émetteur, une balise, n'importe quel traceur permettant de le retrouver. C'était pour le vérifier qu'il avait tenu à laisser les sacs à distance. Les événements qui venaient de se produire confirmaient son hypothèse.

Ils l'avaient échappé belle. S'ils avaient emporté leurs sacs au voisinage très surveillé des canons à beau temps, ils auraient pu provoquer non pas des bombardements mais l'intervention d'une patrouille terrestre qui les aurait capturés.

Quand Howard lui eut expliqué ses déductions, Baïkal annonça son intention de fouiller méthodiquement son paquetage, d'en extraire quelques objets, les moins suspects, et d'abandonner le reste sur place. À l'étape, le soir, autour d'un feu de camp, il élimina tout ce qui pouvait contenir un émetteur ou un mouchard.

Puisqu'il était entré avec Howard dans la comédie du chef terroriste, Baïkal devait tenir son rôle sans faillir et secouer un peu la mélancolie où l'avait plongé la contemplation de Globalia si proche. Il demanda à Howard qu'il les guide jusqu'à un lieu où ils seraient en sécurité pour élaborer leurs plans futurs.

Fraiseur avait alimenté le feu et préparait une des soupes lyophilisées de Baïkal. D'ordinaire, il touillait ces mixtures sans joie mais cette fois l'espoir d'en faire consommer à Howard lui soutenait le moral. Il en riait d'avance dans sa barbe. Il fut très dépité quand le Déchu marqua par une mimique gourmande le contentement qu'il avait de goûter un tel plat. Il poussa même l'inconscience jusqu'à en redemander et Fraiseur, de dépit, remplaça son propre dîner par une pipe bien tassée.

Le lendemain matin à l'aube, ils furent réveillés par un vent glacé. Le temps avait changé pendant la nuit. Aux touffeurs de la veille et au ciel tourmenté avait succédé une pâleur informe et un air piquant de montagne. Howard les dirigea vers l'ouest par des sentiers à peine tracés sur un sol aride de pierraille. Des souches montraient par endroits que la zone avait dû être entièrement boisée jadis. Mais toute vie végétale avait été tranchée. Les buissons eux-mêmes, quand ils s'obstinaient à survivre, étaient moissonnés par les villageois dès qu'ils pouvaient être brûlés.

Pour désolé que fût ce paysage, il était fortement peuplé. Faute de couverts où les dissimuler les hameaux avaient été construits sur le sommet des collines. On distinguait sur ces hauteurs le faîte régulier de palissades, de murets, de petites tours de guet. La fumée d'invisibles feux montait de ces sommets et s'élevait verticalement dans l'air immobile. Ce rappel d'une forte présence humaine, loin de rendre ce paysage paisible et hospitalier, donnait une impression d'hostilité et même de violence. À la façon qu'ils avaient de se défier les uns des autres, de s'épier et de se défendre, on comprenait que ces villageois tenaient la présence de tous les autres pour un danger. Ils semblaient plus fortifiés que paisibles, plus armés que nourris, plus inquiets que fraternels. D'ailleurs, la méfiance des passants redoublait et il leur fut impossible d'en aborder un.

Fait étrange dans ce paysage désolé, ils aperçurent une quantité inhabituelle de gros animaux. À un détour du chemin, ils tombèrent sur un petit troupeau de vaches efflanquées que gardaient avec nervosité des hommes armés de mitraillettes à crosse de bois. Ils virent aussi, mais de plus loin, un âne au piquet et trois ou quatre chèvres qui raclaient le sol. Surtout, ils eurent la surprise de croiser à bonne distance des cavaliers. Leurs chevaux étaient petits et d'assez mauvaise allure.

Vers les premières heures de l'après-midi, l'atmosphère avait été chauffée par le soleil que rien ne venait voiler. Howard, pointant une colline en apparence semblable aux autres, leur annonça avec un large sourire :

— Voilà, nous sommes arrivés.

Ils approchèrent prudemment du village des Déchus et, à bonne distance, Howard dut répondre longuement aux questions que lui cria le guetteur dans une langue inconnue de Baïkal. Ils eurent ensuite le droit de monter. Les semblants de remparts qui entouraient le village étaient beaucoup plus hauts qu'il n'y paraissait de la vallée. Leur construction était assez soignée : sans qu'elles eussent été taillées, les pierres étaient ajustées le plus étroitement possible. À ces moellons tirés bruts de la garrigue s'entremêlait, bien visible à la surface de la muraille, toute une variété de matériaux issus de l'activité humaine : vieilles jantes, morceaux de machines d'où pendaient encore des fils, pneus usés, planches de caisses, anciens poteaux en ciment moulé, outils agricoles rouillés, rouleaux de barbelés. Ces objets, récupérés sans doute de fort loin, perdaient toute prétention à remplir leur fonction originelle. Ils ne servaient plus que par leur masse, leur robustesse, redevenus rochers parmi d'autres rochers.

Howard les conduisit avec prudence le long de la muraille car les alentours du village étaient semés de mines. Enfin, ils arrivèrent à une large entrée pratiquée dans le rempart et obstruée par une porte métallique. La porte pivota horizontalement, selon un mécanisme qui était encore utilisé parfois en Globalia dans les vieux garages. Derrière la porte, entourée par une centaine de Tribus armés, une femme s'avança. Elle arborait un grand sourire et courut jusqu'à Howard. Ils s'embrassèrent avec des larmes de joie.

— Ma sœur Helen, présenta le Déchu en se tournant vers Baïkal. Puis revenant à la femme, il dit d'une voix émue : Baïkal. Celui que nous attendions.

— Ah ! s'écria Helen, mais je l'aurais reconnu tout de suite. Nous avons un écran, que croyez-vous ? Je suis... bouleversée.

Elle parlait le même anglobal fluide et élégant que Howard, mais sur un ton d'emphase encore plus marqué. Sa diction précieuse aurait été tout à fait démodée en Globalia. Elle n'était pas moins déplacée quand on la comparait à son apparence.

C'était une femme de haute stature, aux épaules rondes et larges. Elle était vêtue d'une robe grise en forme de sac, faite d'un matériau tissé qui gardait les plis. Un énorme ceinturon, presque sous la poitrine, se fermait par une pièce de cuivre tirée à l'évidence d'une carcasse de moteur et martelée pour remplir son nouvel usage. De grands yeux bleus et des nattes rousses tendues comme des haubans de chaque côté de son cou donnaient à son visage large un air enfantin. Deux accessoires seulement venaient rehausser ce monument : une chaîne en or à laquelle était attachée une petite boîte ronde se balançait dans le sillon de sa généreuse poitrine et, glissée avec une élégante discrétion dans son ceinturon, la masse noire d'un pistolet 9 mm.

Baïkal, qui ne savait trop quelle contenance prendre devant cette femme impressionnante, lui tendit simplement la main. Il eut la surprise de la voir à cet instant mettre les deux genoux en terre devant lui et baisser la tête. Les Tribus, derrière elle, firent de même, en sorte que devant Baïkal, qui voyait maintenant loin dans l'intérieur du village, toute la population se trouva prosternée.

— C'est un grand jour, s'écria Helen d'une voix forte, qui provoqua un frisson dans la foule. Merci à vous qui arrivez parmi nous. Vous nous apportez l'espoir.

Baïkal était affreusement gêné. Heureusement, il entendit Fraiseur, à ses côtés, qui pestait.

— Encore un autre maudit prêcheur femelle, et il cracha par terre.

Baïkal se précipita pour relever son hôtesse. Elle se remit debout avec agilité malgré sa corpulence. Les villageois se relevèrent à leur tour.

— Je vous en prie, dit-elle à Baïkal en désignant la trouée qui s'était faite et traçait une allée dans la foule. Entrez. Vous êtes chez vous.

QUATRIÈME PARTIE

CHAPITRE 1

Le document était rédigé sur un papier à forte teneur en bois, comme on en utilisait bien longtemps avant, dans cette période de luxe et de décadence qui a précédé la virtualisation générale. Le temps l'avait jauni et faisait ressortir en marron, à la surface des feuilles, la trace des plus grosses fibres de cellulose.

L'impression était courante. Il ne semblait pas s'agir d'une reproduction en grand nombre (revue ou livre) mais plutôt d'une copie dite de travail. Faute de disposer à l'époque de programmes commodes de conversion de la voix en écrit, on procédait par étapes intermédiaires que l'on appelait « sorties papier ». Au crayon avait été inscrite plus récemment la mention « brouillon de lettre du général B. Audubon au premier Président de Globalia. Don de l'arrière-petite-fille du général, lectrice, membre de l'association Walden ».

Tenant dans ses mains la lettre du général, Wise releva le nez et dit d'une voix sourde :

— C'est un des rares témoignages de ces événements qui aient survécu. Je le trouve particulièrement émouvant.

Puig et Kate étaient assis de chaque côté de lui dans cet étroit poste de lecture au milieu de murailles de livres. Il leur semblait que du petit paquet de feuilles rassemblées pour eux par Wise, où se mêlaient coupures de journaux, articles, lettres et cartes, allait surgir la lumière.

La première page manquait. Le texte commençait au milieu d'une phrase par ces mots :

« ... ne constitue pas seulement un drame sans précédent dans notre histoire mais peut-être aussi une chance. Le déchaînement de la violence tel que nous venons de le connaître nous oblige à appliquer un programme rigoureux de survie. Ce programme peut être résumé en trois points :

— séparation stricte et définitive entre ce qui devra constituer Globalia et ce qu'il faut rejeter à l'extérieur ;

— destruction de toute forme d'organisation politique hors de Globalia ;

— maintien d'un haut degré de cohésion sur tout notre territoire grâce à une forte armature de sécurité intérieure.

Toutefois, on ne saurait trop insister sur l'importance des mentalités. La cohésion en Globalia ne peut être assurée qu'en sensibilisant sans relâche les populations à un certain nombre de dangers : le terrorisme, bien sûr, les risques écologiques et la paupérisation. Le ciment social doit être la peur de ces trois périls et l'idée que seule la démocratie globalienne peut leur apporter un remède. Cette peur doit désormais être la valeur suprême, à l'exclusion de toutes les autres et en particulier de celles tirées de l'Histoire. Nous avons payé trop cher les fanatismes liés à la nation, à l'identité, à la reli... »

Le texte s'interrompait là. La dernière page était manquante.

Sur un quart de feuille blanche agrafé au dos, quelqu'un avait noté à la main : « Il semble que ce soit à peu près à cette période qu'ont été rédigées les lois sur la "Préservation de la Vérité historique". Ces lois ont limité l'usage identitaire de l'Histoire. Dans un premier temps, chaque peuple composant la fédération globalienne n'a eu que le droit de commémorer ses défaites. La notion de victoire était considérée comme suspecte car donnant naissance à des désirs impérialistes et à des rêves de gloire. Mais on s'est rapidement aperçu que les défaites pouvaient nourrir autant de comportements revanchards ou agressifs. Le droit à l'Histoire a ainsi été remplacé par le droit à la Tradition, fixant à chacun le petit nombre de "Références culturelles standardisées" que nous connaissons aujourd'hui. Toute liaison entre le temps et l'espace a été radicalement coupée à partir de cette époque : la relation entre les peuples, leur histoire et leur terre a été déclarée notion antidémocratique. En ce qui concerne les non-zones, l'idée qu'elles aient pu être le théâtre d'une autre évolution historique a été éradiquée. On s'est contenté d'affirmer qu'elles étaient des espaces différents, définis par des critères de plus en plus négatifs. On a d'abord dit : "Elles ne sont pas Globalia." Ensuite : "Elles ne sont pas humaines." Enfin : "Elles n'existent pas du tout." C'est ainsi que le terme de non-zones s'est peu à peu imposé. »

Wise prenait son temps. Il paraissait s'amuser de voir Kate et Puig déchiffrer avidement les documents qu'il leur présentait et s'impatienter parce qu'ils évoquaient des faits anciens et une époque révolue.

— Ne soyez pas trop pressés d'en arriver au présent, leur dit-il. Il faut prendre le temps de revenir à ces premières années dramatiques, celles où s'est créée Globalia mais aussi les non-zones et tout ce que nous voyons autour de nous. Sinon, on ne peut rien comprendre à ce qui se passe aujourd'hui.

Il avait fait bon accueil à Kate et elle s'était tout de suite sentie chez elle à Walden. Elle bavardait volontiers avec Wise qui, sans paraître l'interroger, lui avait cependant posé des questions bien précises sur toute l'affaire Baïkal. Puig n'avait eu aucun mal à la convaincre de confier son multifonction à Wise pour qu'il fasse authentifier discrètement le message de Baïkal. Même si les codes étaient masqués, il était peut-être possible de localiser sa provenance.

Il avait fallu moins de deux jours à Wise pour pouvoir confirmer que le message avait bien été envoyé des non-zones et que l'émetteur était un certain Tertullien, enregistré comme homme d'affaires. Il s'agissait probablement d'un mafieux résidant de l'autre côté de la frontière et trafiquant avec Globalia.

Le terme de mafieux était étrangement anachronique. Il évoquait certains films de gangsters ou l'ambiance, dans les parcs de loisirs historiques, des reconstitutions du Chicago de la prohibition. Quant au mot « frontière », il fit carrément bondir Puig.

— Je croyais que Globalia était une fédération universelle.

Wise les avait occupés à peu de chose pendant les premières journées. Il les sentait fébriles et tout entiers préoccupés par le message qu'ils avaient reçu. Il profita de la question de Puig pour les convaincre de prendre un peu de recul.

— Je vous expliquerai tout cela demain, en vous montrant quelques documents, avait-il dit.

C'était ainsi qu'ils s'étaient retrouvés, le lendemain, assis devant un petit tas de documents en haut duquel s'étalait la lettre d'Audubon. Maintenant, ils attendaient la suite.

— Ce n'est pas la peine de remonter trop loin non plus, commença Wise. Il suffit de savoir que, juste avant la création de Globalia, un long processus avait déjà amené à l'effondrement économique de ce qui deviendra les non-zones. Le départ des Globaliens, la disparition des investissements et le déchaînement incontrôlé des guerres avaient déjà transformé un grand nombre de territoires en champs de ruines, en particulier dans des continents comme l'Afrique ou l'Amérique du Sud.

— Est-ce à cette violence-là que fait référence le général ?

— Non, lui parle de ce qui s'est passé en Globalia même. De graves convulsions ethniques et religieuses, la montée des fanatismes et des extrémismes, une période violente et troublée que les historiens appellent entre eux l'ère des grandes guerres civiles.

En fouillant dans ses papiers, Wise finit par trouver le portrait d'un homme encore jeune à la mâchoire large, les yeux dans le vague.

— C'est lui, Audubon. Il a tiré son épingle du jeu pendant les guerres civiles. Il a été assez malin pour comprendre que l'ordre ne reviendrait pas tout seul, qu'il fallait s'allier non pas aux politiques qui ne représentaient déjà plus grand-chose mais aux forces économiques. On ne peut pas dire que l'idée de Globalia vienne de lui seul mais il a su, avec quelques autres, la mettre en œuvre.

— Comment s'y sont-ils pris ?

Tirant de la pile de papiers un petit livret à couverture jaune, Wise pointa du doigt un court article de loi.

— Ils ont fermé, voilà l'idée. Ils ont mis à la porte, c'est-à-dire dans les non-zones, tous ceux qui s'opposaient. Mais en même temps, ils édictaient ceci.

Puig et Kate lurent le texte bref intitulé *Abolition de la nationalité*. Il permettait à toutes les populations vivant en Globalia de jouir des mêmes droits.

— Officiellement, c'est l'acte de naissance de la démocratie universelle. On oublie seulement de dire qu'au moment où la démocratie se déclarait universelle, elle rejetait dans la non-existence la plus grande part de l'humanité.

— Et cette fermeture a suffi à ramener la paix en Globalia ? interrogea Kate.

— Évidemment non. Il a fallu opérer une répression féroce, installer une surveillance étroite de tous.

Wise parlait de tout cela d'une voix rêveuse et un peu troublée, comme si ces considérations générales eussent recouvert des souvenirs plus personnels et plus douloureux.

— Le grand génie des concepteurs de Globalia a été surtout d'agir sur les mentalités. Audubon le dit bien : la guerre doit être menée contre les identités, l'idée d'action collective, l'engagement.

Il releva le nez et regarda ses interlocuteurs l'un après l'autre avec dans les yeux un mélange d'attendrissement et de malice.

— La démocratie n'est pas une cause comme les autres, poursuivit-il. Au contraire, elle suppose l'abandon strict de toutes les causes. Ceux qui vivent en Globalia flottent au gré de leurs vies personnelles. Comme il est recommandé dans le texte d'Audubon, la seule chose qui tienne les gens ensemble ce n'est pas un idéal commun. C'est seulement la peur.

— Et que sont devenues les non-zones ? demanda Kate qui avait retrouvé dans ce discours certains accents de Baïkal et pensait douloureusement à lui.

— Tout ce qui ressemblait à un État constitué y a été détruit, au motif que des terroristes pouvaient y trouver un soutien.

— Mais alors, ces militaires qui vont là-bas, objecta Puig en haussant un sourcil pointu, ils savent la vérité. Comment se fait-il que personne ne l'ait ébruitée ?

— Ceux qui, par leur profession, peuvent entrer en contact avec les non-zones doivent se soumettre à un contrôle psychologique rigoureux. On s'assure, par un traitement médical adéquat, qu'ils « oublient » ce qu'ils ont vu. Quant à la presse, vous la connaissez mieux que moi, elle ne laisse passer que deux types de messages à propos des non-zones : des alertes écologiques et des mises en scène humanitaires. L'actualité des non-zones, c'est la catastrophe et la guerre.

— Et personne n'a jamais transgressé ? hasarda Kate.

Wise la regarda un peu en coin et parut hésiter.

— Bien sûr que si, finit-il par dire. Je ne peux pas vous montrer de documents mais nous avons des informations assez directes tout de même. Il y a de tout parmi nos lecteurs…

Wise, en parlant, avait sorti une nouvelle pièce. C'était un papier de format allongé et qui se dépliait comme un accordéon. Quand il eut étalé la feuille ouverte sur la table, ils virent qu'il s'agissait d'une carte. Elle était tracée en bleu. De grands cercles, tantôt groupés en grappes, tantôt isolés, se dispersaient sur toute une moitié de la feuille.

— C'est une carte du monde. Un document assez rare. Vous savez qu'à cause du terrorisme, ce genre de représentation est interdit. On trouve seulement des guides touristiques qui détaillent des lieux de villégiature.

— De quand date-t-elle ? demanda Puig qui avait désormais des réflexes d'historien.

— Elle n'est pas très récente mais toutes les informations qu'elle contient restent vraies dans les grandes lignes.

De sa main osseuse aux ongles cassants, Wise balayait la surface et frottait les plis pour les atténuer.

— Vous voyez que Globalia s'étend principalement dans l'hémisphère Nord. Ses implantations les plus solides sont en Amérique du Nord, en Europe jusqu'à l'Oural, en Chine et sans doute, quoiqu'on ait là-dessus moins d'informations, dans beaucoup d'îles d'Extrême-Orient. Dans toutes ces régions, les populations sont regroupées dans ces immenses complexes couverts et protégés que l'on appelle des zones sécurisées. Entre elles subsistent des espaces non contrôlés, parfois fortement peuplés — autrefois appelés « banlieues » —, parfois déserts — ils portaient jadis le nom de « campagnes ». Au milieu de ces campagnes sont parfois dispersées des zones sécurisées peu peuplées, destinées à un usage industriel ou militaire.

L'index de Wise se déplaça alors vers le milieu de la feuille et traça comme un invisible équateur à la surface des continents.

— À partir de la frontière des deux hémisphères Nord et Sud, reprit-il, Globalia devient moins présente. L'isthme centro-américain, les Caraïbes, la Méditerranée, le Caucase forment une limite subtile où, tout à coup, les proportions s'inversent : vous voyez qu'à partir de là les non-zones deviennent majoritaires et les implantations globaliennes rares et clairsemées. Des zones sécurisées existent encore de loin en loin. Elles correspondent à des villes portuaires ou touristiques, à des lieux d'exploitation de richesses naturelles.

Cette carte ouvrait à Kate et à Puig un ensemble immense de possibilités et de questions. Sous son apparente simplicité, ce document montrait que Globalia, contrairement à une idée reçue — et qui était en fait un élément de propagande —, ne couvrait pas le monde entier mais correspondait à un territoire — ou plutôt des territoires —, des îlots plus ou moins groupés, strictement délimités et finalement assez réduits.

— Au fond, s'écria Kate en regardant de loin les contours arrondis des atolls sécurisés, Globalia est un archipel !

— Un archipel, oui, confirma Wise en écarquillant les yeux. Mais dont la délimitation est rien moins que naturelle. Elle a été voulue, pensée, organisée par étapes, et cette organisation n'est sans doute pas tout à fait terminée.

La conséquence logique était que Globalia non seulement était un archipel, que de vastes zones incontrôlées se compénétraient avec les zones sécurisées mais encore que certains points de la frontière restaient sans doute plus perméables que d'autres.

Baïkal avait fait une grave erreur quand il avait entraîné Kate à fuir par la salle de trekking. En choisissant cet équipement très moderne, ils étaient tombés sur un territoire hautement sécurisé. Il existait au contraire des zones de moindre surveillance, des lieux plus périphériques et plus vétustes où la séparation était encore en chantier.

Puig avait fait au même moment la même déduction car il demanda :

— Pensez-vous que, par un de ces points faibles, il est encore possible de passer ?

Et pour être tout à fait clair, il ajouta :

— Baïkal pourrait-il se frayer un chemin par là pour rentrer ?

Wise avec des gestes amples était occupé à replier la carte. Il attendit que le froissement fût arrêté pour répondre :

— Le problème pour rentrer ne vient pas tellement de Globalia. C'est dans les non-zones, à ce que nous savons, que se fait le contrôle. Il y a tout un ensemble de gens là-bas, des mafieux et des seigneurs de la guerre, qui sont plus ou moins à la solde de Globalia.

Il lissa la carte plusieurs fois afin de refermer l'éventail qu'elle persistait à former, puis il ajouta :

— À condition d'avoir les bons contacts, il serait plus facile d'aller dans l'autre sens.

Ses interlocuteurs le regardaient avec tant d'étonnement qu'ils paraissaient ne pas avoir compris. Aussi se donna-t-il la peine de préciser :

— Oui, je pense que vous auriez moins de mal, *vous*, à le rejoindre.

CHAPITRE 2

Le village fortifié où Helen les avait fait pénétrer était situé au sommet d'une colline. Ce sommet avait été évidé par un gigantesque labeur de terrassement. Les remblais, rejetés sur les bords, constituaient les murailles et leurs soutènements. Passé les remparts, on devait donc redescendre pour atteindre le centre du village qui formait un cratère large de plusieurs centaines de mètres. La foule avait déserté les ruelles et s'était groupée sur une petite esplanade en arrière de l'entrée principale. Sous la conduite énergique d'Helen, Baïkal, Fraiseur et Howard eurent le rare privilège de traverser le village vide, sans avoir à jouer des coudes.

Le plus frappant dans ce décor pour un Globalien était l'extrême imbrication de matériaux naturels et d'objets tirés de l'industrie humaine. Ils en avaient déjà eu la révélation en longeant les remparts. Les maisons étaient des imbroglios de branchages, de torchis, de pierres schisteuses arrachées au sol. Mais elles y mêlaient des tôles martelées issues de canettes de bière ou de bidons de pétrole, des huisseries métalliques arrachées à des constructions plus urbaines. On distinguait aussi des panneaux publicitaires, des ferrailles de chantiers, des pylônes sciés. Plus surprenants étaient tous les emprunts à la voiture : portières utilisées comme fenêtres, scellées dans la maçonnerie et qui s'ouvraient de l'intérieur avec une manivelle ; calandres chromées servant de linteau de porte ; capots de moteurs disposés en quinconce comme de grosses ardoises sur les toitures.

Mais le pas rapide d'Helen ne permettait pas de flâner. Elle leur fit traverser le village dans sa longueur et ils débouchèrent sur une aire centrale entourée de barrières. Sept ou huit chevaux y paissaient. Une tour d'éolienne en métal était posée dans un angle de la pâture. Elle avait été raccourcie, sans doute pour n'être pas trop visible de loin, et ses énormes pales tournaient en sifflant à quelques mètres au-dessus des têtes. Une forge munie d'un gros soufflet attendait en vrombissant que les forgerons sortent de l'attroupement. Plus loin, les visiteurs tombèrent sur un hangar dont les murs étaient tapissés de râteliers. Un impressionnant arsenal de mitrailleuses, de fusils, de tubes lance-roquettes, y était aligné. Sous chaque arme un nom était inscrit sur une étiquette, comme dans les vestiaires d'écoliers. Au centre du hangar, des canons étaient montés sur des prolonges. Les brancards et les timons qui en sortaient montraient qu'elles devaient être tractées par des chevaux.

En tournant le coin de l'arsenal, ils arrivèrent sur une place carrée, suffisamment large pour contenir toute la foule des villageois. À un bout était dressée une colonne rectangulaire, plus haute que les têtes. Un coffre en ferraille la surmontait. Devant la colonne était construite une estrade sur laquelle Helen monta, invitant Baïkal à en faire de même.

— Ils viennent ici matin et soir, expliqua Helen à Baïkal. Nous appelons cela l'agora.

Elle avait au poignet un instrument rare : une montre qui indiquait l'heure par des aiguilles.

— Cela tombe bien, dit-elle. Il reste moins de deux minutes.

La foule s'était disposée en silence sur la place comme elle en avait l'habitude. Helen approcha de la caisse métallique posée en haut de son piédestal et ouvrit les deux battants rouillés. Dedans apparut un instrument verdâtre dont le devant était constitué d'une vitre galbée. Tripotant des boutons sur le côté, elle provoqua des borborygmes dans l'appareil. Des lignes blanches zébrèrent sa surface comme des éclairs et un fort crachotement se fit entendre.

— Youri ! cria-t-elle, qu'est-ce que tu attends ?

Un petit homme, sur le toit du hangar, s'échinait à orienter une énorme parabole blanche. Tout à coup, l'assistance poussa un « Ah ! ». Baïkal eut la surprise de voir apparaître, un peu flou mais reconnaissable, le générique familier de l'*Universal Herald*. L'instrument était cet ancêtre des écrans qu'on appelait « télévision » et dont certains spécimens figuraient encore en Globalia dans les parcs d'attractions historiques. Helen baissa le son, referma à demi les portes de la caisse.

— Mes amis, commença-t-elle, mes sœurs, mes frères, vous tous qui partagez l'idéal des Déchus. C'est un grand jour pour nous.

Sa voix était pleine et forte. Elle sortait de sa large poitrine avec la majestueuse puissance d'un souffle de caverne. Mais au moment d'être modulée sur ses lèvres, elle prenait le rythme ordonné de ses tresses bien serrées.

— Certains d'entre vous sont nés Déchus. D'autres ont choisi de le devenir. C'est parce que vous pensez tous que nous pourrons triompher un jour. Ce jour, croyez-moi, nous n'en avons jamais été aussi proches.

Elle jeta un nouveau coup d'œil vers sa montre.

— Il nous reste une minute. Le temps de chanter tous ensemble le vieil hymne de nos ancêtres : *Demain à Capitol Hill.*

Helen se recula, comme pour donner plus d'élan à son souffle et entonna :

Plutôt refuser le bonheur que de ne pas le partager.
Nous sommes les orphelins d'un monde offert à tous
*   les humains.*
Déchus on nous appelle, pour ne pas dire enragés.
Jamais nous ne cesserons de combattre, ni aujourd'hui
*   ni demain.*
        Demain à Capitol Hill.

Au pied de l'estrade, Fraiseur avait mis les mains sur les oreilles et faisait une terrible grimace. Il était vrai que si Helen posait bien sa voix, la foule chantait terriblement faux. Mais la conviction suppléait le talent et faisait brailler les moins doués à pleins poumons.

Par gourmandise, certains doublèrent le refrain mais déjà Helen avait rouvert les portes de la télévision et tournait laborieusement un bouton cassé, pour monter le son.

Un présentateur, que l'écran restituait en rose vif (pour ses joues) et en violet (pour ses cheveux), annonça les titres. Il promit une alléchante série de résultats sportifs, mit son monde en appétit avec quelques images d'une digue rompue en Chine mais déclara qu'en premier lieu, ce serait à la lutte contre le terrorisme de retenir son attention.

L'affaire de la voiture piégée de Seattle connaissait de nouveaux développements. Le visage de Baïkal apparut à ce moment-là sur l'écran. C'était un vieux cliché de vacances, retouché pour durcir ses traits. La mauvaise qualité de la retransmission achevait de le transformer. Pourtant, malgré ces

344

altérations et la barbe qui avait poussé en désordre ces derniers jours, Baïkal restait bien reconnaissable. Helen applaudit en le regardant et, à ce signal, des clameurs enthousiastes s'élevèrent de la foule. Ce tapage rendit le début du commentaire inaudible, ce que Baïkal regretta vivement. Le reportage montrait en effet des images de banque, des suspects les mains sur la tête et enfin, en gros plan, la photo du mafieux par l'intermédiaire duquel il avait envoyé un message à Kate. Baïkal ne put se retenir de faire un geste pour demander le calme et la foule lui obéit instantanément. La fin du commentaire permettait de comprendre que des réseaux financiers de soutien au terrorisme avaient été démantelés, à l'occasion d'un virement effectué par Baïkal après l'attentat. Il n'était cependant fait aucune mention des raisons de ce virement et le nom de Kate n'était pas cité.

— Pourquoi ont-ils montré Tertullien ? chuchota Fraiseur à l'oreille de Baïkal.

— Parce qu'ils ont compris qu'il était dans le coup. Mais je n'ai pas entendu ce qu'il est devenu. Ils ont seulement parlé de bombarder des positions de soutien au terrorisme.

— S'ils l'ont tué, on a une chance de s'en sortir. Mais s'il est vivant, il nous pardonnera jamais.

Le reportage avait pris fin. Sur l'écran défilèrent encore quelques autorités politiques avec des mines de circonstance. Puis un chroniqueur répéta tout ce qui venait d'être dit en martelant quelques formules propres à frapper les esprits et à accroître la peur. Ces nouveaux succès confirmaient la gravité de la menace et l'imminence de nouvelles actions meurtrières.

Le programme passa au sport. Helen éteignit le poste et fit acclamer de nouveau Baïkal. Puis, elle ordonna la dispersion et invita ses hôtes à la suivre dans son bureau.

Baïkal était encore tout ému de s'être vu sur l'écran et de comprendre l'ampleur de la machination au centre de laquelle Altman l'avait placé.

Au moment d'entrer dans le bâtiment qui abritait les bureaux, un petit incident éclata autour de Fraiseur.

— Holà ! dit Helen. Qui es-tu, toi ?

— Laisse, fit Howard, c'est un simple Tribu qui est au service de Baïkal.

Fraiseur explosa de rage :

— Comment cela, un simple Tribu ? Je suis un Fraiseur. Les Fraiseur ont jamais été au service de personne depuis que notre ancêtre est revenu de Detroit.

— Calme-toi, dit Howard, personne ne voulait t'insulter.

— « Fraiseur », cela me dit quelque chose, réfléchit Helen. Dans quelle région est ta tribu ?

Fraiseur haussa les épaules. Baïkal savait qu'il lui était impossible de répondre à ce genre de question abstraite.

— Quoi, insista Helen, tu ne sais pas où se situe ta tribu ? Vous n'avez jamais été visités par des Déchus ?

— Nous avons vu souvent approcher de maudits raisonneurs, prêcheurs et fainéants comme vous autres. Et, chaque fois, nous les avons mis à la porte. Comme ils le méritent.

En se tournant vers son frère Howard, Helen réfléchit à haute voix :

— Les Fraiseur... Il me semble que j'ai entendu ce nom-là à propos des Régions inaccessibles. Quand notre mission cartographique est revenue du sud-ouest.

— En tout cas, intervint Baïkal, vous pouvez lui faire toute confiance. J'en réponds moi-même.

346

Fraiseur bougonna mais il était visiblement heureux et fier de cette intervention. Il jeta aux deux Déchus un regard mauvais d'élève enfin lavé d'injustes soupçons.

Ils entrèrent tous dans les bureaux. La première salle était très allongée et meublée de rangées de bancs et de pupitres. Sur un grand tableau noir, au fond, on pouvait lire une poésie inscrite à la craie en lettres rondes. Des cahiers en papier étaient ouverts sur les pupitres, signe que les enfants n'allaient pas tarder à reprendre leurs places.

— Nous avons deux cents élèves, ici, dit fièrement Helen.

— Qu'est-ce que vous leur enseignez ? demanda Baïkal en regardant ces étranges cartes au mur, les boules rondes qui figuraient la terre, et les gros et mystérieux livres, noircis et déchiquetés par d'incessantes consultations, qui peuplaient les rayonnages des bibliothèques.

— D'abord à parler et à écrire en anglobal correct. Il y a presque trente langues dans le village. Ils doivent apprendre un idiome commun. Et surtout, il faut qu'ils se préparent tous à rentrer un jour.

— Rentrer où ? En Globalia ?

— Nous autres, Déchus, croyons qu'il n'y a pas de fatalité à notre exil ici et à la coupure du monde. Vous voyez ces cartes et ces globes terrestres : nous les fabriquons nous-mêmes, à partir des originaux qui ont été apportés dans leur fuite par nos ancêtres. Ils gardent la trace d'un monde unique. Donc, nous rentrerons simplement *chez nous*.

— Demain, à Capitol Hill ! s'écria Howard, en formant un large sourire.

Baïkal s'approcha d'une des cartes : elle représentait tout le continent américain, avec le camaïeu des reliefs et un fin réseau de frontières.

— Cela a sans doute pas mal changé, remarqua-t-il, depuis le temps...

— C'est pour cela que nous envoyons des missions cartographiques : pour nous tenir à jour, au moins en ce qui concerne les territoires où nous pouvons pénétrer.

Pendant qu'elle parlait, Helen avançait entre les rangées de pupitres. De temps en temps, elle saisissait de ses fortes mains un livre ou un cahier parmi ceux qui étaient ouverts sur les tables.

— Et puis, bien sûr, nous leur enseignons l'histoire. Voyez ceux-ci, ils en sont aux Grecs.

Les livres et les cahiers se différenciaient mal. Ceux qui se présentaient comme des livres étaient en fait des copies manuelles extrêmement bien écrites qui reproduisaient un original imprimé. Helen expliqua que les rares ouvrages emportés pendant l'exode des Déchus étaient conservés dans un endroit secret et que seules circulaient ces copies, manuelles ou mécaniques, selon la vieille technique du ronéotype.

Ils quittèrent les classes, traversèrent des couloirs et des cours et, par un escalier en bois assez habilement construit en rondins équarris, ils parvinrent dans une pièce dont les fenêtres dominaient le village à la hauteur des murailles. Elle était tapissée de planches, au sol, au plafond et aux murs. C'était du bois de récupération sur lequel figuraient encore parfois des inscriptions mais, lavé à la soude, il avait pris une teinte d'ensemble blonde. Il régnait dans la pièce une odeur fraîche et propre. L'ameublement tenait en deux groupes d'objets opposés et qui pourtant se mariaient avec une réelle harmonie. Le premier était constitué par les armes. Certaines servaient de décoration, tels les poignards au manche incrusté de pierres brillantes, les épées et les sabres suspendus aux murs. En revanche, les trois fusils-mitrailleurs accrochés à un râtelier derrière le bureau n'étaient pas là pour le plaisir des yeux. Une intuition affirmait au visiteur qu'ils étaient certainement chargés. Le deuxième groupe d'objets appartenait à un univers plus féminin et même de petite fille. Les rideaux en tissu vichy qui encadraient les fenêtres avaient sans doute été cousus pendant de longues veillées ; ils en gardaient la trace dans l'irrégularité de leurs ourlets et de leurs fronces. Deux poupées en plastique traînaient sur une étagère, vêtues avec recherche. Dans un cadre en bois sur lequel étaient collées des paillettes colorées, un chat était représenté allongé dans la pose altière de la bête accoutumée à être l'objet d'un culte. Helen, avec ses larges épaules potelées et ses grosses nattes, sa bouche pincée, volontaire, et ses yeux limpides, formait le trait d'union entre les poupées et les fusils-mitrailleurs. Elle était là chez elle.

Baïkal prit place dans un grand fauteuil construit avec des andouillers de cerfs mais qui malgré tout était confortable. Il fallut insister pour que Fraiseur consentît à s'asseoir autrement que par terre. Sitôt sur son tabouret de bois, il prit une expression humble et gauche qui fit sourire tout le monde. Howard occupa le troisième siège tandis qu'Helen alla se placer debout derrière le bureau. Maintenant qu'il pouvait les voir côte à côte, Baïkal fut frappé du peu de ressemblance du frère et de la sœur.

— Bien ! clama Helen de sa forte voix, je vais d'abord vous rendre compte de la situation. Ensuite, vous nous exposerez votre plan et nous exécuterons vos ordres.

Baïkal s'efforça de faire bonne figure mais en entendant ces mots, il se dit qu'il lui restait quelques minutes à peine pour prendre un parti, s'il voulait que la comédie continue.

CHAPITRE 3

Helen commença par exposer de façon succincte ce qui s'était passé depuis que les Déchus avaient quitté Globalia.

Pendant une première période, les non-zones avaient été l'objet d'attaques systématiques de la part des forces globaliennes. Tout ce qui ressemblait à un État constitué avait été pris pour cible au motif que des terroristes pouvaient y trouver un soutien. Au début, ces opérations avaient été suivies de laborieuses tentatives pour installer des pouvoirs locaux favorables à Globalia. Mais peu à peu ces efforts étaient apparus comme trop coûteux. Les incursions armées dans les non-zones avaient eu pour seul but d'entretenir le chaos.

Privées de toute possibilité d'exode vers le nord, les populations victimes de ces représailles s'étaient lancées dans de vastes migrations désespérées. On avait ainsi vu des Africains fuir en Amérique du Sud, des Arabes débarquer en Extrême-Orient, des Philippins coloniser l'Afrique australe. Le peuplement des non-zones était la conséquence directe de ces brassages gigantesques. Les individus dispersés pendant ces migrations se regroupaient pour se protéger, déterminaient entre eux des règles de vie et de pouvoir et constituaient une tribu. Ensuite, cette tribu errait jusqu'à découvrir un lieu où elle décidait de s'installer. Il n'était pas rare de trouver dans un même groupe, dix, vingt, trente origines et langues différentes.

Le regroupement en tribu était le plus souvent le fruit du hasard. Mais parfois, il s'était fait sur des bases volontaires autour d'idées et de principes communs. C'était le cas pour les Déchus mais aussi pour des communautés religieuses d'obédiences variées. La région était particulièrement riche en couvents fortifiés mais on notait aussi la présence d'un monastère bouddhiste, d'une secte shinto, de deux églises luthériennes à vocation militaire et d'un ribat de moines-soldats musulmans. Ces congrégations ne disposaient plus d'aucun relais en Globalia. Les couvents, par exemple, conservaient une vénération abstraite pour le pape mais n'avaient pas de relations avec Rome. Ils survivaient tant bien que mal.

Après un long travail qui avait duré plusieurs années et coûté bien des vies humaines, les Déchus disposaient d'informations assez précises sur l'organisation politique des non-zones, en particulier sur le continent sud-américain. Helen, pour illustrer cette partie de son exposé, avait utilisé un incroyable appareil muni d'une forte lampe. Il projetait sa lumière sur un mur après l'avoir fait passer au travers d'une petite photo. Helen appelait cela avec respect un « projecteur ».

La première photo montrait un schéma d'ensemble. On y distinguait en haut la frontière globalienne et en bas s'étendait le vaste espace des non-zones.

— Près des implantations globaliennes, dit Helen en montrant le haut de la carte, on trouve principalement les mafieux. Ils ont le contrôle des relations avec Globalia. Tout ce qui s'échange entre elle et les non-zones passe par eux.

— Même... les personnes ? demanda Baïkal avec un soudain intérêt.

— Il y a très peu de passage. Les mafieux ne laissent circuler aucun Globalien qui voudrait s'aventurer par ici, à supposer que cela existe. Pour entrer en Globalia, il faut une carte d'identité génétique et personne ne peut s'en procurer une s'il est né dans les non-zones. Sauf les mafieux, bien entendu.

Cette information donna à Baïkal matière à une silencieuse réflexion, tandis que Helen poursuivait :

— Quand on s'éloigne de la frontière, on ne rencontre plus de mafieux mais seulement des tribus ordinaires de toutes sortes, avec leurs seigneurs. Certains d'entre eux, comme les Taggeurs, servent aussi de relais pour Globalia : on les paie pour nous harceler et nous tuer.

— Et qu'appelez-vous les Régions inaccessibles ? demanda Baïkal.

Fraiseur, qui regardait par la fenêtre, se redressa en entendant ces mots et attendit la réponse d'Helen avec l'air mauvais.

— Plus on s'éloigne de Globalia, plus les produits que trafiquent les mafieux se font rares. Les non-zones ne peuvent compter que sur elles-mêmes. Dans les villages des Déchus, il y a un certain savoir-faire mais, ailleurs, c'est souvent la misère. Les famines sont fréquentes, les épidémies aussi. Quant aux guerres entre tribus, elles sont permanentes, vous avez dû le voir en chemin. Dans les endroits où ces trois fléaux sont particulièrement intenses — guerre, famine, épidémie —, il devient impossible d'aller, pour des périodes plus ou moins longues. C'est ce que nous appelons les Régions inaccessibles.

Fraiseur sursauta : il tenait sa querelle.

— Vous nous avez dit tout à l'heure que les Fraiseur vivent là-bas, dans vos régions...

— Inaccessibles, l'aida Helen. C'est ce que l'on m'a rapporté.

— Foutaise ! cria Fraiseur en prenant Baïkal à témoin. Les famines... les guerres... les maladies. On a rien de ça chez nous.

Les joues d'Helen se coloraient de fureur et l'agacement la faisait légèrement loucher.

— N'en as-tu pas rencontré pour venir jusqu'ici ? demanda-t-elle rudement.

— Peut-être, convint Fraiseur. Mais y en a pas dans mon village.

— Tu as de la chance, voilà tout. C'est sans doute parce que ta tribu est située très loin. Vous êtes peut-être tout simplement *au-delà* des Régions inaccessibles.

C'était une affirmation que Fraiseur n'était pas armé pour contester. Il avait fait valoir son point de vue et cela lui suffisait. Il tira sur sa chemise, se redressa sur le tabouret et fourra sa pipe froide dans sa bouche.

Pendant le temps de cette brève échauffourée, Baïkal avait détourné le regard et il était tombé par hasard sur le râtelier d'armes.

— Comment faites-vous pour vous procurer des instruments comme cela ?

Howard ne put se retenir d'éclater de rire.

— À votre avis ? dit Helen. Qui donc fabrique de tels bijoux ?

Elle se leva, décrocha une Winchester et manœuvra la culasse avec un bruit sec et souple d'horlogerie bien huilée. Elle tenait l'arme solidement en oblique, le canon dans une main et l'autre serrant la crosse, doigt sur la détente. Elle avait presque l'air de bercer la Winchester et on lisait sur ses traits une expression tendre.

— Depuis la séparation, reprit-elle, les armes sont la seule denrée que Globalia exporte en grande quantité vers les non-zones.

— Mais ceux qui livrent ces armes, s'étonna Baïkal, ne craignent-ils pas qu'elles soient un jour retournées contre Globalia ?

— Oh ! ils peuvent dormir tranquilles. Ici, tout le monde est occupé à faire la guerre à tout le monde. Pourquoi les tribus iraient-elles défier l'énorme puissance de Globalia ? Non, elles ne sont capables que de s'entre-tuer.

Baïkal commençait à comprendre l'irritation de Fraiseur contre les Déchus. Il était vrai qu'ils parlaient des tribus avec un ton de supériorité qui confinait au mépris.

— Et vous autres, demanda Baïkal en tentant d'user du même ton un peu condescendant, vous n'avez pas d'ennemis, vous ne faites pas la guerre ?

— Nous nous défendons, concéda Helen. Nous n'avons pas l'intention d'attaquer qui que ce soit, sauf Globalia et, pour cette raison, nous sommes les seuls à ne pas recevoir d'armes.

— En passant devant le hangar, il m'a pourtant semblé que vous n'en manquiez pas…

— Les non-zones sont gorgées d'engins militaires. Nous parvenons à en avoir notre part. Mais vous n'avez pas vu le détail. Beaucoup de ces matériels sont défectueux ; nos techniciens ne peuvent même pas les réparer. Souvent, il nous manque les munitions.

— Voilà ! s'exclama Fraiseur en prenant Baïkal à témoin. J'en étais sûr. C'est là qu'ils voulaient arriver : ils vont te demander de leur procurer des armes.

Cette nouvelle intervention mit Helen à bout. Elle frappa du plat des deux mains sur la planche pleine d'échardes de la table et sans doute s'en enfonçat-elle une ou deux au passage parce que ce choc redoubla sa hargne.

— Qu'il se taise à la fin celui-là ! Il pense qu'il sait tout et il ne dit que des stupidités. Laissez-le-nous un mois, on va le mettre à l'école et lui apprendre le b.a.-ba.

— Harpie !

— Ça suffit ! hurla-t-elle en laissant ses grosses nattes faire des mouvements menaçants dans l'air. Ce ne sont pas des armes que nous attendons.

Comme elle lorgnait de nouveau vers la Winchester, Fraiseur se calma et se contenta de former sur son visage fripé un sourire condescendant.

— Depuis l'arrivée de nos ancêtres, reprit Helen en fixant Baïkal, nous avons accompli un immense travail. Les Déchus se sont implantés partout. Nos villages communiquent. C'est encore rudimentaire, vous verrez, mais nous avons un peu éclairé les ténèbres dans lesquelles nous étions plongés. Nos forces sont considérables.

Elle regarda Howard en hésitant.

— Cependant il nous manque plusieurs choses...

Son frère plissa les yeux pour l'encourager.

— D'abord, reprit-elle, il nous manque la connaissance de l'ennemi. Ceux qui ont quitté Globalia parce qu'ils étaient opposés à la séparation des deux mondes venaient des États-Unis, d'Europe ou des grandes villes des continents sud qui sont devenues des comptoirs. Bref, ils connaissaient les territoires qui composent maintenant Globalia. Nous, leurs descendants, c'est le contraire. Nous sommes nés à l'écart de tout, dans les non-zones. Nous n'avons jamais vécu en Globalia. Nous ne comprenons pas bien ce qui s'y passe, même si nous regardons les écrans. Pour nous diriger, il faut quelqu'un qui connaisse les deux mondes, c'est-à-dire qui soit familier de ceux que nous voulons combattre.

L'émotion qu'Helen avait mise dans cette dernière phrase montrait assez que les Déchus avaient longuement cultivé cette attente d'un envoyé providentiel capable de les conduire.

— Ce n'est pas tout, intervint Howard. Il nous manque aussi quelqu'un qui puisse fédérer les Déchus par-delà leurs divisions.

— Ils sont donc divisés ? réagit Baïkal, à qui l'aveu de cette faiblesse redonna soudain un espoir. Je croyais qu'ils partageaient le même idéal.

— Bien sûr, ils le partagent, confirma Helen, mais elle ajouta en baissant les yeux : Cependant… ce sont des intellectuels. Ils discutent, ils argumentent. Chacun a sa façon de voir et conteste l'interprétation des autres. Ajoutez à cela que nous sommes dans les non-zones, où tout prend une tournure un peu brutale, vous comprendrez que les Déchus soient déchirés de querelles bruyantes et que l'on ait du mal à les faire agir tous ensemble… Seul quelqu'un d'extérieur dont ils reconnaîtraient l'autorité pourrait les rassembler.

— Que comptez-vous faire ? eut l'intuition de demander Baïkal, pour relancer la balle dans l'autre camp.

— Organiser un rassemblement des chefs de nos villages. Nous appelons cela réunir la Grande Cohorte. Nous y avons recours dans les cas exceptionnels, quand les Déchus ont à prendre une décision grave. Vous leur parlerez et vous leur exposerez votre programme.

— Cela prendra-t-il longtemps pour les faire venir jusqu'ici ?

— Si nous voulons mettre en alerte tous les villages déchus du continent, il nous faudra quelques semaines. Trois peut-être.

Baïkal réfléchit longuement et se dit que ce projet avait le mérite de repousser les échéances.

— Eh bien, j'attendrai, dit Baïkal, et c'est devant cette Grande Cohorte que je m'expliquerai.

Helen et Howard se regardèrent, les yeux brillants d'excitation et de joie.

— Nous allons donner des ordres dès aujourd'hui, s'écria Helen.

Puis elle se rembrunit et ajouta :

— Mais quant à attendre ici, cela paraît assez dangereux. On a dû vous voir arriver. Tertullien, à ce que nous avons compris, va sans doute vouloir se venger des bombardements qu'il pense avoir subis à cause de vous. Notre village est trop près de la frontière. Il faut vous mettre en lieu sûr.

— Dans ce cas, coupa Fraiseur, qu'il vienne chez nous.

Il ajouta, en détachant comiquement les mots :

— Dans les « Régions inaccessibles ».

Un silence étonné accueillit cette proposition.

— N'est-ce pas trop loin ? hasarda Baïkal.

Les yeux de Fraiseur allaient en tous sens. Il n'avait sans doute pas espéré tant de succès pour son coup.

— Y a des chevaux ici, improvisa-t-il. On peut en emprunter une paire.

L'idée était bonne. Baïkal la reprit à son compte et les Déchus ne trouvèrent rien à objecter.

*

Depuis qu'il leur avait longuement expliqué l'histoire et la situation actuelle de Globalia, Wise n'avait pas reparu à Walden et n'avait pas revu Kate et Puig. Des bibliothécaires anonymes et toujours différents les accueillaient et, sans mot dire, les installaient dans une niche de travail au milieu des piles de livres. Puig continuait d'explorer les documents disponibles dans la section historique. Il pensait encore que de là naîtrait la lumière sur la machination dont Baïkal était victime.

Kate, au contraire, étouffait dans les rayonnages poussiéreux de Walden. Elle était convaincue que la solution se trouvait à l'extérieur et tournait dans sa tête les derniers mots de Wise : s'il était possible de rejoindre Baïkal, il fallait seulement découvrir un moyen de sortir des zones sécurisées. D'après les cartes de Wise, les non-zones auxquelles on pouvait accéder depuis Seattle n'étaient que des poches isolées. Pour atteindre les vastes espaces sauvages du Sud, là où Baïkal était retenu, il fallait tenter de rejoindre un des comptoirs lointains de Globalia et si possible celui de Paramaribo, au voisinage duquel était parti le message. Mais Kate n'y connaissait personne et n'avait pas assez de moyens pour s'y rendre en simple touriste.

À vrai dire, elle était extrêmement isolée. Le petit nombre de jeunes dans la zone sécurisée où elle vivait ne lui permettait guère de nouer facilement des relations. Les gens de grand avenir la tenaient en lisière. Bref, à l'exception de Puig et de sa mère, elle ne voyait personne.

Financièrement, sa situation n'était guère brillante. Elle avait quitté son travail pour se consacrer à sa quête de Baïkal et recevait une allocation équivalente à son précédent salaire, sans limite de durée. Depuis les nouvelles lois sur « l'équivalence travail-loisirs », le mot archaïque de chômage était officiellement banni. Chacun était libre de remplir une occupation — jadis appelée travail — ou de se consacrer à des activités de son choix — ce qui correspondait dans les anciennes terminologies à la notion de loisirs. Aucune préférence n'était donnée à l'une ou à l'autre de ces options. Elles étaient aussi bien rétribuées l'une que l'autre, c'est-à-dire en vérité aussi mal, si l'on considérait les emplois courants. Kate végétait.

Elle allait sombrer dans le désespoir quand, huit jours environ après leur fameuse conversation avec Wise, une circonstance fortuite vint lui offrir une piste inattendue et prometteuse. Un matin, elle reçut sur son multifonction le message d'une de ses anciennes condisciples d'Anchorage. Martha vivait maintenant à Los Angeles et, à l'occasion de son mariage, elle invitait toutes ses anciennes connaissances à la rejoindre. Kate n'avait jamais été particulièrement proche d'elle mais, à l'évidence, Martha s'était procuré auprès du pensionnat la liste des anciens élèves et avait mis son message en copie à chacun d'eux.

Cette invitation était surprenante. Le mariage, en Globalia, était devenu une formalité rare et en général tardive. Son principe même heurtait l'idée fondamentale sur laquelle était construit tout l'édifice démocratique. Dans un monde où attenter à la liberté d'autrui était le péché suprême, la limitation des possibilités d'un individu — que la notion de mariage contenait explicitement — n'était guère acceptable. Seul le fait que cette amputation fût volontaire la rendait tolérable. Toutes les garanties étaient heureusement prises pour qu'un tel enchaînement fût réversible sans formalités. Le mariage était sévèrement encadré et ne pouvait résulter que de préalables administratifs assez longs ; le divorce, au contraire, était libre, immédiat et sans aucune condition.

L'habitude avait été prise soit de ne rien célébrer, soit de saisir plutôt l'occasion de la séparation pour organiser des agapes.

Mais de la part de Martha, cela n'étonnait guère : elle avait toujours été une élève frondeuse et rebelle. Sa mère était une chanteuse célèbre. Sa grossesse n'avait été qu'un coup de publicité pour faire l'ouverture des écrans pendant quelques semaines. Selon la rumeur, le père était un illustre joueur de football. Après l'accouchement, les journalistes avaient poursuivi la mère et son enfant. Elle se montrait volontiers dans les poses scandaleuses de l'allaitement ou de la toilette du bébé. De surcroît, elle proclamait fièrement que toutes les femmes avaient intérêt à faire l'expérience de la reproduction naturelle. Cette provocation n'avait pas manqué de déclencher de violentes polémiques. Tout cela avait constitué une publicité bienvenue pour la chanteuse et accru la demande de ses enregistrements. Une fois cette agitation retombée, elle s'était ensuite empressée de faire disparaître Martha, en l'expédiant à Anchorage.

Cette invitation était providentielle. Elle permettait à Kate de sortir de la réclusion studieuse de Walden. De surcroît, situé très au sud, Los Angeles la rapprocherait des non-zones. Elle en parla à Wise, qui passa brièvement à l'association le lendemain de l'arrivée de l'invitation. Il lui confirma que L.A. était une ville très particulière dans laquelle on rencontrait les personnages les plus variés et les plus étonnants, parmi lesquels beaucoup de mafieux et de gens qui trafiquaient avec les non-zones. Cela acheva de convaincre Kate qu'elle devait répondre positivement à son ancienne amie et partir pour Los Angeles.

Elle y débarqua à la veille du mariage, impressionnée de découvrir la plus grande zone sécurisée de Globalia. Les travaux accomplis dans la ville et aux alentours étaient gigantesques : les verrières de protection enjambaient des collines entières. L'immense campus de l'université UCLA, qui était désormais un centre de formation permanente pour seniors, était contenu dans une seule bulle transparente, saluée au moment de sa construction comme une prouesse architecturale. Du côté de la mer, vers Santa Monica et Malibu, les verrières avaient été conçues pour englober le front de mer et la plage. Elles se terminaient dans l'eau, à quelques centaines de mètres de la côte.

Le grand avantage de Los Angeles était son climat naturel favorable. Les canons à beau temps n'étaient pratiquement jamais mis en service, si bien que le ciel, par-delà les verrières, était moins uniformément monotone : il lui arrivait d'être semé de petits nuages pommelés et les couchers de soleil dessinaient souvent de longues traînées mauves au-dessus de la mer. La climatisation avait été réglée, après référendum, à de hauts niveaux d'hygrométrie et de température. Tout le monde continuait de s'y promener en short et chemise ample. On se serait cru au bon vieux temps de Hollywood, comme sur le fameux cliché représentant Marilyn retenant ses jupes, projeté sur un écran géant au-dessus des passants dans l'aérogare. Seule différence : les vêtements étaient désormais conçus en matériaux modernes, thermoréglables, autonettoyants. Ils pouvaient changer à volonté de motif par une simple opération de paramétrage.

À tout hasard, Kate avait envoyé un message à Martha avant de partir. Mais elle n'espérait pas que quelqu'un puisse venir l'attendre à son arrivée. Ce fut une véritable surprise quand, en sortant du tunnel de détection antiterroriste — authentification de l'empreinte génétique, rayons X, fouille, interrogatoire —, elle entendit des cris et vit se jeter sur elle avec effusion une femme inconnue qui, pourtant, affirmait la reconnaître.

CHAPITRE 4

— Gin tonic ou scotch glacé ?

Sur le petit chariot en bois blanc, dans une collection de bouteilles en verre, des liquides rouges, ambrés, couleur de cuir et d'or brillaient au soleil. C'était de la provocation à l'état pur, un étalage de poisons.

— Du jus d'orange, répondit prudemment Kate qui, aussitôt, s'en voulut d'avoir l'air gauche et pusillanime.

Martha ne fit aucun commentaire et ne se gêna pas pour se servir un whisky généreux. Elle y jeta un glaçon avec un sourire cruel, comme si elle livrait une souris vivante à des piranhas. Après avoir trinqué, elle but une longue rasade en plissant les yeux.

— Dix heures et demie ! s'exclama-t-elle en regardant sa montre. Mon premier.

Elle regarda le verre avec attendrissement.

— Tu ne peux pas savoir le plaisir que cela me fait que tu sois venue.

Kate avait pris place sur la terrasse ensoleillée de la maison de Martha. Elle était allongée sur une chaise longue et se sentait abasourdie par la transformation de son amie.

Au pensionnat d'Anchorage, Martha était arrivée une année après Kate. C'était une enfant blonde avec des cheveux si fins et si frisés qu'ils n'avaient même pas la discipline de former des boucles : on aurait dit qu'ils moussaient. Pour accompagner cette toison presque blanche, on attendait des yeux bleus scandinaves, verts à la rigueur, en tout cas d'une nuance d'eau. Au lieu de quoi, elle avait, plantés au milieu du visage, deux petits clous noirs et brillants, au fond desquels, en cherchant bien, ne se reflétait jamais rien qu'une lueur rouge. Tout le reste de son être obéissait à l'attelage infernal de ces deux yeux. Elle était agitée, frondeuse, insolente, riait du moindre ridicule des autres, entrait dans d'imprévisibles colères, courait, s'enfuyait, bondissait là où on ne l'attendait pas. Seul le sommeil, en emprisonnant ses prunelles, remplissait son être de calme et de grâce, comme si ses cheveux délicats et fragiles eussent trouvé pendant ces heures leur silencieuse revanche.

— Cette histoire de mariage, expliquait Martha d'une voix un peu pâteuse, c'est une idée de mon jules, le mois dernier.

Elle faisait de grands gestes avec la main droite. De lourdes bagues cernaient chacun de ses doigts.

— C'était un soir où il y avait pas mal de gens ici. Il est monté sur la table et il a annoncé qu'on allait se marier. Tout le monde a marché et on a fini par y croire.

Elle but une bonne gorgée puis posa le verre :

— Quand je pense que cela devait être demain. Je l'ai échappé belle !

Voyant les yeux de Kate arrondis par l'étonnement, elle ajouta d'un air las :

— Oui, finalement, il devait partir en voyage et moi j'avais un peu la flemme de m'occuper de cela toute seule. Le plus drôle, c'était de l'avoir annoncé. La cérémonie... Bref, conclut-elle, on a annulé.

363

Elle avala son whisky d'un trait et, après un moment de délicieuse absence, revint à elle et regarda Kate :

— Pardon, s'écria-t-elle, j'aurais dû t'envoyer un message pour t'avertir. Oh ! et puis finalement, c'est heureux que tu sois venue.

Elle rit très fort et Kate l'imita par contagion.

— Tiens, s'écria Martha sans transition, je vais faire allumer un barbecue.

Coincée entre deux immeubles gigantesques sur le front de mer, la maison de Martha était une copie de palais espagnol qui datait du XXe siècle. La terrasse dominait le Pacifique. Deux serveurs noirs vêtus de blanc vinrent y installer un petit foyer de charbon de bois.

Kate eut une réminiscence de l'odeur de brûlis qu'elle avait sentie en s'échappant de la salle de trekking. Elle se leva, alla jusqu'à la balustrade de fer forgé et contempla le rivage : les mèches d'océan s'y démêlaient, dociles, sur le long peigne des cocotiers. Les protections vitrées avaient été placées si adroitement qu'on les distinguait à peine. Tout au plus la mer prenait un aspect dépoli, au-delà de la ligne où la muraille transparente s'enfonçait dans les eaux. Il ne faisait pas plus mauvais à Seattle, et le détroit de Juan de Fuca avait aussi des aspects grandioses sur son fond de montagnes. Pourtant Los Angeles avait quelque chose de particulier. Contrairement aux dogmes écologiques, la division entre nature et civilisation y perdait de son évidence. On sentait la proximité presque palpable des non-zones.

Cependant Martha avait rejoint Kate. Elle s'accouda à son tour à la balustrade, se tourna vers elle et ôta les grosses lunettes de soleil qui lui mangeaient le visage.

— Ma chérie, tu n'as pas dit un mot depuis ton arrivée ! fit Martha en regardant son amie bien en face. C'est moi le problème, hein ?

Depuis son arrivée à L.A., Kate avait en effet vécu un cauchemar : une personne s'était jetée sur elle dans l'aérogare, l'avait embrassée, lui avait parlé du bon vieux temps. Mais à aucun moment, elle n'avait reconnu son ancienne condisciple d'Anchorage dans cette femme de grand avenir aux cheveux lisses, châtains, coiffés en un chignon compliqué, parée de lourds bijoux aux oreilles, autour du cou. Et à l'instant, en retirant ses lunettes, Martha n'avait pas seulement dévoilé ses yeux : sur son visage étaient apparues de minuscules cicatrices, pour certaines encore roses et fraîches, qui accentuaient encore le malaise de Kate.

— Douze opérations en trois ans, qu'est-ce que tu en dis ?

Maintenant qu'elle pouvait détailler les lèvres cerclées, le nez rétréci, les yeux remodelés, les pommettes rehaussées, les dents réalignées, Kate faisait l'insupportable expérience de contempler deux êtres en un. De la Martha qu'elle avait connue subsistaient des souvenirs communs, une certaine insolence gouailleuse, quelques mimiques peut-être. Mais une autre femme avait tout envahi, comme une armée chasse le vaincu et s'installe dans ses forts.

— Le plus réussi, ce sont mes seins. Regarde.

Martha avait soulevé son bustier et tenait à pleines mains sa poitrine encore tendue de prothèses. En Globalia, une telle exhibition n'était ni choquante ni rare.

— Tu n'étais pas mal non plus avant, dit Kate en se redressant.

Vexée, Martha remit sa poitrine à sa place dans le petit justaucorps et haussa les épaules.

— M'étonne pas que tu dises cela, marmonna-t-elle. Tu n'as pas changé, toi. Toujours une foutue intello.

Elle lui faisait déjà à Anchorage le même reproche amical. C'était désormais par ce passé qu'elles étaient proches.

— Et toi ? demanda Kate qui commençait à se sentir à son aise mais n'avait toujours pas percé le mystère de la transformation de son amie. Raconte-moi ce que tu as fait pendant toutes ces années.

— Moi, tu sais dans quel camp j'étais, dit Martha en tapant dans les mains pour faire revenir les serveurs avec des cafés. La seule chose qui m'intéressait pendant les études c'était le spectacle, les chansons, les films. Dès qu'ils nous ont libérées d'Anchorage, j'ai filé ici, à Los Angeles.

— Chez ta mère ?

— Surtout pas. C'est une épave, maintenant, ma mère. Non, je suis arrivée comme ça. Je me suis installée chez un copain, un petit bout de guitariste qui habitait Tucson Drive. Il m'a mis le pied à l'étrier. Tu fumes ?

Elle avait sorti un paquet de tabac et du papier.

— Ce n'est pas interdit ici, dans les zones sécurisées ? demanda Kate.

— Je vois que tu n'as pas changé. Il n'y a rien d'interdit quand on a les moyens. D'ailleurs, ce n'est pas le tabac qui m'intéresse.

En disant cela, elle sortit une boulette marron d'un tiroir et commença à la chauffer.

— Tiens, pour te faire plaisir, je vais fumer du légal. Regarde le paquet : « Cannabis certifié par le Global Monopole des Psychotropes. » Signé : l'Attorney général. Tu ne vas pas être plus royaliste que le roi ?

Kate la regarda rouler son joint.

— Donc, je m'installe et je me rends compte que je ne sais rien faire. Ici, pour s'en sortir, il faut chanter ou jouer la comédie. Chanter, ce n'est pas mon truc. Pour la comédie, la concurrence est rude. Et le gros point noir, c'est la mode : on veut des femmes de grand avenir, maintenant. Une gamine avec ses petites fesses bien tendues et sa peau de pêche n'a aucune chance.

Elle tirait maintenant sur sa tige et l'accompagnait de grandes rasades de vin rouge.

— Ce n'est pas la faute des réalisateurs. J'en ai souvent discuté avec eux. S'ils utilisent une petite jeunette fraîche comme toi, ils ont tout le monde sur le dos : les ligues antipédophiliques trouvent qu'ils encouragent des goûts suspects ; les féministes estiment qu'ils proposent aux femmes un modèle élitiste et fasciste : jeunesse, beauté et santé naturelles. Les syndicats de chirurgiens pensent qu'ils sabotent leur travail. Bref, plus de jeunes. Et le goût du public s'y est fait. La plupart des gens aiment la beauté construite. C'est comme ça qu'on appelle les vieilles.

Kate s'était laissé faire pour le vin rouge. Elle se sentait légèrement grisée et Martha avec sa diction gouailleuse et ses yeux brillants la faisait de nouveau rire, comme à Anchorage.

— Alors, tu y es passée aussi, c'est cela ?

— Sans hésiter, crois-moi. J'ai commencé par le nez, évidemment. Ici, on dit qu'il faut au moins trois interventions pour avoir ce que l'on veut. Après j'ai fait les seins — première fois — les yeux, des implants sur les hanches, la bouche, cerclage des dents, ongles fixes, et même des trucs inutiles comme les fausses cicatrices de retrait de varices et les fausses appendicites : si tu veux vraiment ressembler à une femme mûre, ces petits détails comptent beaucoup.

— Après cela tu as pu tourner ?

— Quatre films, s'écria fièrement Martha. Dont deux assez hard, je dois dire. Et c'est comme cela que j'ai rencontré mon mec.

— Il fait du cinéma aussi ?

— Pas du tout mais le tournage était là en bas, sur la plage. Tu vois le kiosque où les gens achètent des glaces ? C'était le sujet du film. Je marchais sur la plage et j'allais jusqu'au kiosque. Le vendeur était un grand type brun agréé-Turc ou Persan, enfin dans ces coins-là. Finalement, ce n'était pas une glace qu'il me servait, si tu vois ce que je veux dire...

— Et vous avez tourné cela en pleine rue ?

— Ici, les gens s'en foutent, du moment qu'on ne coupe pas la circulation.

— Et... ton mec ?

— Il était chez lui, sur cette terrasse exactement. Et il regardait tout cela à la jumelle. Quand on a fini, il est descendu et m'a invitée à prendre quelque chose chez lui. Mais décidément ce n'était pas mon jour de chance pour les glaces...

Elles rirent toutes les deux comme des collégiennes.

— Qu'est-ce qu'il fait dans la vie ? demanda Kate.

— Plein de choses. Je ne veux pas trop savoir. Il est d'une grande famille. Mais il trafique un peu aussi, je crois.

Puis, en tirant sur le mégot huileux, elle ajouta :

— Au fait, tu ne m'as pas encore parlé de tes amours.

Kate garda un instant les yeux dans le vague, laissant se balancer ses pensées comme la tête mélancolique des cocotiers sur le rivage. Elle sentait que l'alcool avait rompu ses pudeurs et, au mépris de toute prudence, elle raconta son histoire.

Martha la jugea assez désolante. S'amouracher d'un bon à rien, d'un intellectuel de la pire espèce, celle des velléitaires, des idéalistes, autant dire des ratés, c'était, dans le monde tel qu'il était, se condamner à des années de tracas et de misère. Heureusement, Kate avait poussé cette médiocrité à l'extrême et l'affaire, dans cette mesure, redevenait intéressante. Le fait que ce Baïkal eût transgressé l'interdit des non-zones, qu'il ait été capturé, détenu puis mystérieusement exilé lui donnait une originalité qui intéressait Martha. Elle prit fait et cause pour ce garçon parce qu'il était un hors-la-loi comme elle, quoique à sa manière.

— Laisse-moi réfléchir, dit-elle. Je vais trouver ce qu'il faut faire.

Elle n'en reparla pas de la journée et comme Kate avait fait un long voyage, elle la laissa se coucher tôt.

Le lendemain matin, Martha apparut à plus de onze heures, ce qu'elle jugeait être l'aurore. Elle se drapait mollement dans un peignoir en éponge, brodé à ses initiales. Mais ce qui dépassait du tissu blanc n'était guère présentable et elle le savait. Les domestiques étaient sommés de tout laisser à l'avance sur la table et de ne pas approcher à moins de dix mètres.

— J'ai pensé à ton affaire, cette nuit, annonça-t-elle à Kate d'une voix enrouée. J'ai eu une idée. Il y a une party, ce soir, chez Lou et Dan, de très bons amis à moi. Ils ont une villa incroyable vers Malibu. C'est là que je vais me fournir.

— Te fournir ?

— Ce que je mets dans mes clopes et puis les petites pilules roses que j'avale avec le whisky.

— Les psychotropes sont en vente libre, non ?

— Bien sûr, et cela m'étonne toujours. On ne peut pas ouvrir les écrans sans voir : « Mort à la drogue ! Non à l'alcool ! Guerre au tabac ! » Mais tu descends acheter tout cela au coin de la rue.

Martha, le matin, était d'humeur philosophe. Elle continua dans cette veine en sirotant son café.

— Quand j'en parle à mon mec, il me dit que c'est cela une société démocratique : tu es libre de tout mais tu es coupable de tout. Et, pour finir, tu es victime de tout. Tu comprends cela, toi ?

— Je vois ce qu'il veut dire.

— Enfin, moi, leurs cochonneries standard, je ne les supporte pas. C'est fait pour les prolos. Et puis, à la clinique, après les opérations, je me suis habituée à des trucs plus forts et bien meilleurs.

Elle regardait d'un air las les planches à voile photoniques qui glissaient au-dessus de l'eau, poussées par les rayons du soleil.

— Ce n'est pas très compliqué à dégotter ici. D'ailleurs, le mieux est d'avoir un bon fournisseur qui s'occupe de tout. Le mien s'appelle Stepan. C'est lui que je veux te faire rencontrer ce soir.

Elles partirent pour Malibu en début de nuit, après une journée un peu molle sur la terrasse. Elles s'étaient installées toutes les deux dans l'interminable carrosse de Martha, un véhicule ultramoderne, véritable salon mobile. Kate, malgré les efforts de son amie pour la maquiller lourdement, la charger de bagues et lui mettre une robe de « vraie femme », compliquée et chère, gardait un air désespérément juvénile.

La maison de Lou et Dan était un décor babylonien, en bord de mer, sur la pente d'une colline. La nuit permettait d'oublier les verrières, qui veillaient en hauteur ; on ne voyait que l'enfilade splendide des bassins où coulaient des eaux vives et l'essor des palmiers royaux, éclairés de bas en haut. Au sommet de cette féerie, la maison était composée de simples rectangles de pierres blanches dans lesquels étaient ouvertes des baies vitrées. Tant de feuilletons sur les écrans avaient popularisé ces décors qu'ils semblaient à la fois exceptionnels et familiers. Le plus troublant était seulement de les voir dans la réalité et non en virtuel.

Les êtres qui peuplaient ces lieux étaient eux-mêmes fabuleux, à peine humains. Des chevelures aussi blondes, des dentures aussi parfaites, des poitrines aussi galbées appartenaient-elles vraiment au genre humain ? Ou bien, le soir venu, après un coup de jet sur les carlingues, remisait-on ces ovnis dans des hangars ? Lou et Dan avaient revêtu des tenues de duchesses poudrées, du temps de la Révolution française. Avec le maquillage et les perruques, il était difficile de leur donner un âge, un sexe précis et même de les distinguer l'un de l'autre. Martha passait entre les groupes en distribuant des baisers.

— Suis-moi, commanda-t-elle à Kate. Stepan doit être sur la terrasse du haut.

Elles montèrent un autre escalier, en colimaçon cette fois, et débouchèrent sur le toit plat d'un des bâtiments. Une piscine éclairée par le fond l'occupait presque entièrement et, sur la bande étroite qui en formait le tour, étaient posés de gros pots en terre cuite plantés d'orangers qui portaient de beaux fruits. À première vue, il ne semblait y avoir personne. Mais en avançant sur le caillebotis qui bordait le bassin, Martha finit par découvrir deux jambes étendues qui dépassaient entre les jarres. C'étaient des jambes d'homme, vêtues d'un pantalon et chaussées d'une paire de mocassins Togg's en polymère-titane dernier cri.

— J'étais sûre que je te trouverais là, s'écria Martha. Encore en train d'admirer tes nouvelles pompes…

— Sur ce fond bleu, elles ressortent comme dans la soie d'un écrin, dit l'homme qui était étendu sur une chaise longue, les bras levés, les mains derrière la tête.

Avec une rapidité inattendue, Kate vit son amie se pencher, saisir un des pieds que tendait lascivement l'homme allongé et tirer sur le mocassin. Déjà Martha avait la chaussure dans les mains et courait autour de la piscine.

— Pouah ! s'écria-t-elle en faisant mine de renifler la semelle.

— Rends-moi cette chaussure, espèce de garce ! éructait l'homme qui s'était mis debout et sautait à cloche-pied dans la direction de Martha.

— Il faudrait me laver tout cela. Tiens, on commence par celle-ci.

Elle jeta la chaussure au loin, bien au milieu du bassin. Tous trois la regardèrent couler en silence. Elle fit plusieurs tours sur elle-même, puis, doucement, se posa bien à plat sur le fond de faïence.

L'homme, les bras ballants, était au bord des larmes.

— C'est pas possible, reniflait-il.

Kate crut un instant qu'il allait se jeter brutalement sur Martha. Mais il resta là, stupide, à regarder sa chaussure sous cinq mètres d'eau.

— Tu ferais mieux de jeter la deuxième, dit Martha. On serait plus tranquilles pour causer.

Au grand étonnement de Kate, l'homme hésita un peu puis ôta la chaussure restante. Il la lança à son tour et quand elle fut dans l'eau, partit d'un grand fou rire.

Il prit Martha par le bras et ils allèrent s'installer en riant dans un des coins de la terrasse où se dissimulaient une petite table ronde et des chaises. Sur un signe de son amie, Kate les rejoignit.

— Je te présente Stepan, dit Martha en riant. On ne peut pas lui parler quand il a des chaussures : il passe son temps à les regarder. À part ça, il est bien utile dans certaines affaires…

Kate comprit qu'il devait s'agir d'un mafieux.

— Elle s'appelle Kate, dit Martha en désignant son amie.

— Bonjour, grogna Stepan sans marquer beaucoup d'intérêt. On peut parler devant elle ?

— C'est comme si on était seuls !

— Allons-y, alors, fit Stepan en saisissant Martha par la taille.

Elle rit aux éclats mais ôta gentiment le bras du mafieux et se recula un peu.

— D'abord, il faut qu'on cause sérieusement.

— Je t'écoute.

Maintenant que Kate s'était accoutumée à la lumière indirecte de la terrasse, elle distinguait mieux le visage osseux du trafiquant. Ses traits étaient comme sculptés dans un marbre irrégulier. Des arêtes vives formaient ses arcades sourcilières. Mâchoires, pomme d'Adam, tempes, tout était en bords nets et en saillies tranchantes.

— De quoi as-tu besoin aujourd'hui ? proposa le mafieux. J'ai tout ce que tu voudras en bas.

— Non, dit Martha, ce qu'il me faut cette fois, c'est un service. Pour mon arrière-petite-nièce que tu vois ici.

Stepan jeta de nouveau un coup d'œil sur Kate. Son regard était plein du dédain que le chasseur avisé réserve aux marcassins trop jeunes pour être tirés.

— Elle cherche quelqu'un qui est parti dans les non-zones.

— Quelqu'un d'ici ? s'étonna Stepan.

— Oui. Une mission qui a mal tourné. Le type s'est perdu… Et puis, ne sois pas trop curieux.

Visiblement, Stepan aimait que Martha le rudoie. Il frissonnait à chaque rebuffade comme s'il savourait un délicieux coup de fouet.

— Bref, résuma-t-elle, d'où il se trouve, son ami a pu lui envoyer un message.

Stepan cligna des yeux.

— Tout est pour le mieux, alors !

— Non, elle voudrait en savoir un peu plus.

— Et qu'est-ce que je peux faire ?

— Figure-toi que pour envoyer son message, il est passé par un sale mafieux dans ton genre. Un certain Tertullien, cela te dit quelque chose ?

— Il contrôle la zone de Paramaribo. Et vous voulez entrer en contact avec lui, c'est cela ?

— Ton intelligence me fascine.

— Cela peut s'arranger.

— Attention, Stepan. Il faut que cela reste discret parce que notre ami a quelques ennuis ici. La Protection sociale ne doit pas être mise dans le coup. Tu comprends ?

Stepan haussa les épaules, manière de signifier qu'on ne répond pas à une évidence.

— Combien de temps te faut-il ? demanda Martha.

— Pour être sûr, laisse-moi deux jours.

— Je savais que tu serais l'homme de la situation.

— Je suis l'homme de pas mal de choses, dit Stepan en se rapprochant de Martha. Tu ne pourrais pas dire à ta nièce d'aller jouer ailleurs. On va se mettre en tenue tous les deux pour aller chercher mes chaussures.

Martha le laissa entrouvrir le haut de sa robe. Puis, tout aussitôt, elle se redressa, l'oreille tendue. D'en bas, montaient les notes confuses d'un des orchestres semés dans les patios et les salons.

— Tu entends Kate ? Ils jouent *Moon of my Age* !

Avec l'immense avantage d'être chaussée, Martha était déjà debout et s'éloignait d'un pas leste en tirant Kate par la main.

— Appelle-moi vite, surtout ! lança-t-elle à Stepan en descendant vers les salons.

Le regard désespéré du mafieux alla longtemps de l'escalier par où elle avait disparu à la piscine où ses chaussures gonflées d'eau commençaient lentement à remonter vers la surface.

CHAPITRE 5

Baïkal galopait sur un grand cheval bai, Fraiseur à ses trousses, malmené sur le dos à bascule d'un petit barbe. Ils coupèrent par les chemins les plus courts dans leur hâte à rejoindre la tribu où ils devaient se mettre en lieu sûr. Et comme le bruit du galop porté par la terre devait alerter loin de leur inquiétant passage, ils ne croisèrent personne.

Fraiseur chantait à tue-tête et Baïkal, à force de les entendre, avait appris la plupart des couplets et des refrains. Il n'en comprenait pas le sens mais se plaisait à brailler dans le vent ces strophes venues du fond des temps qui avaient accompagné des rêves et des chutes, sonné la charge et la retraite, consolé des veuves et soutenu des marins.

Les paysages qu'ils traversèrent n'étaient pas moins hostiles aux hommes qu'à l'arrivée. Partout gisaient des décombres industriels, des friches agricoles, des vestiges de routes, de ponts, de pylônes. Partout, la nature avait corrompu ces ordres éphémères pour y semer une confusion de racines, de ronces, de trous et de feuillages. Le plus étrange pour Baïkal était que ce désordre, hostile à l'espèce humaine, était en même temps accueillant et doux à vivre. Jamais, il ne s'était senti aussi libre. Jamais, sur cette terre de tumultes et de crimes, il n'avait éprouvé plus intensément la paix. Pour rien au monde, il n'aurait voulu rentrer en Globalia.

Cependant, le bonheur, comme toutes les délices, n'est entier que lorsqu'il est partagé. Dans le risque ou l'épreuve, il arrivait à Baïkal de se réjouir de l'absence de Kate. Mais quand il était heureux, il était presque halluciné par le désir de sa présence. Il l'imaginait montée en croupe sur le bai, tenant les bras fermés autour de sa taille, la joue appuyée sur sa nuque. Il voyait voler ses cheveux tout autour de sa tête et lui cingler le visage.

Pendant les chaudes heures du jour, quand la sueur blanchissait la toison des chevaux, quand les piliers d'euphorbes semblaient lever les bras pour implorer le soleil de leur rendre leur ombre, la tête enflait de soif, la conscience vacillait et il était doux de s'abandonner aux illusions du désir et de l'amour. Mais, le soir venu, le crépuscule levait une brise fraîche et rougissait les nuages et les pierres, et toute l'amertume glacée de l'absence revenait. Avec la fatigue, un désespoir brutal forçait la porte affaiblie de la conscience. Les veillées près du feu étaient lugubres, malgré les efforts de Fraiseur. Baïkal frissonnait en regardant les bûches. Il lui semblait voir tourner autour des flammes un cortège d'idées graves et de présages funestes.

La première de ces évidences sinistres était la perte absolue de Kate. Il se trouvait dans l'impossibilité de lui adresser le moindre signe. Le dernier effort qu'il avait fait pour y parvenir avait eu des conséquences si dramatiques pour le mafieux qui l'avait aidé, que personne ne se risquerait plus à lui rendre un tel service. Rentrer en Globalia, il n'y fallait plus songer. La Protection sociale avait fait de lui un ennemi. Il en savait assez sur ses méthodes pour être certain qu'il ne pourrait ni se défendre ni obtenir justice s'il se livrait. L'idée même du retour, au-delà de son inutilité, l'indignait et le révoltait. Tout ce qu'il avait découvert dans les non-zones révélait Globalia sous un jour qui rendait cette société haïssable et digne d'être combattue. Quand il avait voulu s'en échapper, c'était avec le désir vague de retrouver une liberté qu'il avait imaginée lui-même. Désormais, il voyait dans Globalia un ennemi, une construction humaine retournée contre les hommes, un édifice fondé sur la liberté mais qui écrasait toute liberté, un monstre politique à détruire.

En même temps, Baïkal sentait combien ce combat serait difficile à mener. Sur qui pouvait-il s'appuyer dans ces non-zones ? Les régions qu'ils venaient de traverser portaient encore les traces d'une épouvantable famine qui avait décimé la population l'année précédente. L'après-midi même, ils étaient passés au voisinage d'ossements blanchis : toute une famille avait péri là, de faim sans doute, laissée sans sépulture à la merci des vautours.

Même si les Déchus étaient de bonne volonté, Baïkal doutait qu'ils pussent rassembler une force conséquente. Et les malheureux se faisaient de graves illusions sur le secours qu'il pourrait leur apporter. Leur analyse était juste : seule une opposition en Globalia pouvait vaincre Globalia. Mais comment leur dire que lui, Baïkal, ne représentait rien de tel ? Comment leur avouer qu'il était une créature née de l'esprit pervers d'Altman ? S'il le leur annonçait, qu'allait-il advenir de lui ? Il serait méprisé, rejeté. Peut-être se vengeraient-ils ? S'il perpétuait l'illusion, il mènerait ces gens sincères à la mort et les tromperait gravement sur leurs forces. Altman avait décidément bien conçu le piège dans lequel il l'avait précipité.

Les jours suivants, le paysage changea. La forêt devint de plus en plus haute et dense. Sa voûte captait la lumière et la filtrait dans d'étroits vitraux de feuillage. Après les stridulations des terrains découverts, la forêt apportait toute une luxuriance de bruits : cris d'oiseaux, craquements de branches, sifflements de singes montaient comme d'étranges oraisons dans cette nef tropicale.

Le campement des Fraiseur n'était pas situé trop profond dans la forêt. Ils l'atteignirent rapidement. Ils durent prendre soin de se signaler par un cri particulier car des guetteurs, alentour, avaient pour mission de repérer les intrus et de leur faire rebrousser chemin. Quand le premier guetteur les eut reconnus, tout un groupe sortit des cachettes et forma autour d'eux un attroupement joyeux.

Fraiseur fut fêté en héros. Il alla déposer les pièces du trou d'ozone dans les mains du plus ancien qui servait de seigneur.

Dès le premier jour, Baïkal fut présenté à tous les Fraiseur sans exception, à commencer par la mère, les frères et les sœurs de son compagnon de route. Il y avait entre eux une si frappante ressemblance qu'ils paraissaient tous sortis du même moule. Quand Baïkal fut admis dans le petit sanctuaire qui occupait le milieu du campement, il comprit d'où venait cette ressemblance en voyant une photo encadrée avec amour : le premier Fraiseur y figurait en bleu de travail, arborant un fier sourire. Il avait produit les membres de sa tribu en série, à partir d'un prototype qui était lui-même, tout comme jadis il avait contribué à produire à la chaîne les Chevrolet ou les Cadillac.

La tribu de Fraiseur était un endroit paisible pour réfléchir. Baïkal aimait aller se promener dans la forêt. Il accompagnait souvent des enfants qui partaient fièrement assurer leur quart à la garde du puits d'ozone. Les Fraiseur semblaient prendre très au sérieux le travail pour lequel ils étaient rétribués.

Ils repoussaient avec énergie tous ceux qui tentaient de s'infiltrer sur leur territoire.

Pour calme qu'elle fût, la vie dans le village n'était pas monotone. Comme Fraiseur l'avait expliqué dès leurs premières rencontres, sa tribu était musicienne. Personne n'aurait osé toucher à la clarinette du Premier Fraiseur, qui était devenue un objet de vénération. Mais chacun avait à cœur de confectionner un instrument et d'en jouer, soit seul soit en bande, à l'occasion des nombreuses fêtes et cérémonies qui rythmaient la vie collective. C'était en apparence des rituels immémoriaux, auxquels les Fraiseur sacrifiaient avec la même soumission que n'importe quelle tribu sauvage. Cependant, à y regarder de plus près, Baïkal reconnut dans plusieurs de ces danses traditionnelles des éléments vaguement familiers. Chaque samedi soir, par exemple, à l'aide de tambours et de percussions diverses, un orchestre faisait danser la tribu. Les paroles psalmodiées étaient assez incompréhensibles mais il revenait un refrain qui disait : *Whouoc hroun zwe kloc*. Les danseurs se déhanchaient en couple et s'amusaient beaucoup. Il fallut deux ou trois répétitions de cette danse pour que Baïkal reconnût un très vieil air qui se dansait toujours en Globalia sur des paroles originales qui disaient : *Rock around the Clock*.

Fraiseur expliqua à cette occasion à son invité que les rites de la tribu avaient été complètement réinventés quand le Premier Fraiseur était arrivé. Durant sa vie à Detroit, il avait perdu toutes ses références originelles. Quand il lui avait fallu se retribaliser, le Premier Fraiseur avait utilisé tout ce qu'il avait glané au cours de sa vie. On retrouvait dans les rites de la tribu des mythes indiens, aussi bien que des chansons américaines du XXe siècle. Et naturellement, les souvenirs liés à l'automobile constituaient autant d'idoles propres à susciter un culte. L'écusson « General Motors », accroché sur un des murs du sanctuaire, était promené en procession au printemps autour du puits d'ozone. Un cardan de Chevrolet monté sur un socle servait à bénir les noces. Aux filles qui se mariaient dans une autre tribu, on donnait des amulettes contenant, en guise de relique, un morceau de la roue de secours que le Premier Fraiseur avait utilisée pendant son exode.

Baïkal se livra avec bonheur à ces journées d'oisiveté et d'amitié. En d'autres temps, il aurait peut-être craint d'être saisi par l'ennui mais dans l'attente de ce qui allait arriver, il aurait plutôt souhaité qu'elles pussent ne jamais finir.

*

— Bonjour madame ! clama Puig, la barbe dressée.

Et, saisissant la main de Martha, il y déposa un courtois baiser.

Dans l'aérogare de L.A., aux murs couverts de marbre, il ne passait pas inaperçu. Il avait revêtu sa grande cape noire et la portait un coin relevé sur l'épaule, ce qui libérait son bras gauche. Il en usait pour traîner une malle montée sur roulettes. De sa ceinture dépassait le fourreau d'une longue épée.

— J'y crois pas ! glapit Martha à l'adresse de Kate. C'est lui... ton copain journaliste !

Ce furent ses derniers mots avant que le rire ne s'emparât d'elle et ne la mît au bord de la syncope.

Raide et digne, Puig roulait des yeux de noyé. Heureusement, Kate, avec un esprit de décision remarquable, passa un bras autour de son coude et, sans lâcher Martha qu'elle soutenait de l'autre, remorqua tout le monde vers le parking. Les deux femmes s'engouffrèrent dans la limousine. Puig hissa sa malle dans le coffre mais garda l'épée à la main. Quand il entra à son tour dans la voiture, Martha, qui venait de s'éponger les yeux, fut immédiatement secouée de nouveaux éclats de rire.

— Excusez-moi, put-elle articuler, je vais monter devant avec le chauffeur... Comme ça vous pourrez bavarder tous les deux.

Elle les laissa seuls à l'arrière.

— Il ne faut pas lui en vouloir, dit Kate. C'est une gentille fille...

Figé, immobile, l'air ulcéré et réprobateur, Puig digérait bien autre chose que son propre ridicule. Il regardait Kate dans le décor bizarre de cette limousine aussi grande que son appartement de Seattle, assise sur une banquette en faux zèbre, maquillée lourdement et habillée — le mot était un peu excessif — d'une des robes décolletées de Martha. Il fixait tour à tour les bouteilles d'alcool dans le bar, la moquette où étaient imprimées les étoiles du drapeau globalien. Et il se demandait si la fille qu'il avait quittée à Walden était bien la même que celle qui l'accueillait à L.A.

— Rassure-toi, murmura Kate. Rien n'a changé.

Puig attendit encore un peu puis il leva un sourcil, l'autre, et finalement se détendit.

Mais pendant les quelques jours de leur séparation, une gêne s'était installée. Puig restait silencieux et méfiant.

— Écoute, fit doucement Kate. C'est la Californie, ici, tu vas voir. Les gens sont un peu différents et on doit s'adapter. De toute façon, tu ne resteras pas longtemps. On part dans deux jours.

— On part... où ?

Le code de prudence qu'ils avaient établi leur imposait de ne pas trop en dire sur le multifonction. Dans les messages que Kate avait envoyés, elle avait simplement demandé à Puig de la rejoindre et d'emporter tout ce dont il aurait besoin pour un long voyage.

— On traverse, chuchota-t-elle, les yeux brillants.

Par les fenêtres, on distinguait des halos de lumière dans la nuit noire. Ils restèrent un moment silencieux à regarder ces lueurs qui dansaient comme des fanaux sur la mer et invitaient au départ.

— As-tu appris beaucoup de choses encore, à Walden ?

Walden était le mot qu'il fallait prononcer. Il rouvrit entre eux un espace commun et aimé.

— Beaucoup, confirma Puig.

Ils étaient en train d'arriver. Kate préféra reprendre cette conversation à froid. Martha, en sortant de la voiture, avait retrouvé son sérieux. Elle salua Puig en lui demandant de lui pardonner. Sa démarche était approximative. Kate comprit qu'elle avait dû acquérir sa sérénité au prix d'une triple dose de whisky assaisonné à sa manière. Sitôt rentrée, Martha alla se coucher. Kate montra sa chambre à Puig et lui souhaita bonne nuit.

Le lendemain matin, elle le découvrit au deuxième étage, qui déambulait les mains derrière le dos, la barbe tendue. Les splendeurs du Pacifique et le spectacle de la plage ne l'intéressaient absolument pas. C'était la maison elle-même et ce qu'elle contenait qui avaient retenu son attention.

L'architecture d'origine du palais hispanique avait été remaniée à l'intérieur et adaptée au goût californien. Ouvertes de baies vitrées et habillées de béton brut, tout en lignes géométriques, les salles baignaient dans une trompeuse atmosphère « Bauhaus ». Chaque pièce ne contenait qu'une ou deux œuvres mais d'une grande rareté. Puig lui fit remarquer un portrait de femme vue de profil sur fond de nuage plombé qui était désigné par une petite plaque comme un Lorenzo Lotto. Dans un discret angle de mur étaient accrochés de petits portraits de la Renaissance du Nord, parmi lesquels un Holbein et un Dürer.

— Viens voir, il y a même des livres ! souffla-t-il à voix basse.

Il l'entraîna dans une aile de la maison qu'elle ne connaissait pas car Martha n'y mettait jamais les pieds. Elle était composée de plusieurs pièces basses ouvertes sur un espace octogonal que surmontait une coupole. Aux murs, des bibliothèques étaient disposées depuis le sol, pleines de livres de toutes les époques.

— Ce n'est pas Walden, mais presque, dit Puig. Regarde : que des livres d'histoire !

— C'est le bureau de l'ami de Martha, dit Kate.

— Tu l'as vu ? demanda Puig en haussant un sourcil soupçonneux.

— Non. Il est tout le temps en voyage.

— Pour qui travaille-t-il ?

— Je n'en sais rien et Martha non plus. Il doit trafiquer plus ou moins...

Puig, lentement, tourna les yeux de tous côtés, embrassant livres précieux et œuvres d'art.

— Ce n'est pas exactement le décor qu'on imagine pour un trafiquant.

— La maison lui vient de sa famille.

— Humm ! Admettons.

Saisissant Puig par le bras, Kate, pour le faire changer d'idée, le ramena vers la salle du petit déjeuner. Là, sous des lambris qui avaient orné jadis un château de la Loire, ils retrouvèrent tout un étalage de brioches tressées, de pains fantaisie et de confitures. Kate entreprit alors de raconter ce que Stepan, le mafieux, avait appris à Martha.

— Il a retrouvé ce Tertullien par qui le message est passé. Cela n'a pas été facile parce qu'il a été bombardé.

— J'ai vu cela sur les écrans. Je n'ai pas bien compris pourquoi la Protection sociale s'est attaquée à lui. C'est pour lui faire payer le fait d'avoir transmis un message ?

— À vrai dire, personne ne comprend et surtout pas lui. Ils l'ont fait passer pour un allié de Baïkal alors qu'il le connaît à peine.

— En somme, la machination continue de plus belle.

Tout en parlant, Puig savourait le goût des brioches qui lui rappelaient les petits déjeuners de Carcassonne.

— Heureusement, reprit Kate, ce Tertullien a l'air d'un assez brave type. Il accepte de nous réceptionner dans les non-zones et de nous conduire jusqu'à Baïkal.

— Comment es-tu sûre qu'il sache encore où il se trouve ?

— Parce que Stepan le lui a demandé.

Puig fronça le nez. Toutes ces combines de mafieux le laissaient sceptique et inquiet. Il resta un long moment à faire silencieusement des ronds dans ses miettes.

— Puig, dit finalement Kate en le voyant hésiter, il faut que je te parle sérieusement.

— Je t'écoute.

— Voilà : je te suis très reconnaissante et je te remercie du fond du cœur. Sans toi, je n'aurais jamais pu remonter la piste jusqu'à Baïkal. Maintenant, c'est fait. Le moment d'agir est venu. Le pas à franchir est irréversible et les risques sont énormes. Je ne veux pas que tu compromettes ta vie pour moi. J'irai seule.

Puig se redressa d'un coup.

— Certainement pas ! Ce n'est pas au moment où le véritable danger commence que je vais t'abandonner.

Il avait retrouvé son entrain et sa fougue.

— D'ailleurs, proclama-t-il fièrement, j'ai d'autres raisons, désormais, de retrouver Baïkal.

Puis regardant les murs avec méfiance, il ajouta en se levant :

— Sortons faire quelques pas sur la plage, veux-tu.

Ils retournèrent chacun dans sa chambre pour se changer et redescendirent en tenue de bain et peignoir. Un souterrain débouchait sur la grève. Ils gagnèrent d'un pas lent la bordure du rivage et marchèrent le long de l'eau, les pieds sur la lisière humide où venaient mourir les vagues. Les cris des baigneurs et le grondement des rouleaux rendaient improbable un éventuel enregistrement de leur conversation.

— J'ai appris beaucoup de choses à Walden après ton départ.

— Wise est revenu ?

— Lui et beaucoup d'autres gens. Quand il a su que nous allions partir pour les non-zones, il s'est mis à m'envoyer chaque jour quelqu'un de nouveau. C'est fou les relations qu'il peut avoir dans tous les domaines. J'ai rencontré des ingénieurs, des militaires, des chercheurs, tous lecteurs à Walden bien sûr.

— Mais qu'est-ce qu'ils voulaient ?

— Me donner des informations sur Globalia. La plupart, d'ailleurs, se contentaient de me remettre des documents. Je n'ai pas encore eu le temps de tout consulter, loin de là. Mais j'ai tout apporté avec moi dans ma malle.

— Dans ta malle ! Attention, je ne crois pas que nous pourrons emporter grand-chose. Ce ne sera pas du tourisme.

Puig fit frissonner sa barbiche pour marquer son mécontentement.

— Je m'en doute. Cependant, ces documents, Wise me l'a recommandé, sont de la plus haute importance pour Baïkal. S'il peut avoir une chance d'être en position de force face à Globalia, ce sera grâce à eux.

Pour la forme, Kate essaya de discuter mais la décision de Puig était arrêtée et rien ne le ferait changer d'avis.

— Quand partons-nous ? demanda-t-il pour clore tout débat.

— Nous devons d'abord nous rendre dans la zone sécurisée de Paramaribo et de là se fera le passage vers Tertullien. Nous embarquons après-demain matin. Martha nous accompagnera.

— Martha ? La…

Puig cherchait un qualificatif approprié. Il ne trouva rien qui ne heurtât pas la bienséance.

Il préféra se taire et ils continuèrent silencieusement leur promenade jusqu'au ponton d'où s'élançaient les motos de mer.

CHAPITRE 6

Le départ pour Paramaribo se fit comme prévu le lendemain après-midi. Puig était toujours sur ses gardes en présence de Martha. Mais c'était une paix armée et chacun s'adressait à Kate pour servir d'intermédiaire.

Quitter Los Angeles pour aller à Paramaribo produisait un subtil changement qui n'était pas d'abord visible. À première vue les palmiers et les plages donnaient à ces villes un air de proche parenté. Il fallait quelques heures pour découvrir à quel point ces deux zones sécurisées étaient différentes. Los Angeles palpitait d'une vie intellectuelle et économique qui faisait d'elle un lieu central de Globalia. À Paramaribo, on était plutôt sur les marges. Un misérable parc naturel historique, au centre de la cité, servait de lieu de promenade mais nul n'aurait eu l'idée d'aller y faire du tourisme — pas même les agréés-Latino-Américains pour qui le Venezuela n'était même pas une référence culturelle standardisée. La culture semblait totalement absente de cette ville. Quant à son économie, on ne comprenait pas à première vue à quoi elle pouvait être dédiée.

Les trois voyageurs s'installèrent dans un hôtel situé près de l'ancien port. C'était une bâtisse qui fleurait bon le climat d'époque coloniale. Les chambres ouvraient sur de petits balcons branlants. Quand on s'allongeait, le matelas émettait un grognement comme s'il se réveillait d'un sommeil multiséculaire. L'eau chaude mettait si longtemps à venir qu'une chaise avait été installée dans chaque salle de bains afin d'attendre sans fatigue cet événement.

Autant Martha se montrait capricieuse chez elle, autant elle faisait preuve d'une résistance inattendue dans des conditions plus difficiles. Promptement changée dans sa chambre, elle reparut dans le hall de l'hôtel vêtue d'un simple pantalon taillé dans un textile thermoréglable grossier, qu'on continuait par tradition d'appeler un « jeans ». Elle était bras nus, sans aucun bijou ; seule une paire de lunettes fumées couvrait les parties de son visage les plus difficilement montrables sans préparation. Elle avait relevé ses cheveux en un chignon tout simple tenu par un élastique. Du coup, c'était Puig avec sa cape qui paraissait snob.

Ils traversèrent la ville pour aller à leur premier rendez-vous. La vétusté de tous les bâtiments était frappante. Rien ne semblait avoir été construit récemment sauf la verrière qui couvrait l'ensemble. Elle n'était d'ailleurs même pas terminée. Du côté nord, les poutrelles d'acier attendaient encore qu'on les arrime à d'autres pour continuer l'extension de la bulle protectrice. Mais le chantier semblait depuis longtemps arrêté. En l'absence d'obturation complète, l'air ne pouvait pas être conditionné ; toute la ville vivait dans les moiteurs de l'équateur. Le bar où ils arrivèrent à la tombée de la nuit — qui, sous ces latitudes, survient toute l'année à six heures du soir — était constitué d'une pièce haute ouverte par deux portes-fenêtres sur la rue. Les ventilateurs pendus au plafond ressemblaient à des faux. Quelques tables étaient disposées à l'extérieur sur le trottoir.

Ils s'assirent là, sous un énorme magnolia dont les racines gonflaient le sol et rendaient les chaises bancales. L'homme qui leur servait de contact arriva à peine un quart d'heure après eux. Il était plutôt mieux vêtu que les buveurs avachis dans le bar. Point commun à tous les mafieux, il portait le plus grand soin à ses chaussures. Elles étaient impeccablement entretenues et avec d'autant plus de mérite que les rues, dans cette ville, ne l'étaient pas. Svelte, le cheveu noir, le teint mat, il aurait pu s'agir de n'importe quel agréé-Latino-Américain aisé mais l'intensité de son regard, où se mêlaient avidité, sensualité et cruauté, suffisait à le rendre singulier. Martha l'accueillit avec des moulinets du bras.

— Périclès ! cria-t-elle pour qu'il les remarquât.

Dès qu'il fut près d'eux, elle l'embrassa en le tenant par les épaules.

Après des présentations très sommaires, Périclès s'installa. À voir avec quelle rapidité le garçon lui apporta son rhum-Coca, on pouvait mesurer le respect dont il jouissait dans l'établissement.

— Périclès est le bras droit de notre ami Tertullien, expliqua Martha. C'est lui qui va s'occuper de vous.

Elle trinqua aussitôt avec lui.

Malgré quelques perches tendues, le mafieux refusa de leur donner des explications sur ce qui les attendait. Le bar ne devait pas lui sembler un endroit sûr : d'autres trafiquants traînaient dans les parages, l'oreille aux aguets. Périclès emmena les arrivants jusqu'à sa voiture et leur fit visiter la ville.

Ce qu'ils virent n'était pas de nature à soulever l'enthousiasme : une enfilade d'entrepôts, de vieilles voies rapides entrecroisées dans l'air, des quartiers sordides encombrés de gens qui fumaient, assis sur les escaliers qui menaient aux portes d'entrée. Mais les explications de Périclès rendaient à tout cela un

sens et un intérêt. Il s'exprimait avec clarté et autorité.

— L'économie de la ville est fondée sur les
échanges avec les non-zones, leur dit-il. Nous four-
nissons un quart de Globalia, à peu près.

— Fournir Globalia ? s'étonna Puig. Mais en quoi ?

— Tout ce qui vient des non-zones. Par exemple
le carburant universel K8.

— Le K8 vient des non-zones ?

— Bien sûr ! Les gens pensent que c'est un carburant propre. Mais personne ne leur dit qu'il est produit à partir du pétrole. Sa fabrication est très pol-
luante et les installations sont situées dans des sites
lointains, disséminés au milieu des non-zones.

— Je le savais, chuchota Puig à l'oreille de Kate,
et il ajouta très bas avec un air entendu : Walden.

— Mais bien sûr, continua le mafieux, l'essentiel
des importations en provenance des non-zones
concerne des produits illicites. Le hangar que vous
voyez là par exemple est plein jusqu'au plafond de
sacs de cocaïne.

Quelle que fût sa gourmandise, Martha ne put
s'empêcher de faire une grimace. Tant de bonnes
choses finissaient par produire une légère indiges-
tion.

— Et le gros abri en tôle, là-bas, avec un toit
arrondi ? demanda-t-elle.

— Là-bas, il y a tout ce qui est images, films,
photos, etc.

— C'est Hollywood, alors ! s'exclama Martha.

— Si on veut. Les gars qui font ce trafic-là
seraient flattés. En fait, avec les lois de Globalia qui
protègent les minorités, la dignité des personnes et
tout cela, il y a beaucoup de limites pour les tour-
nages. Alors pour satisfaire la demande de produits
spécialisés — sexe, violence, fétichisme, etc. —, il

faut fabriquer dans les non-zones. Et cela revient par ici.

Serrée à l'arrière entre Kate et Périclès, tandis que Puig était assis devant avec le chauffeur, Martha exultait.

— Tu me feras visiter quand ils seront partis ? souffla-t-elle en se collant au mafieux.

La voiture longea ensuite un interminable dock rempli de caisses et de véhicules sous bâches.

— Ici, c'est la zone d'exportation. Les produits que vous voyez sont prêts à sortir vers les non-zones. Ce quai est le point d'expédition pour tout ce qui est armement.

Ils tournèrent encore un peu dans les docks puis la voiture entra dans un quartier résidentiel mal éclairé. De nombreuses palissades, de chaque côté de la rue, indiquaient des chantiers mais les arbres qui poussaient derrière en désordre montraient que, pour la plupart, les travaux devaient être abandonnés ou suspendus. Périclès demanda au chauffeur de verrouiller les portes et d'aller au ralenti.

— On approche de la fin de la zone sécurisée. Le point de contrôle est là-bas au bout. Les types qui le gardent surveillent surtout les marchandises. Mais ils interdisent aussi le passage des personnes. De toute façon, personne ne traverse jamais, à part nous.

Sous un lampadaire cassé, ils dépassèrent un corps inerte, étendu sur le trottoir.

— Qu'est-ce qu'il fait là, lui ? s'écria Martha.

— C'est la deuxième spécialité de la ville. Les gens qui habitent ici ne travaillent pas tous dans le commerce avec les non-zones. Il y en a beaucoup, comme celui-ci sans doute, qui ont choisi le statut de « Marginalité contractuelle intégrée », MCI comme on dit.

— Des jeunes ? s'enquit Puig.

— La plupart, mais pas tous.

— Et pourquoi viennent-ils ici ? demanda Kate.

— Quand vous êtes MCI, vous n'avez pas le choix. On vous donne de quoi acheter de la came et un logement gratuit : la plupart sont situés dans ces quartiers.

Périclès montrait par la fenêtre les vieux immeubles en brique aux carreaux cassés.

— Je pense que le ministère de la Cohésion sociale trouve cela mieux de les mettre par ici : ils ne sont pas loin des points d'arrivée de la drogue. Il n'y a pas besoin de la faire circuler dans le reste de Globalia.

— Sauf pour ceux qui aiment ça, précisa Martha, visiblement désireuse de ne pas voir réduire le plaisir à la déchéance.

Ils firent demi-tour à cent mètres du point de contrôle. Un homme au regard halluciné les fit sursauter en tapant au carreau pendant qu'ils manœuvraient. Mais Périclès le menaça et il lâcha prise. Ils le virent tituber derrière la voiture puis s'effondrer.

— Il faudra que vous soyez prêts à quatre heures de l'après-midi demain. Nous ne passerons qu'à la nuit tombée mais il vaut mieux avoir de la marge.

Ses yeux brillants, son sourire énigmatique et un air de mépris glacial le rendaient décidément antipathique à Kate.

CHAPITRE 7

Tout à leur nostalgie du légendaire restaurant McDonald's de Detroit où leur ancêtre se rendait les dimanches, les Fraiseur ne capturaient les iguanes que pour en faire des nuggets. Dans le milk-shake ils remplaçaient les framboises par des fourmis rouges pilées. Et les jours de festin, ils étaient fiers de servir des cheeseburgers de singe. Devenu malgré lui amateur de ces étranges recettes, Baïkal prospérait. Il avait mis dans son sac, avec l'accord d'Helen, deux livres recopiés empruntés aux Déchus. L'un était un roman d'un auteur appelé Stendhal intitulé *La Chartreuse de Parme* ; l'autre était un petit manuel de réparation des vélos. Il se délectait autant de l'un que de l'autre. Chacune de ces formes littéraires lui semblait correspondre à l'un de ses états d'âme.

Ses journées étaient tendues entre les deux solides piliers que constituaient l'action et la rêverie amoureuse. L'action le menait dans la forêt aux côtés des Fraiseur, tantôt les adultes, tantôt les bandes d'enfants qui partaient pêcher ou attraper des animaux. La rêverie amoureuse lui faisait imaginer une infinité de mondes où il eût pu vivre avec Kate.

Aux heures chaudes, toute la tribu partait pour de silencieux voyages intérieurs. Dans la torpeur du campement, les corps nus, allongés sur le sol ou dans les hamacs s'abandonnaient au repos et au songe. Ce fut au beau milieu d'une de ces molles assemblées que retentit le cri tant redouté par Baïkal depuis son arrivée.

Un gamin d'une dizaine d'années, employé comme guetteur, hurla du haut d'un arbre :

— Deux intrus dans le puits !

Cette alarme tira les plus alanguis de leur sieste. D'un coup, toute la tribu fut sur pied pour défendre son puits d'ozone. Seul Baïkal resta étendu, devinant ce qui allait suivre. Ainsi qu'il l'avait prévu, les Fraiseur revinrent bientôt tout sourires, encadrant deux hommes qui leur avaient livré le mot de passe approprié.

Il ne fallait pas longtemps pour deviner que c'étaient des Déchus. Ils arboraient cet air propret et modeste qui servait de voile à un léger sentiment de supériorité. Au milieu des Fraiseur qui traînaient à demi nus dans ce campement désordonné, semé de jarres renversées et de peignes en bois, ils avaient l'air de navigateurs débarquant sur une île sauvage. Ils allaient sûrement profiter de leur intrusion pour y planter quelques germes de civilisation. La sacoche large en cuir de vache que l'un d'eux portait en bandoulière prouvait qu'il s'agissait d'un Déchu cartographe.

En attendant, ils avaient une mission urgente et s'en acquittèrent d'abord. S'avançant jusqu'à Baïkal qui était resté assis, adossé au tronc d'un arbre, un des Déchus, ôtant la petite casquette qui protégeait son savoir, lui dit :

— La Grande Cohorte est prête. Helen nous a demandé de venir vous en informer.

La nouvelle, en elle-même, était heureuse et le Déchu l'annonça avec un large sourire. Pourtant Baïkal sentit finir les heures de paix et se rembrunit.

— Faut-il que je rejoigne son village ?

— Non, dit le cartographe en s'avançant à son tour. La Cohorte est trop vaste pour que nous puissions l'accueillir chez nous. Et trop secrète aussi. Elle se réunira dans les carrières. Helen vous y conduira elle-même.

— Et où la retrouverai-je ?

— En chemin, précisa le cartographe. Vous n'aurez qu'à suivre plein nord jusqu'à atteindre une large rivière. Attention, elle est polluée au mercure. Toute la région est une ancienne poubelle radioactive. Il ne faudra pas vous y arrêter. Vous rejoindrez une chaîne de collines bien visible au loin et vous suivrez la grande plaine sèche sans végétation qui passe au pied. Helen vous attendra au bout.

Comme Baïkal l'avait prévu, les Déchus précisèrent qu'ils allaient rester un peu dans le village pour compléter leurs connaissances sur la région.

Baïkal fit ses adieux à la tribu. Le conseil des anciens disputa une bonne heure pour déterminer quel rituel était approprié dans un tel cas. Ils se décidèrent pour une procession autour du sanctuaire en brandissant un pot d'échappement de Pontiac, que Baïkal n'avait encore jamais vu. La clarinette du Premier Fraiseur fut exhibée pour l'occasion et un chœur de femmes entonna en vieil anglobal un chant intitulé *Rain and Tears*.

Seul Fraiseur, le seul, le vrai, celui qui l'avait accompagné depuis son arrivée dans les non-zones, restait invisible. Baïkal le découvrit au moment de monter à cheval. Deux bêtes étaient harnachées et Fraiseur tenait la sienne par la bride.

— Tu serais capable de te perdre, grommela-t-il, je t'accompagne.

Ils se donnèrent une chaleureuse accolade et montèrent en selle.

Les indications du cartographe étaient précises et ils trouvèrent facilement le camp de fortune où Helen les attendait. Elle était accompagnée d'une dizaine de Déchus à cheval. Ils avaient revêtu des treillis neufs, cousus sans doute dans les ateliers du village. De hautes bottes les chaussaient et ils étaient coiffés de casques en acier martelé qui ressemblaient à des heaumes de chevalier. Seule Helen allait tête nue. La chevauchée avait encore rougi son teint tandis que ses cheveux, brossés en arrière et laissés libres, formaient comme une gerbe de flammes sur ces braises.

— Nous vous avons apporté de quoi vous changer, annonça fièrement Helen.

Ôtant les frusques poussiéreuses dans lesquelles il s'était complu chez les Fraiseur, Baïkal revêtit sans murmurer un pourpoint de cuir épais qu'Helen avait eu la délicate attention de faire coudre à sa taille. Des renforts d'acier y avaient été ajoutés aux épaules et aux coudes.

Ainsi accoutrés, ils se remirent en selle et reprirent la route. Helen lui expliqua qu'à partir de la faille, ils allaient entrer dans des zones où étaient semées un grand nombre de mines. Un des Déchus muni d'un détecteur devait marcher à pied devant les cavaliers. Ainsi commença, dans la touffeur de l'air tropical, un parcours de deux jours au pas, au milieu d'une armée immobile de cactus. Ils virent détaler des renards du désert et des chiens sauvages, quelques antilopes et un nombre incalculable de lapins.

Dans la journée, en chevauchant flanc contre flanc avec Helen, Baïkal eut le temps de converser avec elle.

Dès le premier jour, elle lui annonça qu'elle avait obtenu les informations qu'il lui avait demandées à propos d'Altman.

— Cela n'a pas été facile. Tout le monde en a entendu parler mais peu de gens savent réellement qui il est. Heureusement, nous avons un groupe spécialisé dans l'étude de l'histoire du xxᵉ siècle. Nous allons bientôt recevoir le rapport. Je peux vous en résumer l'essentiel.

Le plat paysage se déroulait jusqu'à un horizon de collines noires qui paraissaient inaccessibles à ce rythme. Les chevaux avançaient en dormant.

— Altman est né en 1963.

— Cela lui fait...

— Oui, c'est à peine croyable.

— Les gens trouvent qu'il a l'air vieux mais ils ne se doutent pas à quel point il se rajeunit.

— Notez qu'on dispose de peu de documents à propos de sa naissance. On sait seulement qu'il est géorgien, originaire de cette province de vignobles que les gens appelaient la Colchide. Dans la vie, il se fera souvent passer pour grec, d'ailleurs.

— Il parle en effet l'anglobal avec un léger accent, confirma Baïkal.

— La suite est un peu longue et je vous épargnerai les détails. Disons qu'il a traversé toute l'histoire de ces périodes. Il a fui l'Union soviétique à cinq ans avec ses parents. Le bateau sur lequel il se trouvait a coulé en Méditerranée et il a failli mourir.

— Où allaient-ils ?

— En Italie.

— Mais comment survit-on à un naufrage à cinq ans ?

— Il s'est accroché à sa mère et ils ont dérivé sur une poutre au large du Péloponnèse. Des pêcheurs les ont recueillis. C'est sans doute de là que date sa vocation maritime.

— Il est devenu marin ?

Helen de temps à autre s'interrompait pour aller donner des ordres à la troupe. Puis elle remettait son cheval près de Baïkal.

— Il a fait tous les métiers, y compris décharger les bateaux.

— On l'imagine mal aujourd'hui.

— C'était un très bel homme, paraît-il. Et qui savait user de son charme. Il a fait un premier mariage avec la fille d'un patron pêcheur et comme le père est mort dans une tempête, il a récupéré l'affaire. Ensuite, il a vendu, acheté, revendu. À vingt-cinq ans, il était déjà riche.

— En Grèce, toujours ?

— Avec des bureaux à Londres et aux États-Unis. Il faisait du transport maritime.

— Armateur, c'était bien le mot ?

— Voilà, armateur. Après quoi, il a décidé de se lancer dans le transport pétrolier. Il a fait fabriquer des tankers en Allemagne de l'Est. Il semble qu'il se soit passionné pour ce pays. C'est là qu'il a changé de nom pour s'appeler Altman. À la fin du XXᵉ siècle, il était à la tête de la plus importante flotte pétrolière du monde.

— Toujours marié à la même femme ?

— Bien sûr que non ! s'écria Helen d'un air sévère. (De tout ce qu'elle savait du personnage, cet aspect-là était celui qui la révoltait visiblement le plus.) Au bout de trois ans de mariage, il a divorcé pour épouser la fille d'une grande famille juive de Salonique. La plupart de ses membres avaient été déportés et n'étaient pas revenus des camps. Mais ses parents étaient allés vivre aux États-Unis, ce qui les avait sauvés.

— Il est resté avec elle ?

— Pensez-vous, dit-elle avec dégoût. Il s'est marié six fois… Plus il allait, plus il lui fallait des femmes célèbres, des cantatrices, des héritières. Il est veuf de sa dernière épouse. Et je crois qu'il ne s'est pas remarié depuis une vingtaine d'années.

— Il a eu des enfants ?

— Trois, mais ils sont tous morts : accidents et maladies. Il ne lui reste qu'un neveu, fils de la sœur de sa femme américaine.

Helen pointa du doigt une colline au loin.

— Je vais accélérer mon histoire parce qu'on doit faire étape là-bas. Je reviens à ses affaires. La grande force d'Altman a été de se diversifier : il a acheté des compagnies aériennes et des firmes pétrolières. Au début du XXI\ :sup siècle, Altman était devenu une des plus grosses fortunes mondiales dans les transports et l'énergie.

— Et il s'est mis à faire de la politique.

— Pas vraiment. Ou plutôt à sa manière et c'est là qu'il devient intéressant. Avant la fin de la guerre froide, il commence à jouer un rôle entre l'Est et l'Ouest parce qu'il a des relais de tous les côtés. Il était né en URSS, faisait des affaires en Allemagne de l'Est, sa femme était américaine, il vivait en Grèce, à Londres et à Paris. Après la chute du mur, quand la lutte contre le terrorisme devient une priorité, il continue ses navettes mondiales. Il est désespéré quand se déclenchent les grandes guerres civiles. Aussi, tout naturellement, on le retrouve à l'origine de Globalia. Avec un groupe de très gros industriels et banquiers — qui avaient tout à gagner d'une unification des marchés —, ils ont poussé à la formation d'un ensemble global, d'abord économique puis politique qui regroupe les États-Unis, l'Europe élargie incluant la Russie, le Japon et la Chine. L'essentiel, pour eux, était évidemment l'économie. En réunissant ces espaces, ils savaient qu'ils allaient affaiblir le pouvoir politique au point d'en faire une simple potiche. Du coup, leur pouvoir à eux, en tant que petit groupe qui contrôle les plus grands trusts mondialisés, est devenu énorme. Leurs affaires ont prospéré. Plus personne n'était capable de leur demander des comptes.

Helen s'animait en évoquant ce qui était probablement le credo de son groupe : depuis leur expulsion de Globalia, les Déchus avaient dû revenir sans cesse sur cette période où tout s'était décidé et où ils avaient été vaincus.

— C'est la petite bande autour d'Altman qui a inspiré la Constitution globalienne, et qui a repoussé les non-zones dans le néant.

Helen était crispée de haine en disant cela et serrait machinalement les jambes. Son cheval se mit à passer au trot et elle tira nerveusement sur la bride pour le retenir.

— Voilà, je vous ai dit tout ce que je savais. Sur la situation actuelle, vous avez sûrement plus d'informations que moi. Je ne sais pas si ce petit groupe existe toujours. Aujourd'hui ils doivent tous avoir un âge canonique.

— Altman est bien vivant, en tout cas.

L'agitation que provoqua l'installation du campement mit fin à la conversation. Mais quand ils furent tous couchés autour du feu mourant, Baïkal resta longtemps éveillé, regardant les nuages se filer autour du rouet de la lune. Ce que Helen lui avait appris d'Altman le confirmait dans sa décision : il n'était pas à la taille d'un tel adversaire. Pour vaillante qu'elle fût, la petite troupe dépenaillée des Déchus ne faisait pas le poids non plus. Il s'était engagé à être loyal : il ne pouvait les tromper plus longtemps et devait leur annoncer au plus tôt son refus solennel de les conduire à la mort. La seule consolation qu'il éprouvait de cette décision était qu'elle contrarierait Altman sur un point. Lui qui, avec perversité, avait construit tout ce montage afin de disposer d'un ennemi qu'il pourrait écraser à sa guise, il en serait pour ses frais.

*

Depuis plusieurs heures, Patrick faisait les cent pas sur la terrasse. Le Pacifique, devant lui, étalait sa surface indifférente, désespérément immobile, bleue à périr. Aucun secours n'était à attendre de ce côté-là.

Patrick avait bien essayé de lire, installé dans les profonds fauteuils de sa bibliothèque. Mais son regard dansait sur les lignes et s'évadait vers la haute coupole centrale peinte à fresque. Altman avait appelé trois fois déjà. Patrick bondissait sur le multifonction avec nervosité, et l'impatience de son oncle, au bout de la ligne, ne faisait qu'accroître la sienne.

Enfin, vers midi la porte d'entrée claqua. C'était Martha. Elle se jeta sur une chaise et fit signe à un domestique de lui apporter une grande boisson.

— Du jus d'orange, surtout, précisa-t-elle.

Elle portait la même tenue tout-terrain qu'elle avait mise la veille au soir et ses cheveux étaient en désordre.

— Comment cela s'est-il passé à Paramaribo ? demanda Patrick en lui prenant la main.

— C'est bien de toi ! Tu me demandes des nouvelles de l'opération, mais moi je peux crever.

— Tu m'as l'air en pleine forme.

— Je n'ai pas dormi de la nuit, j'ai traversé des coins à périr mais enfin, c'est vrai, tout va bien.

Elle saisit le verre servi sur la table et but avidement.

— Il faut que je commence tout de suite ma cure de jus de fruits. Avec toute cette cochonnerie de whisky que j'ai été obligée de boire ces jours-ci...

Tout en parlant, elle avait gratté la peau de son visage et elle en retirait de longs lambeaux blanchâtres.

— C'était vraiment pénible, ce maquillage.

À mesure qu'elle ôtait les fausses cicatrices et les boursouflures artificielles, sa peau reprenait une texture lisse et souple.

— L'affaire s'est bien déroulée, reprit-elle en approchant son visage d'un miroir espagnol. Ne t'inquiète pas.

— Ils sont arrivés ?

— En temps et en heure.

Il l'attira à elle pour l'embrasser mais elle détourna légèrement la tête.

— Sur le front pour le moment. On verra la suite quand j'aurai retiré toutes ces cochonneries. Et que je me serai lavé les dents.

— Jusqu'où les as-tu accompagnés ? Raconte-moi tout.

— Jusqu'au bout. À l'entrée de la non-zone. On a traversé d'abord un immeuble de toxicos. Une horreur ! Je n'ai jamais senti une odeur pareille : du vomi partout, des poubelles, des rats… Pouah !

— Tu as eu peur ? demanda Patrick en souriant affectueusement.

— Je ne passerai pas ma vie là-bas, c'est entendu. Mais non, je n'ai pas eu peur. De toute façon, je voulais voir.

— Et qu'est-ce que tu as vu ?

— Pour être franche, pas grand-chose. Tout au bout d'un couloir, il y a un escalier de secours en métal emmailloté dans du grillage. Au premier étage, quelqu'un a fait un trou : c'est par là qu'on descend dans la non-zone.

— Tu y es descendue aussi ?

— Impossible. La première volée de marches a été enlevée. Il faut sauter et le sol est plusieurs mètres en dessous. Je n'aurais pas pu remonter.

Martha avait maintenant achevé de retirer son masque et elle avait nettoyé sa peau avec un coton imbibé de lait de toilette. Son apparence, de nouveau, était celle d'une jeune femme d'une trentaine d'années, belle et fraîche.

— Ils ont sauté, eux ?

— Sans problème. Enfin, si, ajouta-t-elle en riant, Puig a fait des histoires à cause de son épée...

— Son épée. Il transportait une épée ?

— Une malle à roulettes et une épée, oui monsieur.

— Mais pour quoi faire ?

— Il faut le lui demander. D'ailleurs, c'est ce qu'ont fait les mafieux. Périclès lui a dit qu'il était interdit de traverser ce point de passage avec des armes. Mais Puig a répondu qu'il ne pouvait pas s'en séparer. C'est un vieux truc rouillé qui lui vient de sa grand-mère, paraît-il. Finalement, il a confié le tout, épée et mallette, à un mafieux qui a promis de les lui rendre une fois qu'ils seraient arrivés.

— Et Kate ?

— Elle n'a pas bronché. On l'a prévenue que, en bas, il y avait des types de Tertullien chargés de les réceptionner. On les entendait mais on ne les voyait pas parce qu'il faisait nuit noire. Elle a sauté sans aucune hésitation. Elle est courageuse, cette môme.

Martha entraîna Patrick vers la terrasse du palais hispanique et ils allèrent, bras dessus, bras dessous, humer l'air du large qui, à cette heure-ci, pouvait pénétrer par des ouvertures ménagées dans les verrières.

— Comme je suis heureuse de retrouver Los Angeles et de rentrer chez nous.

— Tu t'es débrouillée comme un chef, s'écria Patrick. Cela n'a pas été trop dur ?

— Le plus dur, ça a été de me faire passer pour une vieille garce pendant tout ce temps.

— Tu as été parfaite !

— Merci. Tu veux dire que j'ai des dons ?

— Des dons de comédienne, c'est certain. Le fait que cette jeune Kate n'ait rien remarqué...

— Cela veut surtout dire que tu avais bien préparé le rôle, dit modestement Martha, soucieuse d'en rabattre un peu sur ses propres mérites. Au début, j'ai cru que cela ne prendrait jamais et puis elle a tout gobé. Elle a fini par se convaincre qu'elle me reconnaissait pour de bon.

— À partir du moment où elle ne savait pas que sa *vraie* copine était morte d'une overdose il y a trois ans — et nous étions certains qu'elle ne pouvait pas le savoir —, il n'y avait aucun risque.

— Je ne sais pas quelle partie tu joues, Patrick et je ne te le demanderai jamais. J'espère seulement que tu n'as pas envoyé cette gamine dans une galère parce que, tu sais, j'ai fini par vraiment bien l'aimer...

CINQUIÈME PARTIE

CHAPITRE 1

Tertullien n'était plus tout à fait le même depuis qu'il avait subi les bombardements de Globalia. Non que ces représailles lui eussent causé beaucoup de dommages. Quelques masures de sa ville avaient été soufflées mais aucun de ses affidés n'avait été touché, pas plus que son palais. À l'évidence, l'armée globalienne n'avait pas voulu l'atteindre directement ; la blessure n'en était que pire. Ce qu'on lui avait infligé portait un nom bien simple : l'humiliation. Lui qui tirait son prestige de la protection qu'il assurait à quiconque faisait allégeance à son autorité, avait été pris en flagrant délit de faiblesse. Et ce n'était pas de ses ennemis qu'il s'était montré incapable de se garder mais de ceux qu'il faisait valoir comme ses amis...

Physiquement, il était méconnaissable : il avait maigri et les saillies osseuses de son corps et de son visage s'étaient encore accentuées. Il restait des heures prostré, dédaignant jusqu'à la contemplation de ses chaussures.

La question qui revenait sans cesse dans l'esprit de Tertullien était simple et tenait en un mot : pourquoi ? Pourquoi Globalia l'avait-elle tenu pour responsable d'avoir eu un contact avec Baïkal ? Bien sûr, il l'avait laissé repartir et avait transmis son message. Mais, le jour même, il avait dûment alerté la Protection sociale de son passage et demandé des instructions sur la conduite à tenir. Il avait proposé de le faire suivre et même, si on le lui demandait, de l'assassiner. Il avait informé les autorités globaliennes du texte qu'il avait adressé pour le compte de Baïkal, en sorte que la destinataire ainsi que tous les intermédiaires de la transaction financière pouvaient être instantanément arrêtés. Et malgré cette franchise, la réponse avait été brutale, inexpliquée, stupide. Les écrans l'avaient abondamment associé à la clique des alliés du Nouvel Ennemi et les bombardements s'étaient abattus sur sa ville. Aucune explication ne lui avait été donnée.

L'appel de Patrick avait été le premier, après de longues journées d'angoisse. Il avait redonné à Tertullien sinon l'espoir, du moins une raison de vivre et d'agir. La fièvre s'était rallumée dans ses yeux et permettait enfin à ses acolytes de le reconnaître. Tertullien s'était bien gardé de demander à Patrick des éclaircissements quant à l'animosité de Globalia contre lui. Il s'était contenté d'attendre les instructions, bien décidé à faire exactement ce qu'on attendait de lui. Il ne s'agissait pas de laisser passer la chance qui lui était offerte de rentrer en grâce.

Hélas, Patrick n'avait pas été très clair sur ce qu'il voulait exactement. La seule indication qu'il lui avait donnée était que deux proches de Baïkal, dont sa compagne en personne, allaient sortir par le poste de transit de Paramaribo. Peu après, en effet, Stepan, le correspondant de Tertullien dans la zone sécurisée, l'avait informé qu'il était en contact avec les transfuges.

Le mafieux n'en savait pas plus et son esprit avait moulu ces quelques grains finement pour en exprimer la signification. À la réflexion, si on lui livrait ces deux atouts, c'était pour qu'il en fît usage contre Baïkal. En Globalia, personne ne pouvait ignorer le ressentiment et même la haine qu'il concevait pour ce fauteur de troubles, à l'origine de sa disgrâce. Ces deux personnages arrivaient à point nommé pour être les instruments de sa revanche et Patrick le savait. Tertullien mit peu de temps à inventer un scénario permettant de mener à bien sa revanche.

Il aurait bien touché tout de suite une avance sur sa vengeance à venir, en faisant subir quelques bonnes tortures au couple qui allait lui être livré. Patrick, malheureusement, avait été formel sur ce point : il interdisait qu'on leur fît le moindre mal. Pis, il avait demandé à Tertullien de se porter garant de leur sécurité.

Le mafieux eut donc le désagrément, racheté par l'idée des supplices qu'il ferait subir à Baïkal quand il l'aurait entre ses mains, de devoir traiter ses prisonniers en invités. Il leur prodigua des marques de respect à leur arrivée. Ensuite, plusieurs fois par jour il prenait des nouvelles de leur moral et se forçait à avoir avec eux des conversations courtoises. Cette attitude était d'autant plus méritoire qu'ils étaient insupportables.

Puig et Kate, depuis leur passage dans les non-zones, étaient excités et impatients. Le fait d'avoir été recueillis sans encombre après leur arrivée les avait mis en confiance. Cet obstacle franchi, il leur semblait que tous les autres allaient céder rapidement. Ils pressaient Tertullien de les mener jusqu'à Baïkal et comprenaient mal pourquoi tout allait si lentement.

Kate était tellement heureuse de toucher au but qu'elle regardait le mafieux comme l'instrument providentiel de son bonheur et l'en trouvait presque sympathique. Puig, au contraire, l'avait détesté au premier regard et s'en méfiait. Il était convaincu que Tertullien ne jouait pas franc-jeu avec eux.

Trois jours s'étaient déjà écoulés dans cette même cour surélevée d'où Baïkal avait envoyé son message et où, désormais, Puig et Kate étaient retenus. Rien ne semblait se passer, à part d'incessantes allées et venues de gardes. Les deux transfuges ne recevaient jamais aucune explication et les mafieux gardaient les dents serrées quand ils leur apportaient leurs repas.

N'y tenant plus, au quatrième jour, Puig s'était fait conduire au donjon de Tertullien. Il avait revêtu sa cape de feutre et son chapeau. Le mafieux le reçut assis sur son trône orné de ses misérables tapis.

— Que voulez-vous, encore ? demanda Tertullien qui doutait de pouvoir se contenir longtemps.

— Savoir si nous sommes libres, prononça fermement Puig.

— Naturellement.

— En ce cas, pourquoi vos gardes nous empêchent-ils de circuler dans la ville ?

— Je vous l'ai dit : vous êtes des Globaliens et nous devons veiller sur votre sécurité.

— Si c'est cela, donnez-nous une escorte, que nous puissions au moins nous promener. Nous devenons fous.

C'était bien la seule parole sur laquelle ils pussent s'accorder.

— Non, répéta Tertullien. Votre sécurité avant tout. Vous n'avez qu'à trouver ici des distractions. Je peux vous faire installer un écran si vous voulez.

— Au diable les écrans.

— Quoi, alors ? s'impatienta Tertullien.

— Je veux qu'on me rende ma sacoche et mon épée, s'écria Puig, cédant tout à coup à une inspiration inattendue.

À l'arrivée, leurs effets, conformément aux instructions de Patrick, leur avaient été retirés.

— Tout est en lieu sûr, grommela Tertullien. Nous vous rendrons cela en temps et en heure.

Puig était rentré désespéré dans les deux pièces qui donnaient sur la cour où on les tenait enfermés. L'une d'elles était la salle où Baïkal avait attendu l'audience de Tertullien. Était-ce l'imperceptible mémoire de cet instant transmis par les murs ? Kate, en tout cas, semblait trouver dans ce séjour confiné matière à des ruminations amoureuses qui la tenaient tout le jour. Elle se sentait proche de Baïkal, plus proche qu'elle ne l'avait jamais été. Elle qui avait imaginé sous les plus noires couleurs son séjour dans les non-zones, elle était heureuse de se tenir en un endroit qu'il avait fréquenté : elle le jugeait moins terrible que ce qu'elle avait craint. Quelle que fût la tristesse du lieu et son peu de confort, il était vivable et, à travers lui, c'était Baïkal qui revivait.

Puig, au contraire, sentait le piège comme un fauve. Malgré toutes les dénégations du mafieux, il s'en tenait à une évidence : ils étaient prisonniers.

Tertullien commençait lui aussi à s'impatienter. Il sentait bien qu'il ne serait pas longtemps tranquille avec ces personnages.

Il ne recevait toujours aucune nouvelle de l'ultimatum qu'il avait fait porter par deux sbires au village le plus proche. Les Déchus n'avaient-ils pas réussi à le transmettre à Baïkal ou celui-ci préparait-il encore un coup tordu ? Le mafieux se rongeait les sangs. Si seulement il avait pu se délasser un peu sur ses prisonniers, cela l'aurait aidé à passer le temps.

Son seul réconfort fut de recevoir la visite de l'hélicoptère que Patrick lui avait annoncé. Tertullien avait vaguement cru que Patrick viendrait en personne mais c'était un espoir fou et il le savait :

jamais de hauts dignitaires de la Protection sociale ne se risquaient dans les non-zones... L'appareil se posa un matin dans la cour et déchargea un maigre chargement de nourriture, d'alcool et de vêtements. Aucun de ces produits n'était indispensable et le mafieux finit par se demander quel pouvait être le véritable but de cette courte mission. Dans le message qu'il avait remis au pilote, Patrick paraissait surtout se préoccuper de l'absurde malle pleine de papiers, celle-là même à laquelle ce ridicule Puig semblait tant tenir, lui aussi. Malgré tout, si brève que fût cette apparition elle avait montré que le lien n'était pas rompu avec Globalia et Tertullien reprit un peu d'appétit.

*

Après trois jours de chevauchée, Helen pointa un doigt victorieux vers l'horizon. Une montagne s'y détachait, escarpée sur ses flancs et plate à son sommet. Tout autour, une haute forêt couvrait le sol de ses plis épars comme un vêtement tombé à terre.

Quand la petite troupe s'en approcha, elle perdit de vue le sommet et se trouva couverte par les arbres. Pour la garde satellitaire de Globalia qui surveillait la région depuis le ciel, tout devait paraître normal c'est-à-dire désertique. Cependant la forêt grouillait de monde. Partout, c'étaient des piétinements lourds, des craquements de branches, des coups de hache.

Sitôt franchie la lisière de la forêt, Helen fit mettre pied à terre et ordonna à deux cavaliers d'aller avertir de leur arrivée. En attendant leur retour, ils dressèrent à la hâte un petit campement. Assis sur leurs ballots ils mangèrent en silence un brouet froid puis s'assoupirent.

Une heure plus tard, la nuit commença de tomber. Des rais de lumière venus de l'ouest firent reluire une dernière fois les cuivres de la forêt, colorèrent les mousses et les feuilles puis disparurent. Les feux s'allumèrent devant les cabanes de branchages, éclairant les arbres par le tronc comme les colonnes d'un gigantesque temple. Baïkal fut éveillé par des notes métalliques de trompette.

— C'est l'heure, dit doucement Helen.

Ils laissèrent les bagages par terre et remirent le pied à l'étrier. Les bêtes avaient peur des feux et agitaient leurs encolures. Ils avancèrent en procession l'un derrière l'autre sur le chemin balisé de brasiers mais, mis à part les sentinelles qui gardaient les campements, la forêt s'était vidée.

Enfin, ils parvinrent au lieu où les arbres butaient sur la pente abrupte. Une large galerie s'ouvrait dans le roc. Elle était assez haute pour qu'on puisse y pénétrer à cheval. Helen et sa troupe, interpellés par deux gardes qui se tenaient à l'entrée, furent priés de ne pas mettre pied à terre. De vieux rails, au sol, s'enfonçaient dans la galerie. Avec précaution, pour que les chevaux ne trébuchent pas sur les traverses, ils les suivirent au pas. Une humidité fraîche les saisit, rompue seulement par le souffle chaud des torches qui léchaient de loin en loin les parois de roc. Le fond du long tunnel était invisible encore mais de ce point obscur montait une rumeur, un brouhaha, un son troublant tant il était confus, caverneux, naturel, et pourtant indubitablement humain.

Baïkal mit machinalement la main sur son col et serra son vêtement comme s'il se prenait lui-même à la gorge pour se contraindre à garder la tête froide et à résister à la panique.

Ils mirent pied à terre au bout du tunnel. Un grand Déchu leur donna l'accolade. Non loin de l'endroit où ils étaient parvenus, la galerie débouchait sur un espace brillamment éclairé qui devait être très vaste : on y entendait résonner en écho une multitude de voix coupées d'exclamations et de rires.

L'homme à la forte carrure qui les avait reçus était vêtu d'une pelisse à col de renard bien accordée à son nez pointu et à sa fine moustache raide. Après s'être enquis de savoir s'ils avaient faim ou soif, il leur indiqua la salle bruyante et dit :

— Si vous êtes prêts, je vais commander le silence et vous entrerez.

Baïkal comprit que, cette fois, il ne pourrait plus retarder l'échéance. Il allait devoir tomber le masque et ressentait un discret vertige, comme un plongeur qui va s'élancer. Il regarda Helen, que la chaleur faisait rougir. Bras nus, la gorge serrée dans un corsage blanc, elle ressemblait à un lutteur celte.

— Allons-y, souffla-t-elle en dilatant les narines.

L'espace où ils pénétrèrent était beaucoup plus vaste qu'ils n'avaient pu l'imaginer. C'était une cavité si haute que la voûte de roc était invisible dans l'obscurité. La salle devait contenir plusieurs milliers de personnes car l'immense parterre était plein de gens debout, serrés les uns contre les autres et deux galeries circulaires suspendues tout autour étaient elles aussi chargées de spectateurs.

Un impressionnant silence avait remplacé la rumeur. Helen et Baïkal se hissèrent sur une estrade, à la suite du maître de cérémonies. Celui-ci, s'avançant à l'extrême limite du petit échafaud, prit la parole d'une voix tremblante et grave. Il n'avait pas besoin de crier : malgré les dimensions énormes de la salle, l'acoustique y était excellente.

L'homme déclara solennellement ouverte la réunion pour laquelle ils avaient été appelés de si loin. Il rappela les principes sur lesquels était fondée la grande communauté des Déchus. Il évoqua les mythes fondateurs, le départ de Globalia, l'hymne *Demain, à Capitol Hill*.

Malgré l'éloquence de l'orateur, on sentait que la foule restait sceptique. Composée de Déchus rompus à la rhétorique, elle n'était pas prête à s'en laisser compter. Certains étaient assez accommodants pour jouer le jeu, brailler les hymnes, applaudir aux effets de manches, mais beaucoup ne se gênaient pas pour ricaner, siffler et lancer des quolibets du genre : « Au fait !... Accouche !... Bavard !... »

Baïkal observait la foule. Elle était composée d'hommes et de femmes tous vêtus selon l'étrange assemblage de matériaux disponibles qui caractérisait les non-zones. Cuirs, fourrures, cottes de fer rendaient une impression à la fois de force et d'extrême fragilité : ces vêtures n'étaient en fait que des carapaces de bêtes et si elles pouvaient en imposer dans le combat singulier, elles pèseraient peu face aux armes sophistiquées de Globalia. Scandinaves et africains, sémites et latins, russes et hindous, mongoloïdes et celtes : toutes les déclinaisons de la diversité humaine étaient côte à côte, témoignages de l'immense brassage historique des peuples des non-zones. Quand prit fin la péroraison de l'orateur, Helen s'avança, les mains sur les hanches, le menton rentré, cherchant des yeux à quel aurochs furieux elle allait pouvoir se mesurer dans cette arène.

Baïkal admirait sa force et son calme. Il ne s'en voulut que plus de se disposer à la décevoir.

Mais au moment où elle allait prendre la parole, une bousculade et des cris survinrent à l'une des entrées du vaste espace de l'assemblée. Baïkal, dont les yeux s'étaient habitués au violent mélange de l'obscurité et des torches, scruta la salle. Il aperçut, descendant de son invisible plafond, tout un système de poutrelles et de palans : cette cavité avait dû servir à abriter des installations militaires. Peut-être était-elle le vestige d'une de ces bases aériennes souterraines construites jadis, au temps où des États existaient encore dans les non-zones.

L'incident semblait calmé. Les têtes s'étaient retournées vers l'estrade et Helen rouvrait la bouche quand de nouveaux cris parvinrent de la même entrée.

— Je dois voir Helen ! avait hurlé quelqu'un en mettant la main en porte-voix.

Tout aussitôt parvinrent les bruits assourdis d'une bagarre.

— Tu la vois, lança Helen vers le point obscur d'où on l'avait interpellée. Que lui veux-tu ?

Aussitôt, une silhouette se détacha dans un des angles de la salle et fendit la foule. L'importun approcha de l'estrade, le vêtement déchiré à l'épaule. Helen reconnut un jeune garçon d'un village proche de la frontière. Il était un des meilleurs cavaliers de la région et on l'utilisait souvent comme estafette...

— Que veux-tu ? s'écria-t-elle.

Elle descendit jusqu'au messager et il lui parla dans l'oreille.

À mesure que cette interruption se prolongeait, une rumeur grossissait dans la foule. Helen, sans y prêter attention, se porta vers Baïkal.

— Vous souvenez-vous de ce mafieux, Tertullien, qui a été bombardé parce qu'on l'a accusé de vous avoir aidé ?

Baïkal tressaillit.

— Il vous fait savoir qu'il détient deux membres de votre réseau. Deux de vos proches collaborateurs.

— Mes collaborateurs ? Sait-il leur nom ?

Helen transmit la réponse au messager.

— Puig, dit le jeune homme.

— Connais pas, dit Baïkal, soulagé d'avoir dégonflé cette baudruche. Et l'autre ?

— L'autre, l'autre. Ah ! mon Dieu, ce sera la che-vauchée. Je me le suis pourtant répété mille fois, ce nom...

Helen était pressée maintenant de faire taire le tumulte, qui se déchaînait dans la salle, en repre-nant la parole. Quant à Baïkal il ne doutait plus que ce fût une fausse alerte. Ils retournèrent sur l'estrade et Helen, d'une voix forte, ramena un semblant d'ordre et de silence. Elle raconta la rencontre for-tuite d'Howard et de Baïkal. Pour la première fois, clama-t-elle, la jonction s'opérait entre les Déchus, leur lente résistance, leur interminable attente et un ennemi intérieur de Globalia, quelqu'un qui avait grandi en son sein. Elle avait une éloquence sans fioritures, rude, directe, qui parlait aux cœurs plus qu'aux esprits. Les yeux de Baïkal erraient au hasard sur la foule. Tout à coup, sans y penser, il les baissa et vit au pied de l'estrade le jeune messager qui lui faisait des signes. Il s'accroupit, l'autre s'agrippa aux planches et, tendant le cou, lui cria à l'oreille :

— L'autre nom.

— Eh bien ?

— Kate.

Les derniers bravos parvenaient du fond de la salle et des galeries mais peu à peu le calme reve-nait. Baïkal n'en tint aucun compte. Avec une force insoupçonnable, il saisit le messager au col et le hissa sur l'estrade.

— Répète, hurla-t-il.

— Tertullien a capturé Puig et Kate, bredouilla le gamin. Il les exécutera dans trois jours si vous ne vous êtes pas rendu à lui.

Helen avait terminé sa harangue et passait la parole à Baïkal. Il resta un long moment interdit, absent, agité de pensées circulaires. Son silence ne fit qu'avi-ver les attentes de la salle et épaissir le silence. Les Déchus avaient tous reconnu l'homme dont l'image était diffusée sans cesse par les écrans et ils étaient impressionnés. Malgré leur tendance à ne rien accepter sans discussion, ils étaient forcés de reconnaître dans le jeune homme un peu gauche et presque timide qui se tenait devant eux, le Nouvel Ennemi désigné par Globalia et ce titre de gloire forçait leur respect.

Cependant, Baïkal avait, lui, tout oublié, l'attente de cette foule, la nécessité où il était de proposer un programme, d'affirmer une autorité. Il pensait seulement à Kate qui était aux mains de Tertullien. Cette absence lui donna la force de s'exprimer en mystique, sans cohérence mais avec l'irrésistible conviction de celui qui voit.

Il s'avança sur le devant de l'estrade, fixa un point indéfini de l'espace et dit d'une voix sourde qui semblait procéder de ses songes :

— Tout près d'ici... un monstre... un mafieux... nous défie.

Un murmure se répandit dans l'auditoire.

— Cet ignoble Tertullien tient la vie de deux otages entre ses mains. Il veut que je me livre à lui pour les épargner.

La foule, avec ensemble, fit entendre son indignation.

— Il croit attaquer un homme seul, martela Baïkal d'une voix de plus en plus forte. Nous allons lui répondre... tous ensemble !

Une immense clameur monta de l'obscurité. Les Déchus, en désordre, se précipitaient déjà hors de la salle, prêts à brandir leurs armes et à se jeter sur Tertullien. Il fallut toute l'énergie de Helen pour les retenir et les convaincre qu'ils devaient attendre des ordres pour pouvoir agir avec cohérence.

Baïkal, encore tout abasourdi, n'eut pas conscience qu'il venait de se tirer à bon compte d'un mauvais pas.

CHAPITRE 2

Les représailles qu'avait subies Tertullien avaient eu pour effet de l'isoler. Il ne comptait plus guère d'amis dans les non-zones, ni même d'informateurs. À mesure que les jours passaient sans qu'il reçût de nouvelles de Baïkal, il s'alarmait de plus en plus et se demandait s'il avait bien fait de lui envoyer cet ultimatum. Heureusement, il se souvenait que Patrick n'avait marqué aucune réserve quand il lui avait parlé de son intention de se servir des deux arrivants comme appâts pour capturer Baïkal. Cela voulait dire à coup sûr que c'était un bon plan. Cette pensée était plutôt rassurante, au début tout au moins. Mais à mesure que le temps passait, Tertullien avait rongé cette idée comme un os et il n'en restait plus rien.

Son inquiétude était devenue telle qu'il fut presque soulagé d'apprendre l'arrivée de la Grande Cohorte.

C'était pourtant en soi une nouvelle affreuse. On ne pouvait rien imaginer de pire que de voir plus de dix mille Déchus armés pour le combat déferler sur une ville mal fortifiée, gardée par quelques dizaines d'hommes. Mais au moins savait-on désormais à quoi s'attendre. La mortelle incertitude avait pris fin. Tertullien, en réfléchissant bien à la situation, finit même par se dire que l'étrange comportement de Patrick trouvait peut-être là son explication. Si la Protection sociale avait fait de lui un bouc émissaire, si elle lui avait livré les deux transfuges, si elle l'avait encouragé à provoquer Baïkal, c'était sans doute pour arriver finalement à ce combat décisif : les Déchus, ce ramassis de vermine, d'habitude dispersés et insaisissables, se présentaient cette fois groupés. La Grande Cohorte était peut-être une grande menace mais n'était-ce pas surtout une grande erreur ? Tertullien croyait pouvoir se servir de ses prisonniers comme des appâts ; en réalité, le véritable appât c'était lui. En le mettant dans cette périlleuse position, Globalia se donnait les moyens d'une riposte spectaculaire et pouvait espérer anéantir tous les Déchus d'un seul coup. Tertullien se frottait les mains. Il adressa un long message à Patrick, en lui détaillant la situation. Il conclut par un appel à l'aide solennel et confiant.

La nuit tomba sur la ville et la Grande Cohorte installa ses campements à quelques centaines de mètres des remparts. De leur citadelle, les mafieux pouvaient distinguer à la jumelle la lueur des bivouacs. Tertullien avait donné l'ordre de fermer les portes des murailles pour éviter les désertions ainsi que l'éventuelle entrée d'agents à la solde des Déchus. Les ruelles grouillaient d'une foule à la fois apeurée et hostile, qui voyait dans l'arrivée de la Grande Cohorte l'occasion de secouer le joug des mafieux. Tertullien répartit ses maigres troupes dans la ville, pour éviter l'invasion mais surtout pour surveiller les mouvements de la populace.

Auparavant, il fit le tour de son palais, dangereusement dégarni en raison de la dispersion de ses sbires tout alentour des remparts. Puig et Kate, auxquels il n'était plus désormais nécessaire de cacher leur condition de prisonniers, étaient enfermés dans une pièce gardée par deux très jeunes mafieux, recrutés les semaines précédentes. Par un judas, Tertullien avait observé les captifs qui dormaient sur des bat-flanc. Puis il était allé s'allonger lui aussi, car la journée s'annonçait rude.

À quatre heures du matin son multifonction le réveilla en sursaut. Il avait dormi tout habillé en prévision d'une telle alerte. Sa première pensée fut que la Cohorte attaquait. Quand il lut le texte du message urgent, il eut un instant d'incompréhension. Il le relut et blêmit. « Aucun moyen d'appui disponible pour vous venir en aide en ce moment. Sincèrement désolé. Bonne chance. » Il n'y avait pas de signature mais la provenance était désignée par un code familier qui ne laissait aucun doute. C'était bien Patrick.

Tertullien n'avait jamais pu se résoudre depuis l'enfance à dormir dans l'obscurité. Ses parents avaient été assassinés dans leur tribu au cours d'une attaque de Taggeurs. Il avait miraculeusement survécu à cette nuit d'horreur. Les mafieux l'avaient recueilli et il était devenu l'un des leurs. Par un de ces tumultes familiers du souvenir, Tertullien se retrouvait ramené à cette lointaine période de son enfance, comme si le danger longtemps redouté l'avait enfin rattrapé.

Tout alla très vite dans sa tête. Il réfléchit à la trahison de Patrick : quelque chose ne collait pas. D'abord, il ne comprenait pas comment il pouvait abandonner ainsi un de ses plus fidèles agents. Surtout, si la Protection sociale ne profitait pas du rassemblement de la Cohorte, l'enchaînement des événements devenait absurde. Or, Tertullien était un de ces hommes qui avaient en Globalia une confiance totale. Globalia, pour lui, ne pouvait rien faire qui n'obéît à une rigoureuse logique.

Alors seulement, il se souvint.

Il se souvint des questions de Patrick lorsqu'il lui avait annoncé l'arrivée des otages : « Quelqu'un d'autre vous a-t-il interrogé ? » « Qui, à la Protection sociale, est au courant de votre affaire ? » « Êtes-vous en contact avec d'autres services, en Globalia ? » Au même moment, l'image de l'hélicoptère de ravitaillement envoyé par Patrick lui revint en mémoire. Quelque chose l'avait gêné, sans qu'il pût définir de quoi il s'agissait. Maintenant, il comprenait ce que c'était : l'appareil n'était pas du même type que ceux qu'utilisaient la Protection sociale ou les forces armées globaliennes. Il avait d'abord cru à un camouflage mais maintenant une nouvelle hypothèse s'imposait : c'était sans doute un appareil privé.

La conclusion était simple : Patrick était au service d'autres intérêts.

C'était une évidence mais elle était restée cachée dans un recoin de son esprit. Voilà que, tout à coup, il ne voyait plus qu'elle : Patrick ne le trahissait pas lui, il trahissait la Protection sociale.

Dans quel but ? Tertullien l'ignorait mais cela ne le concernait pas. Seule importait pour lui cette idée toute simple et toute neuve : les hautes autorités globaliennes n'étaient pas homogènes. Son grand tort avait été de se reposer sur Patrick pour ses communications avec Globalia. Tertullien comprenait que s'il parvenait à exposer sa situation à quelqu'un d'autre, il avait encore une chance de gagner.

En hâte, il consulta la mémoire de son multifonction. Il avait utilisé plusieurs années auparavant un code direct pour contacter la Protection sociale. C'était un moment où Patrick était en vacances et restait injoignable. Un numéro d'urgence existait pour ce genre de cas. L'ordre n'était pas la principale qualité du mafieux. Il fouilla partout, mit ses affaires sens dessus dessous. Enfin, vers onze heures du soir, il découvrit sur un vieil appareil le code d'alerte qu'il cherchait. En face du numéro, à moitié effacée, était portée la simple mention : « Sisoes ».

*

Avant l'aube, les dignitaires de la Cohorte, au premier rang desquels Baïkal était désormais admis, se réunirent pour définir un plan d'action. Ils disposaient de cartes précises, élaborées après de longues années de recoupement et d'observations. Mais la hiérarchie des Déchus n'était pas claire : chaque chef de village était le maître chez lui. L'esprit profondément égalitaire des Déchus les empêchait de se soumettre sans discussion à l'avis d'un autre. Au moment où un programme semblait arrêté, quelqu'un soulevait toujours une ultime objection et obligeait à tout reprendre de zéro. Fatigué de ces arguties, Baïkal finit par proposer un plan très simple, que tous les participants acceptèrent en grognant. Il traça un cercle autour de la zone mafieuse et répartit les forces de la Cohorte en quatre fronts d'attaque.

Helen reçut le commandement d'un de ces groupes d'assaillants. Elle avait la tâche de contourner tout le quartier et de se placer en face d'une petite poterne presque invisible que les éclaireurs déchus avaient repérée. Quand elle entendrait les premières détonations au sud, tirées par le groupe de Howard, Helen s'approcherait des remparts et tenterait de forcer la poterne. Si, comme c'était prévisible, le gros des mafieux était retenu par l'attaque principale, Helen et son groupe pourraient se rendre facilement maîtres de la petite entrée. De là, ils chemineraient jusqu'au donjon et tenteraient de délivrer les prisonniers avant qu'il ne leur arrive malheur.

Helen prit avec elle trente hommes. La plupart appartenaient à son village, quelques autres à des villages voisins : il fallait que cette troupe se connaisse bien, pour agir avec ensemble et souplesse. Sanglée dans son pourpoint de cuir clouté, Helen laissait flotter ses épaisses nattes rousses comme deux lourdes oriflammes que nul ne devait perdre de vue.

L'atmosphère de la fin de nuit était fraîche, saturée d'une odeur de terre engraissée d'excréments. Des feux, allumés sur les remparts, donnaient par moments à l'air un goût de cendres et de chairs cuites. Ils longèrent un ancien boulevard transformé en champ d'épeautre. Les céréales étaient hautes à cette saison. Ils cheminèrent courbés, en file indienne ; les tiges craquaient sous leurs pas. Helen serrait le pommeau gainé de corde de son glaive, instrument fétiche du forgeron de son village qui lui en avait enseigné l'usage au lancer comme en combat rapproché. Elle s'en servait pour écarter les épis drus et éventrer la nuit dans laquelle ils s'enfonçaient silencieusement.

Ils prirent position sans difficulté. Revenu à l'état agricole, l'endroit où ils se dissimulaient était une ancienne place. Sur tout un côté subsistaient des pans de murs et des arcades de pierre qui fournissaient des caches commodes. Aucune trace de sentinelle n'était visible. Il restait à attendre les premiers coups de feu. Enfin, le soleil pointa derrière le quartier mafieux, caressant le sommet des remparts et des toitures. Un froid venu avec le jour fit frissonner les assaillants immobiles.

Tout à coup, comme sous l'effet d'une hallucination, les assaillants virent la porte qu'il s'agissait d'enfoncer s'entrouvrir lentement d'elle-même ; ils sursautèrent. Aucun signal n'avait encore été donné. Ils devaient donc se tenir dissimulés et immobiles.

Mais que pouvait bien signifier cette porte ouverte ? L'était-elle par des mafieux ou des habitants qui cherchaient à s'enfuir ?

Helen sortit de sa poche des vieilles jumelles de théâtre en cuivre et fixa la porte. Pour le moment, elle n'ouvrait que sur l'obscurité. Ceux qui se terraient derrière devaient scruter le voisinage avec la même anxiété pour y déceler une présence hostile. Aucun Déchu n'ayant bougé, des silhouettes claires s'agitèrent dans l'ombre de la porte ouverte. Puis deux personnages sortirent et se tinrent un instant immobiles devant les remparts. Ils étaient de taille égale, quoique l'un fût peut-être un peu plus petit. Cette courte différence était compensée par le port d'un étrange couvre-chef. En réglant ses jumelles, Helen distingua mieux sa forme et eut un sursaut d'étonnement : l'homme qui fuyait était coiffé d'un large chapeau à plume et une cape flottait sur ses épaules. L'autre était affublé d'un bonnet et d'un manteau boutonné.

Les deux individus semblaient attendre. Étaient-ils l'avant-garde d'une troupe plus nombreuse ? Helen se prit à le craindre. Si une sortie en masse était tentée de ce côté-ci, aurait-elle avec son escouade les forces pour l'arrêter ? Heureusement, rien ne vint. Les deux fuyards n'attendaient que d'être habitués à l'obscurité pour prendre un parti. Enfin, l'emplumé se décida, fit signe à l'autre et ils marchèrent droit devant eux jusqu'aux ruines d'arcades où Helen et sa troupe se tenaient toujours cois.

Devait-elle faire tirer ceux qui avaient des fusils ? Il serait simple d'abattre ces individus pendant qu'ils étaient à découvert. Deux arguments s'opposaient à cette décision : tirer un coup de feu donnerait l'alerte de ce côté, tandis que les plans prévoyaient de la lancer de l'autre. D'autre part, la légitime curiosité d'Helen lui commandait de capturer ces lascars vivants afin d'en savoir un peu plus sur leurs intentions.

Elle donna tout bas l'ordre de se tenir prêts mais sans tirer. Quand les fuyards n'en étaient plus qu'à deux pas, elle bondit hors des arcades.

— Halte-là ! cria-t-elle d'une voix sourde, le glaive en avant. Qui êtes-vous ?

Les deux transfuges s'arrêtèrent net. Le premier instant de saisissement passé, celui qui portait plumet se plaça en avant, repoussant l'autre derrière lui avec un geste protecteur. Il se mit en garde et fit face à Helen.

Chacun des deux semblait surpris d'observer l'autre. La barbiche dressée et l'air indigné de Puig faisaient sur Helen un effet troublant. Cet homme sorti du camp mafieux n'avait en rien l'apparence des habitants des non-zones, à quelque catégorie qu'ils appartinssent. À vrai dire, c'était de la citadelle de l'Histoire que ce spadassin semblait tout droit sorti. Et l'Histoire était le domaine enchanté d'Helen. Cette audace, cet air farouche, cet honneur brandi à bout d'épée rendait tout le reste admirable et jusqu'à ce couvre-chef d'opéra.

Puig, de son côté, n'avait jamais vu un tel personnage : une femme, avec ses yeux de porcelaine, ses grosses nattes, sa carnation adorable et une guerrière à la fois, dressée face à un inconnu, une lame à la main.

— Mon nom est Pujols, lança Puig avec morgue, et l'on sentait que ce mot pouvait être tout à la fois, selon la personne qui se trouvait en face, cri de ralliement ou cri de guerre.

Helen le regarda puis se tourna vers l'autre personnage.

— Et vous êtes… Kate ?

À ces mots, la jeune fille retira d'un coup son bonnet, libérant ses cheveux noirs. Helen la serra dans ses bras. Mais avant même qu'elle eût le temps d'interroger les fugitifs sur les moyens qu'ils avaient utilisés pour s'évader, un coup de feu retentit au sud, suivi d'un tir nourri venu de la ville.

— Restez sous ces arcades, commanda Helen. Attendez-nous.

— Où allez-vous ? s'écria Puig.

— Nous entrerons par où vous êtes sortis, pour nous emparer de la ville à revers.

— Je viens, dit-il.

Helen n'eut pas le cœur de le lui interdire, et Kate, assise sous les arcades, les vit s'éloigner en courant côte à côte sous la lune.

CHAPITRE 3

Glenn était tellement affairé qu'il faillit commettre une grave erreur. On était en effet le 17 juillet, et comme il n'était pas sorti de son bureau depuis le matin, il ne s'était pas rendu compte des nombreuses cérémonies qui marquaient le jour de la fête globale. De toutes les célébrations quotidiennes, c'était la principale, la fête des fêtes en quelque sorte. Elle commémorait la mise au point du premier vaccin efficace contre la maladie d'Alzheimer.

L'événement avait été choisi pour symboliser la naissance des temps nouveaux. Cette découverte avait en effet permis de rompre avec le mythe absurde de la jeunesse et d'ouvrir une carrière presque infinie aux personnes de grand avenir.

Célébrer le 17 juillet était une obligation pour tous. L'occasion était ainsi donnée aux Globaliens d'exalter les valeurs de la maturité et de l'expérience. Mais c'était aussi un moyen de dépistage. Ceux qui oubliaient l'anniversaire étaient immédiatement convoqués pour subir des tests de mémoire approfondis et recevoir un rappel du vaccin antisénilité.

Il était minuit moins dix. Il restait donc dix minutes à Glenn pour expédier à une adresse officielle le message standard : « Bravo Huong, Mitchell et Stroh ! » C'était le nom des trois savants auteurs de la découverte.

Tout chef du BIM qu'il fût, haut dignitaire de la Protection sociale et appelé de toute urgence par le général Sisoes, il n'en était pas moins soumis à des contrôles comme tout le monde.

Il tapa son message en vitesse sur son multifonction, l'expédia puis s'engouffra dans les couloirs souterrains jusqu'au bureau de son chef.

Le général avait les traits tirés de quelqu'un qui ne dort plus depuis quelques jours. Il accueillit son subordonné par un grognement.

— Asseyez-vous, lâcha-t-il.

Glenn savait que Sisoes ne l'avait pas convoqué toutes affaires cessantes pour lui parler du beau temps et des pannes (expression qui avait fini par remplacer l'archaïque formulation « de la pluie et du beau temps »). Il avait certainement une information capitale à lui communiquer. Mais il savait aussi que jamais le général ne livrait directement ce qu'il avait à dire.

— Où en est-on pour la fille ?

— Comme je vous l'ai dit, mon général, elle est passée par Paramaribo…

— C'est vieux tout cela, avez-vous des informations plus récentes ?

— Depuis qu'elle est chez Tertullien, silence radio. C'est Patrick qui a le contact…

Au mot « Patrick », Sisoes hocha la tête d'un air mécontent. Puis il se passa la main sur les yeux et demanda :

— Rien d'autre ?

— Si, à Walden. Bien qu'on nous ait demandé de ne pas intervenir (le « on » remplaçait diplomatiquement « Patrick »), j'ai quand même renforcé la surveillance.

— Vous avez eu bien raison, Glenn. Et alors ?

— Je viens de recevoir le rapport. Pendant toute la période qui a précédé le départ de Pujols pour Los Angeles, vous savez, le journaliste...

— Je sais, je sais, fit Sisoes avec humeur.

— Eh bien, nous avons noté une affluence particulière à Walden et des allées et venues de lecteurs très inhabituels.

— Les écoutes ?

— Négatives. Vous savez que ces gens-là communiquent avec leurs maudits papiers. Ils parlent peu.

Le général étouffa un juron ; l'évocation de cette vermine papivore le mettait toujours de mauvaise humeur.

— Seulement, continua Glenn en prenant l'air fine mouche, nous avons vérifié les identités. Les visiteurs de ces derniers jours ne sont pas n'importe qui. Ce sont tous des gens qui ont des positions professionnelles intéressantes.

— Intéressantes comment ?

— Des gens qui sont susceptibles de savoir beaucoup de choses sur Globalia, sur ses secrets, ses points faibles. Des gens aussi qui ont assez mauvais esprit, si vous voyez ce que je veux dire.

— Vous croyez qu'ils ont pu transmettre des documents sensibles à ce Pujols ?

— Tout ce que je sais pour le moment, c'est qu'il traînait une malle pleine de papiers quand il est parti.

— Et vous n'avez pas pu l'intercepter, faire des copies, je ne sais pas, moi !

Sisoes était hors de lui mais la réponse de Glenn eut le don de le faire exploser encore plus.

— Je croyais que c'était une opération dirigée par Patrick...

Le bureau du général, situé dans un sous-sol hautement protégé, était aveugle. Un large écran couvrait tout un panneau ; il figurait un aquarium virtuel. Sisoes se leva, mû par une visible colère, et alla se placer face à un gros mérou qui le regardait fixement en mâchonnant.

— Jusqu'où est-ce que nous allons le laisser la diriger, cette opération ? Hein, s'exclama-t-il en se retournant, rouge et menaçant. Je vous le demande ?

Glenn bredouilla une réponse que le général n'écouta pas. Il suivait son idée ou plutôt y revenait car nul doute qu'il ruminait sans cesse les mêmes pensées.

— Toute cette affaire de Nouvel Ennemi était déjà inhabituelle et suspecte. Après, il y a eu la fille. On l'a laissée traîner à Walden, fréquenter un antisocial. Patrick, comme nous le suspections, l'a aidée à sortir dans les non-zones. Et où l'a-t-il fait conduire : chez ce même Tertullien qu'on nous a demandé de bombarder parce qu'il a transmis le message de Baïkal ! Et vous, vous étiez confiant. Vous me disiez que Patrick avait sûrement ses raisons…

— Je supposais…

— Ah, en effet ! Vous n'avez jamais cessé de supposer. C'est même votre spécialité ! Quand vous avez su qu'elle était chez Tertullien, vous avez *supposé* que cela allait mal se terminer pour elle, n'est-ce pas ?

— En effet…

— Vous *supposiez* que tout cela n'était qu'une manœuvre pour que le mafieux la zigouille et pour rendre le Nouvel Ennemi fou de rage, ivre de vengeance, déchaîné. C'était, selon vos propres termes, le « starter » du Nouvel Ennemi, l'ultime affront qui allait le mettre en mouvement, hein ?

Renonçant à protester comme à confirmer, Glenn semblait porter un intérêt immense et soudain à ses ongles. Il attendait la suite.

— Et vous vous réjouissiez à l'avance que tout cela soit bientôt terminé : vous *supposiez* que nous aurions d'ici peu un chef pour ces crétins de Déchus, qui les rende enfin présentables mais pas vraiment dangereux. L'idéal, en somme.

Sisoes repassa devant l'aquarium et aurait peut-être, dans sa rage, envoyé un coup de poing au mérou virtuel si celui-ci n'avait pas déjà prudemment disparu.

— Permettez-moi de vous dire, ricana le général, que vous n'avez pas cessé de supposer de travers. La vérité, c'est que nous sommes devant un tout autre tableau. D'abord, selon ce que vous m'apprenez maintenant, votre charmante protégée ne s'est pas contentée de passer sans encombre dans les non-zones. Elle y a aussi transporté des documents dont tout nous laisse à penser qu'ils sont extrêmement confidentiels.

Glenn voulut nuancer mais son chef le cloua sur place d'un seul regard.

— Tout cela ne serait pas trop grave si la chère enfant, comme vous le souhaitiez pour elle, finissait ses jours dans un des culs-de-basse-fosse de Tertullien. Qu'en pensez-vous ?

Avec perfidie, le général laissa à son subordonné le temps d'exprimer une approbation. Malheureusement pour celui-ci, à peine eut-il opiné que Sisoes, frappant de toutes ses forces sur le chambranle de la porte, hurla :

— Eh bien, non, figurez-vous ! Ce n'est pas par là que Patrick, comme vous le dites si bien, nous dirige. Les affaires sont en train de prendre une autre tournure.

Bondissant derrière son bureau avec un affreux sourire, Sisoes saisit son multifonction et par une simple manœuvre fit disparaître l'aquarium. Sur le même fond d'eau bleue, un texte le remplaça. Il était plein de codes chiffrés, de références de transmission, mais le général en assura simultanément le commentaire.

— C'est un appel au secours de Tertullien. Notre ami Patrick l'a proprement laissé tomber. Il l'a fait en notre nom, sans jamais nous consulter. Vous comprenez, maintenant ?

Glenn s'acharnait à déchiffrer le texte mal transmis comme tous ceux qui provenaient des non-zones. Pour l'en dissuader, Sisoes vint se camper devant lui, cachant l'écran de sa large carrure.

— Écoutez-moi bien, Glenn, prononça-t-il lentement. Il n'y a plus rien à supposer. Toute cette affaire du Nouvel Ennemi, depuis le début, est une machination ourdie non pas pour renforcer Globalia mais pour la détruire.

Sisoes laissa ces paroles imprégner la pièce comme une arme chimique se diffuse dans l'air. Depuis qu'elle s'était imposée à son esprit, c'était sans doute la première fois qu'il exprimait cette idée à haute voix. Il regarda d'un air inquiet autour de lui puis retourna s'asseoir derrière son bureau.

— Le salaud, lâcha Glenn en secouant la tête.

— De qui parlez-vous ?

— Mais... de Patrick.

Sisoes haussa les épaules d'un air impatienté.

— Laissez Patrick tranquille.

Puis il ajouta, les yeux dans le vague :

— Ce n'est pas lui qui compte.

Les deux hommes se regardèrent. Par son silence, Sisoes invitait le chef du BIM à faire un dernier effort sur lui-même. Sur la conscience de Glenn comme sur celle de tous les Globaliens, un interdit pesait de tout son poids. Devant la gravité de la situation, il était cependant contraint, enfin, de se libérer de cette chape et d'envisager l'inconcevable.

— Altman ? murmura-t-il.

Ce nom avait été prononcé si bas que seul le mouvement de ses lèvres le rendit intelligible.

Altman et le petit groupe auquel il appartenait se situaient au-delà d'une ligne invisible que nul ne pouvait franchir. Soupçonner sa trahison, c'était commettre une effrayante transgression. Glenn comprenait mieux la passivité de Sisoes dans toute cette affaire, malgré ses doutes, ses soupçons et maintenant, peut-être, ses preuves. La température n'avait pas varié mais il ressentit comme du froid de chaque côté du cou.

— J'ignore le cheminement de vos pensées, prononça le général. Je peux seulement constater que, pour une fois, elles vous mènent dans une intéressante direction.

Puis il changea brutalement de sujet et revint aux décisions pratiques.

— Il faut répondre à Tertullien, dit-il en se tournant vers le mur sur lequel s'étalait toujours son message.

— Quelle heure est-il ? fit Glenn d'une voix forte, heureux lui aussi de revenir dans son rôle.

— Minuit et demi.

— À quelle heure prévoit-il un assaut ?

— C'est envoyé à onze heures et demie et il dit « ils attaqueront avant la fin de la nuit ».

— Dans ce cas, bondit Glenn, nous avons le temps de mettre les forces armées en alerte. Il suffit de trois hélicoptères pour bombarder cette bande de gueux et les mettre en déroute. Dans moins d'un quart d'heure...

Il avait saisi son multifonction et s'apprêtait à réveiller l'état-major. Sisoes l'arrêta d'un geste.

— Je ne crois pas que ce soit la meilleure solution, dit-il.

Quand le général avait ces yeux fixes, Glenn savait qu'il était en train de réfléchir et si, de surcroît, il laissait fleurir ce petit sourire, c'était qu'une bonne idée l'avait visité.

*

Ce fut un bref combat. Bien avant l'assaut lancé par les Déchus, tout était déjà joué à l'intérieur du quartier mafieux. Les sbires de Tertullien, épuisés de monter la garde sans dormir, pris entre une armée en nombre et un peuple plein de haine, n'attendaient leur salut que d'une intervention extérieure. Il y eut bien un bruit de moteurs dans le ciel, au loin, vers trois heures du matin mais les hélicoptères attendus n'approchèrent pas de la ville. Plus grave encore, aucun ordre n'émanait de Tertullien. Celui-ci restait apparemment enfermé dans son palais et personne n'osait le déranger. Les premiers à avoir déserté leur poste pour tenter de se cacher dans la ville furent les deux jeunes nigauds à la garde desquels Kate et Puig avaient été confiés. Les prisonniers n'eurent alors aucun mal à venir à bout de la maigre serrure de leur cellule et à s'enfuir à leur tour.

Quand l'aube parut, les pauvres mafieux qui gardaient encore les remparts grelottaient de froid et de peur. Déjà vaincus dans leur tête, ils étaient pressés de l'être pour de bon. Comme s'ils l'avaient senti, les habitants se jetèrent sur eux, à mains nues pour la plupart, et les maîtrisèrent sans bruit.

Ainsi les assaillants eurent-ils la surprise, après avoir tiré les premières salves, de voir les grandes portes de la ville s'ouvrir de l'intérieur. Ils crurent d'abord à un piège. Quand parut le drapeau blanc, ils cessèrent le feu. Dans un lourd silence, une femme sortit en agitant les bras. Deux autres la suivirent. Les Déchus baissèrent les armes, se levèrent, sortirent de leurs caches. Tout un peuple alors s'écoula hors des murailles en gesticulant et en hurlant des slogans de victoire.

Cependant, à l'autre bout du quartier, ceux qui, derrière Helen et Puig, avaient forcé la poterne, parcouraient des rues désertes. Ils entendaient des clameurs lointaines et, dans l'ignorance des événements, progressaient prudemment, dos aux murs, de peur de tomber dans quelque piège. Mais aucune résistance n'était plus à craindre. Ils le comprirent en montant à leur tour sur le rempart : quatre mafieux gisaient sur le sol, ligotés et bâillonnés. Ils se tortillaient en grognant. Ils en découvrirent d'autres un peu plus loin. Courant alors jusqu'au côté du chemin de ronde qui donnait sur les portes de la ville, ils trouvèrent toute la garde ficelée et neutralisée. Helen donna l'ordre de détacher l'un des mafieux pour l'interroger.

— Où est Tertullien ? demanda-t-elle.

— Si je le savais…

— Ne mens pas, le rudoya Helen.

Le pauvre captif se frottait les poignets et secouait la tête d'un air désemparé.

— Nous ne l'avons pas revu depuis le milieu de la nuit. Au petit jour, deux de chez nous ont fini par entrer dans sa chambre.

— Et alors ?

— Alors, il avait disparu, avoua l'homme sombrement.

En entendant ces aveux, Puig poussa un cri et entraîna les autres derrière lui jusqu'au quartier général du mafieux.

— Ma malle ! répétait-il, les yeux hors de tête.

Il grimpa l'escalier quatre à quatre, entra dans la cour déserte puis dans le donjon. Personne ne savait ce qu'il cherchait mais il paraissait si affecté que tout le monde lui emboîtait le pas. Dans la chambre de Tertullien, un désordre d'objets hétéroclites était sorti des coffres et jonchait le sol. Deux valises ouvertes avaient été abandonnées à moitié pleines. Des dizaines de paires de chaussures débordaient des placards. Mais nulle trace du mafieux.

La nouvelle de sa fuite avait été répercutée par toute la ville. Les moindres recoins furent fouillés, ainsi que les abords des remparts. Tertullien avait bel et bien disparu. Le seul indice que retrouvèrent les assaillants fut l'entrée d'un souterrain, située près du donjon. Deux Déchus munis de torches y entrèrent pour voir où il débouchait. Ils revinrent une heure plus tard en disant que le boyau menait en pleine campagne, très loin vers l'ouest.

Cependant, Puig cherchait toujours sa malle et, faute de la retrouver, il en avait donné le signalement à la moitié de la ville. Un gamin d'une douzaine d'années, qui avait été l'un des premiers à visiter les affaires des mafieux après leur capture, revint, traîné par son père, la malle à la main pour la rendre à Puig. Celui-ci se jeta sur la précieuse valise, entrebâilla le couvercle et constata, ému aux larmes, que la grosse liasse de feuilles était toujours en place. Comme le jeune voleur attendait, les yeux baissés et l'air piteux, Puig s'approcha de lui et lui donna une vigoureuse accolade.

— Un jour, annonça Puig avec emphase, tu pourras dire que grâce à toi les non-zones auront été sauvées.

Sur quoi, il se saisit de la précieuse malle et se dirigea vers le campement.

Pendant ce temps, Baïkal, à l'autre bout de la ville, remontait péniblement le flot braillard des habitants libérés, à la recherche de Kate. Personne, parmi ceux qu'il interrogeait, ne l'avait vue ni d'ailleurs ne semblait s'en soucier. Une joie désordonnée s'emparait des ruelles. Plusieurs hommes passablement éméchés rirent carrément au nez de

Baïkal : s'il cherchait une fille, criaient-ils, il n'en manquait pas et des plus complaisantes encore...

Comme il cheminait sur les remparts, Baïkal remarqua tout à coup un attroupement en contre-bas, à peu près à l'aplomb des petites cellules qui donnaient sur la cour de Tertullien. Il se pencha pour regarder de quoi il s'agissait. Un groupe de Déchus s'affairait autour d'un corps allongé à terre. Baïkal fut dans l'instant mordu de terreur. Est-ce que le mafieux aurait eu le temps, avant de s'enfuir, de défenestrer les otages ? Les hurlements de la foule par toute la ville empêchaient Baïkal de rien entendre. Soudain, il distingua Howard parmi les Déchus. Mettant les mains en porte-voix, il le héla. Quand il releva la tête et le reconnut, le frère d'Helen fit signe à Baïkal de le rejoindre. Bousculant tout le monde, il rejoignit la grande porte, longea le pied des murailles et atteignit, haletant et courant presque, l'endroit où gisait un corps.

Comme Baïkal approchait, Howard sortit de la foule et vint à sa rencontre. Il le prit par le bras et l'entraîna à part.

— Attendez un instant, bredouilla-t-il. Il faut d'abord que je vous explique. On a reconstitué toute l'affaire.

À cet endroit, les remparts faisaient un saillant, en forme de tourelle, comme une redoute accolée, percée de meurtrières. Baïkal n'avait pas remarqué cette avancée auparavant.

— Vous souvenez-vous, commença Howard, quand nous avons donné les ordres pour l'assaut ? Nous avons demandé à Helen d'aller surveiller la poterne et d'entrer par là pour aller délivrer les otages de Tertullien.

— Oui.

— Votre compagnon, ce Tribu qui vous accompagne toujours...

438

— Fraiseur.

— Oui, voilà, Fraiseur est intervenu.

— Pour dire qu'il n'était pas d'accord et que le groupe qui attaquerait par-derrière n'aurait aucune chance d'atteindre les prisonniers à temps.

— Et personne ne l'a écouté.

Baïkal pâlit. Il entrevoyait la vérité.

— Ensuite, il y a eu l'assaut et Fraiseur a disparu, n'est-ce pas ? dit Howard.

En effet, depuis le début du combat, la veille, il n'avait pas reparu mais Baïkal, tout à l'idée de retrouver Kate, n'y avait pas prêté la moindre attention.

— Fraiseur devait bien connaître Tertullien et son domaine fortifié, suggéra Howard en tournant son regard vers le rempart. Il savait sans doute qu'existait cette tour accolée.

Du menton, il désigna deux ouvertures, tout en haut.

— Vous voyez ces fenêtres ? Ce sont celles des cellules où vos amis étaient détenus. La muraille par ici est fragile. On est du côté des vents dominants et les pluies ont érodé le ciment entre les pierres. On peut facilement s'accrocher et… grimper.

Baïkal comprenait maintenant. Son regard allait des fenêtres jusqu'au sol en suivant la ligne des prises le long de laquelle Fraiseur était monté.

Ainsi, il avait tenté seul de délivrer les otages… Baïkal s'en voulait de ne pas avoir pris conscience de son départ, de ne pas l'avoir retenu.

— Ils ont dû le surprendre quand il a atteint la fenêtre de gauche, prononça lugubrement Howard. Le battant est resté ouvert et il y a un carreau cassé. Il est probable, poursuivit-il, qu'il est arrivé là-haut juste avant le début des combats. À quelques minutes près, il n'aurait rencontré personne.

Puis il ajouta :

— Il a reçu une seule balle mais en pleine tête.

Baïkal regardait en silence vers le pied des murs, par-delà la petite foule qui s'y massait, et imaginait le corps pendant sa chute. Il allait s'avancer vers l'attroupement pour se recueillir sur le corps quand une voix forte cria son nom du haut des remparts. C'était Helen, tout agitée et plus en cheveux que jamais. Puig, radieux, était à ses côtés.

— Je vous cherche partout ! Avez-vous rencontré Kate ?

Non, il ne l'avait pas trouvée et comment avouer qu'en cet instant, il avait même tout à fait oublié qu'il la cherchait. Le cœur de Baïkal bascula douloureusement d'une violente émotion à une autre, comme un battant de cloche.

— Où est-elle ? s'écria-t-il.

— Vous ne la trouverez pas par ici. Elle vous attend de l'autre côté de la ville. Venez. Je vais vous conduire.

Baïkal jeta un bref coup d'œil dans la direction de la dépouille de Fraiseur. Il n'était plus temps, hélas, de le sauver et, quant à lui rendre hommage, il pourrait le faire plus tard.

— Ne l'enterrez pas, s'il vous plaît, dit-il à Howard. Faites déposez sa dépouille dans un cercueil et tenez-la à l'abri dans la ville.

Il rejoignit Helen et Puig et eut la surprise de les voir se tenir par la main. La différence de leur corpulence et l'incongruité de leur accoutrement prêtaient à sourire. La foule bigarrée et guerrière saluait par des gloussements ce nouveau et improbable miracle de l'amour. Mais la passion mutuelle qui se lisait dans leurs regards ramena Baïkal à son émotion première, celle qu'avait un instant occultée la mort de Fraiseur : il marchait enfin vers celle qu'il aimait.

*

Pendant l'assaut, Kate n'avait pas bougé de son abri sous les arcades. Elle aurait pu se mêler au combat ; le Déchu qui se tenait à ses côtés brûlait de le faire. Mais elle l'avait convaincu de partir et de la laisser seule.

Elle allait enfin revoir Baïkal et cet événement tant désiré lui paraissait tout à coup effrayant. Qui allait-elle retrouver ? L'aurait-il oubliée ? Mêlé à ces étranges personnages qui, elle venait de l'apprendre, se nommaient des Déchus, Baïkal avait-il, lui aussi, changé ? N'aurait-il pas rencontré dans le nouveau monde où il semblait s'être si bien adapté une femme plus en accord avec sa nouvelle condition ?

L'aube s'était levée sur la campagne souillée qui bordait les remparts. Au milieu de ces ruines, de ces champs couverts d'épis murs, Kate se sentait déplacée, misérable. Une grande peur s'empara d'elle. D'un bond, elle se leva, prise par une irrationnelle envie de fuir.

Au même moment, Baïkal approchait du lieu qu'Helen lui avait désigné de loin, sans vouloir l'accompagner. Il était saisi d'autant de doutes. Ils avaient en quelque sorte parcouru le chemin inverse. Kate s'était lancée dans cette aventure pour le suivre, par amour pour lui et sans avoir une vision claire de ce qui lui était intolérable dans le monde où elle vivait. Mais peu à peu, au fil du combat qu'elle avait mené sans lui, à Walden, chez Martha, à Paramaribo, elle avait découvert ses propres raisons de quitter Globalia. Elle s'était convaincue non seulement de la possibilité de la fuite mais de la nécessité de la révolte.

Il avait, lui, suivi l'instinct qui lui commandait de fuir Globalia, obéi à un atavisme de liberté qui venait du plus profond de son être. C'était ensuite, peu à peu, qu'avait grandi en lui la place de Kate. La crainte de ne jamais la revoir et le désir fou de la retrouver s'étaient peu à peu substitués à toutes les raisons abstraites qu'il avait d'agir. Il se demandait si elle n'allait pas lui apparaître bien différente de l'icône qu'il avait peinte peu à peu avec les couleurs de ses souvenirs.

En somme, ils étaient tous deux troublés par la crainte de ne pas retrouver l'autre mais quelqu'un d'autre.

Ils se virent d'abord de loin, et se reconnurent comme de simples silhouettes sans profondeur. Puis ils s'approchèrent lentement en silence.

Par bonheur, le retour d'un être n'est pas seulement l'incarnation du souvenir qu'on avait de lui. C'est sa vie tout entière qui revient, son parfum, sa mimique, le son particulier de sa voix. Celui qui apparaît rapporte d'un coup tout ce qu'il est, ce dont nous nous rappelions et ce que nous avions oublié. À la révérence de la mémoire, il substitue l'insolence de l'inachevé. Ainsi de Baïkal qui faisait renaître en Kate le même désir d'embrasser ses lèvres et de les mordre qui l'avait envahie au moment d'entrer dans la salle de trekking. Mais qui, en même temps, apportait la nouveauté de son étrange accoutrement et les imperceptibles marques imprimées à son visage par tout ce qu'il avait vécu et qu'elle avait envie de connaître. Quant à lui, en la voyant, il lui sembla que ce qu'il avait connu en bourgeon revenait éclos en fleur. C'était bien sa peau semée de perles noires, ses grands yeux, son sourire. Mais tous ces détails, sans changer eux-mêmes, avaient été fondus dans un nouvel ensemble ; il semblait qu'à la timidité, à la prudence et à l'inconscience passées s'étaient substituées une audace, une force, une clairvoyance neuves, que pourtant il lui semblait avoir déjà pressenties en elle.

Quand ils furent face à face, leurs mains se saisirent d'abord, comme s'ils préparaient une parade rituelle ou un assaut. Puis leurs visages se touchèrent et ils s'embrassèrent comme on se goûte, pour revenir à la source, à cette intimité que tout avait contrariée mais qui avait eu raison de tout.

Leur baiser dura longtemps, comme s'il eût été le seul moyen dont ils disposaient encore pour tenir en respect ce qui les environnait. Mais la pure sensation d'être seuls au monde ne pouvait se prolonger au-delà de ces instants fragiles. Alentour s'agitaient des groupes de citadins éméchés. Certains lançaient des quolibets en apercevant au loin les amoureux. La mauvaise fumée d'un feu de bivouac, qui sentait le pneu brûlé et la graisse cuite, vint s'enrouler indiscrètement autour des arcades où ils se tenaient.

Brusquement, Baïkal se redressa et regarda autour de lui avec les yeux neufs de celui qui s'éveille d'un long rêve.

Un grand dégoût l'envahissait. Ils étaient debout au milieu des ruines. Les carcasses métalliques, les flaques de mazout sur le sol, la dérisoire apparence des fortifications hétéroclites et de la campagne souillée, tout cela sentait la destruction, la mort. Le tragique de la vie humaine lui apparaissait dans toute sa cruauté : il était impossible de vivre en Globalia sans perdre son âme mais pour prix de cette renonciation, on obtenait au moins la consolation des objets, le confort, les douceurs de la prospérité. Quiconque se dressait contre ce pacte infâme était rejeté vers ces lieux désolés où la dignité des hommes était payée de laideur, de flétrissement des corps, de souillure et de souffrance.

Et c'est vers cet enfer qu'il l'avait conduite.

Se tournant à l'opposé de la ville, il prit Kate par la main et l'entraîna un peu plus loin dans une manière de petite cour entourée de murs en ruine et de buissons sauvages. L'endroit n'était pas moins désolé que le reste du paysage mais au moins n'étaient-ils plus en vue des habitants avinés qui déambulaient. Des carters rouillés et d'autres pièces de moteur jonchaient le sol. Baïkal s'assit sur un large linteau de pierre déposé au pied d'un mur qui servait de banc et attira Kate à son côté. Il se sentait complètement abattu.

Jamais il n'aurait imaginé être en proie à un tel désarroi. La retrouver le comblait d'un bonheur amer et il se sentait comme un marcheur altéré qui trempe ses lèvres dans une source empoisonnée. Contrairement à ce qu'il avait craint, ce n'était pas Kate la cause de sa déception. C'était plutôt parce qu'il se sentait si heureux de la revoir que, par contraste, la situation où ils se trouvaient lui apparaissait si noire.

Tout était, autour d'eux, empreint d'incertitude, de mystère et de menace.

Pourquoi la Protection sociale avait-elle laissé sortir Kate après l'avoir d'abord retenue ? Pas un instant, Baïkal n'imaginait qu'elle eût pu être retournée contre lui. Il avait en elle une confiance totale, instinctive. Mais alors, dans quel but lui avait-on ouvert la porte ? Car il était évident qu'elle n'avait pas pu échapper seule au contrôle de Globalia. L'ombre d'Altman planait encore sur tout cela. Quels pouvaient être ses desseins ? Baïkal l'ignorait mais derrière ce qui se présentait comme un cadeau se cachait certainement un nouveau piège.

Pourquoi les Globaliens avaient-ils abandonné Tertullien ? Quel était le sens de cette victoire trop facile qu'ils avaient offerte aux Déchus ? Il n'était pas envisageable de tenir longtemps une position stratégique aussi visible que le quartier de Tertullien. Ils allaient dès aujourd'hui devoir fuir, s'enfoncer de nouveau dans les espaces dévastés des non-zones. Et c'était cet avenir-là, fait d'errance, de misère et de danger que Kate était venue partager avec lui...

Elle interrompit sa rumination en l'embrassant de nouveau. Puis, le bras passé autour de sa taille, elle l'interrogea :

— Mon amour, pourquoi es-tu si sombre, tout à coup ?

Il haussa les épaules et prit l'air farouche qu'elle lui connaissait si bien et qu'elle aimait.

— Je pense à ce que nous allons devenir, dit-il presque méchamment.

— Devenir, répéta-t-elle en ouvrant de grands yeux. Tu veux dire... plus tard ?

— Plus tard, demain, toujours.

Elle se mit face à lui et caressa son visage.

— Tu n'as pas changé, dit-elle doucement. Je te quitte à la recherche d'un ailleurs. Et à peine t'ai-je retrouvé que tu en désires un autre.

Il prit l'air un peu fâché. Depuis qu'il avait reçu l'onction du chef, il paraissait plus adulte et ses mimiques d'enfant se remarquaient encore davantage.

— N'as-tu pas appris à trouver ton plaisir là où tu es ? ajouta-t-elle en souriant, poussant son avantage avec malice.

— Ici ? fit-il en haussant les épaules et en montrant le spectacle désolé tout autour d'eux.

— Oui, ici, répondit-elle sur un ton d'évidence, sans le quitter des yeux.

Sa voix s'était voilée en prononçant ces derniers mots, et cette révélation imprévue de son désir le redoubla. Elle ôta sa tunique et la laissa tomber sur le sol. Avant que Baïkal eût fait un mouvement, elle tendait les bras vers lui, avec un air appliqué et volontaire. De ses mains fines, elle entreprit de défaire les nœuds qui fermaient son pourpoint. Mais c'était un vêtement de Déchu, solide et compliqué, et ils entremêlèrent leurs mains en riant, sans en venir à bout. Finalement, Baïkal l'ôta par le haut en levant les bras.

Kate s'étendit alors sur le banc de pierre tiédi par le soleil du matin et l'attira à elle.

— Oui, répéta-t-elle, ici. Et maintenant.

CHAPITRE 4

Dans les forêts denses qui couvrent le nord de la Moravie, sur les contreforts des Sudètes, se dressait inexplicablement une gigantesque bulle de verre. Elle avait toutes les apparences d'une zone sécurisée mais un peu particulière, puisqu'elle ne contenait qu'un seul édifice : le château de Bouzov et son parc. Personne n'avait cependant le loisir de s'en étonner : le lieu ne comptait aucun habitant hormis les gardes du château. Quant aux visiteurs, ils étaient, en temps ordinaire, interdits.

C'était un endroit livré à la mélancolie de l'attente. Tout était prêt pour y accueillir la vie. Les lits étaient pourvus de draps en lin, la cuisine tout émaillée de faïence bleue regorgeait de provisions ; dans les hautes cheminées, des troncs d'arbres secs, en bois véritable et pas en ersatz non polluants, n'espéraient qu'une allumette pour s'embraser.

Un seul homme pouvait opérer par sa présence cette métamorphose et cet homme était Ron Altman. Bien que son légitime propriétaire, il venait rarement au château de Bouzov. Quand il arrivait, en une heure à peine, la grande carcasse médiévale s'étirait, se dégourdissait, reprenait chaleur et couleur. Ce soir-là, il avait donné des ordres particulièrement pressants eu égard au nombre et à la qualité de ses hôtes. Il attendait, assis dans un grand fauteuil à dossier plat et à pieds tournés. En entendant la cavalcade assourdie des valets dans les étages, il était confiant et souriait. Le château serait prêt à temps pour recevoir dignement ses invités.

Quand, bien avant l'heure dite, un premier véhicule pénétra dans la grande cour dallée de schiste noir, tout le monument palpitait déjà comme s'il n'avait jamais connu le moindre repos et brillait d'innombrables feux.

Bronzé selon son habitude, Patrick sortit de l'engin de sport et laissa un employé le garer. Il avait pour une fois troqué sa chemise californienne contre une tenue plus en accord avec la solennité du moment, de couleur terne mais de coupe élégante. Il tenait à la main une valise en cuir. Il entra dans le château par un pont de pierre et traversa la salle des gardes où un valet s'offrit à porter son bagage, ce qu'il refusa catégoriquement. Trois serviteurs, affairés autour d'un lustre à bougies qu'une corde avait permis d'abaisser jusqu'à eux, lui firent signe d'emprunter une vaste galerie surmontée d'une voûte en stuc. Enfin, par un escalier monumental aux marches usées et une antichambre tendue de tapisseries vénérables, il parvint à la bibliothèque où son oncle l'attendait.

— Entre, commanda Ron Altman.

La pièce ressemblait par ses proportions à un gigantesque hall tout en longueur. Une galerie la ceinturait, à une dizaine de mètres de hauteur, protégée par une rambarde en fer forgé. Les murs étaient recouverts de boiseries baroques et Altman disparaissait presque dans ce brasier de moulures dorées.

Patrick s'avança sans pouvoir empêcher ses talons de résonner sur le parquet brillant, qui figurait des étoiles.

Altman lui fit signe de prendre place sur une roide bergère en face de lui.

— Ils ne vont plus tarder, chuchota le vieil homme en consultant une montre de gousset. Tout est-il prêt ?

— Non, mon oncle, je vous l'ai dit quand vous m'avez appelé. Il nous a manqué une journée ou deux pour...

Mais Ron Altman l'interrompit d'un geste nerveux de la main.

— Je sais. Nous n'avions pas le choix. Si je n'avais pas convoqué cette réunion tout de suite, les autres auraient attaqué les premiers et alors...

Il écarta les mains, comme quelqu'un qui vient de laisser échapper un plat.

— Je vous laisse juge, admit Patrick.

Comme Altman regardait de nouveau sa montre, il ajouta en souriant :

— Vous semblez bien tendu, mon oncle. Je ne vous ai jamais vu comme cela.

— Quoi d'étonnant ? Après tout, c'est le moment de vérité, n'est-ce pas ? Oui, je suis anxieux et cela me rajeunit, d'ailleurs.

Deux horloges, au même instant, sonnèrent sept coups, avec un léger contretemps.

— Les voilà ! s'écria Altman.

Il tira sur ses manchettes et se redressa sur son siège.

— Pose ta valise sur le côté, dit-il, que personne ne se prenne les pieds dedans.

À cet instant, des éclats de voix retentissaient dans la salle des gardes. Les clameurs se poursuivirent ensuite dans les escaliers. Enfin, la porte à double battant s'ouvrit sur un curieux spectacle. Un vieillard minuscule vêtu d'un complet de flanelle grise fit son entrée assis sur les avant-bras croisés de deux gardes, qui servaient de chaise de fortune. Le vieillard agitait une canne à pommeau d'argent pendant qu'il vociférait. Il n'hésita pas à en administrer un coup sur la tête de l'un des colosses pour indiquer qu'il voulait descendre.

— Je te le dis, Ron, glapit l'ancêtre en trottant vers Altman, c'est la dernière fois que je te laisse organiser une de nos rencontres. Passe encore que tu choisisses un château ridicule mais qu'il n'y ait ni couloir aspirant, ni même un ascenseur est une provocation.

— Rien de tel que des escaliers pour se maintenir en bonne santé.

— Ma santé ne regarde que moi. Je te remercie d'en prendre soin mais j'y pourvois très bien. N'oublie pas que j'ai soixante-dix ans de plus que toi.

— Tu seras sans doute heureux de rencontrer mon neveu Patrick ici présent, puisqu'il a, lui, soixante-dix ans de moins que moi.

Le visiteur posa sur Patrick un œil négligent.

— Patrick, fit Ron Altman, je te présente Gus Fowler. Rien de ce qui se mange en Globalia ne lui échappe. De l'industrie agrochimique au restaurant du coin, tout est à lui. C'est incroyable comme un être aussi petit peut être aussi vorace.

Gus haussa les épaules, remit en place le nœud lavallière qui fermait sa chemise à col rond et alla prendre place dans un énorme fauteuil encore plus écarlate que lui.

Deux autres arrivants lui avaient déjà volé la vedette. L'un d'eux était un long personnage à l'élégance britannique, les cheveux soigneusement ondulés vers l'arrière, les chaussures en vrai cuir cirées au point de pouvoir s'y mirer. Mais dans cette enveloppe soignée flottait un véritable spectre d'une maigreur extrême avec une tête tout en os. Il n'ouvrit pas la bouche, sans doute pour ne pas laisser échapper la denture artificielle qu'on voyait saillir sous ses lèvres fines.

— Bonjour Alec, fit Altman.

Patrick reconnut aussitôt Alec Himes. Roi du système bancaire et des assurances, c'était un personnage familier sur tous les écrans. Il ne répondait jamais aux interviews que par des grognements dubitatifs qui affolaient les marchés.

Derrière lui suivait un vieil homme au type asiatique, les doigts couverts de bagues en émeraude. En le voyant, Ron Altman eut un imperceptible mouvement de recul. Mais il se reprit aussitôt et serra chaleureusement la main que lui tendit l'arrivant avec un sourire énigmatique. Celui-ci serra ensuite la main de Patrick en grognant simplement : « Muniro. » Il était inutile d'en dire plus. Son nom ornait la plupart des véhicules de Globalia et l'on savait que toutes les marques lui appartenaient. Les véhicules privés et les transports collectifs, les engins de chantier et les véhicules militaires, tout ce qui était en mouvement de façon autonome et jusqu'aux machines-outils dépendait de son groupe. La légende voulait qu'il eût commencé comme simple ouvrier. De cette lointaine époque, il conservait le tic de recoiffer en arrière ses cheveux noirs à l'aide d'un vieux peigne tiré brusquement de sa poche revolver.

Au même moment, tout essoufflée, entra la première femme.

— Il fait cela pour nous humilier ! hurla-t-elle en sortant de l'escalier tout en nage.

— Ma chère Laurie, s'empressa Altman, quel bonheur de te voir.

Il lui tendit les deux mains que l'arrivante ignora superbement.

— Tu n'es qu'un voyou, dit-elle en continuant à clopiner jusqu'à une bergère.

Patrick avait déjà vu bien des personnes de grand avenir et lui-même n'était plus tout à fait ce qu'on appelle jeune. Pourtant, une femme comme celle-là, il n'en avait jamais rencontré. Ces cheveux gris tirant sur le violet, cette peau parcheminée semée de rides poudrées que l'effort avait craquelées, ces mains tavelées de momie, vraiment il n'avait jamais vu cela.

— Laurie, dit aimablement Altman, je te présente mon neveu, Patrick.

La vieille femme jeta un bref coup d'œil vers l'historien et dit sur un ton mauvais :

— Je l'avais repéré dès mon arrivée. Mais si c'est ton neveu, cela veut dire qu'il est aussi dangereux que toi.

Et elle détourna la tête.

Ainsi donc, pensa Patrick, voilà l'arrière-petite-fille du grand Bill, la célèbre héritière du groupe Minisoft, la maîtresse incontestée d'un empire qui contrôlait tout ce qui, en Globalia, était électronique, informatique, télécommunication et presse.

Laurie s'était mise à converser avec Gus Fowler qui lui faisait face, comme pour mieux montrer à Altman qu'elle savait être aimable, si elle le voulait.

— J'ai un gros problème avec mon clone-rechange, disait-elle. On a dû me greffer son cœur de toute urgence il y a trois mois.

— Ce n'est pas une très grave opération de nos jours, répondait Gus, je l'ai subie trois fois, j'en sais quelque chose.

— Le problème n'est pas là : c'est que maintenant, je n'ai plus de clone de rechange adulte.

— Il faut toujours en avoir au moins quatre.

— J'en ai quatre mais ils sont encore en culture. C'était le dernier adulte. Imagine que j'aie besoin d'un foie comme il y a trente-quatre ans ou d'un rein, que ferai-je ? Et celui-là, avec son château en

Bohême, qui vient nous tourmenter, ajouta-t-elle en désignant Altman du menton.

Pendant ce temps, Altman s'affairait à accueillir les derniers arrivants : une autre femme, qui cultivait un embonpoint de bon aloi, l'embrassa chaleureusement. Pour Patrick, elle sembla être le type même de la grand-mère, personnage familier pour un historien mais qui avait désormais totalement disparu. Elle se nommait Pat Wheeler. Altman ajouta : propriétaire de la SOCOGEGCO. Ce sigle, toujours évoqué mais jamais directement utilisé, se décomposait en une multitude d'autres entreprises qui couvraient l'immense secteur des travaux publics et de la construction.

Les invités arrivaient maintenant en groupe si bien qu'Altman ne pouvait les présenter tous et Patrick dut se contenter d'entendre voler autour de lui des noms et des prénoms. Certains lui étaient connus. D'autres lui échappaient. Seule certitude, la trentaine de personnes présentes étaient toutes d'un âge extrêmement avancé et elles représentaient les plus puissants acteurs dans les différents secteurs économiques de Globalia.

Cependant, Altman ne semblait pas satisfait. Il jetait des coups d'œil répétés vers la porte, comme si quelqu'un qu'il attendait faisait encore défaut. Quand parut enfin, bon dernier, un mince vieillard, vêtu, à la différence des autres, d'une simple blouse thermomoulante grise, avachie et sans doute hors d'usage, Ron Altman se précipita.

— Enfin, te voilà ! Comme je suis heureux, s'écria-t-il en étreignant les deux mains du nouveau venu.

L'homme roulait des yeux timides derrière ses grosses lunettes d'écaille.

— Tiens, mon cher ami, je te présente mon neveu Patrick.

Patrick serra à son tour la main osseuse et froide.

— Comment te présenter, mon cher Paul ? Disons simplement que tu es l'unique actionnaire...

Avisant les dénégations embarrassées de son hôte, Altman corrigea :

— *Presque* unique, allons cela revient au même, l'actionnaire presque unique, disais-je, du groupe KHATRA.

Premier fabricant d'armes en Globalia, se remémora mentalement Patrick. Un véritable empire industriel qui avait racheté en sous-main tous ses concurrents. Jamais aucun nom n'était cité derrière ce groupe et Patrick fut saisi de découvrir qu'un tel cartel pût être détenu par ce discret personnage, à l'allure presque misérable.

— Fini les salamalecs, oui ? cria Gus Fowler qui piétinait, un verre à la main. On s'y met ?

— Voilà, claironna Ron Altman avec une gaieté forcée, nous sommes au complet, nous pouvons nous installer.

Les vieillards qui s'étaient assis se relevèrent péniblement et tous clopinèrent jusqu'à une vaste table de chêne blond qu'Altman avait fait disposer au milieu de la bibliothèque. Un lustre à bougies en cristal descendait du plafond peint à fresque et l'illuminait. Chacun prit place dans les fauteuils à dossiers carrés couverts de velours damassé qui entouraient la table. Patrick s'assit à la droite de son oncle.

— Passe encore que tu nous présentes ta parentèle, protesta Fowler, mais pourquoi ce gringalet s'installe-t-il à notre table ?

— Merci, Gus, dit poliment Altman. Tu me donnes l'occasion d'entrer tout de suite dans le vif du sujet.

Laurie, pour marquer sa mauvaise humeur, continuait de discourir avec ses voisins. Elle mit ses lunettes et regarda par la baie vitrée ornée de colonnades gothiques. La campagne, par-delà la verrière qui protégeait le château, était couverte de neige et les projecteurs qui l'illuminaient la faisaient scintiller.

— Quand je pense au soleil qu'il y avait chez moi aux Bahamas. Dire que j'ai dû faire une heure et demie de voyage pour venir voir ce paysage de désolation.

— Patrick, continua Altman, nous sera très utile aujourd'hui. Je vous demande de bien vouloir accepter sa présence. Vous pouvez avoir toute confiance en lui. Il travaille à la Protection sociale.

Alec Himes, à ce mot, fut secoué d'un ricanement inexplicable. Heureusement, il n'en ouvrit pas pour autant la bouche et ses dents restèrent en place. L'assistance émit quelques grognements mais pas de véritable objection.

— Je vous remercie, conclut Ron Altman. Et pour ne pas abuser de votre temps précieux, je vous propose d'ouvrir dès maintenant l'ordre du jour.

— Un instant. Ce n'est pas à toi d'ouvrir l'ordre du jour. Nous avons d'abord quelques questions à te poser.

C'était Muniro qui avait parlé mais comme il le faisait sans remuer la bouche ni aucun muscle du visage, plusieurs participants se penchèrent et tournèrent la tête de tous côtés.

Patrick, lui, regarda Ron Altman et, à sa grande surprise, il constata que l'agitation de son oncle avait cessé. Il semblait parfaitement maître de lui et avait repris, sous sa barbe, son habituel sourire ironique.

— Je t'en prie, dit-il.

Muniro tenait les mains croisées sur la table. Du bout du doigt, il fit tourner le chaton d'une de ses bagues. À ce seul geste, Patrick comprit que la nervosité était passée de son côté.

— À notre dernière réunion, commença-t-il, tu nous as présenté ton projet de Nouvel Ennemi. Nous avons pas mal discuté, tu t'en souviens. Certains d'entre nous y étaient carrément hostiles. D'autres voyaient d'un mauvais œil que l'un de nous se mêle directement d'affaires de ce genre. Ce n'est pas la règle, bien au contraire.

Le lustre répandait sur l'assistance une lumière fauve qui tombait sur les paupières et donnait aux visages des allures de masques.

— Finalement, reprit Muniro après avoir de nouveau retourné sa bague, tu nous as convaincus en faisant valoir les avantages économiques qui étaient à attendre de ton projet.

— Ils sont venus, coupa Altman, les yeux pleins d'une soudaine gaieté. Le programme de construction de verrières a été relancé avec des normes de sécurité nouvelles, bien fructueuses pour les maîtres d'œuvre, n'est-ce pas, Pat ? Laurie a certainement eut vent des nouvelles commandes concernant un système d'écoute généralisé dans les non-zones. Et toi, Gus, depuis le temps que tu le demandais, tu as enfin obtenu que soit décidée la disparition totale de l'agriculture naturelle. Les champs sont déclarés improtégeables et désormais tout ce qui se mange devra sortir d'usines sécurisées…

— Je dois admettre en effet…, commença Gus.

Muniro avait d'abord marqué son désagrément d'être interrompu par un clignement répété de paupières. Excédé, il finit par dégainer son peigne et d'un geste menaçant plaqua derrière son oreille une mèche maintes fois écrasée. Le silence se fit.

— Je sais ! trancha-t-il, les mains de nouveau posées sur la table. Il y a des résultats économiques. Mais il ne faut pas s'arrêter à cela.

Altman inclina légèrement la tête pour l'inviter à poursuivre.

— Ce projet va trop loin, articula solennellement Muniro.

Le calme du vieux château donnait aux silences un relief menaçant. Tout le monde sentait qu'on était parvenu à l'essentiel.

— Oui, insista Muniro, ce projet présente des avantages, peut-être. Mais il comporte aussi de grands risques. De très gros risques. En vérité, il nous met tous en danger.

Altman ne répondait toujours pas et Patrick se demanda pourquoi il avait pris l'initiative de cette réunion si c'était pour subir l'assaut sans se défendre.

— Écoutez-moi tous, prononça Muniro sans quitter son adversaire des yeux. La Protection sociale nous met directement en garde.

À la gravité de son accusateur, Altman semblait répondre par une aisance de plus en plus amusée.

— Tu es en contact avec la Protection sociale, maintenant ? demanda-t-il en souriant. Tu ne t'abaissais pas à cela, d'habitude.

— Pas d'habitude, c'est exact. Il a fallu des circonstances exceptionnelles pour que l'on vienne me trouver.

— Sisoes ? suggéra Altman.

— Peu importe.

Les autres participants ignoraient tout de ces questions d'administration et ne voyaient pas d'un bon œil la conversation dévier vers des considérations de détail qui n'intéressaient personne.

— Je résumerai l'affaire pour ceux qui ne la connaissent pas.

Si Muniro disait cela, c'était probablement qu'il avait déjà informé en détail la plupart des personnes présentes.

— La compagne du « Nouvel Ennemi » qu'Altman a lancée dans la nature est apparemment en possession de documents très confidentiels et très dangereux s'ils tombent aux mains de gens mal intentionnés.

Quelques exclamations indignées vinrent du bout de la table et l'orateur s'en servit comme d'une vague pour porter plus haut sa phrase suivante.

— Ron, je t'accuse d'avoir favorisé la fuite de cette femme et de ces documents.

Tous les visages se tournèrent vers Altman pour guetter sa réaction. Il n'en eut aucune et Muniro enfonça le clou :

— Toi et ton neveu ici présent, vous avez été jusqu'à organiser la défaite d'un de nos alliés dans les non-zones, un de ces combattants loyaux et fidèles sans lesquels nous ne pourrions pas garder Globalia en sécurité.

— Un combattant loyal et fidèle, grands dieux ! s'écria Ron Altman. Parlerais-tu de Tertullien ?

Ce n'était pas la question d'un homme traqué, en passe d'être démasqué, plutôt l'expression d'une curiosité dilettante, une interrogation d'esthète. Mais plus Altman affichait son aisance, plus Muniro perdait contenance. Il cherchait l'argument décisif pour terrasser l'adversaire qui se dérobait. Et tout à coup, comme s'il s'était enfin décidé à administrer le coup de grâce, il se pencha en avant et récita :

— Heureusement, cet homme, dont tu as voulu la perte, a réussi à s'échapper. Et figure-toi : la Protection sociale l'a recueilli. Eh bien, il t'accuse formellement de l'avoir trahi.

— Merci ! s'écria Ron Altman. Merci, Muniro, de tout mon cœur. Tu ne pouvais pas me fournir meilleure introduction à ce que j'avais à vous dire.

CHAPITRE 5

— Les documents confidentiels que vous craigniez de voir passer en non-zones… sont ici.

Altman par ce coup de cymbales fit se redresser les carcasses le long des dossiers moelleux des fauteuils. Le match, à coup sûr, promettait d'être intéressant et les yeux brillaient.

— Tu en as gardé copie ? insinua Muniro pour montrer que cette révélation n'était pas contradictoire avec sa version des faits.

— Ce sont les originaux que nous avons et personne ne les a copiés. Patrick, s'il te plaît, veux-tu montrer ces pièces ?

Prévenant la demande de son oncle, Patrick avait déjà sorti la valise de dessous la table et manœuvrait les fermoirs. Il ouvrit grand le couvercle et, comme un camelot étale sa marchandise, sortit l'une après l'autre plusieurs lourdes liasses de papier jauni attachées par des élastiques ou serrées dans des chemises à bande.

— Tout est à votre disposition, dit Altman.

Des regards d'étonnement et de dégoût se posaient sur ce matériau désuet et répugnant qu'était le papier, surtout dans cet état. Ils montraient assez que personne n'avait l'intention de scruter ces documents de plus près. Altman sourit et eut la charité d'ajouter :

— Vous n'avez pas de temps à perdre à déchiffrer tout cela. Beaucoup de pièces sont en vieil anglobal ; d'autres sont pleines d'équations. Nous allons, si vous le voulez, demander à mon neveu, qui est un éminent historien, de vous présenter rapidement leur contenu.

Les têtes chenues se tournèrent vers Patrick et le dévisageaient sans aménité. Trop jeune, trop vigoureux, il faisait tache dans l'assemblée.

— Espérons qu'il est moins bavard que toi, grogna Gus Fowler.

Ignorant les quelques ricanements qui suivirent cette remarque, Patrick s'éclaircit la gorge et commença :

— Ces documents sont l'expression de tout ce qui fait la faiblesse et la vulnérabilité de Globalia.

Des rictus, sur plusieurs visages, montrèrent que les participants n'aimaient guère qu'on aborde ce sujet.

— Ils ne seront pas tous déchiffrés avant un ou deux jours. Mais l'analyse de la plus grosse partie montre déjà qu'ils recèlent trois sortes d'informations.

Un cartel noyé dans les moulures sonna le bref coup qui marquait la demi-heure, comme s'il ponctuait déjà l'énumération annoncée.

— La première, dit Patrick, est une liste d'installations sensibles. La destruction ciblée de ces lieux pourrait avoir d'immenses conséquences et paralyser durablement l'activité. Un exemple : tous les centres de régulation de l'énergie électrique, vous le savez sans doute, ont été regroupés. En s'attaquant à ce complexe, on produirait des pannes aussi bien à Los Angeles qu'à Pékin, à Paris comme à Moscou. Il y a là-dedans une description précise de nombreux objectifs de ce genre et certains, qui touchent au nucléaire ou à la chimie, sont particulièrement dangereux.

Les membres de la réunion avaient, par leur grand âge, connu des temps où l'écriture avait encore une signification et une valeur. Ces souvenirs, joints aux paroles de Patrick, décuplaient le dégoût et l'horreur que leur inspiraient ces paperasses empoisonnées.

— La deuxième sorte d'informations concerne les non-zones. Pas celles où évolue le Nouvel Ennemi. Celles-là sont situées dans les continents du sud et Globalia y est peu présente. En revanche, ici même, au sein des régions les mieux protégées, demeure toute une coulisse de lieux abandonnés où croupissent des gens dont Globalia prétend ignorer l'existence. De petits groupes, dans ces non-zones isolées, tentent de s'organiser. Les attentats, que certains attribuent bien à tort à la Protection sociale, sont en vérité fomentés par ces petites bandes criminelles qui s'infiltrent et font leurs mauvais coups. Ces documents contiennent beaucoup de précisions concernant ces groupes hostiles, les lieux où ils s'abritent et ceux qui les commandent.

Patrick toussa un peu et but une gorgée d'eau dans un verre en cristal taillé disposé devant sa place.

— Enfin, dernier groupe d'informations, ces documents livrent de longues listes de personnes qui, ici même, continuent de nourrir contre Globalia des sentiments hostiles. Beaucoup de jeunes, bien sûr, mais aussi des gens très âgés, à vrai dire toutes sortes de personnes qui rejettent les principes de Globalia et contestent qu'elle soit une société idéale.

— Je croyais, objecta Muniro, que la Protection sociale contrôlait tout. N'avais-tu pas, Ron, justifié comme cela ton projet : il n'y avait plus de véritable ennemi et il fallait en créer un de toutes pièces.

— C'est à la fois vrai et faux, intervint Altman. Il y a beaucoup de lacunes dans Globalia, des opposants et même des activistes. Mais aucune organisation d'envergure n'existe pour les fédérer. Or, il y a quelque chose de plus dangereux que le crime organisé. C'est le crime désorganisé.

— Ces documents, rebondit Patrick, s'ils étaient entrés en possession du Nouvel Ennemi, s'ils avaient pu être exploités par quelqu'un disposant d'assez d'espace, de liberté et de moyens pour organiser une véritable force d'opposition, auraient pu lui donner une redoutable capacité de nuisance. Grâce à eux se serait opérée la jonction entre les non-zones lointaines et celles qui sont enclavées dans Globalia. Le terrorisme aurait trouvé des relais parmi toute cette poussière d'opposants pour l'instant inoffensifs et surtout aurait disposé de cibles autrement plus dangereuses que les pauvres supermarchés qui sont de temps en temps visés.

Il termina et Altman se garda de reprendre la parole. Il laissait tremper l'assistance dans ce jus amer, pour qu'elle s'en imprégnât bien profondément. En effet, des mouvements de gêne — bruits de nez que l'on mouche, de postérieurs que l'on trémousse, de cols rajustés nerveusement — étaient perceptibles autour de la longue pièce.

Tout à coup, une grosse goutte de cire glissa d'une chandelle un peu penchée qui brûlait sur le lustre et s'étala sur la table. Les regards se fixèrent sur la tache rouge qui se figeait et ce message venu d'en haut sembla ramener les assistants à la conversation présente.

— Je ne comprends rien, s'écria Pat Wheeler. Vous nous parlez du danger de ces documents mais c'est vous-même, d'après ce que dit Muniro, qui avez voulu les faire passer au Nouvel Ennemi. Qu'est-ce que tout cela signifie ?

— Mes amis, nous arrivons à l'essentiel, dit Altman.

Très naturellement, sans aucun heurt ni bruit, il se leva et commença à déambuler autour de la table en se lissant la barbe.

— Je dois vous avouer qu'en effet, je ne vous ai pas dit la vérité.

Il caressait le dos des fauteuils en laissant traîner sa main d'un geste doux, presque amical. Son ton était celui d'un homme qui pense à haute voix. Un grand silence étonné se fit.

— Bien sûr, il est indispensable pour Globalia d'avoir un ennemi extérieur et il est vrai que nous en manquons. Cela dit, ce travail est du ressort de la Protection sociale, comme certains d'entre vous l'avaient bien vu. Alors, pourquoi nous investir nous-mêmes dans cette affaire ? Pourquoi, au mépris de toutes nos règles, ai-je insisté pour intervenir directement dans cette opération ? Parce qu'à travers Baïkal nous visions quelqu'un d'autre. Certes, le Nouvel Ennemi a rempli convenablement sa fonction. Grâce à lui, nous avons pu renforcer la peur et produire les effets favorables que j'énumérais tout à l'heure. Mais l'essentiel n'était pas là.

Muniro s'impatientait dans son fauteuil en tripotant ses bagues.

— La grande utilité de Baïkal, martela Ron Altman, a été de nous permettre de démasquer les menaces *intérieures*. Il nous a conduits, à son insu bien entendu, jusqu'à ceux qui, ici même, en Globalia, menacent le système et complotent contre lui.

Il arriva au niveau de Patrick, attrapa une liasse sur la table et dit en brandissant le dossier :

— La clef est là, dans ces documents que nous avons saisis au moment où ils allaient passer aux mains de Baïkal. Il a servi d'appât, en quelque sorte, et nous a permis de confondre les ennemis intérieurs, ceux qui tentaient de faire usage de ces informations contre Globalia.

Ce disant, il reposa les feuilles et, toujours méditant, revint à sa place et s'assit.

— Il y a longtemps que la Protection sociale a des soupçons concernant l'association Walden. On savait qu'elle était un repère d'opposants qui profitaient de l'abandon de la lecture et du papier pour échanger des informations dangereuses. Mais certains prétendaient que Walden était utile pour neutraliser ces forces hostiles, les rassembler autour de leurs grimoires, les stériliser. Moi, voyez-vous, je n'y ai jamais cru. J'ai toujours pensé qu'à la première occasion, ces gens-là trahiraient et qu'ils constituaient un danger mortel pour Globalia. Seulement, il fallait pouvoir le prouver.

Une attention religieuse entourait maintenant les paroles d'Altman.

— Alors, j'ai eu l'idée de cette petite provocation.

— La bombe, c'était vous ? s'écria Pat Wheeler.

— Nous n'aimons pas beaucoup ce genre d'action directe, vous le savez, mais quand c'est pour la bonne cause...

Altman sourit benoîtement et son air de chanoine suffit à lui donner l'absolution.

— Nous avons lancé le Nouvel Ennemi, reprit-il. Ce n'était pas le plus difficile. L'essentiel était de trouver quelqu'un qui fît le lien avec Walden. J'avais bien pensé à Patrick mais il aurait été démasqué tout de suite. Non, nous devions trouver une personne qui puisse donner parfaitement le change et endormir la méfiance. Pour cela, le mieux était encore de prendre quelqu'un qui ignorerait tout, jusqu'au bout, de l'opération. Après des mois de recherches, un de mes amis, Stuypers, le rédacteur en chef de l'*Universal Herald* m'a mis sur la piste d'un de ses jeunes stagiaires, un certain Puig Pujols, qui n'avait pas encore fait parler de lui. J'ai longuement étudié son dossier et je suis arrivé à la conclusion qu'il était bien l'homme qu'il nous fallait. Tout pouvait commencer.

Altman connaissait le peu de résistance de son auditoire. Il résuma l'affaire à grands traits.

— Quand les gens de Walden, après quelques réticences, ont compris qu'ils pouvaient, par lui, avoir accès au Nouvel Ennemi dont ils entendaient parler par les écrans, ils sont sortis du bois. Ils ont préparé ces documents mais ce n'était pas encore suffisant. Nous voulions les suivre jusqu'au bout, pour être bien certains qu'ils étaient destinés au Nouvel Ennemi, pour qu'il ne subsiste aucun doute sur leurs intentions hostiles. Voilà pourquoi Patrick a envoyé un hélicoptère cueillir ces documents au tout dernier moment, juste avant qu'ils ne passent en de mauvaises mains. Puisque Tertullien est détenu par la Protection sociale, il pourra vous le confirmer.

— Extraordinaire ! s'exclama Gus. Du grand boulot !

Mais Muniro, qui pendant ce récit avait sorti trois fois son peigne, ne s'avouait pas tout à fait vaincu.

— Pourquoi ne nous avez-vous pas présenté ce projet dès le début ? Nous aurions certainement accepté et la Protection sociale se serait chargée de l'exécuter.

— Ta remarque est d'une extrême pertinence, dit Altman. Il aurait été bien préférable que je vous dise la vérité tout de suite. Malheureusement, je ne le pouvais pas.

— Et pourquoi cela ?

— Pour la raison toute simple qu'il s'agissait de démasquer…

Altman ménagea son effet en prenant une longue inspiration. Il ferma les yeux, fit quelques mouvements de rotation avec le cou comme s'il prévenait un engourdissement.

— ... l'un d'entre nous.

Une exclamation indignée sortit de toutes les bouches.

Alors, tout en gardant sur les lèvres un fin sourire, Altman se tourna tout entier vers l'extrémité droite de la table, où se tenait assis, pâle et très droit, le retardataire qu'il avait présenté à Patrick comme l'héritier du groupe d'armement KHATRA.

— Il y a longtemps, mon cher Paul, lança Altman, que certains d'entre nous connaissent ta passion pour les vieux livres et le papier. Cela n'a rien d'extraordinaire. Pour la plupart nous occupons notre temps avec des hobbies de ce genre et il y a plusieurs collectionneurs d'objets d'art autour de cette table.

Avec sa chasuble grise et ses vieilles lunettes, l'homme qu'Altman avait interpellé suscitait un certain dégoût chez les autres participants. Ils évitaient de le regarder tant il les démoralisait et là, contraints de se tourner vers lui, ils le dévisageaient avec une visible répugnance.

— Vous ne le savez peut-être pas tous, reprit Altman, mais notre ami Paul Wise a fondé il y a bien longtemps une association de lecture qui a monté des succursales dans tout Globalia. N'est-ce pas, Paul ?

Wise eut un pâle sourire et un geste de la tête pour confirmer.

— Cette association s'appelle Walden, lâcha Altman.

Un silence glacial accueillit cette révélation.

— Voilà pourquoi, malgré ses soupçons, la Protection sociale ne pouvait rien faire. L'un d'entre nous protégeait ces activités. Or, la règle de notre compagnie est que nous sommes seuls à pouvoir régler entre nous nos affaires.

Toute l'assemblée continuait à dévisager Paul Wise. Le désagrément se muait en désapprobation et en colère.

— Est-ce que cela est vrai ? demanda Muniro sans bouger un cil.

— Oui, dit Paul Wise.

Le silence épaississait et l'air immobile au-dessus du plateau brillant de la table était traversé de vibrants rayons de haine. Seule Pat Wheeler, toujours pleine de compassion et qui avait toujours eu une particulière tendresse pour Wise, tenta de s'insurger.

— Paul ? s'écria-t-elle. C'est impossible, voyons.

Puis, regardant les autres qui lui jetaient des coups d'œil mauvais, elle ajouta :

— Vous le savez bien, tous, qu'il n'a pas pu faire une chose pareille.

L'émoi sincère de Pat Wheeler, loin de retourner les esprits, alourdissait l'atmosphère et augmentait la gêne. Paul Wise lui adressa un regard plein de gratitude puis il se retourna vers l'assistance.

— Merci Pat, prononça-t-il lentement.

On sentait qu'il n'était pas accoutumé à s'exprimer devant un aussi large public. Sa voix était sourde et il parlait sur le ton feutré de la conversation.

Des interjections « Que dit-il ? » « Plus fort ! » partirent de divers coins de la table et ce dérangement sembla le réveiller d'un coup. Il ôta ses lunettes, les fourra dans sa poche et posant les deux mains sur le plateau de chêne, il fit un visible effort pour hausser le ton.

— La plupart d'entre vous, déclara-t-il d'une voix lasse, étaient des amis de mes parents.

Cette phrase inutile et même saugrenue eut le don d'irriter tout le monde : elle venait rappeler que malgré son grand âge, d'autant plus apparent qu'il s'accompagnait d'une scandaleuse négligence vestimentaire, Wise était plus jeune que les autres.

— Vous deviez beaucoup apprécier mon père, sa dureté de créateur d'empire, lui qui avait bâti sa fortune à partir de rien.

Wise fixait l'espace de ses yeux dont on ne savait s'ils voyaient trop loin ou trop près. À l'évidence, il ne considérait pas ceux qu'il avait devant lui mais plutôt quelque point imaginaire qui n'existait sans doute que dans ses rêves.

— En même temps, poursuivit-il sur le même ton monotone, c'était un idéaliste comme vous tous. Vous partagiez sans doute ses rêves quand vous avez créé Globalia : fonder une démocratie que l'Histoire épargnerait ; libérer les hommes de l'éternelle récurrence de leurs utopies et de leurs crimes ; en finir une fois pour toutes avec cette géographie meurtrière des peuples et de leur bout de terre. Oui, oui...

Pétrifiés, tous les assistants étaient en même temps saisis par la même pensée : en effet, ils ne connaissaient pas Paul Wise. Quatre paroles échangées à chaque rencontre, très poliment, un regard caché par de gros verres, une présence lointaine, c'était tout ce qu'ils avaient jamais exigé de lui.

Cependant, Wise avait remis ses lunettes et fixait Altman.

— Oui, fit-il à son attention, j'ai fondé Walden. Il y a bien longtemps, mais cela me paraît encore si proche... J'avais dix ans. Et j'étais un enfant solitaire. Est-ce qu'il faut que je vous raconte tout cela ?

Il haussa les épaules et semblait considérer que plus rien n'avait vraiment d'importance.

— Mes parents ont toujours refusé de m'offrir une bête pour me tenir compagnie et moi, j'en avais tellement envie.

Alec Himes, comme s'il exprimait la gêne de toute l'assistance, émit une sorte de toussotement. Mais Wise était apparemment au-delà de ce genre de rappel à l'ordre.

— Un jour, j'ai trouvé un livre par terre dans la rue. Les passants lui avaient donné des coups de pied. Il était tout ébouriffé et je l'ai recueilli comme un chat perdu. C'est ainsi que j'ai débuté ma collection : comme on ouvre un pensionnat pour les animaux abandonnés.

— Si tu espères nous attendrir avec tes histoires de bêtes…, intervint Laurie.

Wise n'eut même pas un regard dans sa direction. Il plissa juste un peu les yeux, comme un lecteur qu'incommoderait le bruit d'une machine.

— Mes parents sont morts très âgés et quand j'ai hérité de leur immense fortune, j'ai mis à profit les moyens qu'elle me donnait pour développer Walden et surtout protéger l'association. Je me suis vite rendu compte que c'était le seul espace où j'avais un pouvoir réel. L'empire que m'avait légué mon père fonctionne tout seul et ne me donne qu'un seul droit : celui de m'enrichir. Tout a été prévu pour que je ne puisse rien décider, rien changer. Je crois qu'il en va de même pour chacun d'entre vous ici.

Un murmure d'indignation parcourut l'assistance sans que personne n'osât rien dire. Après tout, Wise ne faisait qu'exprimer la réalité et quiconque la contesterait serait immédiatement ridicule. Pourtant, Gus Fowler décida de ne pas laisser cette vérité impunie et objecta méchamment :

— Et pourquoi voudrais-tu changer ? Si tout va comme il faut…

Avec un geste machinal, Wise se pinça le nez entre les yeux, comme pour repousser l'assaut d'une migraine.

— Je crois que mes parents ont vécu trop longtemps, dit-il. Quand ils ont disparu, le mal était déjà fait. J'avais pris l'habitude d'ouvrir les yeux, de me promener à pied dans de vraies rues, de manger dans de vrais bistrots et surtout de parler aux gens. Quand je suis arrivé parmi vous, pour reprendre la place de mon père, je me suis demandé dans quel monde vous viviez. Il ne me paraissait pas possible que vous ignoriez ce que Globalia avait fait de l'être humain.

— Tu préfères peut-être les sauvages des non-zones ? s'indigna Muniro sans quitter son air glacial. Cela te ferait plaisir qu'ils viennent nous égorger ?

— Plus je vous voyais, poursuivit Wise, plus je me disais que Walden était le dernier refuge de ceux qui ne se résignent pas, de ceux qui pensent qu'il faut rendre l'Histoire aux hommes.

— Des mots ! Des mots ! glapit Gus. La vérité, c'est que tu es devenu un ennemi.

— Non, précisa Paul Wise avec un pâle sourire. Un adversaire. C'est autre chose. Ron m'a expliqué un jour la différence. L'ennemi, c'est celui qui vous hait et veut vous détruire. L'adversaire, c'est celui qui vous aime et veut vous transformer. « Les démocraties cultivent leurs ennemis ; elles liquident leurs adversaires. » C'était une de tes phrases favorites, n'est-ce pas, Ron ?

Altman, depuis le début de cette confession, restait en retrait assis dans son fauteuil et se lissait la barbe sans trahir la moindre expression. Il se contenta d'incliner légèrement la tête, en manière d'approbation.

— Le jour où tu m'as dit cela, poursuivit Wise, j'ai eu un instant de doute et je me suis demandé si tu n'aurais pas découvert quelque chose. Pendant les deux mois suivants, toutes les activités de Walden sont restées en sommeil. Et puis rien ne s'est passé et je me suis dit que j'avais eu tort. C'était il y a plus de dix ans. En fait, je n'avais pas tort, n'est-ce pas ?

Altman cligna lentement des yeux et cette mimique énigmatique pouvait tout signifier. Gus Fowler, dont le regard allait de l'un à l'autre pour guetter leurs moindres réactions, ne douta pas qu'Altman eût acquiescé et il bondit :

— Si tu savais depuis dix ans, Ron, pourquoi ne nous as-tu pas avertis plus tôt ? Tu as laissé ce type saper le système. À cause de toi, tout aurait pu péter, nom de Dieu !

Des remarques indignées fusaient maintenant de partout et si Paul Wise n'avait pas pris la précaution de se tenir en retrait, ses voisins les plus proches n'auraient peut-être pas hésité à le gifler.

Altman, devant ce tohu-bohu, se décida à intervenir :

— Mon cher Gus, nous sommes en démocratie et les opinions y sont libres. Nous ne pouvons pas en vouloir à Paul de penser ce qu'il pense. La seule limite, en effet, est qu'on ne peut pas remettre en cause le système qui nous accorde une telle liberté.

Lui qui, au début de la réunion, était accusé et presque condamné apparaissait maintenant comme le sauveur. Il n'était personne autour de la table qui ne fût prêt à s'en remettre corps et âme à son jugement.

— Cependant, nous ne pouvons faire le procès des intentions mais seulement celui des actes.

— Eh bien, trancha Muniro, il est passé à l'acte et nous pouvons le condamner.

— Attention, prévint solennellement Altman. Nous sommes les garants suprêmes, ne l'oublions jamais. C'est ainsi que nous nous sommes institués quand Globalia est sortie du néant. Entre nous, vous le savez, il ne peut pas y avoir de sanction, pas plus qu'il ne saurait y avoir de lutte, ni d'expulsion, ni de démission. Tout se fait dans le strict respect de la volonté générale, et Paul n'a évidemment aucune intention de s'y soustraire, n'est-ce pas ?

Wise haussa les épaules.

— Je ne crois pas me tromper, résuma sentencieusement Altman, en constatant qu'à l'unanimité nous exprimons notre désaccord avec les pratiques de l'association Walden.

— Ah ! oui, firent en chœur plusieurs voix.

— En conséquence, plusieurs décisions s'imposent et je suis sûr que Paul les respectera. Dès demain, d'abord, nous allons faire le nécessaire pour dissoudre cette association, déceler ses moindres ramifications et les détruire méthodiquement jusqu'à la dernière.

Patrick admirait l'aisance de son oncle qui se gardait de marquer son triomphe et parlait d'une voix égale comme un médecin commente son ordonnance.

— Toutes ses archives seront répertoriées. Je dis bien toutes. Elles seront désormais à la garde du département historique dont mon neveu a la charge.

Patrick n'eut pas le cœur de regarder Wise car, depuis quelques instants déjà, il avait cru remarquer qu'il avait les larmes aux yeux.

— Nous ferons savoir à la Protection sociale que rien ne s'oppose plus à la neutralisation de tous les suspects qui fréquentaient Walden. Les documents que nous avons saisis nous y aideront mais je suis sûr que nous en découvrirons beaucoup d'autres. Ce serait dommage de laisser des gens aussi dangereux dans la nature. Heureusement, la Protection sociale sait faire ce genre de choses. Des carrières seront accélérées, des gens disparaîtront, des installations seront visitées à l'aube, sans tapage. Tout sera réglé sans bruit. Personne n'en saura rien.

Wise était prostré sur sa chaise et son visage portait la marque d'un tel bouleversement que les plus enragés finirent par s'apitoyer. Ce fut peut-être cette pitié qui provoqua de sa part une réaction et lui donna l'impulsion pour se mettre en mouvement.

— Tu as gagné, Ron, dit-il en dévisageant Altman.

Puis il écarta bruyamment son fauteuil et fit quelques pas pour s'éloigner de la table.

— Grand bien t'en fasse, jeta-t-il comme une malédiction.

Il fit quelques pas, porta un long regard circulaire sur tous les participants qui baissaient la tête.

— Quant à vous autres, lança-t-il, je ne vous en veux pas…

Lentement, il traversa la salle dans toute sa longueur. Avant de sortir, il s'appuya un instant à la large moulure dorée du chambranle. Et d'une voix brisée, il ajouta :

— Parce que vous êtes déjà morts.

Dix minutes plus tard, au grand soulagement de tous les convives, le dîner était servi.

ÉPILOGUE

Il fallait vraiment que Glenn fût en forme pour avoir résisté à la journée de la veille. Il avait dû manœuvrer habilement pour soutenir son chef sans prendre les mêmes risques que lui. Et ce matin, tandis qu'il retournait à la Protection sociale après avoir pris un peu de repos, il était heureux, étonné et fier comme un homme qui se réveille vivant dans les décombres d'une explosion.

Tout était allé incroyablement vite. L'avant-veille, une fois Tertullien récupéré et interrogé, Sisoes avait pris un mystérieux rendez-vous avec « le seul homme qui puisse arrêter ce qui est en train de se passer », avait-il dit à Glenn. Cela voulait dire « le seul homme capable de s'opposer à Altman », mais ce mot n'avait pas été prononcé, pas plus que celui de Muniro. C'était pourtant devant son immense domaine situé à Miami Beach, que Glenn avait déposé le général et c'était là qu'il l'avait récupéré deux heures plus tard.

Ensuite, il y avait eu la longue attente et enfin, au petit matin, les ordres terribles.

Sisoes avait joué et perdu. Glenn retiendrait la leçon. Son intuition était la bonne : franchir la ligne invisible au-delà de laquelle se trouvaient des hommes comme Altman était une faute mortelle.

Même s'il l'avait fait pour la bonne cause, Sisoes récoltait la sanction maximale : carrière fortement accélérée. Il devait être effondré.

Mais Glenn n'avait pas le temps de s'en préoccuper. Sa nomination au poste du général l'avait d'autant plus bouleversé qu'il s'était imaginé, lui aussi, précipité dans les enfers avec son ancien supérieur.

Il fallait qu'il fût rudement constitué pour encaisser de telles montagnes russes. Et dire qu'il n'avait pas fait de jogging depuis deux jours...

Déjà informés de la nouvelle, tous les chefs de service venaient à sa rencontre dans les couloirs et lui serraient chaleureusement la main. Il se composa à la hâte un nouveau personnage un peu distant et hautain pour se laisser les coudées plus franches par la suite. Si ces crétins s'imaginaient pouvoir l'amadouer. Non, il allait être redoutable.

En attendant, il avait une masse de décisions urgentes à prendre. La fermeture de Walden devait être faite sous son contrôle. Patrick allait lui transmettre une liste de suspects à neutraliser d'urgence, de sites menacés, de groupes activistes à démanteler. Et puis, il y avait cette affaire du Nouvel Ennemi qu'il fallait conclure sans trop de casse. Pauvre Sisoes ! Il aurait été heureux d'apprendre que la Protection sociale se voyait de nouveau chargée de l'identification de la menace, comme par le passé. Glenn, quand il était à la tête du BIM, avait dans ses cartons deux ou trois projets d'ennemi qui, ma foi, tenaient la route et feraient bien l'affaire.

L'urgence était cependant d'en finir avec le montage d'Altman puisque apparemment c'était ce que Sisoes avait obtenu — mais au prix de sa propre carrière.

Sitôt installé dans son nouveau bureau, on annonça à Glenn que la téléconférence était prête. Il n'eut même pas le temps de savourer le plaisir d'être assis dans ce fauteuil si convoité et si improbable. Sisoes aurait dû l'occuper encore pendant plusieurs décennies.

Déjà, les chefs de service concernés l'avaient rejoint et se disposaient autour de la table de conférence.

Glenn se plaça au centre et tâcha de ne marquer aucune émotion sur son visage.

— Vous avez le contact avec notre agent ? demanda-t-il à Velasco, l'éternel adjoint qu'il faudrait bien mettre à la porte un jour ou l'autre.

— Les transmissions avec les non-zones ne sont jamais fameuses, dit celui-ci. Nous avons encore quelques problèmes.

Glenn pianota sur la table avec humeur. Enfin, le grand écran central s'alluma et le visage de Howard apparut en gros plan. Il était mal cadré et sur toute une moitié de l'image, on voyait une carcasse métallique et des ronces.

— Tourne la caméra un peu plus vers la droite, dit une voix de régie.

— Vous croyez que c'est facile, grommela Howard.

On le vit avancer le bras et l'image bougea. Il se filmait certainement lui-même et le multicapteur qu'il utilisait devait être posé devant lui sur un support quelconque. Enfin, il apparut plein cadre.

— Nous pouvons commencer ? fit Glenn. Vous m'entendez, Howard ?

— Oui.

— Bien, alors comment cela se passe-t-il chez vous ?

— Pas très bien.

— Soyez précis, coupa Glenn, désireux d'imposer dès le début un nouveau style, plus concis et direct.

— D'abord, j'ai failli me faire piéger pendant l'assaut sur la ville de Tertullien.

— Par qui ?

— Un type qui s'appelait Fraiseur, le traîne-savate qui suivait Baïkal partout. Il avait dû m'observer les jours d'avant. Vers la fin de la nuit, je suis allé déterrer le multifonction pour vous envoyer un message et il m'est tombé dessus à ce moment-là. J'ai été obligé de l'abattre.

— Baïkal l'a su ?

— J'ai fait une petite mise en scène et il a eu l'air de me croire.

— Ensuite.

— Ensuite, cela s'est encore gâté. Enfin, pour vos projets. Après l'assaut, on a réuni les chefs de la Cohorte. Il fallait bien décider ce qu'on allait faire.

— Baïkal y était.

— Bien sûr, avec son amie. D'ailleurs, tous les autres s'en sont remis à lui. Ils voulaient connaître ses plans pour la suite.

— Qu'a-t-il dit ? Allez au fait, Howard. Résumez.

— C'est bien difficile à résumer. Il a tourné cela de tous les côtés mais on sentait qu'il n'était pas très chaud et qu'il n'avait aucune idée sur la façon de s'y prendre.

— Et les documents qui sont arrivés avec la fille ?

Glenn n'avait reçu aucune indication sur ce point et il était fondé à penser que Baïkal était toujours en possession de documents dangereux.

— J'y viens. Figurez-vous qu'au milieu de la réunion, Puig — qui soit dit en passant file le parfait amour avec ma prétendue sœur qui n'est pas ma sœur…

— Inutile de vous étendre là-dessus : nous connaissons les détails de votre couverture.

— Bon, enfin, ce Puig, donc, bondit au milieu du débat et annonce qu'il est porteur d'informations essentielles qui vont changer la face de notre combat.

— Nous y sommes.

— Sur quoi, il saisit une malle qu'il traîne avec lui depuis son arrivée et qu'il a retrouvée chez les mafieux.

Tertullien avait en effet révélé que le pilote de l'hélicoptère envoyé par Patrick s'était fait remettre la malle, avait subtilisé les documents qu'elle contenait et l'avait rendue après les avoir remplacés par d'autres papiers.

— Il ouvre la malle, continua Howard. Tout le monde retient son souffle. Et là, on le voit qui s'affole. Il fouille les documents, hurle de rage en criant : « Qui a pu... ? Qui a pu... ? » Pour finir, il jette tout par terre et s'en va. Nous nous approchons pour voir de quoi il s'agit. Le temps de rassembler les feuillets en désordre et de les classer un peu...

— Bref, bref, Howard.

— Bon, enfin, c'est la copie d'un vieux bouquin sans intérêt.

Glenn échangea un regard incrédule avec Velasco.

— C'est tout ? demanda-t-il.

— Oui, c'est tout. On a regardé les feuilles une par une : pas de message codé, pas de document intercalé. Rien. Alors, vous ne pouvez pas imaginer la pagaille. Vous savez comment sont les Déchus. Toujours prêts à se bagarrer. La moitié s'est mise à ricaner en disant que tout cela n'était pas sérieux, que ce Baïkal n'avait rien à proposer, qu'on ne savait pas, finalement, si ce n'était pas un provocateur. Il y en a d'autres qui ont pris sa défense. Moi, j'ai essayé de calmer tout le monde, de dire que rien n'était perdu, etc.

— Et finalement ?

— Finalement, Baïkal s'est levé, il a pris son amie par la main et ils sont sortis à leur tour en disant qu'ils n'avaient plus rien à faire là.

— Très bien, dit Glenn d'une voix satisfaite.

— C'est tout l'effet que cela vous fait ? Notre programme tombe à l'eau. Le Nouvel Ennemi se retrouve tout seul et vous trouvez cela très bien ?

— La situation a évolué, entre-temps. Nous sommes en train de mettre sur pied de nouvelles menaces. Baïkal n'est plus prioritaire pour nous.

— Vous auriez pu me le dire avant. Ce n'était pas la peine que je prenne autant de risques pour essayer de sauver l'affaire.

— Un agent obéit, un point c'est tout ! lâcha Glenn sur un ton sec.

Décidément Sisoes avait un peu trop laissé la bride sur le cou à tous ces types. C'était toujours pareil avec ces agents infiltrés : ils finissaient par se croire indispensables et prenaient un ton beaucoup trop libre.

— J'obéis, j'obéis, gémit Howard. Mais en attendant, j'aimerais bien qu'on me sorte de là. C'est une mission dure, vous savez. Je commence à en avoir ma claque de ces Déchus.

— Attendez les ordres ! glapit Glenn. On a eu assez de mal comme cela à vous arranger une couverture. Cela prend des années d'introduire quelqu'un à ces niveaux-là et on ne pourra pas faire deux fois le coup du frère perdu qui retrouve sa prétendue sœur dix-huit ans après.

— Bien compris, grogna Howard en tordant le nez. Bon, qu'est-ce que je dois faire maintenant ? Tout le monde est en train de se disperser. Avec qui est-ce que je vais ?

— Où est Baïkal ?

— Il est parti avec sa copine enterrer cet autre gars que j'ai descendu, ce Fraiseur.

— Il est parti comment ?

— Sur une charrette.

— Direction ?

— Sud-est.

— Vous l'avez sur la veille satellitaire ? demanda Glenn à Velasco.

— Deux chevaux, deux passagers et une espèce de caisse derrière, précisa Howard. La caisse, c'est le cercueil.

Velasco interrogea un service sur un canal intérieur.

— Ils cherchent, fit-il.

— Bon, conclut Glenn, on s'occupe de Baïkal. Vous n'avez qu'à rentrer chez votre sœur et surveiller un peu ce Puig.

— Amoureux comme il est, il doit être inoffensif.

— Pour l'instant, argumenta Glenn qui entendait montrer à tous son intuition. Mais à mon avis, ils ne vont pas tarder à se monter le bourrichon tous les deux et à repartir en campagne.

— Cela ne va jamais bien loin, avec ces bavards de Déchus.

Il n'était pas question de se lancer dans une discussion de café du commerce avec ce subalterne. Glenn décida de rompre là.

— Bonne chance, Howard, prononça-t-il pour signifier la fin de la conversation. Et tenez-nous au courant si cela bouge.

Glenn pressa une commande et la transmission s'interrompit.

— La veille satellitaire a repéré la charrette avec le cercueil, prévint Velasco.

— Parfait. Ne le perdez pas de vue. Je veux être sûr qu'ils vont bien disparaître à jamais dans les Régions inaccessibles.

Tout marchait à merveille. Glenn avisa Pénélope, du service politique, qui venait de prendre place à la table et, en bombant un peu le torse, il lui fit un grand sourire.

— Bon vent, cher Baïkal, lâcha-t-il joyeusement.

C'était cela aussi un chef : quelqu'un qui savait laisser une place à la bonne humeur.

*

C'était, en Globalia, le jour de la fête des Enfants. Nul ne savait comment s'y prenaient les organisateurs pour en trouver tellement. Le miracle, pourtant, se renouvelait chaque année. Ils venaient pour la plupart de régions lointaines où la fécondité n'était pas encore totalement contrôlée. D'autres faisaient le chemin pour la journée depuis Anchorage ou des autres orphelinats centraux (on en comptait un pour l'Europe, caché dans les bois de Carélie ; deux en Afrique, aux confins du désert tchadien et dans la région des Grands Lacs ; trois en Asie, dont l'emplacement restait secret). L'essentiel était que toutes les zones sécurisées, pour la durée de la fête, pussent avoir chacune leur enfant.

Ce matin-là, sous l'immense bulle de verre qui couvrait Shanghai, un de ces joyeux cortèges descendait la rue principale de l'ancienne concession. Un gamin de six ans environ marchait sous un dais que portaient fièrement quatre hommes de grand avenir. Il était habillé — on aurait dû dire déguisé — de pièces de vêtements hétéroclites, cousues et brodées pendant des semaines en vue de la fête par des femmes regroupées en atelier de couture. Tout un programme avait été préparé qui faisait suivre à l'enfant, roi du jour, un parcours compliqué pendant lequel il recevait des honneurs bruyants et force caresses grimaçantes. Largement sponsorisée par de grandes marques de cosmétiques, d'aliments diététiques et de salles de sport-santé — au premier rang desquelles figurait, bien sûr, le réseau « Éternelle jeunesse » —, la cérémonie était l'occasion de mettre en scène, sous forme de séquences publicitaires filmées ou même de tableaux vivants réalisés par des volontaires enthousiastes, les valeurs de la jeunesse. Elles n'étaient évidemment pas représentées telles quelles, dans l'horrible sauvagerie de l'enfance ordinaire, mais plutôt reconstituées, sous une forme cultivée et civilisée, par des personnes fort avancées en âge. L'enfance devenait non plus un état transitoire, une condition révolue que les adultes auraient été réduits à pleurer leur vie durant, mais au contraire un idéal, une forme supérieure et tardive d'accomplissement que de longs efforts permettaient à tous d'atteindre.

Si bien que la présence de l'enfant promené en procession dans les rues avait moins valeur d'exemple que de contraste. À mesure que la journée avançait, que la fatigue et le mécontentement le gagnaient, le gamin se mettait à faire la grimace, à geindre, à pleurer, à traîner les pieds. Il devenait évident pour tous qu'il était le plus mal placé pour incarner les valeurs dont on l'affirmait porteur. Autour de lui, les infatigables et souriants centenaires qui battaient des mains prouvaient qu'ils étaient bel et bien les véritables dépositaires des qualités de la jeunesse. À la fin de la soirée, nul ne se retenait plus de donner des taloches au mioche en larmes. On le réexpédiait promptement vers son orphelinat ou ses glauques origines. La fête prenait fin tard dans la nuit dans une débauche de gaieté que sa geignante présence ne menaçait plus.

Mais ce jour-là, il n'était encore que trois heures de l'après-midi. L'enfant dévolu à la zone protégée de Shanghai arborait toujours un sourire timide au milieu des tambourins et des nonagénaires qui dansaient à demi nus autour de lui. Le petit héros était coiffé d'un bonnet laborieusement cousu auquel pendaient deux grelots de cuivre. Patrick croisa son regard quand le cortège passa devant le café dans lequel il était attablé.

— Pauvre gosse, pensa-t-il.

Il fallait vraiment qu'il y fût contraint pour que Patrick assistât à un tel spectacle. Il se mit à méditer sur cette contradiction : il n'y avait pas de plus sincère défenseur de Globalia que lui, et pourtant la plupart des usages de ce monde lui étaient insupportables.

La climatisation, pour d'obscures raisons locales, était réglée sur une température assez basse. Patrick, arrivé le matin même de Los Angeles, frissonnait. La régulation textile de ses vêtements permettait aisément de compenser la différence de température. Le froid que ressentait Patrick était de nature plus psychologique que physique. Avec sa chemise à fleurs, son allure de play-boy californien, il se sentait déplacé dans cette foule. La convocation d'Altman, outre son caractère énigmatique et fantasque — il y était habitué — lui laissait pressentir l'annonce d'une nouvelle importante, décisive peut-être pour lui. Toujours, lorsqu'il allait franchir une étape de sa vie, Patrick devenait d'humeur mélancolique.

La foule qui descendait la rue était compacte. Cette fête avait toujours un grand succès. À la différence de beaucoup d'autres — à l'exception peut-être de celle de la Pluie —, elle éveillait en chaque Globalien un écho affectif puissant et personnel.

Patrick observait les visages des processionnaires. Pour la plupart, ils étaient horribles à voir. On y lisait l'avidité matérielle, une forme répugnante de contentement de soi mais surtout la tension douloureuse d'un manque fondamental. Le système globalien creusait chez ceux qui lui étaient livrés un trou béant : celui d'un permanent désir, d'une insatisfaction abyssale, capable d'engouffrer, sans en être jamais comblé, toutes les productions que la machine commerciale pouvait proposer. Ce qui restait dans ces regards c'était le pur vestige, à un haut degré de concentration, d'une barbarie domestiquée, rendue inoffensive par sa soumission à l'ordre marchand. Globalia avait en quelque sorte retourné l'horreur contre tous. Ceux qui, en d'autres temps, eussent été tortionnaires, inquisiteurs ou geôliers ne tourmentaient plus qu'eux-mêmes, grâce au seul instrument d'un désir enflé à l'extrême, qui les écrasait. C'était là sans doute le meilleur des mondes possibles.

« À condition de ne pas y vivre », ajoutait intérieurement Patrick, en avalant son café neutralisé, eau noire et fade d'où toute substance toxique avait été retirée.

Depuis quelques instants déjà, il percevait un son qui tranchait sur les youyous et les fifres. À mesure que le bruit approchait, il prenait une tonalité de cuivre et finalement Patrick comprit : c'était un klaxon.

La rue était interdite à la circulation et la foule l'occupait tout entière. Cependant, au bout de quelques instants, une calandre chromée émergea du milieu des marcheurs qui s'écartaient pour lui laisser place. Enfin une Rolls-Royce apparut, énorme au milieu des piétons. Le chauffeur la gara le long du café et la portière arrière s'ouvrit sur un Ron Altman rayonnant qui vint s'asseoir à la table de Patrick.

Il était méconnaissable.

D'abord, il avait rasé sa barbe grise et coupé ses cheveux. Sans ces ombrages, ses traits étaient plus nets et le mystère habituel de son visage faisait place à une troublante certitude : sa bouche aux lèvres fines dessinait un sourire pointu ; ses petits yeux clignaient et lui donnaient un visage de dauphin. Plus étonnant encore était son accoutrement : il avait ôté son éternel pardessus et le costume qu'il dissimulait. Il portait — Patrick n'en croyait pas ses yeux — une combinaison thermomoulée à la dernière mode. L'ampleur de ses vêtements habituels donnait auparavant l'impression qu'il flottait dedans et faisait supposer que sous ces replis de tissu son corps était malingre et ses membres grêles. Or, la précision anatomique de sa nouvelle tenue révélait au contraire un torse musculeux et des bras de dimensions tout à fait convenables. Seuls ses mollets, minces comme des baguettes, étaient conformes à ce qu'on avait pu imaginer de lui.

Il prit place, tout sourires, à la table de Patrick.

— Ne fais pas cette tête-là ! On dirait que tu ne m'as jamais vu.

— Si. Justement.

— Tu avais sans doute oublié que j'ai été champion de boxe anglaise, à l'époque où ce sport était autorisé en compétition.

En disant cela, Altman faisait saillir un biceps encore raisonnablement arrondi.

— Non, je ne l'ai pas oublié, bredouilla Patrick qui décidément ne pouvait tout à fait s'y faire. Mais c'est surtout votre tenue...

— Quoi, ma tenue ? Regarde autour de nous, n'est-ce pas celle de tout le monde ? Et toi, que portes-tu là ?

— En effet, convint Patrick. Mais vous...

Altman ricana et commanda une bière. Il ajouta « sans alcool », ce qui était désormais un pléonasme et indiquait qu'il avait connu la lointaine époque où les lieux publics pouvaient encore servir des boissons fortes.

— Tu es un garçon cultivé, dit-il à Patrick. Tu as entendu parler du sultan Haroun al-Rachid qui se déguisait la nuit pour courir dans Bagdad et entendre ce que disaient ses sujets ?

Patrick confirma d'un hochement de tête.

— Qui te dit que je n'ai pas depuis longtemps adopté la même méthode ?

— Vous courez les zones sécurisées déguisé en Globalien ?

— En tout cas, j'en suis capable.

Altman trinqua en riant et Patrick se dit qu'il valait mieux cesser de regarder son oncle, afin de s'accoutumer peu à peu à sa nouvelle apparence. Mais à peine avait-il repris un peu de sérénité qu'Altman le jetait dans un autre trouble.

— J'ai décidé, Patrick, que tu allais reprendre mes affaires.

— Mais, mon oncle...

— Tu t'en es montré tout à fait capable. Sincèrement, pendant toute cette histoire tu as été admirable.

— Mais vous...

— Moi, j'ai besoin de repos. Je suis vieux, tu comprends ?

— C'est une plaisanterie, allons. Vous n'avez plus d'âge. Et vous êtes en pleine forme.

Comme pour faire écho à cette conversation, deux femmes portant des tenues marquées du logo « Éternelle jeunesse » passèrent en brandissant une banderole où était inscrit le nouveau slogan publicitaire du groupe : « Vivre vieux et mourir jeune. »

— Ne cherche pas à discuter avec moi, trancha Altman. Ma décision est prise. J'ai besoin de changer d'air et de vie. Cela ne sera jamais que ma septième, comme les chats.

Altman posa la main sur l'épaule de Patrick et sourit avec sa maigre bouche.

— Tout est à toi, prononça-t-il.

Patrick se redressa et voulut parler mais Altman l'arrêta d'un geste.

— Tu te mettras facilement au courant des affaires. J'avais des fondés de pouvoir : ils te donneront une idée de ce que tu as. Une idée, pas plus. Car, tu verras, tout tourne absolument seul. Wise avait raison sur ce point.

Un groupe de promeneurs, sortis de la procession à la gloire de l'enfant roi, vint s'asseoir bruyamment aux tables voisines.

— Allons faire quelques pas, veux-tu ? décida Ron Altman.

Ils se levèrent. Marcher côte à côte avec ce petit homme accoutré à la mode fluo était encore plus troublant pour Patrick que de rester assis en face de lui.

— Garde-toi bien de prendre la moindre décision concernant nos affaires, c'est-à-dire les tiennes maintenant : tu te rendrais vite compte qu'elles t'échappent complètement. C'est une expérience assez amère, crois-moi.

Ils rejoignirent les quais de l'ancienne concession et entreprirent de suivre les berges du fleuve. Cette zone sécurisée chinoise était une des plus anciennes. La verrière qui la protégeait n'était pas aussi transparente et discrète que celles qu'on construisait désormais. Elle prenait appui sur la rive opposée si bien que le fleuve ressemblait à une piscine à remous. Sa fraîcheur était annulée par la chaleur du rayonnement solaire sous les panneaux vitrés qui faisaient serre.

— Tu me remplaceras dans ce groupe de vieux jetons et je te souhaite bien du courage. Enfin, après l'affaire d'aujourd'hui, je crois que vous êtes tranquilles pour un moment. Reste vigilant tout de même.

Ils étaient arrivés près d'un arbre chargé de grosses fleurs. Des pétales, tombés à terre, formaient une flaque rose à son pied. Ils évitèrent de piétiner les petits copeaux tendus et veloutés et allèrent s'asseoir sur un banc, en lisière du tapis de fleurs.

— Je connais bien Wise, dit Altman. Il va se pendre, ou quelque chose du même genre. Lui aussi, il a un neveu qui prendra sa place. C'est un garçon paisible et même un peu benêt mais enfin, tiens-le à l'œil.

Il fixait l'eau tourmentée et noirâtre en bordure du quai.

— L'histoire continue, souffla Altman. Tu sais que c'est le père de Paul, sur son lit de mort, qui m'avait recommandé de le surveiller. Le pauvre homme avait déjà tout compris...

Patrick était de plus en plus dérouté par l'attitude de son oncle.

— N'oublie pas mon conseil, poursuivit le vieillard. La victoire sur Walden est provisoire. D'autres viendront sûrement, qui reprendront le flambeau. C'est le propre de Globalia de dissoudre tout le monde dans son grand bain tiède. Mais il reste toujours au fond du tube un précipité de gens qui ne se résignent pas.

Et avec un sourire énigmatique, il ajouta :

— Le plus surprenant est qu'ils peuvent surgir de là où on les attendait le moins...

Comme le silence après cette phrase tendait à prendre un aspect troublant et peut-être même menaçant, Altman rompit le charme en claironnant :

— C'est bien gentil à toi, Patrick, d'être venu me retrouver à Shanghai. J'aime beaucoup cette ville, vois-tu ? Dans le monde entier, on ne peut pas trouver une zone sécurisée plus mal construite et plus vétuste. C'est pour cela qu'elle ressemble tant aux villes de mon époque, celles que j'ai connues quand j'étais enfant et qui me manquent.

En parlant, ils reprirent la direction de l'ancienne concession, comme s'ils voulaient fuir la solitude du quai. Ils passèrent entre deux villas construites en brique et gravirent un escalier. Des notes de violon venaient par une fenêtre à petits carreaux qu'une crémaillère tenait ouverte. Au débouché de la ruelle, ils retrouvèrent la foule. Des femmes parlaient bruyamment en imitant la diction maladroite et attendrissante des petits enfants. C'était un des charmes de cette fête que de mettre à la mode d'un jour ces mimiques de bambins.

— Maintenant que tout est rentré dans l'ordre..., commença Altman, tu vas découvrir un autre ennemi. Un ennemi que j'ai repoussé tant que j'ai combattu Wise mais dont je sens bien qu'il ne va pas tarder à m'attaquer de nouveau.

Patrick regardait son oncle pour essayer de percer le mystère de son visage.

— L'ennui, mon garçon, l'ennui, voilà ce qui nous guette.

Sur ces mots, Altman partit d'un rire si intense que, cette fois, il ne se contenta pas de lui rider le front mais déforma tout son visage. Il était à ce point méconnaissable que son neveu en fut saisi et ne vit pas la Rolls avancer lentement jusqu'à se garer à côté d'eux. Il la remarqua seulement lorsque Altman ouvrit la portière arrière. De l'intérieur montait une odeur de vieux cuir et de cigare. Patrick entra et se poussa vers l'extrémité de la banquette.

Mais Altman restait à l'extérieur et tenait la portière ouverte.

— Où allez-vous, mon oncle ? s'écria Patrick qui soudain prenait peur.

Altman forma un fin sourire sur sa petite bouche toute neuve et chuchota :

— M'amuser.

Puis il ajouta en refermant la portière :

— Mon meilleur souvenir à ta charmante épouse.

La voiture démarra et il resta un long instant immobile, à agiter la main.

Ce quartier de Shanghai était une région trouble. Derrière de hauts murs décrépis et couturés de brèches, on sentait les non-zones toutes proches. Certains prétendaient qu'y prospéraient des pratiques de contrebande comme à Paramaribo. Quand la Rolls eut disparu, Altman avisa un groupe de fêtards en barboteuse, qui s'engouffraient en chantant dans les ruelles glauques tout imprégnées de l'odeur des confins. Le visage fendu d'un large sourire, il se mêla à la foule et se dirigea vers la frontière.

*

Sur la piste couverte de poussière, le pas des deux chevaux levait un nuage blanchâtre qui faisait comme un panache derrière la charrette.

L'air était frais et le ciel pommelé semblait tout occupé par un immense jeu de dames, couleur de nuage et d'ardoise.

Le paysage, quoiqu'ils se fussent déjà bien éloignés de la ville des mafieux, était encore souillé d'épaves et de taches louches. Certainement, le bruit des chevaux s'entendait de loin et les piétons apeurés se cachaient pour ne pas rencontrer la voiture.

Baïkal tenait Kate par la taille et, de la main gauche, il secouait les rênes de cuir de l'attelage.

À mesure qu'ils avançaient, il lui parlait des non-zones et de leurs usages, de leur géographie et de leur faune humaine.

— Quand on s'éloigne de la frontière, on rencontre des êtres de plus en plus étranges, tu verras. Je t'emmènerai dans les tribus de chanteurs et de musiciens. Il y a aussi des tribus de peintres, d'érudits, de muets. Il paraît que certains construisent des automates, mais je n'en ai pas encore rencontré.

Plus il parlait et plus la souillure autour d'eux disparaissait. L'horizon de collines était ouvert à d'innombrables inconnus. Jamais, ils n'avaient éprouvé une telle impression d'éloignement et de liberté.

— Tu te souviens de la salle de trekking ? dit Kate. Je n'aurais pas cru qu'un jour nous pourrions nous échapper complètement.

À cette évocation de leur première fuite, ils s'embrassèrent longuement. Les chevaux, sentant flotter les rênes, se mirent au pas et dérivèrent paresseusement vers le talus plein d'herbe fraîche. Baïkal revint à lui et les fit de nouveau trotter.

Depuis qu'ils s'étaient retrouvés, ils n'avaient pas eu le loisir de se raconter l'un à l'autre. Baïkal commença à questionner Kate sur le long cheminement qui, en Globalia, lui avait permis de le retrouver.

— Ce Puig est vraiment étrange, commenta Baïkal. Que crois-tu qu'il va faire, maintenant qu'il est dans les non-zones ?

— Pour autant que je connais les Déchus, je pense qu'il va facilement devenir l'un d'entre eux. Il vit le grand amour avec Helen et, à eux deux, ils ne vont pas tarder à relancer le combat.

— Sans les documents qu'il avait apportés ?

— Il sait pas mal de choses sur Globalia et, à mon avis, il n'aura de cesse que d'en apprendre encore plus. De toute façon, pour lui, l'essentiel n'est pas la victoire mais l'honneur : c'est sa fierté de Catalan…

La route rectiligne et plate incitait à la méditation et de longs silences ponctuaient ces dialogues. Qui pouvait le savoir : peut-être un jour retrouveraientils Puig et se joindraient-ils de nouveau aux Déchus ? En tout cas, ce serait parce qu'ils auraient choisi et non à cause des manigances d'Altman. Pour le moment, ils avaient décidé de suivre une autre voie.

— Au fait, demanda Kate qui suivait sa pensée, sais-tu par quoi ont été remplacés les documents qui ont disparu ?

Baïkal secoua la tête.

— Par le livre d'un certain Henry-David Thoreau. *Walden ou La Vie dans les bois.*

Aux pieds de Kate, sur le plancher de la charrette, était blotti en boule un vieux sac de toile.

— Puig me l'a lancé quand nous nous sommes quittés, dit-elle en tapotant le sac. Il est là. Tu pourras le lire.

Elle regarda un long moment les ornières sèches du chemin, bordées de méchantes touffes d'herbe grisâtre.

— En Globalia, dit-elle, songeuse, ce livre n'avait guère de sens pour moi. Le bonheur dans la nature… Mais ici, je commence à comprendre. Wise disait que c'était l'arme la plus puissante dont disposent les êtres humains.

De plus en plus irrégulier, le chemin faisait bringuebaler les grandes roues de la charrette. Ils jouèrent à se bousculer puis restèrent un long moment blottis l'un contre l'autre, secoués par les cahots de la route.

— Se peut-il que nous soyons vraiment libres ? demanda Kate en regardant tout autour d'elle avec étonnement.

— Plus libres que libres, s'écria Baïkal. Et nous le serons plus encore quand nous arriverons au fond de notre puits d'ozone.

— D'ozone !

— Tu verras, tu verras.

Baïkal, par moments, se retournait et regardait la caisse de bois dans laquelle était bruyamment secoué son défunt ami. Ils avaient quelquefois parlé ensemble de la mort. Fraiseur, qui ne la craignait pas, espérait seulement qu'elle ne le priverait pas d'une sépulture parmi les siens. Il jugeait que l'hymne funéraire *Candle in the Wind* était le plus beau de tous les chants de sa tribu.

Gagnés par la torpeur de l'après-midi et le rythme régulier des chevaux, ils s'assoupirent et les chevaux s'arrêtèrent. Pour se maintenir éveillé, Baïkal se mit à chanter doucement. Comme Kate l'interrogeait sur le sens des étranges paroles de sa chanson, il se rendit compte que c'était une des mélodies favorites de Fraiseur mais qu'il en ignorait la signification.

— C'est une chanson… qui me vient de mon ancêtre.

Baïkal hésita en s'entendant prononcer ces étranges paroles. Puis, avec des airs mystérieux, il tira un pendentif attaché à son cou et le présenta à Kate.

— « Detroit », lut-elle, intriguée.

Baïkal retourna la médaille. Comme Kate se disposait à lire le mot « Ford » qui y était gravé, il lui mit un doigt sur la bouche.

— Chut ! murmura-t-il gravement. Celui-là on ne le prononce pas.

Elle le regarda en se demandant s'il était fou.

Puis ils éclatèrent de rire.

À *propos de* Globalia

> L'espèce d'oppression dont les peuples démo-
> cratiques sont menacés ne ressemblera à rien de
> ce qui l'a précédée dans le monde.
>
> A. de Tocqueville
> *La démocratie en Amérique.*

Ce livre est né d'un désir d'unité. Jusqu'ici, j'avais tenu sépa-
rées deux formes de productions littéraires : d'une part des
essais consacrés au tiers monde, aux relations nord-sud, aux
questions humanitaires ; de l'autre des romans dont l'action
se déroulait toujours — à une exception près — dans l'Histoire
lointaine. À mes yeux, les deux étaient liés et ce que je mettais
en scène dans le passé n'était qu'un exemple particulier d'une
question plus générale et toujours actuelle : la rencontre entre
les civilisations et les malentendus, les espoirs, les violences
qui en procèdent.

Toutefois, ce qui était clair pour moi ne l'était pas toujours
pour les autres. Certains lecteurs n'ont vu dans mes romans
que des témoignages historiques et, selon leurs goûts, ont
trouvé là motif de s'y plonger ou, au contraire, de les rejeter.
De même, quelques (rares) critiques, se formant une opinion
au vu de mon parcours humanitaire, ont considéré mes livres
comme une littérature de bons sentiments, ce qui est un
contresens total. Depuis que je me suis engagé dans le mouvement « Sans Frontières », je n'ai eu de cesse que de défendre
notre devoir de lucidité politique. À rebours d'une certaine
tradition caritative qui se veut neutre et apolitique, j'ai toujours combattu pour que notre action s'inscrive au cœur des
rapports de force et soit une autre façon, consciente, de faire
de la politique. Je me suis efforcé de saisir les mutations du

tiers monde pendant ces décennies de guerres et de convulsions. À partir de ce point d'observation décalé, on voit nos sociétés autrement. C'est ainsi que j'ai été amené à remettre en question la prétendue fragilité de la civilisation démocratique. De loin, j'allais dire « d'en face », on est au contraire frappé par son extraordinaire puissance, sa stabilité, sa capacité à se nourrir de ses ennemis, au point qu'elle ne s'est jamais si bien portée que pendant la guerre froide et n'a jamais connu un plus grand désarroi qu'au moment de la disparition de l'adversaire soviétique.

Mais ces réflexions demeuraient cantonnées dans des essais et restaient absentes dans mes romans. J'avais envie depuis longtemps de dépasser cette schizophrénie et de faire confluer les deux formes d'expression. Donner à ces idées une forme romanesque, c'est-à-dire non pas les transposer laborieusement dans une fiction, écrire un lourd roman à thèse, mais au contraire les mettre en scène, les faire vivre non plus dans un passé lointain mais dans l'immédiateté de notre monde.

J'ai mis longtemps à y parvenir. Deux problèmes m'ont arrêté qui se sont résolus fortuitement et avec une simplicité inattendue.

Le premier problème était celui de la forme. Il me semblait qu'un tel projet nécessitait la création d'une structure romanesque différente de celle que j'avais adoptée jusqu'ici. Or, elle me convenait et il n'est pas facile, pas possible peut-être, de rompre, lorsqu'on l'a découverte, avec la forme personnelle et naturelle de son expression. Ce fut la lecture fortuite d'un commentaire sur Walter Scott qui me tira de cet embarras. L'auteur y affirmait que certains écrivains ont le don de voir le passé, comme d'autres ont celui de voir l'avenir. La mise en parallèle de ces deux activités m'a subitement fait comprendre leur similitude. Voir le passé, c'était à quoi je m'étais employé dans mes romans et c'est pour y parvenir que j'avais choisi la forme particulière dans laquelle ils sont rédigés. Il n'y avait pas d'obstacle, bien au contraire, à employer la même forme pour décrire une situation à venir. Dans les deux cas, le romancier doit fixer les règles d'un monde qui n'est pas le nôtre. Tantôt ces règles nous sont données par l'Histoire, tantôt c'est à nous seuls de les élaborer. Les mêmes méthodes narratives peuvent en tout cas se transposer d'un domaine à l'autre : l'essentiel est de parvenir à une puissante évocation, soit d'un monde disparu, soit d'un monde possible, qui permet au lecteur d'être présent hors de lui-même.

L'autre problème est celui de la place qu'occupe l'auteur — et avec lui le lecteur — dans le récit. Un roman ne peut en aucun cas se réduire à l'exposé d'idées ou de faits. Certains universitaires ont du mal à le comprendre et poursuivent les romanciers de leur vindicte parce que leurs recherches portaient sur les mêmes sujets. Ils s'estiment les véritables auteurs des œuvres de fiction qui utilisent leurs travaux dans leur documentation. Il y a pourtant bien loin de l'un à l'autre. Entre une thèse sur l'histoire de Carthage et *Salammbô*, il y a la distance entre une pierre brute et une pierre taillée. Le romancier, même s'il n'a pas la prétention d'égaler Flaubert, a pour responsabilité d'animer la matière, d'y insuffler l'esprit. Il doit convertir les problèmes en affects, les mouvements en désirs, les ruptures en tragédies, les actes en délibérations de consciences libres. Et surtout, il faut qu'à la raideur glacée des choses, il ajoute la souplesse purement humaine de l'humour et de la dérision.

Dans le monde que je voulais décrire et qui se nomme ici Globalia, je n'ai longtemps trouvé aucune place pour moi-même. Je ressentais le même effroi que Tocqueville qui, après avoir méticuleusement décrit les institutions américaines au début du XIXe siècle, envisage à la fin de son livre les conséquences extrêmes de ce nouveau système. Par une géniale intuition, il a pressenti les immenses dangers d'une tyrannie de la majorité et sa réaction a été la rébellion. Comme il l'écrit : « Jamais je n'accepterais ce joug, quand bien même dix mille bras me le tendraient. » Dans le monde de Globalia, qui n'est autre que celui d'une démocratie poussée aux limites de ses dangers, je n'aurais, moi aussi, qu'un désir : m'évader. La fuite, telle devait donc être ma place. C'est ainsi que, dédoublé, je suis devenu Kate et Baïkal, transfuges d'un monde auquel ils ne peuvent se soumettre.

Reste que l'unité entre essai et roman a ses limites, qu'il ne faut pas chercher à dépasser. En général, l'essai débouche sur des propositions d'action. La description et la compréhension ne se justifient que par la volonté de transformer les choses. L'essayiste a le devoir de prendre parti ; à tout le moins, c'est ce que l'on attend de lui. Le romancier doit, au contraire, s'en garder. Il renvoie chacun à ses émotions, à ses réflexions et à ses choix.

S'agissant du futur, un roman peut tout au plus contribuer à ce que le lecteur conserve une défiance légitime. Les avenirs radieux, quels qu'ils soient, même quand ils viennent à nous sous les dehors souriants de l'individualisme démocratique, sont à accueillir la tête froide.

Comme le dit en substance Lawrence Ferlinghetti, le vieux poète *beat* de San Francisco : il est bon d'avoir l'esprit ouvert mais pas au point que le cerveau tombe par terre...

Première partie   11

Deuxième partie   125

Troisième partie   229

Quatrième partie   329

Cinquième partie   405

Épilogue   475

À propos de Globalia   497

DU MÊME AUTEUR

Romans et récits

Aux Éditions Gallimard

L'ABYSSIN, 1997. Prix Méditerranée et Goncourt du premier roman (Folio n° 3137)

SAUVER ISPAHAN, 1998 (Folio n° 3394)

LES CAUSES PERDUES, 1999. Prix Interallié (Folio n° 3492 *sous le titre* ASMARA ET LES CAUSES PERDUES)

ROUGE BRÉSIL, 2001. Prix Goncourt (Folio n° 3906)

GLOBALIA, 2004 (Folio n° 4230)

LA SALAMANDRE, 2005 (Folio n° 4379)

UN LÉOPARD SUR LE GARROT. Chroniques d'un médecin nomade, 2008 (Folio n° 4905)

SEPT HISTOIRES QUI REVIENNENT DE LOIN, 2011 (Folio n° 5449 et repris sous le titre LES NAUFRAGÉS ET AUTRES HISTOIRES QUI REVIENNENT DE LOIN, coll. « Étonnants Classiques », Éditions Flammarion, 2016)

LE GRAND CŒUR, 2012. Prix du Roman historique et prix littéraire Jacques Audiberti (Folio n° 5696)

IMMORTELLE RANDONNÉE : COMPOSTELLE MALGRÉ MOI, édition illustrée, 2013 (première parution : Éditions Guérin). Prix Pierre Loti (Folio n° 5833)

LE COLLIER ROUGE, 2014. Prix Littré et prix Maurice Genevoix (Folio n° 5918)

CHECK-POINT, 2015. Prix Grand Témoin de la France Mutualiste 2015 (Folio n° 6195)

LE TOUR DU MONDE DU ROI ZIBELINE, 2017 (Folio n° 6526)

LES SEPT MARIAGES D'EDGAR ET LUDMILLA, 2019 (Folio n° 6791)

Dans la collection « Folio XL »

LES ENQUÊTES DE PROVIDENCE (Folio XL n° 6019 *qui contient* LE PARFUM D'ADAM *suivi de* KATIBA)

Dans la collection « Écoutez lire »

L'ABYSSIN (5 CD)

LE GRAND CŒUR (2 CD)

LE COLLIER ROUGE (1 CD)

CHECK-POINT (2 CD)

LE TOUR DU MONDE DU ROI ZIBELINE (1 CD)

LES ÉNIGMES D'AUREL LE CONSUL, tome I : LE SUSPENDU DE CONAKRY (1 CD)

LES SEPT MARIAGES D'EDGAR ET LUDMILLA (1 CD)

Aux Éditions Flammarion

LE PARFUM D'ADAM, 2007 (Folio n° 4736)

KATIBA, 2010 (Folio n° 5289)

LES ÉNIGMES D'AUREL LE CONSUL, tome I : LE SUSPENDU DE CONAKRY, 2018. Prix Arsène Lupin de la littérature policière (Folio n° 6676)

LES ÉNIGMES D'AUREL LE CONSUL, tome II : LES TROIS FEMMES DU CONSUL, 2019

LES ÉNIGMES D'AUREL LE CONSUL, tome III : LE FLAMBEUR DE LA CASPIENNE, 2020

Essais

Aux Éditions Gallimard Jeunesse

L'AVENTURE HUMANITAIRE, 1994 (Découvertes n° 226).

Chez d'autres éditeurs

LE PIÈGE HUMANITAIRE. Quand l'aide humanitaire remplace la guerre, *J.-Cl. Lattès*, 1986 (Poche Pluriel)

L'EMPIRE ET LES NOUVEAUX BARBARES, *J.-Cl. Lattès*, 1991 (Poche Pluriel)

LA DICTATURE LIBÉRALE, *J.-Cl. Lattès*, 1994. Prix Jean Jacques Rousseau

COLLECTION FOLIO

Dernières parutions

66778. Annie Ernaux   *Hôtel Casanova* et autres
                           textes brefs
6779. Victor Hugo   *Les Fleurs*
6780. Collectif   *Notre-Dame des écrivains.*
                           Raconter et rêver la cathédrale
                           du Moyen Âge à demain
6781. Carole Fives   *Tenir jusqu'à l'aube*
6782. Esi Edugyan   *Washington Black*
6783. J.M.G. Le Clézio   *Alma.* À paraître
6784. Emmanuelle
       Bayamack-Tam   *Arcadie*
6785. Pierre Guyotat   *Idiotie*
6786. François Garde   *Marcher à Kerguelen.*
                           À paraître
6787. Cédric Gras   *Saisons du voyage.* À paraître
6788. Paolo Rumiz   *La légende des montagnes*
                           qui naviguent. À paraître
6789. Jean-Paul Kauffmann   *Venise à double tour*
6790. Kim Leine   *Les prophètes du fjord*
                           de l'Éternité
6791. Jean-Christophe Rufin   *Les sept mariages d'Edgar*
                           et Ludmilla
6792. Boualem Sansal   *Le train d'Erlingen*
                           ou La métamorphose de Dieu
6793. Lou Andreas-Salomé   *Ce qui découle du fait que*
                           ce n'est pas la femme qui a
                           tué le père et autres textes
                           psychanalytiques
6794. Sénèque   *De la vie heureuse* précédé de
                           De la brièveté de la vie
6795. Famille Brontë   *Lettres choisies*

6796. Stéphanie Bodet — *À la verticale de soi*

6797. Guy de Maupassant — *Les Dimanches d'un bourgeois de Paris* et autres nouvelles

6798. Chimamanda Ngozi Adichie — *Nous sommes tous des féministes* suivi du *Danger de l'histoire unique*

6799. Antoine Bello — *Scherbius (et moi)*

6800. David Foenkinos — *Deux sœurs*

6801. Sophie Chauveau — *Picasso, le Minotaure. 1881-1973*

6802. Abubakar Adam Ibrahim — *La saison des fleurs de flamme*

6803. Pierre Jourde — *Le voyage du canapé-lit*

6804. Karl Ove Knausgaard — *Comme il pleut sur la ville. Mon combat - Livre V*

6805. Sarah Marty — *Soixante jours*

6806. Guillaume Meurice — *Cosme*

6807. Mona Ozouf — *L'autre George. À la rencontre de l'autre George Eliot*

6808. Laurine Roux — *Une immense sensation de calme*

6809. Roberto Saviano — *Piranhas*

6810. Roberto Saviano — *Baiser féroce*

6811. Patti Smith — *Dévotion*

6812. Ray Bradbury — *La fusée* et autres nouvelles

6813. Albert Cossery — *Les affamés ne rêvent que de pain*

6814. Georges Rodenbach — *Bruges-la-Morte*

6815. Margaret Mitchell — *Autant en emporte le vent I*

6816. Margaret Mitchell — *Autant en emporte le vent II*

6817. George Eliot — *Felix Holt, le radical.* À paraître

6818. Goethe — *Les Années de voyage de Wilhelm Meister*

6819. Meryem Alaoui — *La vérité sort de la bouche du cheval*

6820. Unamuno — *Contes*

6821. Leïla Bouherrafa — *La dédicace. À paraître*
6822. Philippe Djian — *Les inéquitables*
6823. Carlos Fuentes — *La frontière de verre. Roman en neuf récits*
6824. Carlos Fuentes — *Les années avec Laura Díaz. Nouvelle édition augmentée*
6825. Paula Jacques — *Plutôt la fin du monde qu'une écorchure à mon doigt. À paraître*
6826. Pascal Quignard — *L'enfant d'Ingolstadt. Dernier royaume X*
6827. Raphaël Rupert — *Anatomie de l'amant de ma femme*
6828. Bernhard Schlink — *Olga*
6829. Marie Sizun — *Les sœurs aux yeux bleus*
6830. Graham Swift — *De l'Angleterre et des Anglais*
6831. Alexandre Dumas — *Le Comte de Monte-Cristo*
6832. Villon — *Œuvres complètes*
6833. Vénus Khoury-Ghata — *Marina Tsvétaïéva, mourir à Elabouga*
6834. Élisa Shua Dusapin — *Les billes du Pachinko*
6835. Yannick Haenel — *La solitude Caravage*
6836. Alexis Jenni — *Féroces infirmes*
6837. Isabelle Mayault — *Une longue nuit mexicaine*
6838. Scholastique Mukasonga — *Un si beau diplôme !*
6839. Jean d'Ormesson — *Et moi, je vis toujours*
6840. Orhan Pamuk — *La femme aux cheveux roux*
6841. Joseph Ponthus — *À la ligne. Feuillets d'usine*
6842. Ron Rash — *Un silence brutal*
6843. Ron Rash — *Serena*
6844. Bénédicte Belpois — *Suiza*
6845. Erri De Luca — *Le tour de l'oie*
6846. Arthur H — *Fugues*
6847. Francesca Melandri — *Tous, sauf moi*
6848. Eshkol Nevo — *Trois étages*
6849. Daniel Pennac — *Mon frère*
6850. Maria Pourchet — *Les impatients*

Impression Maury Imprimeur
à Malesherbes, le 1er décembre 2020
Dépôt légal : décembre 2020
1er dépôt légal dans la collection : mai 2005
N° d'imprimeur : 250112
2-07-030918-4 / Imprimé en France.